Zum Buch:

Wir saßen auf der Hochebene, betrachteten die Rentiere, diese wundersamen mystischen Wesen, die so friedlich im aufsteigenden Hochnebel weideten. Hinter ihnen ragten die schneebedeckten Gipfel der Berge der untergehenden Sonne entgegen. Da sang er für sie, eine Melodie, so träumerisch, dass sie über den Hügeln der Ebene verweilte wie ein tröstlicher Schleier, der alles einhüllte. Die Freiheit mit ihm ist die berührendste, die ich je erlebt habe.

Zur Autorin:

Clara Schönberg lebt an der holsteinischen Ostseeküste. Ihre Inspiration sind ihre Reisen, ganz besonders hat es ihr die vielschichtige Natur Islands angetan. Wenn sie nicht an einem Manuskript schreibt, genießt sie auch in Norddeutschland das Leben am Meer, zu Fuß und auf dem Pferderücken.

CLARA SCHÖNBERG

Geysirnebel

Roman

HarperCollins

1. Auflage 2024
Originalausgabe
© 2024 HarperCollins in der
Verlagsgruppe HarperCollins Deutschland GmbH, Hamburg
Umschlaggestaltung von zero-media.net, München
Umschlagabbildung von Paolo Carnassale / Getty Images,
Himmel FinePic®, München
Gesetzt aus der Stempel Garamond
von GGP Media GmbH, Pößneck
Druck und Bindung von GGP Media GmbH, Pößneck
Printed in Germany
ISBN 978-3-365-00823-2
www.harpercollins.de

Dein Herz wird dir verraten,
was für dich bestimmt ist.
Und es wird dir keine Ruhe lassen,
ehe du es findest.

Prolog

Südisland
September 2025

Das unheilvolle Grollen drang aus der Ferne über die Täler des Hochlands und erschütterte die Erde. Nur noch wenige Augenblicke. Lia konnte nicht glauben, dass es wirklich geschah. Hastig wandte sie den Kopf und sah zurück. Am Horizont hob sich drohend der Gipfel des Bárðarbunga in den Himmel. Die schneebedeckte Spitze war schon vor Tagen geschmolzen. Statt der glitzernden Eiskristalle stob der scharfe Westwind die ersten Wolken auf, die den Rissen im Gestein des Vulkans entwichen.

Ihr Herzschlag stolperte. Angst brannte in ihren Adern und breitete sich bis in den letzten Winkel ihres Körpers aus. Per. Sie musste ihn finden. Er konnte überall sein. Verletzt auf Hilfe warten, während der Ausbruch immer näher rückte. Schon bald würde sich die glühende Lava den Hang hinabwälzen und alles unter sich begraben. Ihr blieb kaum noch Zeit.

Eine Böe erfasste sie und blies ihr die staubgeschwängerte Luft der Ebene ins Gesicht. Neben ihr tänzelte Eldur, der fuchsrote Hengst, nervös auf der Stelle. Er riss den Kopf hoch und starrte mit geweiteten Nüstern in die Ferne, aus der wieder ein Grollen zu ihnen herüberdrang. Lia schloss die Finger fester um die Zügel.

Sie hatte keine Wahl. Wenn sie Per finden wollte, bevor der Vulkan Feuer spie, musste sie sich auf Eldurs Rücken schwingen. Ohne den Hengst hätte es Tage gedauert, bis sie die Ebene am Fuße des Bárðarbunga durchkämmt hätte. Und bis ihr die anderen zu Hilfe eilten, wäre es womöglich zu spät.

»Ruhig, mein Kleiner«, sagte sie so zuversichtlich und gefasst, wie ihr pochender Puls es erlaubte. Dann atmete sie tief durch und stellte den linken Fuß in den Steigbügel. Eldur spannte sich an und schnaubte unwillig. »Schon gut«, brummte Lia mit tiefer Stimme. »Wir müssen Per finden. Also sind wir jetzt ein Team, du und ich, hörst du?«

Der Hengst schnaubte und machte einen Satz zur Seite, sodass sie beinahe umgefallen wäre, während sie auf einem Bein dem Steigbügel hinterherhüpfen musste. Sie stellte den Fuß noch einmal auf den Boden und strich Eldur beruhigend über den Hals. »Komm schon, mach es mir nicht so schwer. Für Per.«

Der Fuchs hielt für einen Moment still, und Lia nutzte die Chance, um sich zügig in den Sattel zu schwingen. Sobald Eldur ihr Gewicht auf seinem Rücken spürte, ging ein Ruck durch seinen Körper, und er schoss nach vorn. Unbeeindruckt von Lias Hilfen stemmte der Hengst den Kopf gegen die Zügel, während er über die lavaschwarze Hochebene preschte. Nach ein paar Metern spürte Lia, wie die Anspannung aus Eldur wich. Sein Galopp wurde ruhiger, und es gelang ihr endlich, ihn durchzuparieren. »Na siehst du, so ist es doch viel besser«, raunte sie und tätschelte seinen Hals.

Der Hengst schnaubte und setzte nun einen Schritt nach dem anderen. Immer noch etwas zuckelig, aber immerhin hörte er ihr nun zu.

Sie hob den Blick und ließ ihn über die Ebene schweifen. Vor ihr ragten die kahlen Felsflächen auf, die die erkaltete

Lava vor zehn Jahren zurückgelassen hatte. Ein untrügliches Zeugnis dafür, wie weit der vernichtende Strom schon einmal vorgedrungen war.

Lia erschauderte. Doch wohin sie auch sah – nirgends entdeckte sie ein Zeichen von Per.

Sie setzte sich im Sattel auf und umschloss den Mund mit einer Hand. »Per!«, rief sie in das Tosen des Sturms, das sich mit dem Grollen des Bárðarbunga vermischte.

Doch außer der tobenden Natur antwortete ihr niemand.

»Per!« Kein Lebenszeichen.

Sie wollte schreien, wollte dem Himmel drohen, doch all das würde nicht helfen. Die Verzweiflung in ihr legte sich wie ein schwerer Schleier über sie und ließ sie ruhig werden. Sie musste einen kühlen Kopf bewahren, wenn sie Per retten wollte. Es lag nun in ihrer Hand.

Sie schaute zum Himmel, an dem langsam der frühe Mond der Winternächte erschien, und straffte die Schultern.

Entschlossen trieb sie den feuerroten Hengst vorwärts. Der Lavastaub tanzte wie eine schwarze Wolke um sie herum, während sie in zügigem Tempo auf den Vulkan zuritt. Unter sich spürte sie Eldurs kraftvolle Bewegungen, und sie gaben ihr Mut.

Sie würde ihn finden. Eine andere Möglichkeit gab es nicht. Er war ihr Schicksal. Und sie seines.

Kapitel 1

»Wir hören uns morgen, Lia.« Die Abenddämmerung tauchte sein Gesicht in goldenes Licht. Seine Augen leuchteten in einem strahlenden Blau, das beinahe unnatürlich wirkte.

Lia rückte dichter an den Bildschirm ihres Laptops heran, um ihn zu betrachten. Die markanten Züge seiner Miene, die kräftigen Kieferknochen unter seinem rotblonden Dreitagebart, die verrieten, wie stur und unnachgiebig er sein konnte. Und die festen, schmalen Lippen, die er nun zu einem frechen Grinsen verzog.

»Schmachtest du?« Er hob eine Augenbraue und sah dabei noch unwiderstehlicher aus.

Sie grinste zurück. »Das wirst du nie erfahren.«

Ein weicher Ausdruck trat auf sein Gesicht, und er hob zwei Finger an die Lippen, um ihr einen Kuss zu schicken. »Bis morgen.«

»Bis morgen.« Sie lächelte ihm ein letztes Mal zu, bevor er auflegte und sein Bild von ihrem Laptop verschwand.

Einen Moment lang starrte sie in die Leere ihrer Wohnung. Die Abendsonne brach gerade durch die Hamburger Regenwolken und fiel auf das ausgetretene Dielenparkett. Aber der Anblick, der sie normalerweise warm berührte, wirkte in letzter Zeit dumpf auf sie. Ihr Blick blieb an der tiefen Kerbe unter dem Kronleuchter hängen. Bilder von dem feuchtfröhlichen Abend vor einem Jahr tauchten in ihrer Erinnerung auf. Sie hatte ihre Tanzgruppe eingeladen. Und der Raum hatte vibriert unter den kubanischen Salsaklängen und den ausgelassen herumwirbelnden Paaren. Es hatte eine Ewigkeit gebraucht, bis Anna sich aufs Tanzparkett getraut hatte. Und gerade, als ihre beste Freundin endlich Mut gefasst und eine schnelle *Exhibela* vollführt hatte, war hinter ihr der Kronleuchter von der Decke gestürzt. Wahrscheinlich hatte das Gepolter der Füße die Aufhängung aus dem betagten Balken befördert. Das gute Stück hatte eh mehr schlecht als recht in der morschen Altbaudecke gehangen. Aber es war natürlich ein ordentlicher Schreck gewesen. Und Anna hatte möglicherweise ein Kronleuchtertrauma davongetragen.

Lia schmunzelte. Wie gut, dass Arons Farm eine kronleuchterfreie Zone war. Dort waren die Decken niedrig und die Räume dunkel, aber gemütlich.

Was Anna wohl gerade tat? Vielleicht jagte sie einem widerspenstigen Schaf hinterher. Oder sie versuchte sich daran, *Fiskisúpa* zu kochen. Bei dem Gedanken an die fischige Suppe verzog Lia das Gesicht. Wie hatten die Isländer so eine stinkende Brühe nur zu ihrem Leibgericht erklären können?

Bei ihrem letzten Besuch auf der Insel hatte sie allerdings noch viel schlimmere Auswüchse der nordischen Küche probieren müssen. Man denke da nur einmal an die Heringe zum Frühstück. Sie schüttelte sich. Aber was Island kulinarisch in ihren Augen verbrach, machte es durch seine atemberaubende Natur allemal wett. Und den attraktivsten Mann, der ihr je begegnet war.

Ihr Handy brummte, und im Chat mit Per erschien ein Foto. Sie tippte es an und ließ die Schultern sinken. Die Sonne, die im Juli auf Island nie unterging, tauchte den See in schimmerndes Licht. Schneebedeckte Berge erhoben sich am gegenüberliegenden Ufer. Und am unteren Rand ragten Pers Füße ins Bild, und die Angel, die er in den Händen hielt. Natürlich liebte er Fisch.

Sie seufzte. Die letzten Monate ohne Per und Anna hinterließen ihre Spuren. Sie vermisste die beiden unheimlich. Und es kam ihr vor, als hätte die Reise auf die Feuerinsel, die sie im letzten Jahr zusammen mit ihrer besten Freundin unternommen hatte, ihr Leben beinahe ebenso grundlegend verändert wie Annas. Doch während Anna ihre wahren Wurzeln gefunden hatte und nun mit dem Mann ihres Lebens auf einer idyllischen isländischen Farm wohnte, hatte Lia nicht nur ihre beste Freundin auf Island zurücklassen müssen, sondern auch Per. Seitdem war sie zwar für einige Kurzurlaube nach Island geflogen, aber ihre Agentur entließ sie nie länger als eine Woche in den Urlaub.

Aus dem Flur erklang lautes Gerumpel. Dann ein Scheppern. Eine Minute später wurde die Wohnzimmertür aufgerissen, und eine prustende Gestalt in einem quietschgelben Regenmantel schob einen durchweichten Karton ins Zimmer, ehe sie sich umdrehte und einen zweiten hinter sich herzerrte und unter dem Kronleuchter platzierte.

Eine Papplasche klappte zurück, und Lia erkannte eine rumpelige Ansammlung von mitgenommen wirkenden Antiquitäten. Schrott traf es vielleicht eher.

»Was soll das denn sein?«, fragte sie und befürchtete das Schlimmste. Nach einem Jahr WG-Leben mit Maite hatte sie das Gefühl, schon alles gesehen zu haben, was einem im Zusammenleben mit einer fremden Person so begegnen konnte … und dennoch schaffte ihre neue Mitbewohnerin es immer wieder, sie zu überraschen.

Maite schob sich die tropfende Kapuze vom Kopf und tätschelte eine angelaufene Messingkanne, die aus dem Karton ragte. »Mein neues Projekt. Das Do-it-yourself-Orchester.«

»Das was?« Lia brachte vorsichtshalber ihren Laptop in sichere Gefilde, als ihre Mitbewohnerin schwungvoll die erste Ladung Schrott auf dem Couchtisch verteilte.

»Die Schätze hier werden meine musikalische Grundausstattung. Hier, die Kanne – die wird mal eine Trompete. Und wenn man mit dem Holzlöffel über die alte Käsereibe fährt, klingt das doch fast wie ein Guiro. Genial, oder?« Sie grinste stolz. »Lucas, Jonte und Lana kommen nachher vorbei, da kannst du dich auf ein Probekonzert freuen.«

Lia war fassungslos. Und das passierte ihr wirklich selten. Ergeben riss sie die Hände in die Luft und sprang auf. »Schon gut, ich verzichte. Muss eh gleich los. Wir sehen uns morgen.« Die Erfahrung hatte sie bereits gelehrt, dass Flucht das einzig wirksame Mittel gegen Maites Vorliebe für schräge Unternehmungen war. Denn sonst kam sie womöglich noch auf die Idee, Lia den Sperrmüll in die Hand zu drücken.

»Okay, schade, du verpasst was …«, murmelte ihre Mitbewohnerin nur, während sie andächtig über eine zerbeulte Pfanne strich.

Hastig klemmte sich Lia den Laptop unter den Arm und flüchtete in ihr Zimmer, während Maite schon wieder geräuschvoll in ihren Errungenschaften wühlte. Sie schloss die Tür hinter sich und atmete aus. Mit Anna hatte es das nie gegeben – geschlossene Türen … Ihre WG hatte sich immer wie ein richtiges Zuhause angefühlt, mehr noch als das Haus ihrer Eltern.

Seufzend warf sie den Laptop aufs Bett und ließ sich in die Federdecke sinken. Morgen früh traf sich die Familie zum alljährlichen Brunch in der Villa ihres Onkels. Und ihr wurde jetzt schon schummerig, wenn sie an die anstrengenden Gespräche dachte, die sich da anbahnten. Üblicherweise befiel sie kurz vor diesem Treffen das dringende Bedürfnis, ihren Lebenslauf aufzupolieren. Halb Blankenese wäre morgen versammelt, hatte sie immer mit Anna gewitzelt. Dabei war es nicht einmal übertrieben.

Auf der anderen Seite des Raums funkelte das goldene Paillettenkleid in der Abendsonne, das sie schon heute früh herausgesucht und dort aufgehängt hatte. Ihre Flucht für diese Nacht.

Wieder wanderten ihre Gedanken nach Reykjavík. Zu dem Abend, an dem sie Per das erste Mal begegnet war, in dem Club auf dem Laugavegur, der berühmten Feiermeile der isländischen Hauptstadt. Die Lichter hatten sich glitzernd auf ihrem Kleid gespiegelt. Und um sie herum hatten das Leben, die Liebe vibriert, die Menschen ausgelassen getanzt, sich zum ersten Mal geküsst oder miteinander gelacht. Sie wollte einen Drink an der Bar holen, hatte neugierig die Atmosphäre in sich aufgesogen – sie liebte diese Momente, in denen ihr ein fremdes Land besonders nah erschien, in denen sie meinte, zu erkennen, wie sich das Leben hier anfühlte.

Und dann hatte sie ihn entdeckt. Mit beiden Armen stützte er sich lässig auf die Bartheke, in der Hand ein Bier. Er war groß, überragte die Gruppe um ihn herum um einen halben Kopf. Und seine blonden Haare und sein damals noch wuscheliger rotblonder Vollbart tanzten irgendwie witzig, während er über etwas lachte, das seine Begleitung erzählte. In dem Moment hatte er aufgeschaut, genau in ihre

Augen, als hätte er ihren Blick gespürt. Tiefes Blau, so tief wie das Meer. Selbst in der dämmerigen Clubbeleuchtung hatte sie es erkannt. Und seine Mundwinkel wanderten amüsiert nach oben, während er ihren Blick hielt.

Dann hatte der Barkeeper ihr den Drink zugeschoben und sie abgelenkt. Als sie sich wieder nach ihm umsah, konnte sie ihn nicht mehr finden. Aber so schnell war sie nicht bereit, aufzugeben. Sie hatte etwas entdeckt, das ihr gefiel ... und sie hatte nicht vor, die Sache dem Zufall zu überlassen.

Ihre Freundinnen unterhielten sich angeregt, Freyja, ihre isländische Kommilitonin, die Anna und sie bei einem Auslandssemester in Exeter kennengelernt hatten und die sie an diesem Abend hierhergebracht hatte, schob Anna gerade ermutigend einen Shot zu. Also schnappte sich Lia ihren Drink und ging auf Beutezug. Suchend schlängelte sie sich durch die Grüppchen, die sich um die Tanzfläche gebildet hatten, doch nirgendwo entdeckte sie ihn. Frustriert lehnte sie sich an eine der breiten Säulen, stürzte zwei große Schlucke Caipirinha herunter. Als sie sich umwandte, um noch eine Runde zu drehen, wäre sie beinahe frontal in eine breite Brust hineingerannt. Sie starrte auf ein weihnachtliches Strickmuster – waren das Rentiere?

Sie hob den Kopf und schaute in das tiefe Blau, nach dem sie gesucht hatte. Seine Augen funkelten so amüsiert wie kurz zuvor an der Bar, und verschmitzte Grübchen legten sich auf seine Wangen. Aber er sagte kein Wort. Stand einfach nur da, riesig und unverrückbar in dem Gedränge der Clubbesucher. *Wie ein Wikinger*, dachte sie und musste grinsen. Sie hegte schon lange ein heimliches Faible für nordische Krieger ... Aber die waren bisher immer fiktiv gewesen. Und trugen keine Rentierpullover.

»Falsche Jahreszeit, oder trägt man das auf Island auch im Juli?«, fragte sie auf Englisch und deutete auf seine Brust.

Er sah erst an sich herunter, musterte dann ihr Outfit und hob eine Augenbraue. »Ich hab 'ne Wette verloren. Aber was ist deine Entschuldigung?«

Empört schnappte sie nach Luft. Was bildete er sich ein? Das Kleid war der Wahnsinn. Kein Wunder, dass der Wollpulloverkrieger das nicht erkannte. Gut aussehend und mit Geschmack gesegnet – das wäre ja auch zu viel verlangt. »Stil erkennt nicht jeder«, schoss sie zurück und funkelte ihn herausfordernd an.

Aber der Wikinger ließ sich nicht aus der Ruhe bringen. Unbeeindruckt nahm er einen Schluck Bier und schob die Hand in die Tasche seiner Jeans. »Meine Worte, Discokugel.«

»Wie bitte?« Sie konnte es nicht fassen.

Er betrachtete sie nüchtern und regte sich nicht.

Typisch. Er wollte sie also verunsichern. Aber wenn sie sich ihn so ansah, ahnte sie, was der Wikinger vertragen konnte. Ungefragt zog sie ihm die Bierflasche aus der Hand, stellte sie zusammen mit ihrem Caipirinha auf einem Stehtisch ab und schob ihre Hand in seine. »Mitkommen.«

Ein leises Triumphgefühl kribbelte in ihrem Magen, als sie seinen überraschten Blick sah, während sie ihn mit sich durch die Menge zog. Doch sie spürte, wie er die Finger fest um ihre legte. Er hatte wundervolle Hände. Groß und kräftig, sodass seine Finger ihre vollkommen umschlossen, obwohl sie selbst nicht gerade klein war. Aber neben ihm kam sie sich immer wie eine Elfe vor.

Als sie die Mitte der Tanzfläche erreichten, drehte sie sich zu ihm um. Ein träges Lächeln umspielte seine Lippen, und er stand wieder vor ihr wie ein Fels, ohne sich auch nur einen Zentimeter zu rühren. Der DJ spielte einen Remix von Ed Sheerans »Bad Habits«, das Licht flackerte pink um sie herum, und die Leute tanzten wild. Sie trat auf ihn zu, legte die Hand auf seine Brust und ließ sich von der Musik davontragen. Es brauchte zwei Takte, und er schloss die Arme um sie. Er bewegte sich unverschämt selbstbewusst auf der Tanzfläche, und nicht einmal ihre spontane Aktion brachte ihn in Verlegenheit.

»Wie heißt du?« Seine Lippen streiften ihr Ohr.

»Lia«, raunte sie zurück.

Er lächelte und hob ihre Hand in seinen Nacken. »Stark wie eine Löwin.«

»Was?«

»Das bedeutet dein Name – sehr passend, wie ich finde.« Sie grinste. »Und dein Name?«

»Per.«

Hätte sie dem Wikinger einen Namen geben müssen, hätte er nicht besser passen können. Per klang nach einem nordischen Krieger, der selbstbewusst genug für Rentierpullover war. »Und was bedeutet er?«

Er grinste frech. »Musst du selbst herausfinden.«

Es hatte noch drei Lieder gedauert, bis er sie küsste und sie alles um sich herum vergessen ließ. Sie hatte von Anfang an gewusst, dass ihnen nur wenige gemeinsame Stunden bleiben würden. Ehrlich gesagt hatte sie damit gerechnet, dass die Flamme zwischen ihnen schon nach der ersten Nacht erlöschen würde. Denn alles mit ihm fühlte sich so viel intensiver an, als sie es vorher erlebt hatte. Und das konnte nur bedeuten, dass es ebenso schnell vorübergehen würde, die sprühenden Funken wieder verglühten. Aber als sie sich am letzten Abend in Reykjavík verabschiedeten, ehe Lia und Anna zu ihrer Tour über die Insel aufbrachen, lag ein Versprechen in seinem Blick. Und sie meinte, zu wissen, dass er ebenso überrascht wie sie darüber war, auf welche Weise die Dinge sich zwischen ihnen entwickelt hatten. Ehe sie nach Hamburg zurückgeflogen war, hatte sie ihn noch einmal für zwei Tage in der isländischen Hauptstadt besucht. Seitdem stand fest, dass sie mehr verband als eine flüchtige Verliebtheit.

Sie seufzte und zog wieder ihr Handy hervor. All das sah ihr so gar nicht ähnlich. Normalerweise behielt sie die Dinge unter Kontrolle – doch Per war einfach unerwartet in ihr Leben marschiert und hatte alle ihre Vorsätze niedergerannt. Es war gar keine Frage gewesen, ob sie ihn wiedersehen wollte. Seit ihrem Kuss in dem Club gab es nur noch ihn.

Automatisch öffneten ihre Finger die Navigations-App und tippten den See ein, an dem er gerade saß und angelte. Þingvallavatn, ein wunderschönes Fleckchen Erde, wie sie den Fotos entnahm. Am Ufer des tiefblauen Gewässers erhoben sich grüne Hügel, dazwischen ragten Felsen hervor, die sie an die südschwedischen Fjorde erinnerten. Und offenbar grenzten auch heiße Quellen und ein Wasserfall an den See. Sie tippte auf den Routenplaner. Zweitausendeinhundert Kilometer trennten sie voneinander. Und nicht zum ersten Mal in dieser Woche wünschte sie sich, sie könnte einfach ins Flugzeug steigen und nach Island fliegen.

Die Entfernung nagte an ihrer Liebe. Auch wenn Per sich Mühe gab, es vor ihr zu verbergen, spürte sie, dass auch ihn die Distanz belastete. Sie hatten keine gemeinsame Zukunft, auf die sie sich freuen konnten. Sie mussten in den kleinen Momenten leben, die ihnen zusammen blieben.

Laute Stimmen drangen aus dem Flur, und sie ahnte, dass das musikalische Quartett nun vollständig war. Schnell rappelte sie sich auf, schlüpfte in ihr Kleid und steckte ihre braunen Locken zu einem lockeren Kranz hoch. Nach Make-up war ihr heute nicht – sie wollte einfach tanzen und den experimentellen Klängen des Schrottorchesters entfliehen. Sie schnappte sich ihre Zahnbürste aus dem Bad, stopfte sie zu ihrem Smartphone in die kleine Handtasche und schlüpfte im Gehen in ihre High Heels. Mit dem ersten Topfscheppern hechtete sie aus der Wohnung und zog die Eingangstür der hanseatischen Villa schwungvoll hinter sich zu.

Zum Glück hatte der Regen sich endgültig verzogen. Der Abendrothsweg war bevölkert von Partygängern, die in eine der umliegenden Bars von Hoheluft strebten oder wie Lia zu der nahegelegenen U-Bahn-Station schlenderten. Bis zu den Landungsbrücken waren es nur wenige Minuten Fahrt, und als sie ausstieg, begrüßte sie das bunte Getümmel der Feiernden an den Elbtreppen.

Ihr Weg führte sie an den Docks entlang, zwischen Restaurants und Sternehotels hindurch, eine steile Treppe hinauf, bis zu einem der Hochhäuser, von denen aus man einen Ausblick auf den ganzen Hafen hatte. Schon im Foyer begegnete sie einigen anderen Tänzern, die offenbar dieselbe Party besuchten. Sie fuhren im Fahrstuhl hinauf und wurden im Penthouse von karibischen Salsaklängen begrüßt. Pedro, der Gastgeber, hieß sie überschwänglich willkommen und bat sie, sich wie zu Hause zu fühlen. Seine Partys waren legendär in der Szene. In dem weitläufigen Wohnbereich tanzten die ersten Paare vor der Panoramafront des Hamburger Hafenbeckens zu den Songs des DJs. Die Glastüren zur Dachterrasse standen weit offen, und draußen entdeckte sie ihre Leute. Karla und José legten schon eine heiße Sohle aufs Parkett, die anderen saßen mit Getränken beisammen und plauderten. Sie lief zu ihnen hinüber, küsste die anderen zur Begrüßung auf die Wangen und ließ sich gleich von Leon auf die Tanzfläche führen. Heute wollte sie sich nur in der Musik verlieren.

Als ein langsamer Bachatasong einsetzte, schaute sie hinauf zu der Mondsichel, die über ihnen am sternenbehangenen Himmel stand, und ihre Gedanken wanderten zu Per. Ob er gerade wohl auch zum Mond hinaufblickte? In Reykjavík wäre er nur schwach zu sehen, denn dort schien die Mitternachtssonne jetzt im Spätsommer und vertrieb die Dunkelheit der Nächte. Doch wenn man danach suchte, konnte man ihn auch dann erkennen. Der Mond war ihre Verabredung, ihre Verbindung, seit dem Abend im Mai, an dem sie auf der Bank unter dem Leuchtturm am äußersten Zipfel von Reykjavík gesessen und dem Ruf der Schnee-Eule gelauscht hatten, der durch die isländische Nacht schallte.

Kapitel 2

Die Pforte der Schrebergartenanlage schloss mit einem Quietschen, und wenige Minuten später stand Lia wieder inmitten des Samstagmorgentrubels von Othmarschen. Hektisch sah sie sich nach der nächsten Bushaltestelle um und stöhnte auf, als ein Stechen durch ihren Kopf jagte. Mist. Sie hatte nicht viel trinken wollen, aber dann waren sie nach der Party weitergezogen und schließlich in Leons Schrebergartenhütte gelandet, wo sie die Nächte für gewöhnlich mit einem guten Whisky ausklingen ließen. Aus irgendeinem Grund hatte ihr Handyalarm nicht geklingelt – stattdessen war sie von Leons geretteter Legehenne Sarafina geweckt worden, die hingebungsvoll an ihrem Goldpaillettenkleid gezupft hatte.

Sie warf einen Blick auf die Uhr. 10:18 Uhr. In vierzig Minuten musste sie in Blankenese sein. Also sollte sie zügigst den nächsten Bus bekommen. Die ersten Panikschübe stiegen in ihr auf. Der Brunch war das familiäre Großereignis, heiliger noch als das Weihnachtsfest. Und nun würde ihr nichts anderes übrig bleiben, als in einem funkelnden Goldpaillettenkleid, das dezent nach Hühnerstall roch, in der Villa ihres Onkels aufzukreuzen.

Gequält musterte sie ihr Spiegelbild in einem Ladenfenster. Da gab es nichts zu beschönigen. Ihr Haar hatte am Morgen ausgesehen, als hätte das Huhn darin genächtigt, und während die anderen noch schliefen, war sie in Leons provisorisches Outdoor-Bad gestürmt, um sich mit dem eiskalten Wasser aus der Zisterne behelfsmäßig zu erfrischen. Immerhin hatte sie ihre Zahnbürste dabeigehabt. Und es war ihr gelungen, ihre langen dunklen Locken mit den Fingern zu entwirren.

Sie seufzte und trottete los, passierte im Laufschritt auf ihren High Heels eine Bäckerei und einige Mehrfamilienhäuser.

Erst als sie im Bus saß und Kurs auf Blankenese nahm, atmete sie durch. So weit, so gut. Sie zog ihr Handy hervor – 10:25 Uhr. Sie würde sich ein paar Minuten verspäten, normalerweise eine Todsünde, aber ihr eigenwilliges Outfit wäre der noch größere Fauxpas. Seufzend tippte sie sich durch die eingegangenen Nachrichten. Ihre Mutter hatte mehrmals angefragt, ob sie an den Brunch gedacht habe. Welch Ironie.

Ihr Herz vollführte einen kleinen Sprung, als sie eine Nachricht von Per entdeckte. Ein Selfie auf seiner Exkursion, dazu wünschte er ihr mit ein paar süßen Zeilen einen guten Morgen. Er stand am Rand eines Vulkankraters, hinter ihm erstreckte sich die karge schwarze Lava, die Lia immer an eine Mondlandschaft erinnerte. Im Gegensatz zu ihr wirkte er ziemlich munter – bereit für ein Abenteuer … Als Vulkanologe unternahm er regelmäßig Forschungsexpeditionen, deren Daten er anschließend in seinem Büro in Reykjavík analysierte.

Ein Stich meldete sich in ihrem Herzen. Per in Hamburg – das wäre ein illusorisches Szenario. Er gehörte auf die raue Vulkaninsel, auf der eine seismische Aktivität die nächste jagte. Deren Erde und Krater, Risse und Spalten die bewegte Geschichte ihrer Entstehung erzählten und ständig weiterformten. In Hamburg bliebe ihm nur der Vesuv im Miniaturwunderland.

Sie verzog die Lippen und wandte den Blick zum Fenster. Draußen flogen die grünen Straßenzüge von Othmarschen vorbei. Stadttrubel, Szenecafés und hübsche hanseatische Villen. Ein Pärchen lief Arm in Arm die Straße entlang, und in ihr stiegen automatisch die Erinnerungen an das Wochenende vor einem Monat auf, an dem Per sie besucht hatte. Sie kannten einander nun seit einem Jahr, und es war seine erste Reise zu ihr nach Hamburg gewesen. Ihm blieb nur wenig freie Zeit. Wenn er nicht arbeitete, nutzte er seine Urlaubstage, um auf der Farm seiner Eltern zu helfen. Und was für eine Farm das war ...

Der Pullover hätte mir ein Warnzeichen sein müssen, dachte sie schmunzelnd. Pers Familie betrieb eine Schafzucht und Rentier-Lodge und bot geführte Safari-Touren zu den wildlebenden Rentieren im Hochland an. Die waren in Island relativ selten, man fand sie nur im Osten des Landes. Bisher hatte sie weder den Hof noch seine Eltern kennengelernt – was offizielle Familienvorstellungen betraf, waren sie beide zurückhaltend. Aber sie wusste, dass er seine Eltern stark entlastete, wenn er aufs Land fuhr, um die Tiere zu versorgen oder die Arbeiten am Hof zu übernehmen. Auch wenn das bedeutete, dass es für sie noch schwieriger wurde, einander zu sehen.

Doch vor einem Monat hatte er sein Versprechen wahrgemacht, und sie hatten ein perfektes Wochenende in Hamburg verbracht. Beinahe schon zu perfekt. Mit ihm fühlte sich alles so leicht an. Während sie an der Elbe Richtung Övelgönne entlangspaziert waren, hatte er sie einfach auf seine Arme gehoben und sie durchs Wasser getragen. Und so komisch ihr das normalerweise vorgekommen wäre – sie hatte es geliebt. Seine kleinen Neckereien, mit denen er sie immer wieder aus der Reserve lockte. Obwohl sie geschworen hätte, dass das keinem Mann jemals gelingen würde. Aber der Wikinger hatte es geschafft.

Traurig sah sie auf seine Nachricht. Nein, eine Zukunft mit ihm würde es in Hamburg niemals geben können. Sie kannte die Bedingungen, die ihre Liebe auf Distanz stellte. Und wenn sie realistisch war, wusste sie längst, dass es nur zwei Möglichkeiten gab, wenn sie daran nicht zerbrechen wollte: ein Leben mit Per auf Island oder ein Leben ohne Per.

***

Die beiden Bronzelöwen, die auf den Pfeilern der Einfahrt thronten, strahlten Lia schon von Weitem entgegen. Inzwischen brannte die Sonne unerbittlich vom Himmel herab, während sie außer Atem versuchte, den Blankeneser Süllberg auf ihren High Heels zu bezwingen. Als sie das Tor zu Onkel Donatus' Einfahrt erreichte, drang leise Jazzmusik zwischen den Bäumen hindurch, die das Grundstück abschirmten. Offenbar war der Sektempfang bereits in vollem Gange, was bedeutete, sie hatte die Ansprache verpasst.

Hastig stöckelte sie die steile Auffahrt entlang und musste ein paarmal in die Hecke ausweichen, als ihr Fahrer entgegenkamen, die Gäste am Haus abgeliefert hatten. Ehe sie um die Ecke und in Sichtweite der Villa trat, zupfte sie noch einmal an ihrem Kleid, in der Hoffnung, zu richten, was es da zu richten gab. Dann atmete sie tief durch, straffte die Schultern und marschierte los.

Die Flügel der Eingangstür standen offen, und ein Garçon empfing sie mit Champagner. Zügig stürzte sie zwei Schlucke hinunter, dann umklammerte sie das Glas und trat durchs Entree hinaus in den angrenzenden Patio. Vor ihr erstreckte sich ein Meer aus pastellfarbener Eleganz. Fließende Stoffe der Sommerkollektionen, helle Leinenstücke. Tante Anneliese trug sogar ihren Rennbahnhut.

»Mutig, PR-Lia, mutig.«

Sie wandte überrascht den Kopf und hätte den Schluck Champagner beinahe ausgeprustet. Ihre Cousine stand neben ihr, in Engelbert-Strauss-Schuhen und Karohemd.

»Gleichfalls, Abenteurer-Sina. Kommst du gerade von deiner Grönlandexpedition?«

Sina grinste und zuckte mit den Schultern. »Vor zwei Stunden angelegt. Wollte mich erst umziehen, aber dann hab ich mir gedacht, ich mach's aus Prinzip nicht. Einer muss den Laden ja ein bisschen aufmischen. Und ich glaube, auf Jura-Justus und BWL-Marie können wir nicht setzen.«

Lia folgte Sinas Blick und entdeckte ihren Cousin und dessen Schwester inmitten der Gesellschaft, wo sie angeregt mit zwei entfernt verwandten Tantchen plauderten und sich so perfekt ins Bild einfügten, als wären sie Teil einer Hochglanzcollage über Hamburgs obere Eintausend. Die liebevollen Spitznamen hatten sie einander beim Brunch vor fünf Jahren gegeben – als sie alle langsam ins Berufsleben einstiegen und jede Familienzusammenkunft darauf hinauslief, dass die ältere Verwandtschaft detaillierte Berichterstattungen der erreichten Karrierestufen verlangte. Zu Sinas und ihrer Belustigung hatten Justus und Marie ihren Namen alle Ehre bereitet und sich ihrem unausweichlichen Schicksal bei der Berufswahl gefügt. Oder der anstehenden Übernahme des Familienunternehmens.

»Und du riechst ein bisschen nach Huhn«, flüsterte Sina und gluckste leise. »Ehe es dir jemand anderes sagt. Neue Kampagne?«

Lia lachte und verdrehte die Augen. »Eher ein langer Abend mit gefiedertem Weckdienst.«

»Verstehe. Liegt ja in der Familie, der Hang zur Exzentrik.« Wie verabredet sahen sie zu Aktien-Anton, der gerade seinen afghanischen Windhund mit Trüffelkäse fütterte, und grinsten.

Dann stupste Sina sie an und schaute nach links. »Viel Glück, wir sehen uns später.«

Lia wandte den Kopf und blickte direkt in Tante Katharinas erwartungsvolles Lächeln. Sie hatte sich bei Onkel Donatus untergehakt, und beide schritten zielsicher auf sie zu.

»Cecilia Leonore, schön, dass du es noch geschafft hast.«

Schnell nahm Lia einen weiteren Schluck Champagner. Und die Spiele begannen.

Eine Stunde später lehnte sie sich an die sonnengewärmte Hauswand des Ostflügels und atmete durch. Ihr brummte der Kopf – von der Salsanacht und den vielen Gesprächen. Und der Zurechtweisung, die ihre Mutter ihr verpasst hatte. Nicht wörtlich, verstand sich, denn das wäre der größte Fauxpas, den man sich öffentlich leisten konnte. Aber ihr strafender Blick hatte sie ahnen lassen, dass der unangemessene Auftritt im Glitzerkleid ein ernstes Gespräch nach sich ziehen würde.

Sie sah zum Horizont, an dem die Elbe funkelnd Richtung Nordsee strebte und weiße Segel neben imposanten Containerschiffen in der Sonne leuchteten. Und ihre Gedanken wanderten mit ihnen. Glitten über den Fluss ins Meer, weiter Richtung Norden über den Atlantik, bis sie die vulkanische Küste ihrer Lieblingsinsel erreichten.

Das Leben auf Island war eine vollkommen andere Welt. Die Natur bestimmte alles. Und vielleicht war es diese Abhängigkeit von den Elementen, die die Menschen so viel bodenständiger machte. Ihr gab das Leben dort zumindest eine Ruhe, die sie in Hamburg nie verspürte. Hier war sie immer unterwegs, hetzte in der Agentur von einem Termin zum nächsten, jeder Erfolg gab ihr Auftrieb. Selbst den Feierabend konnte sie selten entspannt verbringen – stattdessen hatte sie den Drang, unterwegs zu sein, sich in die Tanzszene zu stürzen, bloß nicht stillzustehen.

Aber in Momenten wie diesem, wenn sie spürte, dass sie eigentlich müde war und sich nach Island sehnte, auf Pers Sofa, in seinen Arm, mit einem Glas Wein und der Aussicht auf den isländischen Himmel und – nichts weiter, einfach nur Ruhe … dann fragte sie sich, ob sie nicht eine Menge verdrängte, im Trubel ihres Hamburger Stadtlebens.

Wie es wohl wäre, wenn er sie heute begleitet hätte … Ein leises Lächeln stahl sich auf ihre Lippen, als sie sich vorstellte, wie er seelenruhig den ausufernden Erzählungen von Onkel Lorenz lauschte. Unverrückbar hätte er im Getümmel ihrer extrovertierten Verwandtschaft gestanden. Wie damals im Club. Und sie hätte sich gern an ihn gelehnt. Nur ganz leicht, aber so, dass sie die Verbindung zu ihm spürte. Denn aus irgendeinem Grund verlangten Treffen mit ihrer Familie ihr alle Selbstsicherheit ab, von der sie normalerweise eine Menge besaß. Und Per war der erste Mann, der es auf wundersame Weise allein durch seine Nähe schaffte, dass sie sich immer zuversichtlich fühlte.

Sehnsucht versetzte ihrem Herzen einen Stich, und sie zog ihr Handy hervor. Doch er hatte ihre Antwort offenbar noch nicht gelesen. Was nicht sonderlich überraschend war. Wahrscheinlich kämpfte er sich mit seinem Team gerade an einer steilen Vulkanwand hinunter.

Ehe sie noch traurig wurde, steckte sie das Handy schnell wieder ein. Dann trank sie den letzten Schluck Champagner und machte sich auf die Suche nach Sina. Draußen war sie nirgends zu entdecken, also betrat sie die Villa und schlängelte sich durch die Grüppchen, die sich aus der Mittagshitze ins Innere geflüchtet hatten.

Gerade, als sie in den Salon einbiegen wollte, ertönte ein Riff, und James Brown rief: »Whoa, I feel good!« Erschrocken griff sie in ihre Tasche und stellte das Handy leise, ehe James weitersingen konnte, während sie ein paar verwunderte Blicke kassierte. Ein Videoanruf von Anna. Den Klingelton hatte sie seit ihrem Auslandssemester eingestellt – ihr gemeinsamer Freundschaftsdauerbrenner. Schnell flüchtete sie sich in den Seitengang, schlüpfte in das angrenzende Zimmer und nahm das Gespräch an.

»*Halló elskan mín!*« Anna strahlte ihr entgegen. Ihre blonden Locken tanzten fröhlich im Wind, während sie sich das Mikro ihrer Kopfhörer vor die Lippen hielt. »*Hvað segirðu gott?*«

Ihre beste Freundin zu sehen, hob ihre Laune sofort an. »Ist ja gut, du hast Level vier im Isländischkurs erreicht, kein Grund, anzugeben.« Sie schnitt eine Grimasse und streckte Anna die Zunge raus.

Die wackelte mit den Augenbrauen. »Ein bisschen Motivation täte dir gut, dachte ich –« Sie brach mitten im Satz ab und riss die Augen auf. »Ähm … Lia, da steht ein Wildschwein hinter dir …«

Sie warf einen Blick über die Schulter und legte den Kopf schräg. »Onkel Donatus' Jagdzimmer … hab hier auch noch Gesellschaft von 'nem Hirsch, 'nem Fuchs und jeder Menge Schneehasen …«

Annas schockierte Miene sprach Bände. »Um Gottes willen … dieses Bedürfnis, sich süße flauschige Tiere ausgestopft in die Wohnung – pardon, ins Anwesen – zu stellen, werde ich nie verstehen. Moment, ist heute etwa der Familienbrunch?«

Lia nickte. »Jepp. Und ich möchte behaupten, ich schlage mich tapfer, dafür, dass ich fast nicht hergefahren wäre. Aber erzähl mir lieber, wie es euch geht, ich kann etwas Ablenkung gebrauchen.«

»Hm …« Ein verträumter Ausdruck trat auf Annas Gesicht. »Ziemlich gut. Aron führt gerade eine Reittour durchs Hochland. Aber am Mittwoch ist er wieder zurück, und wir wollen uns eine Auszeit gönnen. Wir haben eine Hütte in Haukadalur gebucht. Frühstück mit Blick auf die Geysire, abends ein Sundowner im beheizten Außenpool. Nur wir beide. Das wird unser Sommerurlaub. Bevor der ewige Winter wiederkommt, müssen wir die Temperaturen und das Sonnenlicht ja noch auskosten. Und mal ein paar Tage ohne die Hofarbeit werden auch erholsam sein. Solange er unterwegs ist, halte ich hier die Stellung bei den Schafen.«

Wie auf Kommando schob sich eine weiße Wollnase vor die Kamera, und es dauerte eine Weile, bis Anna das störrische Tier aus dem Bild verbannt und sich wieder sortiert hatte.

Lachend reckte Lia den Daumen. »Ich sehe, du hast die Sache im Griff.«

»Sehr anhänglich und eigensinnig, die Dicken.« Anna grinste zurück. »Und vielleicht vermissen sie dich ja auch – was mich zu meiner Frage bringt …«

Lia hob gespannt die Augenbrauen.

»Wann kommst du wieder her? Hast du schon was mit Per ausgemacht? Doch bestimmt noch vor dem Winter? Du weißt ja, dann wird es erst mal schwierig wegen des Wetters. Man weiß nie, ob man es von uns bis nach Reykjavík schafft oder vorher eingeschneit wird. Und überhaupt, es wäre wichtig, dass du vor dem Winter noch mal herkommst. Per stimmt mir sicherlich zu.«

»Also, der Redeschwall ist eigentlich mein Spezialgebiet.« Sie zwinkerte Anna zu und sah, wie die errötete. Das für sie so typische Glühen. Aber ungewöhnlich erschien ihr das Verhalten ihrer Freundin allemal.

»Oh ... ja, sorry, ich wollte dich nicht überfallen. Ich muss nur ein wenig planen.« Anna räusperte sich und strich sich hastig eine Locke hinters Ohr, die gegen den Küstenwind kämpfte.

»Ehrlich gesagt, kann ich es gerade noch nicht sicher sagen. In der Agentur herrscht zurzeit Land unter. Und ich habe fast alle Urlaubstage für die letzten Islandreisen aufgebraucht. Wahrscheinlich würde Hajo mich köpfen, wenn ich jetzt nach Urlaub frage. Und ich meine das durchaus wörtlich.«

Kurz herrschte Stille, dann nickte Anna. »Oh nein, bitte schau nicht so traurig. Du klingst schon wie ich damals.«

Überrascht runzelte Lia die Stirn. »So schlimm?«

Anna lachte. »Herzlichen Dank. Aber ja ... so schlimm.«

Sie stutzte. Vor einem Jahr war sie diejenige gewesen, die Anna dazu gedrängt hatte, endlich ihren Traum zu verwirklichen und nach Island zu reisen. Trotz ihrer Arbeitswut. Was offensichtlich ein ziemlich erfolgreiches Unterfangen mit einer lebensverändernden Bilanz war.

»Also«, ihre Freundin lächelte aufmunternd, »falls es irgendwie geht, wäre es wundervoll, wenn du es her schaffst.«

Lia nickte schwach. »Gebe mein Bestes.«

»Ich drücke die Daumen. Und jetzt halte ich dich nicht länger davon ab, Onkel Donatus' illustrer Gesellschaft beizuwohnen. Oder wie man das in euren Kreisen auch immer sagt.«

»Zu rücksichtsvoll von dir, vielen Dank.« Sie grinste und verdrehte die Augen. »Grüße von mir und den Schneehasen.«

Anna zog die Nase kraus, lachte dann und winkte zum Abschied. Ehe sie auflegte, erhaschte Lia noch einen Blick auf die weite Ebene und die Lupinenfelder, die sich hinter ihrer Freundin erstreckten. Arons Farm lag nahe Hellissandur auf der Halbinsel Snæfellsnes im Westen des Landes. Ein traumhaftes Fleckchen Erde, umgeben von sanftem Grün, magischen Wasserfällen und dem goldenen Strand von Skarðsvík. Aber so idyllisch die Natur dort war, bis nach Reykjavík – oder wie sie es gern nannte, in die Zivilisation – fuhr man fast drei Stunden. Und das war für ihren Geschmack doch etwas zu idyllisch. Da lobte sie es sich, dass sie von Pers Wohnung in der Hauptstadt nur wenige Minuten bis zur besten Bäckerei der Insel benötigte. Und anschließend durch die Läden und Galerien auf dem Laugavegur schlendern konnte.

Seufzend steckte sie ihr Handy ein. Jetzt waren ihre Gedanken schon wieder bei ihrem Wikinger gelandet. Und dass Anna sie für ihre Verhältnisse förmlich drängte, den nächsten Flug zu buchen, machte die Situation nicht leichter. Sie sollte sich wirklich ablenken.

Draußen erspähte sie endlich Sina, die allein unter dem weißen Panorama-Pavillon saß und auf die Elbe blickte. Lia schnappte sich eine italienische Orangenlimonade und bahnte sich ihren Weg durch die Gartenparty. Als sie den Pavillon erreichte, zog ihre Cousine gerade an einer Zigarre und streckte die Füße aus.

»Dein Ernst?« Lia hob eine Augenbraue, konnte sich das Grinsen aber nicht verkneifen.

Sina blies genüsslich den Rauch in die Luft und lächelte ihr zu. »Was denn, soll ich den Jungs das gute Zeug überlassen? Das sind kubanische. Ich hab sie sogar selbst gedreht. Vor Grönland waren wir in Havanna.«

Lia schüttelte den Kopf und ließ sich neben ihr auf die Bank gleiten. Die Limonade sprudelte angenehm auf ihrer Zunge und vertrieb die Kopfschmerzen. Mehr als die Standardfrage brachte sie dennoch nicht über die Lippen. »Und, was macht das Leben so?«

Sina zuckte mit den Schultern und deutete auf einen Viermaster, der gerade den Blankeneser Leuchtturm passierte und Richtung offene See steuerte. »Ich bin jetzt eine Woche lang hier, dann geht es wieder los, diesmal nach Französisch-Guyana, und zwar für ein Jahr.«

»Wow. Und … fehlt dir dein Zuhause nicht manchmal? Ist es nicht manchmal traurig, alles zurückzulassen?« Gedankenverloren sog sie an ihrem Strohhalm und folgte dem Segler mit dem Blick die Elbe entlang.

»Hm …« Sina paffte und ließ sich Zeit mit der Antwort. »Nein, komischerweise nicht. Mein Zuhause ist die Reise. Hamburg begleitet mich wie eine schöne Erinnerung. Und ich weiß, ich könnte ja jederzeit zurückkehren, wenn ich das will. Aber der Kitzel des Unbekannten hat etwas für sich. Dadurch fühle ich mich erst lebendig.«

Lia nickte langsam, während ihre Gedanken allmählich wieder gen Norden schippern wollten. »Verstehe.«

»Und du? Habe gehört, da gibt es einen Isländer?«

»Oh, also …« Ihre Wangen fühlten sich heiß an, und es musste so ziemlich das erste Mal sein, dass ihr das passierte. »Ja, tatsächlich. Aber wie du dir vorstellen kannst, ist es kompliziert. Er ist Vulkanologe, und es ist quasi ausgeschlossen, dass er herzieht. Hier würde er niemals glücklich werden.«

»Und hast du darüber nachgedacht, zu ihm nach Island zu ziehen?«

Jeden Tag dachte sie daran. Malte sich insgeheim aus, wie es wäre, mit ihm in Reykjavík zu leben. So viel Nähe hatte sie noch nie in einer Beziehung zugelassen. Aber mit Per war schließlich auch nichts wie zuvor. Trotzdem jagte ihr der Gedanke, alles zurückzulassen, Angst ein. Und da war diese nagende Stimme der Emanzipation, die vehement verlangte, dass sie unmöglich diejenige sein könnte, die ihre Karriere und ihr gesamtes Leben für einen Mann umkrempelte.

Andererseits – sollte Emanzipation nicht bedeuten, frei zu sein? So wie Sina glücklich den eigenen Weg zu gehen? Und wenn dieser Weg sie zu einem Mann nach Island führen würde – wäre sie dann nicht so emanzipiert und frei, wie sie überhaupt nur sein konnte?

Sie seufzte. »Natürlich. Aber das ist nicht so leicht. Ich würde eine Menge aufgeben. Und eine Garantie, dass es mit uns klappt, gibt es ja auch nicht.«

»Hm.« Sina nickte. »Schon richtig, die Liebe ist immer ein Risiko. Aber weißt du – manchmal lohnt es sich, was zu riskieren. Sonst wirst du nie erfahren, ob es dein Weg sein sollte.«

Stumm seufzte Lia und starrte weiter vor sich hin.

Neben ihr drückte Sina den Zigarrenstummel aus und streckte sich. »Ich schaue mal zu den Tanten. Mir wurde noch eine dringende Befragung angedroht.« Sie küsste Lia auf die Wange und erhob sich. »Nicht so viel nachdenken, Cousinchen. Das kenn ich gar nicht von dir. Machen!« Und damit verschwand sie hinter den Rhododendronhecken in Richtung Party.

Eine Weile blieb Lia reglos sitzen und sah aufs Wasser. Gerade als sie sich aufraffen und zu den anderen gehen wollte, vibrierte ihr Handy. Automatisch vollführte ihr

Herz einen Satz. Auch so eine Sache, die sie vor Per nicht gekannt hatte. Aber seit er in ihr Leben marschiert war, geriet ihr Puls bei jeder eintreffenden Nachricht ins Hüpfen – ihr Körper rechnete intuitiv damit, dass diese vom Wikinger stammte. Dabei hätte sie ihrem Verstand durchaus mehr Zurechnungsfähigkeit zugetraut.

Sie zog das Smartphone aus der Tasche. Tatsächlich, ein Foto von Per. Lächelnd tippte sie es an. Verschmitzt grinsend strahlte er ihr entgegen. Und neben ihm Sólveig, sein Lieblingsrentier, das auf einer Karotte kaute. Grüße vom Land. Sie würde dich gern mal kennenlernen, hatte er dazugeschrieben.

Und obwohl sie schon eine Menge ähnlicher Bilder von ihm erhalten hatte, löste das Foto in diesem Moment etwas Besonderes in ihr aus. Sie vermisste ihn. Und sie wollte nicht, dass alles, was sie jetzt und in Zukunft verband, virtuelle Zeilen und Selfies sein würden. Sie wollte das echte Leben. Mit ihm. Und wenn sie das Funkeln in seinen Augen sah, wusste sie, dass ihr Zuhause nicht die Altbau-WG, nicht der Agenturjob, nicht Hamburg war. Wirklich zu Hause fühlte sie sich in Pers Nähe. Und vielleicht hatte Sina recht. Vielleicht musste sie es einfach riskieren.

Kapitel 3

Südisland
Anfang September 1771

Der Wind erfasste Alvas Träne und trug sie hinaus auf den
Ozean, tauchte sie in die Wellen, wo sie eins wurde mit den
tosenden Wogen. Sie kniff die Augen zusammen, starrte in
den Nebel, der sich wie eine undurchdringbare Wand vor
ihr erstreckte. Wie gern wäre sie darin verschwunden. Ein-
getaucht in dem Schleier, der die schwarze Küste umschlang.
Nicht einmal die scharfen Klippen der Vestmannaeyjar waren zu erkennen. Der Ozean verbarg die Inseln wie ein gut-
gehütetes Geheimnis.

Sollte sie das Boot nehmen? Alva sah zur anderen Seite
der Bucht. Der Kahn, mit dem Péturs Männer zum Fischen
rausfuhren, lag verlassen an der Küste vertäut. Doch es wäre
aussichtslos – sie würde es niemals durch die unwegbaren
Fluten schaffen. Selbst bei sanften Wettern war die Überfahrt ein Wagnis. Und lange könnte sie sich auch auf den
Inseln nicht verbergen. Ihr Vater würde einen Trupp los-
schicken, der sie früher oder später aufspüren würde.

Verzweifelt ließ sie ihre Stute durch die Brandung stürmen.
Das Krachen der Wellen donnerte neben ihnen an den Strand,
der Schaum der Ausläufer stob von Fjellas Hufen, hinterließ
weiße Spuren auf dem schwarzen Lavasand. Alles um sie
herum verschwamm im Rausch der Geschwindigkeit, im

Rauschen des Meeres. Alva schob die Finger in Fjellas helle Mähne und schloss die Augen. Doch dann drang ein entferntes Wiehern an ihr Ohr, und Fjella schlug so abrupt einen Bogen, dass Alva beinahe in den Wellen gelandet wäre.

Erschrocken klammerte sie sich an den Hals ihrer Stute, die schnaubend zu der grünen Ebene des Festlands starrte, von der sich ein zweiter Reiter näherte. Die blonden langen Haare wehten wild unter der schwarzen Haube, und die schweren Röcke flatterten, während die Gestalt nun hektisch zu ihr herüberwinkte. »Alva!«

Sollte sie innehalten?

Die Panik ergriff Alva, und sie setzte an, ihre Stute wieder in die Brandung zu treiben. Zu fliehen, irgendwo würde man sie schon verstecken. Irgendjemand musste ihr helfen. Doch Fjella stemmte die Hufe in den Sand und rührte sich keinen Zentimeter.

Inzwischen war die Reiterin so nah, dass sie die geröteten Wangen und den besorgten Blick ihrer Schwester erkennen konnte. Alva ließ die Schultern sinken, wartete ergeben, bis Margrét sie erreichte. Die sprang ohne ein Wort von ihrem Rappen, ergriff Fjellas Zügel und baute sich wie eine Furie vor ihr auf.

»He, was soll das? Lass sie sofort los!«, protestierte Alva und versuchte, Margréts Finger wegzuschlagen.

»Nicht, solange du womöglich gleich wieder davonpreschst!«, fauchte ihre Schwester und wich ihr geschickt aus. »Und wenn du noch einen Funken Verstand besitzt, kehrst du sofort mit mir zurück. Vater wird außer sich sein. Bis wir den Hof erreichen, bricht die Nacht herein. Was hast du dir nur gedacht?«

Der Gedanke an das elterliche Gehöft ließ sie aufschluchzen. Dort würde die Familie bald zur Abendmesse beisammensitzen. Niemand außer Margrét hatte bemerkt, wie sie sich davonstahl. Doch sie könnte unmöglich zurückkehren. Ihr Vater hatte ihr verkündet, was man von ihr erwartete. Ólafur sei ein anständiger Mann. Sein Besitz maß das Doppelte der hiesigen Höfe und werde ihr eine Zukunft verheißen, die ihr angemessen sei. Ólafurs Wohlstand würde auch den ihrer eigenen Familie sichern.

»Was hast du erwartet?« Margrét musste die Tränen gesehen haben, die unaufhaltsam ihre Wange hinabrannen, denn sie tätschelte nun beinahe milde ihr Bein. »Deine Zeit ist längst gekommen. Es hätte dich deutlich schlimmer treffen können als mit Ólafur.«

»Schlimmer?«, brachte sie erschüttert hervor. »Ich habe ihn erst ein Mal gesehen, Margrét.«

Ihre Schwester zuckte unbeeindruckt mit den Schultern. »Denk nur an Sigrún. Die musste den alten Hákon nehmen, weil ihr Vater die Familie nicht mehr durchbringen konnte. Uns geht es gut, Alva. Vergiss das nicht. Danke Gott, dass du mit einem ansehnlichen Ehemann gesegnet sein wirst, der unserer Familie Ehre bereiten wird.«

Sie schluckte. Nichts an der Vorstellung, ihr Leben an Ólafurs Seite zu verbringen, erschien ihr tröstlich. Wenn auch die meisten ihrer Freundinnen ihn als gut aussehenden Mann bezeichnen würden, konnte sie ihm dennoch wenig abgewinnen. Ihre erste Begegnung hatte sie vollkommen unberührt gelassen. Sie erinnerte sich schon kaum mehr an sein Antlitz, dabei lag ihr Treffen erst wenige Wochen zurück. Er war einer dieser blassen Menschen, von denen ihre Großmutter stets gesprochen hatte. Jemand, der nicht dazu bestimmt war, einen Raum in ihrem Leben einzunehmen. Deshalb hatte sie ihn schneller vergessen, als es ihre Art war.

»Komm jetzt.« Margrét zerrte ungeduldig an Fjellas Zügeln.

»Lass sie los!« Alva erwachte aus ihrer Starre und holte nach Margrét aus, die wich wieder geschickt zurück, blieb dann aber stehen und drehte sich um.

»Nur, wenn du versprichst, mir zu folgen.«

Alva schnaubte stur. Doch ihre Schultern sanken hinab. Sie wusste, dass ihr keine Wahl blieb. Die Dämmerung legte sich allmählich über das Land, und schon bald würde sie kaum mehr die Hand vor Augen erkennen können. Sie hatte weder Proviant noch Decken oder Kleidung für die Reise dabei, ihr Aufbruch war ungeplant – die letzte Flucht, die ihr geblieben war.

Sie nickte stumm, sah zu, wie Margrét zufrieden Fjellas Hals tätschelte, ehe sie sich auf den Rücken ihres Rappen schwang.

Schweigend ritten sie Seite an Seite über die Ebene am Flussufer entlang. In der Ferne ragten die dunklen Felsen des Hochlands hinter dem grünen Flachland empor. Früher waren sie oft zu den Wasserfällen hinausgaloppiert und hatten sich die alten Sagas erzählt, bis es eine von ihnen so sehr schauderte, dass sie kreischend zurück zu den Pferden rannte. Doch seit ihr Vater gestreng auf ihre schulische und moralische Bildung achtete, hatte »unzivilisiertes Gestreune«, wie er ihre Ausflüge bezeichnete, fortan das Nachsehen.

Alva vermisste die ungezwungenen Abenteuer mit ihrer Schwester. Doch sie waren ihrer Kindheit entwachsen, und als Älteste gebührte es ihr, den anderen Geschwistern ein gutes Vorbild zu sein.

Schuldbewusst sah sie zu Margrét. Obwohl sie zwei Jahre jünger war, kannte ihre Schwester längst ihre Pflichten, ihren Platz und war sich nie zu schade, Alva an den ihren zu erinnern.

Sie passierten die Talsenke, wechselten einen Blick und trieben die Pferde in einen raschen Galopp. Mit angehaltenem Atem jagten sie an Ragnars Weiden vorbei, auf denen sich hohe Stichflammen in den Himmel bohrten. Aber Alva konnte nicht verhindern, dass der penetrante Gestank nach Rauch und Verwesung sie einholte. Zehn Schafe hatte der alte Bauer diese Woche verloren. Wie so viele waren sie verendet, an der Seuche, die seit Langem grassierte. Die Herden, die man aus England importierte, hatten sie mitgebracht. Überall brannten die Feuer, mit denen sie notdürftig versuchten, die Ausbreitung der Krankheit zu verhindern. Doch nichts schien sie aufhalten zu können. Die Leute verloren ihre Herden, ihre Lebensgrundlage. Der Hunger zog durchs Land. Wenn nicht bald etwas geschehen würde, wäre es für viele zu spät.

Wie eine Mahnung erhoben sich die Rauchfahnen vor ihr. Margrét hatte recht. Sie war gesegnet. Wenn sie nach Hause zurückkehrten, würde ein gedeckter Tisch mit warmen Speisen auf sie warten. Ragnar könnte seine zehn hungernden Kinder längst nicht mehr versorgen, wenn sie ihm nicht ihre Magd mit einem Korb an Vorräten vorbeischicken würden.

Als sie den Zuweg des Gehöfts erreichten, wiesen ihnen nur der Mond und der Schein der Kerzen in den Fenstern des Wohnhauses den Weg, doch die Pferde hätten selbst in dunkelster Nacht zu ihren Ställen zurückgefunden. Kaum erklang das Hufgetrappel auf dem Hof, schwang die Tür zu den Stallungen auf, und Skjöldur stolperte heraus. Der Viehbursche schluckte den letzten Bissen seines Abendessens herunter und fuhr sich mit dem Ärmel unwirsch über den Mund.

»Euer Vater war schon in Sorge.« Er nickte knapp und nahm ihnen die Pferde ab.

Alva und Margrét hakten sich beieinander unter und liefen Seite an Seite zum Wohnhaus, dessen Torfdach wie ein grasbewachsener Gipfel in den Nachthimmel ragte. Sobald sie sich in den schmalen Flur drängten, schlugen ihnen die abgestandene Luft und hitzige Gesprächsfetzen entgegen. Margrét zog sie ungeduldig zur Stube, in der sich nach dem Essen alle versammelt hatten.

Hastig stolperten sie über die Türschwelle und platzten mitten in ein lautes Durcheinander. Einzig ihre Mutter saß still auf ihrem Sessel und konzentrierte sich auf die Stickarbeit in ihren Händen. Neben ihr knieten Ingibjörg und Guðrún, ihre jüngsten Schwestern, spielten unbekümmert mit den Holzpferden, die ihr Onkel Jarle geschnitzt hatte, und lachten ausgelassen. Auf der anderen Seite des kleinen Raums beugte sich ihr Vater über die Bücher auf seinem Schreibpult und diskutierte aufgebracht mit Jarle, der die Verwaltung des Hofs übernommen hatte, während Álfeiður, ihr kleiner Bruder, das Nesthäkchen, am Clavinet in die Tasten schlug.

Als ihr Vater sie im Türrahmen stehen sah, musterte er sie streng, während das Gekreische der Kleinen und die wilde Sonate immer weiter anschwollen.

»Ruhe!«, tönte seine donnernde Stimme durch den Raum, dass die fragilen Fensterscheiben in ihren Fassungen bebten. »Herrgott, ist es denn zu viel verlangt, dass sich hier einmal alle züchtig benehmen?«

Sofort kehrte Stille ein, nur Ingibjörg und Guðrún kicherten leise hinter ihren vorgehaltenen Händchen. Der tadelnde Blick ihres Vaters ruhte nun wieder auf Margrét und ihr. Doch unter der Härte erkannte sie Erschöpfung und

Besorgnis. Tiefe Falten lagen um seine grünen Augen, und seine Züge wirkten verhärmter denn je. Sigurður führte die Familie mit strenger Hand, doch er ließ Milde walten mit seiner ungestümen Bande, wenn die Mutter und der Onkel nicht im Raum waren und die Magd das Haus verließ. Dann raufte er sich ergeben das lichte Haar und überließ es dem Herrgott, Anstand in seiner Meute zu suchen.

»Wo wart ihr? Es gebührt sich nicht für junge Frauen, in der Dunkelheit draußen zu sein. Ihr habt die Abendmesse verpasst.«

»Tut uns leid, Vater, wir wollten unbedingt noch Muscheln sammeln, für das große Essen morgen.« Margrét blinzelte unschuldig und strich ihren schweren schwarzen Wollrock glatt. Dann zog sie eine Handvoll glänzender Schneckenhäuser und Perlmuttmuscheln aus ihrer Rocktasche hervor, die sie immer bei sich trug.

Bevor ihre schuldbewusste Miene sie verraten konnte, senkte Alva den Blick auf ihren eigenen Rocksaum. Meerwasser tropfte von den aufwendigen Stickereien und hinterließ schimmernde Pfützen auf dem Dielenboden. Sie bemühte sich, ihre Schultern gerade und ruhig zu halten. Doch innerlich bebte sie. Das Essen wäre kein gewöhnliches Freundschaftsmahl.

»Íris!«, rief ihr Vater, und die Magd erschien eilig aus der Vorratskammer. »Geh, und leg den Mädchen die guten Kleider zurecht. Wir erwarten hohen Besuch morgen.« Dann schickte er sie auf ihre Schlafstube. Sie würden heute hungrig unter die klammen Decken ihres Bettes kriechen.

»Du stehst in meiner Schuld«, raunte Margrét ihr zu, als sie Íris den Flur entlang und die schmale Treppe hinauf zu ihrer Kammer folgten. Sie lag am Ende des Torfhauses unter dem Spitzdach.

Schweigend durchquerten sie die Baðstofa, in der die Betten der Bediensteten und Farmarbeiter standen, und traten in den gesonderten Schlafbereich ihrer Familie. Die Magd hielt ihnen die Tür auf und entzündete die Kerzen im Raum, dann trat sie an den sperrigen Holzschrank, in dem sie die Kleider der Mädchen aufbewahrten. Margrét und Alva ließen sich erschöpft auf ihr Bett sinken und beobachteten, wie Íris durch die Garderobe strich und schließlich das schwarze Kleid mit der gestickten Feuerblume hervorzog, die sich vom Saum fast bis zur Taille hinaufwand.

»Was hältst du davon? Ich denke, es wäre dem Anlass angemessen.« Strahlend klopfte Íris den Stoff zurecht und breitete den weiten Rock auf der Truhe vor ihrem Bett aus.

Die Panik kroch wieder in Alvas Adern, trieb ihren Puls in die Höhe und schnürte ihr die Kehle zu. Doch Margrét maß sie mit warnendem Blick, und es gelang ihr, gefasst zu nicken. »Danke, Íris, ich schätze, das ist eine gute Wahl.«

»Eine gute Wahl?« Das Mädchen wrang aufgeregt die Hände, während ihre runden Wangen apfelrot glühten. »Denk doch nur, morgen wirst du verlobt sein! Ólafur wird sein Glück kaum fassen können, wenn er dich in dem Kleid sieht! Was für ein schmucker Mann er ist. Und ein feiner Lehnsherr noch dazu. Meine Schwester lebt doch auf dem Hof einer seiner Bauern. Nur Gutes hat sie von ihm zu berichten. Er hat immer ein Auge auf seine Leute und hilft ihnen übers Jahr.«

Alva rang sich ein leises Lächeln ab und nickte matt. »Sicher, er muss ein feiner Mensch sein.«

»Das ist er, fürwahr! Es wird dir gefallen auf seinem Gehöft. Das Land im Osten hat die schönsten Sonnenaufgänge, direkt über den Fjorden. Und in seinem Haus soll es eine goldene Uhr geben, die jede Stunde eine Melodie spielt …

könnt ihr euch das vorstellen?« Íris schien in ihrer Begeisterung kaum zu bremsen, schwungvoll wandte sie sich wieder dem Schrank zu und begab sich auf die Suche nach einem Kleid für Margrét. Sie zog einen schwarzen Rock mit einem filigranen Blütenmuster am Saum hervor. Margrét nickte zufrieden. Dann half Íris ihnen, sich für die Nacht umzukleiden, ehe sie sich verabschiedete.

Als sie die Tür hinter sich geschlossen hatte, atmete Alva aus und ließ sich in die Kissen sinken. Über ihr tanzten die Schatten der flackernden Kerzen an der Giebeldecke. Sie kannte den Anblick, seit sie als Mädchen das Zimmer bezogen hatte.

Sie hörte Margréts Nachtgewand rascheln und spürte, wie ihre Schwester sich neben sie setzte. Ungeduldig zupfte sie an Alvas Ärmel. »Komm schon, ich bin müde.«

Seufzend richtete sie sich auf und drehte Margrét den Rücken zu. Mit geübtem Griff löste ihre Schwester die kunstvolle Flechtfrisur und strich mit dem Kamm durch Alvas langes blondes Haar, das nun in Wellen bis zur Taille hinabfiel.

»Du wirst sehen«, flüsterte ihre Schwester sanft, »in ein paar Jahren wirst du die Aufregung ganz vergessen haben.«

Alva blieb stumm. In ein paar Jahren wäre sie die Frau eines Fremden, würde auf einem Hof weit fort von ihrer Familie leben, sie hätte womöglich selbst schon Kinder – und die Umstände, die dazu führen würden, wollte sie sich erst recht nicht ausmalen …

Schnell vertrieb sie die quälenden Gedanken und harrte aus, bis Margrét den Kamm sinken ließ. Dann drehte sie sich um und arbeitete sich konzentriert durch die vom Wind zerzausten Strähnen ihrer Schwester. Ehe sie unter die Decken schlüpften, sprachen sie ihr Nachtgebet, so wie Vater und Mutter es sie gelehrt hatten.

Margrét löschte hastig ihre Kerze und vergrub sich in den Decken, doch Alva tastete unter ihrem Kissen nach dem kleinen Lederbuch, das ihr Vater von seinem letzten Besuch in Eyrarbakki mitgebracht hatte. Seit er als Sekretär für die dänische Krone arbeitete, reiste er viel, dokumentierte die Staatsgeschäfte und hiesigen Probleme, vor denen die Bevölkerung stand. Als er das Büchlein aus seinem Mantel hervorgezaubert hatte, hatte sie sofort gewusst, wofür sie es verwenden wollte. Ihre Freundin Lilja aus Bessastaðir hatte ihr einmal erzählt, dass sie ein Tagebuch führte, in dem sie ihre Befindlichkeiten notierte, wie die Grandes Dames es in Paris und Kopenhagen taten. Sie war die Tochter des Stiftamtmanns von Island, und ihr Vater wurde im Auftrag der dänischen Krone regelmäßig nach Kopenhagen beordert. Wenn es eine gab, die wusste, was in der Welt geschah, so war es Lilja.

Alva hatte schnell Gefallen an ihren abendlichen Notizen gefunden. Es lag etwas ungemein Tröstliches darin, die Seiten aufzuschlagen und mit der Feder über das raue Papier zu fahren. Ihre Erinnerungen in Tinte darauf festzuhalten.

Sie zog den Korken von dem Tintenglas, das auf dem Tischchen neben ihrem Bett bereitstand, und tauchte die Feder hinein. Dann verlor sie sich in den Zeilen und ihren Befürchtungen, was der nächste Tag bringen möge.

Kapitel 4

Die Strahlen der Morgensonne weckten Alva aus der unruhigen Nacht. Das kleine Fenster zeigte einen hellblauen Himmel, in den sich kaum eine Wolke verirrte. Neben ihr schlief Margrét wie ein Stein, doch aus den Betten der Geschwisterchen auf der anderen Kammerseite erklangen eifriges Gemurmel und Gekicher.

Bis weit nach Mitternacht hatte sie gestern noch in ihr Büchlein geschrieben. Mit einer Hand tastete sie unter dem Kissen nach dem rauen Ledereinband und dem Brief, den sie darin versteckt hatte. Es war ein ungeschriebenes Gesetz, dass man nicht nahm, was unter dem Kissen eines anderen lag, doch den gerissenen Geschwisterchen war nicht über den Weg zu trauen. Und so, wie es sich anhörte, heckten sie schon wieder den nächsten Unfug aus.

Schritte näherten sich vor der Tür, kurz darauf erklangen ein Klopfen und Íris' helle Stimme: »Aufstehen, Kinder!« Dann trat sie ein, und ihre Augen leuchteten noch freudiger als am vergangenen Abend. »Schnell, schnell, sonst verpasst ihr noch die Messe! Und denkt daran, heute ist ein besonderer Tag für eure Schwester. Dass ihr euch ja gut benehmt.« Mit zügiger Tatkraft half sie den Kleinen aus den Betten.

Alva schlug ergeben die Decke zurück und stellte ihre Füße auf den ausgekühlten Boden. Es gab kein Entrinnen. Nur diese eine Messe trennte sie noch davon, ihrem Schicksal gegenüberzustehen.

Grummelnd streckte sich Margrét neben ihr, dann krabbelte sie über die Decken und verpasste ihr einen sanften Stoß, als sie aus dem Bett stolperte. »Fort mit deiner Trübsal. Wenn Ólafur dich so sehen könnte, würde er vor Schreck aus der Tür stolpern und zu Fuß nach Seyðisfjörður zurückrennen.«

Seufzend erhob Alva sich und folgte den anderen. Íris half ihnen beim Waschen, Ankleiden und Frisieren. Wie jeden Sonntagmorgen kostete es viel Zeit, ehe die versammelte Familie abreisebereit in feiner Kleidung auf den Pferden saß. Der Ritt zur Kirche von Síra Biarnhard würde sie eine gute Stunde kosten. Dort versammelten sich die Familien der umliegenden Höfe, und da sie alle einen beschwerlichen Weg auf sich nahmen, konnte die Messe nie vor dem Mittag beginnen.

Während die grünen Ebenen im Takt von Fjellas Hufgetrappel an ihr vorbeizogen, fühlte Alva sich wie betäubt. Die Vorsehung des erwarteten Besuchs legte sich gleich einer schweren Decke über ihre Schultern. Mit den Fingerspitzen schob sie den Brief, den sie in ihrer Rocktasche verborgen hatte, noch etwas tiefer. Sie hatte sich erst getraut, das Schreiben zu verfassen, als es still im Haus geworden war und alle schliefen. Jóra würde sie verstehen. Seit ihrer Kindheit waren sie beste Freundinnen. Ihr Vater hatte die Verbindung zwischen ihnen stets mit Unwohlsein betrachtet, aber er hatte sie geduldet. Jóras Familie bewirtschaftete einen der kleineren Höfe, die ihrem Anwesen unterstellt waren.

Doch sie würde ihre Freundin nicht wie sonst in der Kirche sehen. An den ersten Sommertagen hatte man Jóra und ihren kleinen Bruder ins Hochland geschickt, auf das *Sel*, die Almhütte der Farm. Dort hüteten sie die Schafe, und als

Matselja würde Jóra die Auen melken und Käse und Skyr herstellen, wie sie es von ihrer Mutter auf dem Hof gelernt hatte. Es war ein hartes, einsames Leben auf den abgelegenen Hütten. Und es würde eine ganze Woche dauern, ehe ein Arbeiter der Farm hinauffuhr, um die Lebensmittel ins Tal zu holen. Eine Woche, bis Jóra ihren Brief erhalten würde. Angesichts der Dringlichkeit ihrer Lage erschien es Alva wie eine Ewigkeit. Doch sie musste es dennoch tun. Sie würde dabei riskieren, dass einer der Boten ihre Zeilen las. Aber es wäre ihr ein Hoffnungsschimmer, wenn ihre liebste Freundin um ihr Schicksal wüsste.

Die schwarzen Umrisse und das grasbewachsene Torfdach der Kirche erschienen am Horizont vor den schneebedeckten Bergen, und ein mulmiger Schauer erfasste Alva, als sie die Menschengrüppchen sah, die sich vor dem Eingang versammelten. Wie viele von ihnen wohl bereits wussten, dass Ólafur Eyþórson ihr heute seine Aufwartung machen würde? Er war der tüchtigste und vermögendste Händler Ostislands. Selbst hier im Süden kannten die Leute seinen Namen und spekulierten, wen er zur Frau nehmen würde.

Sie stiegen von den Pferden, überließen sie den Burschen, und ehe Alva die Chance hatte, sich noch einmal fortzustehlen, hakte Margrét sich bei ihr unter und führte sie mit sanftem Druck hinter ihren Eltern in Richtung Kirchtür. Suchend sah sie sich um, doch nirgends konnte sie Viggós roten Lockenkopf ausmachen. Schon den ganzen Sommer über hatte er Briefe zwischen Jóra und ihr übermittelt. Er wüsste Bescheid, sie müsste es nur schaffen, ihm ungesehen das Papier zuzuschieben …

»Alva, Alva!« Noch ehe sie das Gotteshaus betraten, hatten Stína und Harpa sie entdeckt und winkten ihr aus der Ferne zu. Die beiden drängten sich an den Umstehenden vorbei und eilten zu ihnen herüber. Ihre rot glühenden Wangen und glänzenden Augen verrieten, dass sie die Neuigkeit schon erfahren hatten.

»Ólafur reist heute zu euch?« Stína schlug sich die Hand vor den Mund, um ein Kichern zu verbergen.

»Was hast du nur für ein Glück!«, brachte Harpa aufgeregt hervor und strahlte sie an.

Ihre Freundinnen würden ihre Zweifel nicht verstehen. Wie sie es angenommen hatte. Sie zwang ein schwaches Lächeln auf ihre Lippen und nickte. »Ja, tatsächlich, wir erwarten ihn zur Abendstunde. Aber –«

»Ich denke, unsere Eltern und der liebe Herrgott warten, wenn ihr uns entschuldigt«, unterbrach Margrét das Gespräch und zog sie weiter Richtung Tür. Und in diesem Moment war Alva ihr überaus dankbar dafür.

»Habt eine schöne Andacht!«, rief sie ihren Freundinnen zu. Dann folgte sie Margrét zu ihren Plätzen in einer der vordersten Bankreihen. Während die letzten Leute in die Kirche strömten, sah sie sich um, doch nirgends ein Zeichen von Viggó. Erst kurz bevor die Türen geschlossen wurden, schlüpfte er hinein und hastete zur letzten Bankreihe. Wenn er es ebenso eilig hätte, nach der Messe aufzubrechen, würde sie schnell sein müssen. Schnell und unauffällig zugleich, was einer schier unmöglichen Herausforderung glich.

Der Pfarrer trat vor die Gemeinde, und der Gottesdienst begann. Üblicherweise genoss sie die Predigten und das gemeinsame Singen mit ihren Bekannten und Freunden der anderen Höfe. Die Messe war einer der wenigen geselligen Anlässe, zu denen sie alle zusammenkamen, während sie sonst das weite Land trennte. Doch in den letzten Monaten, in denen Jóra nicht daran teilnahm, hatte jeder Kirchenbesuch einen faden Beigeschmack. Denn es erinnerte sie einmal mehr an die schweren Tage, die ihre Freundin in der Abgeschiedenheit ausharrte. Ihre Briefe waren spärlich, oft dauerte es einen ganzen Monat, ehe Viggó eine Antwort auf ihr Schreiben brachte. Und Jóras Zeilen glichen kryptischen Metaphern. Offensichtlich befürchtete auch sie, jemand könne die Briefe lesen.

Lang dürfte es nicht mehr dauern, bis sie auf die Farm zurückkehrte. In wenigen Wochen würde man die Schafe von den Weiden hinunter ins Tal treiben, um sie im Winter in den hofnahen Pferchen vor dem Wetter geschützt zu versorgen und die Tiere, die den Bauern noch geblieben waren, über die unliebsamen Temperaturen und Eisstürme der Winterzeit zu bringen. Doch was, wenn sie dann längst nicht mehr hier wäre? Wenn Ólafur auf eine rasche Vermählung bestand und man sie mit ihm in den Osten schickte, ehe Jóra eintraf? Sie könnten sich nicht einmal verabschieden. Neun Tage zu Pferd dauerte es, ehe man Ólafurs Hof erreichte. Eine Distanz, die ein Wiedersehen für sie unmöglich machte.

Sie müsste ins Hochland reiten, zum Sel der Farm. Bei allen Gefahren, die der Weg versprach, den steilen Klippen, dem unberechenbaren Wetter und den kriminellen Gestalten, den verstoßenen Vagabunden, die dort umherstrichen, weil man sie eines Verbrechens wegen von den Höfen und Gemeinden vertrieben hatte. Doch wenn man sie schon zwang, einen Mann zu nehmen, den sie nicht selbst für sich gewählt hatte, stand ihre Entschlossenheit in diesem Punkt fest. Sie würde nicht gehen, ehe sie Jóra Lebewohl gesagt hatte.

Síra Biarnhard schloss die Predigt mit dem letzten Gebet, und sobald Bewegung in die Reihen kam, wandte Alva sich um. Viggó war bereits aufgesprungen und näherte sich mit hastigen Schritten der Tür. Ohne zu überlegen, erhob sie sich und duckte sich geschickt zwischen den Leuten hindurch, während sie ihm hinterhereilte. Die überraschten und empörten Blicke der anderen ließ sie an sich abprallen. Sie könnte sich später immer noch mit einer Unpässlichkeit herausreden.

Als sie hinaus in den Kirchhof stürmte, schwang sich Viggó bereits auf sein Pferd. Schwer atmend erreichte sie ihn gerade noch rechtzeitig, ehe er davonreiten konnte. »Warte«, keuchte sie und griff in ihre Rocktasche. »Hier, bitte überbring ihn Jóra.«

Sein Blick ruhte einen Moment überrascht, dann betrübt auf ihr. Stumm nickte er, griff den Brief und schob ihn in seine Manteltasche.

»Was ist?« Besorgt musterte Alva sein hageres, ernstes Gesicht. »Weshalb bist du so still? Und warum bist du allein zur Messe gekommen?«

Er fuhr sich mit der Hand durch sein rotes Haar, das Jóras so ähnelte. »Vater ist krank. Die anderen konnten nicht vom Hof fort.«

»Sollen wir Síra Biarnhard zu euch schicken?«, fragte sie und tätschelte beruhigend das Pferd, das offenbar die Besorgnis seines Reiters spürte und nervös auf der Stelle trat. Der Pfarrer war nicht nur der geistliche Vorsteher ihrer Gemeinde, er war auch bekannt für sein Heilwissen. Auf seinem Hof hatte er eine kleine Apotheke eingerichtet, mit Medikamenten und Mittelchen, die er selbst herstellte, und einigen wenigen, die er aus Europa bezog. Die Leute fanden sich oft nach der Messe vor seinem Wohnhaus ein, um sich Heilung zu erbitten. Im Umkreis von zwei Tagesreisen war Síra Biarnhard der Einzige, der ihnen bei Krankheit helfen konnte. Und wenn Viggós Vater einen Arzt benötigte, wäre es die Aufgabe ihrer Familie, ihm Hilfe zu schicken. Die Farm unterstand ihrem Schutz, und damit auch ihre Bewohner.

Doch Viggó schüttelte matt den Kopf. »Der Pfarrer war gestern bereits bei uns. Doch er konnte nichts ausrichten. Wir können nur abwarten und beten. Mutter befürchtet das Schlimmste …« Seine Stimme brach, und er räusperte sich.

»Ich werde auch für euch beten.« Sie drückte kurz seine Hand, dann hörte sie, wie die Stimmen um sie herum anschwollen, und warf einen Blick über die Schulter. Allmählich versammelten sich die Kirchgänger im Kirchhof, einige brachen auf, andere blieben noch eine Weile beisammen stehen und unterhielten sich. Gerade trat Margrét heraus und schickte sich sogleich an, forschen Schrittes zu ihr herüberzugehen.

Schnell wandte Alva sich wieder an Viggó. »Sag mir nur eins noch: Weiß Jóra es schon? Wie geht es ihr? Ihre Briefe waren in letzter Zeit … sehr kryptisch.« Sie wusste, dass sie ihm vertrauen konnte. Er hatte ihre Geheimnisse schon bewahrt, als sie noch Kinder gewesen waren.

Er senkte die Stimme zu einem eindringlichen Flüstern. »Es wäre gut, wenn du Abstand hältst. Du kannst ihr nicht helfen.« Damit richtete er sich im Sattel auf und wendete sein Pferd.

Verdattert starrte sie ihn an. So hatte er noch nie mit ihr gesprochen. »Was soll das bedeuten, Viggó?«, rief sie ihm hinterher, doch er ritt in schnellem Tölt davon, ohne zu ihr zurückzusehen.

»Shh …!«, erklang Margréts Stimme neben ihr. »Was tust du nur?« Tadelnd riss sie an ihrer Hand und hakte sie um ihren Arm. »Heute ist der Tag deiner Verlobung, und du stehst derangiert vor der Kirche und schreist dem Bauersjungen nach.« Hektisch klopfte ihre Schwester die Röcke ihres Feuerblumenkleides zurecht, dann strich sie Alva eine blonde Strähne unter die Haube, die sich bei ihrem Sprint aus der Kirche gelöst haben musste. Margréts Gesichtsausdruck wurde weicher, und sie schüttelte leicht den Kopf. »Komm jetzt, schließen wir uns den anderen an.«

Stumm ließ sie sich von ihrer Schwester zur Kirchmauer hinüberführen, vor der ihre Mutter neben Grímhildur, der Mutter von Stína und Harpa, stand und sich unterhielt, während die Schwestern fröhlich plauderten. Doch sie war unfähig, etwas zu sagen. Viggós Reaktion jagte ihr einen kalten Schauer über den Rücken. Was hatte all das nur zu bedeuten? War etwas mit Jóra geschehen?

»Wie schön du aussiehst, Ólafur wird begeistert sein«, sagte Harpa, sobald sie zu ihnen traten, und fuhr bewundernd über die filigrane feuerrote Spitze auf Alvas Kleid.

Sie nickte nur stumm. Und während die anderen sich über die Messe und die Aufregung des bevorstehenden Abends austauschten, ließ sie den Blick schweifen, während ihre Gedanken wild durcheinanderwirbelten.

Am anderen Ende der Kirchmauer sprachen ihr Vater und Onkel Jarle angeregt mit Jóhann, dem Mann von Grímhildur. Ihm gehörte eine der größeren Farmen in der Nachbarschaft. Vermutlich diskutierten sie etwas Politisches, denn sorgenvolle Falten zeichneten sich auf ihren Mienen ab. Neben ihnen pflückten Ingibjörg, Guðrún und Álfeiður begeistert Blaubeeren von einem Strauch, unter Íris' Aufsicht. Und einen Moment lang beneidete Alva sie um ihre kindliche Unbekümmertheit.

Kapitel 5

Die Dämmerung kroch langsam vom Meer hinauf über die Ebene, bald würde sie ihr Haus erreichen. Alva sah durch das Fenster der Stube. Bis auf die Burschen, die den Milchkühen das Heu vor dem Abend brachten, war es still draußen. Auch die grüne Weite, die den Torfhof umgab, lag verlassen da. Die goldenen Zeiger der Kopenhagener Tischuhr auf dem Sekretär ihres Vaters kündigten beinahe acht Uhr am Abend an. Sie erwarteten Ólafur schon seit dem späten Nachmittag. Und obwohl die weite Reise es unmöglich machte, sein Eintreffen genau vorherzusagen, zerrte jede Minute an Alvas Nerven.

Ihre Mutter vertrieb sich das Warten mit Stickarbeit, während ihr Vater und Jarle über ein Schreiben diskutierten, das Jóhann ihnen übergeben hatte. Margrét kauerte auf der Holzbank nah an der Öllampe und las eines der Bücher aus der Hausbibliothek, die ihr Vater nach jeder seiner Reisen um ein weiteres Exemplar ergänzte. Die Kleinen spielten wie jeden Abend mit ihren Holzpferden, wurden dabei jedoch immer wieder von Mutter ermahnt, ja acht auf die gute Kleidung zu geben. Aus der Küche drangen lautes Geklapper und der Geruch nach geräuchertem Hammelfleisch. Ihre Köchin Marta bereitete das besondere Mahl zu, mit dem sie Ólafur empfangen würden.

Der gesamte Haushalt ihres Hofes erwartete die Ankunft des Ehrengastes. Und alle wussten, weshalb er kam. Der

Gedanke ließ Alvas Herz zerspringen. Sie schob die Finger unter den Ärmel ihres Kleids und tastete nach dem geflochtenen Muschelarmband, das Jóra und sie als stilles Zeichen ihrer Freundschaft trugen. Mutter hätte ihr nicht erlaubt, es an diesem Abend anzulegen, doch sie hatte es unter dem Saum verborgen, während nur die teuren Silbergeschmeide sichtbar ihre Handgelenke und ihren Hals schmückten. Zum wiederholten Male an diesem Abend wandte sie den Blick zu den schwarzen Bergen, die sich hinter dem Hof erhoben, und ließ ihre Gedanken zu Jóra wandern. Sie konnte nur hoffen, dass Viggó schnell ein Antwortschreiben zurückbringen würde, das ihre Sorgen linderte.

Unruhig schritt sie am Fenster auf und ab. Als ihre Mutter ihr einen tadelnden Blick zuwarf, zog sie wahllos ein Buch aus dem Regal und ließ sich neben Margrét auf die Holzbank sinken. Ihre Finger zitterten leicht, ihr Herz pochte, und es gelang ihrem Geist nicht wie sonst, Zerstreuung in den Zeilen zu finden, die vor ihren Augen tanzten.

Eine weitere Stunde verstrich, ehe Hufgetrappel und Stimmen vor der Tür die Ankunft eines Besuchers ankündigten. Íris rauschte ungestüm in die Stube, und ihre Wangen glühten so apfelrot wie am Vorabend. »Ólafur ist eingetroffen.«

Mutter war bereits aufgesprungen und zog die Kleider der Kleinen zurecht. »Hab Dank, Íris. Wir werden ihn begrüßen.«

Prüfend begutachtete sie ein letztes Mal Alvas Erscheinungsbild, dann nickte sie zufrieden, und alle traten in den schmalen Flur vor der Eingangstür.

Wieder schob Alva die Fingerspitzen unter ihren Ärmel. Ihr war furchtbar unwohl, und die stickige Luft und die flackernden Lichter der Öllampen an den Wänden ließen sie schwindelig werden.

Dann klopfte es, die Tür schwang auf, und Ólafurs große Gestalt erschien im Türrahmen. Er hatte kaum einen Schritt hineingesetzt, da begrüßten ihre Eltern und Onkel Jarle ihn bereits überschwänglich und küssten ihn auf den Mund, wie es der guten Sitte entsprach, wenn man einen teuren Gast willkommen hieß. Als er sich Alva zuwandte, hätte sie am liebsten auf dem Absatz kehrtgemacht und wäre den dunklen Flur hinunter in ihre Kammer gestürmt. Doch sie kapitulierte pflichtbeflissen, küsste ihn und wich darauf wieder hastig zurück. Sie konnte die Beschwerlichkeit der Reise nicht an ihm riechen, er musste ein Bad genommen und seine Kleidung gewechselt haben, ehe er den Hof erreicht hatte.

Er war ebenso gut gekleidet wie am Tag ihrer ersten Begegnung. Sein helles Haar lag ordentlich frisiert an seinen Schläfen. Die Treyja, seine doppelreihige Jacke, war akkurat geknöpft, und ihr dunkles Blau traf denselben Farbton seiner Hose. Die meisten Frauen hätten sich an seinem gepflegten Erscheinungsbild erfreut. Und sie hätten seine angenehmen Züge und den Schneid seiner schlanken Statur bewundert. Doch Alva fühlte nur eine teilnahmslose Taubheit. Dieser Mann berührte nichts in ihr. In seinen ihr so zugewandten Augen las sie die Zukunft, die sie ablehnte.

»Alva, wie schön, dich wiederzusehen.«

Sie nickte stumm und schlug den Blick zu Boden.

Ehe Ólafur ein weiteres Wort an sie richten konnte, führte ihr Vater ihn zu der Gästekammer, die von den Mägden für seinen Besuch hergerichtet worden war. »Sieh, Ólafur, du wirst einen Sekretär für deine Notizen finden und eine unterhaltsame Sammlung englischer Literatur, sollte dir der Sinn danach stehen, deine Studien fortzuführen.« Sein grollendes Lachen erfüllte den kleinen Raum, und er klopfte Ólafur freundschaftlich auf den Rücken. »Aber was soll der Geist erschaffen, wenn der Bauch hungrig ist, nicht wahr? Also lass deine Gefolgschaft das Gepäck hereinbringen, und begleite uns zu Tisch.«

Während die Männer in dem Esszimmer Platz nahmen, das gegenüber der Gästekammer lag, eilten Alva, Margrét und ihre Mutter durch den dunklen schmalen Korridor zur Küche, um die Speisen aufzutragen, die Marta warm gehalten hatte und anrichtete. Es war Tradition, dass die Frau des Hauses das Mahl servierte.

Ehe sie aßen, sprach der Vater das Tischgebet, und wie es der guten Sitte geziemte, wandte Ólafur sich daraufhin an ihn mit den Worten: »Lasset mich jetzt mit Gottes Frieden teil an der Mahlzeit nehmen.« Der gekochte Reis und die warme Milch, die sie zur Vorspeise aßen, zählten zu Alvas Leibgerichten, vor allem, wenn Marta dazu süße Beeren oder getrocknete Früchte auftischte. Doch heute brachte sie kaum einen Löffel herunter. Nicht einmal das wohlduftende Hammelfleisch konnte ihren Appetit anregen.

Die anderen aßen freudig, am Tisch herrschte Festtagsstimmung ob des so gespannt erwarteten Besuchers und des vorzüglichen Mahls. Ólafur lobte die exquisiten Gewürze, an denen Marta nicht gespart hatte – ein Privileg, das er bisher nur selten kosten konnte. Alvas Vater erwarb sie über einen Händler in Eyrarbakki, ein kostspieliger Luxus. Doch sein Gaumen war während seiner Zeit in Kopenhagen in den Genuss von Zimt, Pfeffer und anderen exotischen Köstlichkeiten gekommen, und seither erbrachte er gern den Preis der teuren Händlerwaren.

Sogleich verfiel ihr Vater in eine ausufernde Erzählung aus seinen Studientagen in der dänischen Hauptstadt und seiner ersten Dienstjahre im Auftrag der dänischen Krone, ehe er in die Heimat zurückgekehrt war. Ólafur wirkte unterhalten, hörte aufmerksam zu, wusste an passender Stelle eine intelligente Bemerkung einzufügen. Doch immer wieder sah er zu ihr, und seine eisblauen Augen ließen sie frösteln. Wann immer er bei Tisch das Wort an sie richtete, wäre sie am liebsten aufgesprungen und hinausgerannt. Nur die erwartungsvollen Mienen ihrer Familie hinderten sie daran. Höflich gab sie ihm Antwort, achtete dabei jedoch darauf, nie länger seinen Blick zu halten oder sein Lächeln zu erwidern, als es der Anstand gebot.

Sobald ihre Teller geleert waren, erhob ihr Vater sein Glas, und sorgenvolle Falten traten auf seine Stirn. »Ólafur, ich habe noch ein wichtiges Anliegen mit dir zu bereden. Aber in unserem Hause gilt: keine Politik bei Tisch. Also bitte ich dich auf einen Kaffee in die Stube.«

Alva gefror. Es mochte doch wohl nicht bereits um ihre Aussteuer gehen? Mit klopfendem Herzen beobachtete sie, wie Ólafur zufrieden nickte, dann Vater und Mutter küsste, zum Dank für das festliche Mahl. Ehe er hinter ihrem Vater und Jarle das Zimmer verließ, warf er ihr einen eindringlichen Blick zu.

Sie erschauerte. Versuchte, ihre Gedanken zu zerstreuen, indem sie den Mägden und ihrer Mutter rasch zur Hand ging.

Als sie ebenfalls die Stube betraten, standen die Männer vertraulich beieinander, besaßen aber den Anstand, die Stimmen beim Eintreten der Damen auf Raumlautstärke zu heben. Ihre Mutter nahm auf dem schmalen Sofa Platz und setzte an, den Kleinen eine Geschichte zu erzählen. Alva folgte Margrét und ließ sich neben ihr auf die Holzbank sinken. Während die Männer sprachen, meinte sie, ihren eigenen Puls laut im Raum zu hören. Angestrengt spitzte sie die Ohren. Hatten die drei womöglich längst ihr Schicksal besiegelt? Dabei hatte Ólafur noch nicht einmal um ihre Hand angehalten. Müsste er dies überhaupt?

»Nun zu dem Thema, aus dem ich dich noch herbat«, hörte sie ihren Vater sagen. »Die Lage ist ernst. Mir wurde berichtet, dass einige Rentiere es nicht mehr lange schaffen werden. Etwas bekommt ihnen nicht.«

»Ein äußerst verwunderlicher Verlauf«, erwiderte Ólafur. »Dabei sollte man doch annehmen, dass die Bedingungen in Finnmark den hiesigen annähernd ebenbürtig sind.« Er nahm einen Schluck Kaffee aus der Porzellantasse und nickte bedächtig. »Wie schlimm ist es?«

Ihr Vater zog das Schreiben, das Jóhann ihm überreicht hatte, aus dem Sekretär und gab es Ólafur. »Die ersten sind bereits verendet.«

»Wir hätten niemals diesen irrwitzigen Versuch unternehmen dürfen«, brummte Jarle. »Nun haben wir nur unnötig Staatsmittel der Krone verschwendet – und sie werden uns sicher nicht so schnell weitere Hilfe angedeihen lassen.«

»Nein«, fuhr ihr Vater ihm scharf ins Wort, »du sprichst, als wäre der Versuch bereits gescheitert. Ich weigere mich, das zu glauben. Ich habe es selbst gesehen: Rentiere müssen auf unserer Insel ideale Lebensbedingungen vorfinden. Wenn wir es nur anstellen wie die Sámi … wir könnten sie nicht nur zur Versorgung züchten. Sie lassen sich leicht zähmen und sind auch vor dem Schlitten einsetzbar.«

Erleichtert atmete sie aus. Es ging also nicht um ihre Aussteuer. Dennoch hörte sie mit Besorgnis, was ihr Vater zu berichten hatte. Auf den Rentieren ruhten die Hoffnungen vieler Landsleute. Nicht alle konnten mehr ihre Familien mit den wenigen Schafen ernähren, die ihnen geblieben waren. Wenige hatten das Glück, ausreichend Tiere zu besitzen, wie ihre Familie es tat. Um die Not der hungernden isländischen Bauern zu lindern, hatte die dänische Krone eine Rentierherde von Finnmark, der Insel im Norden Norwegens, auf die Vestmannaeyjar bringen lassen. Die Isländer brauchten Tiere, die mit den unbarmherzigen Wettern des Landes zurechtkamen. Sie wären eine Alternative zu den so krankheitsanfälligen Schafbeständen. Sollte das Unterfangen schon mit der Ankunft der ersten Herde gescheitert sein?

»Du weißt, ich habe dir mein Wort gegeben, dich in dieser Angelegenheit zu unterstützen«, sagte Ólafur und fuhr sich über die Schläfen. »Wie ich dir versicherte, habe ich einen Brief an die Landeskommission geschickt und meine dringende Empfehlung in der Sache ausgesprochen.«

»Und dafür bin ich dir sehr dankbar«, entgegnete ihr Vater. »Es wäre ein Jammer, sollten die armen Geschöpfe nun so unsäglich verenden. Lasst uns hoffen, dass es bei den wenigen Verlusten bleibt und es gelingen wird, eine florierende Zucht mit den verbleibenden aufzubauen.« Er hob seine Tasse.

Doch Jarle schnalzte verächtlich mit der Zunge. »Bei allem Gutwillen, Bruder, aber das ist ein aussichtloses Unterfangen. Wir sollten lieber in die Sicherung der Schafbestände investieren. Die Fischerei stärken. Mit den Ressourcen arbeiten, die unser Land uns gibt.«

Ihr Vater gebot ihm mit einem scharfen Blick, seine Meinung und Zunge zu zügeln. »Warte es ab, Jarle. In wenigen Tagen erwarte ich einen Boten von den Vestmannaeyjar. Sein Bericht wird für Aufklärung sorgen. Bis dahin hoffen wir das Beste.« Dann wandte er sich an Alva. »Kind, spiel doch bitte für uns.«

Unwillkürlich zuckte sie zusammen. Sie hatte so vertieft gelauscht, dass sie ganz vergessen hatte, sich möglichst sittsam und unauffällig zu geben. Hastig erhob sie sich und ließ sich mit geröteten Wangen am Clavinet nieder. »Ja, Vater, gern.«

Damit hatte ihr alter Herr die Unterhaltung vehement für beendet erklärt, und sie sah aus dem Augenwinkel, wie ihr Onkel sich grollend auf seinen Sessel verzog, während Ólafur interessiert näher an sie herantrat.

»Eine reizende Fingerführung, Alva. Ich erinnere mich nicht daran, jemals einem ebenbürtig talentiertem Spiel gelauscht zu haben.«

Seine schwülstigen Worte sandten einen Anflug des Unwohlseins durch ihren Körper, und sie musste all ihre Konzentration aufbringen, um ihre Finger nicht zu verkrampfen und aus dem Takt zu geraten. Sie meinte, selbst Margrét kichern zu hören, was diese jedoch geschickt hinter einem Hüsteln verbarg.

Still spielte sie weiter, eine Sonate von Haydn, den Blick starr auf die Noten gerichtet, dabei hätte sie keine Partitur benötigt.

»Nun, da gäbe es nur eine Kleinigkeit.« Und schon ließ er sich ungefragt neben ihr auf der schmalen Bank nieder. So nah, dass sein Atem über ihre Finger strich.

Erschrocken riss sie die Hände fort und verbarg sie in ihrem Rock.

»Nein, nein, spiel.« Auffordernd sah er sie an. Und ihr blieb keine andere Wahl.

Zögernd stimmte sie den Satz von vorn an, und sie hatte kaum fünf Takte beendet, da legte er seine sehnigen Hände auf ihre und führte sie in ein getragenes Adagio. Seine plötzliche Berührung war ihr unangenehm, doch unter den aufmerksamen Blicken ihrer Familie wagte sie nicht, sich ihm zu widersetzen. Stattdessen folgte sie seiner Führung, spielte Haydn viel getragener, als es ihr je in den Sinn gekommen wäre, und hielt seine bevormundende Zudringlichkeit aus.

»Wunderbar! Ganz wunderbar!«, rief ihre Mutter aus, als das Stück endete.

»Brava!« Ihr Vater klatschte in die Hände, und Ingibjörg, Guðrún und Álfeiður taten es ihm nach und glucksten begeistert.

Derart euphorisch hatte sich ihre Familie bisher nie für die Musik erwärmen können.

Ólafur verbeugte sich halb und lächelte breit in die Runde. »Ich danke. Eure Tochter ist ausgesprochen begabt. Würdet ihr mir wohl einen Moment allein mit ihr gewähren?«

Da war sie. Die Frage, vor der Alva sich seit zwei Tagen gefürchtet hatte. Flehend sah sie zu Margrét. Doch die erhob sich ebenso hastig wie ihre Eltern.

»Natürlich.« Das wissende Lächeln ihres Vaters verriet ihr, dass Ólafurs Ersuchen ihn keinesfalls überraschte.

Kaum hatten alle die Stube verlassen, legte sich eine unerträgliche Stille über den kleinen Raum.

Ehe er sich wieder zu ihr setzen konnte, stand Alva auf und trat ans Fenster. »Womit kann ich dir helfen?« Sie gab sich möglichst naiv, hoffte, noch eine Möglichkeit zu haben, ihn abzuschrecken. Schließlich musste sie in seinen Augen wenig mehr als ein unbedarftes junges Ding sein. Er war Herr über fünf Gehöfte, galt als angesehenster Händler im Osten des Landes. Sie war darin unterrichtet, einen Haushalt zu führen. Zwar hatte ihr Vater dafür gesorgt, dass Margrét und sie nicht nur in europäischer Literatur und der Bibel bewandert waren, er hatte sie auch Altgriechisch und

Hebräisch studieren lassen. Doch was würde es ihr nützen – auf einer Farm in den Ostfjorden, weit ab von ihrer Familie, fern von allem, was sie bisher im Leben kannte?

Er trat auf sie zu, verschränkte die Hände hinter dem Rücken. »Nun, hätten es die Umstände erlaubt, wäre ich schon deutlich früher am heutigen Nachmittag eingetroffen. Ich wollte einen Ausritt zum Strand mit dir unternehmen. Dein Vater sagte, du hättest große Freude an den Pferden.«

Sie schwieg, fuhr hilfesuchend mit den Fingern über Fjellas geflochtenes Mähnenhaar, aus dem Jóra und sie ihre Muschelarmbänder gefertigt hatten.

Doch ihr Schweigen schien ihn nicht im Geringsten zu verunsichern. Er trat einen weiteren Schritt auf sie zu. »Unglücklicherweise hat ein Unwetter unsere Weiterreise verzögert. Und ich werde morgen bereits früh wieder aufbrechen müssen, man erwartet mich in Eyrarbakki. Doch ich muss dir eine Frage stellen, ehe ich weiterziehe. Sie ist der eigentliche Grund, weshalb ich hier bin.«

Unfähig, sich zu rühren, starrte sie ihn an.

»Alva, ich bitte dich, meine Frau zu werden. Seit ich dich auf dem Markt in Eyrarbakki an der Seite deines Vaters zum ersten Mal sah, wusste ich, dass du die richtige Wahl bist. Und unser kürzliches Treffen hat mich darin nur bestätigt. Ich verspreche dir, du wirst ein gutes Leben haben. Es soll dir an nichts fehlen. Du wirst auf keine hier gekannte Annehmlichkeit verzichten müssen.« Er griff ihre Hand, löste ihre Finger von dem Armband und umschloss sie mit seinen. »Wenn du einen Ehemann wünschst, der zu seinem Wort steht, wenn dir genug ist, was ein Mann dir nur bieten kann – ein annehmliches Haus, eine Bibliothek und jedes edle Reitpferd, das dir beliebt –, dann verspreche ich dir, werden wir glücklich sein.«

Es war das, was ihre Eltern verlangten. In diesen unsicheren Zeiten würde die Verbindung mit Ólafur den Wohlstand ihrer Familie versprechen. Und es wäre eine Partie, die sie sich für sie erhofften.

Egal, was ihr Herz sagte, andere hatten längst für sie entschieden.

Zögernd öffnete sie die Lippen. Mehr als ein gehauchtes »Ja« brachte sie nicht über sich.

Doch Ólafur schien das kaum zu bemerken, er hatte ihre Antwort vorweggenommen. Und als er seine Lippen auf ihre presste, fühlte sie, wie die erdrückende Last einer Zukunft auf ihre Schultern sank, die ihr das Einzige verwehren würde, wonach sie sich je gesehnt hatte.

Kapitel 6

Große Regentropfen schlugen gegen die Fensterscheibe, sodass die Aussicht auf den kleinen Stadtsee Tjörnin in grauem Nass verschwamm. Lia streckte sich, kroch wieder unter die Wärme der Decke. Normalerweise hätte dieses trübselige Wetter ihre Laune beachtlich gemindert, doch nicht heute. Nicht hier.

Sie drehte sich um und lächelte. Pers Atem ging so gleichmäßig, als könnte ihn nichts aus dem Schlaf reißen. Sein Arm lag ausgestreckt über ihrem Kissen. Er zog sie an sich und vergrub sein Gesicht in ihrem Haar. Wie er so überhaupt Luft bekam, war ihr schon länger ein Rätsel. Doch er schlief ungerührt weiter.

Lächelnd fuhr sie mit den Fingerspitzen über seinen Unterarm, beobachtete, wie sich die feinen blonden Härchen unter ihrer Berührung aufstellten. Dann küsste sie die Narbe an seiner Schulter, die er bei einer Klettertour davongetragen hatte, und ließ sich in das Kissen sinken.

Alles fühlte sich so neu an. Sie konnte immer noch nicht glauben, dass es Wirklichkeit war. In der Zimmerecke neben dem Birkenholzschrank standen ihre drei großen Reisekoffer. Ihr ganzes Hamburger Leben. Die Möbel hatte sie ihrem Nachmieter und Maite in der WG überlassen. Ein Teil ihrer Sachen lag bereits in den Regalen, die Per für sie freigeräumt hatte, für den Rest würde sie nach und nach einen Platz finden.

Sie hatte es also gewagt. Hatte ihren Job gekündigt, die Wohnung und war zweitausend Kilometer über den Atlantik in eine ungewisse Zukunft gereist. Hajo war vor Entgeisterung beinahe der glutenfreie Haferkeks in den Decaf-Matcha gefallen, als sie ihm die Kündigung überreicht hatte. Aber nachdem er sich wieder gefangen hatte, war sie ihm kaum eine vernünftige Verabschiedung wert gewesen, und er hatte sie nur mit den Worten »Tja, alles Gute dann, schätze ich. Keine Sorge, jeder ist ersetzbar« der Tür verwiesen. Seitdem war ihr der Abschied von Hamburg und ihrem alten Leben deutlich leichter gefallen.

Wieder wanderte ihr Blick zum Fenster. Der isländische Herbst zeigte sich von seiner stürmischen Seite. Doch in ihr rauschten so viel Adrenalin und Tatendrang, dass sie unmöglich länger still liegen konnte. Entschlossen rollte sie sich aus Pers Umarmung und schlüpfte in ihre Plüschpantoffeln. Ein bisschen Gemütlichkeit half bei isländischem Schmuddelwetter ungemein.

»Ich hole uns Frühstück«, antwortete sie auf Pers skeptisch hochgezogene Augenbraue, während sie mit ihrem Wollpullover kämpfte.

Er fuhr sich durch seine verwuschelten Haare und sah dabei aus, als wäre er dem Cover einer der romantischen Bücher entsprungen, die sie beim Auspacken schnell unter ihren Pullovern versteckt hatte. Die mit dem leidenschaftlichen Wikinger auf dem Cover. »Im Tiefkühler sind noch Croissants, und ich kann uns Kaffee machen.«

»Auf gar keinen Fall. Keine Tiefkühlcroissants an unserem ersten Wochenende.« Sie lehnte sich zu ihm und gab ihm einen schnellen Kuss. »Schätze, ich werde mich an den Regen gewöhnen müssen.«

Per blieb stumm, nur ein leises Lächeln legte sich auf seine Lippen. Sie sprang auf und lief hinaus in den Flur. Mit Gummistiefeln und ihrem alten Burberrymantel gewappnet, trat sie in den Vorgarten der isländischen Stadtvilla, in der Pers Apartment lag. Während sie die Straße entlangging, bestaunte sie die historischen Häuser mit den verzierten Fensterrahmen und Giebeln und den kleinen Vorgärten, die sich in der Altstadt aneinanderreihten und in ihrer Straße immer wieder den Blick auf den Reykjavíkurtjörn freigaben. Auch nach einer Woche konnte sie sich an der besonderen Architektur ihrer Nachbarschaft kaum sattsehen. Sobald sie in die größere Einkaufsstraße einbog, wurden die hübschen Wohnhäuser von Kaufmannsbauten, Ladengeschäften und Warenlagern abgewechselt. Moderne Gebäude durchschnitten gelegentlich den alten Charme, aber dennoch fühlte sie sich hier fast wie in einer Kleinstadt – alles wirkte auf eine besondere, skandinavische Art gemütlich, und doch herrschte angenehmer Trubel.

Selbst ihr Arbeitsweg dauerte nur wenige Fußminuten. Das Isländische Nationalmuseum lag schräg gegenüber von ihrer Wohnung, auf der anderen Seite des Tjörnin. Davon hatte sie in Hamburg nur träumen können – obwohl Hoheluft zu den zentralen Vierteln zählte, hatte sie eine Dreiviertelstunde in Bus und U-Bahn verbracht, bis sie die Agentur erreichte. Nun konnte sie jeden Tag einen Halt an ihrer Lieblingsbäckerei einlegen, sich einen Kaffee holen und in den oft friedlich nebligen Morgenstunden am Ufer entlang zum Museum schlendern, während die Stadt langsam zum Leben erwachte.

Die Glocke an der Ladentür läutete, als sie ins Baka Baka trat. Genau genommen war es nicht nur eine Bäckerei –

neben den süßen, glasierten Backwaren standen auch ausgewählte Weine und Liköre in den Regalen. Am Abend konnte man hier ausgefallene Cocktailkreationen genießen.

»*Hæ, Lia*«, sagte jemand hinter ihr, und sie drehte sich überrascht von der Brötchenauslage um.

»*Sæl og blessuð, Valeria*«, erwiderte sie grinsend und ein bisschen stolz, dass sie schon genug Isländisch für ein wenig Small Talk beherrschte. Für einen Samstagmorgen sah Valeria beneidenswert elegant aus – statt Gummistiefeln trug sie glänzende Chelseaboots, und ihr dunkles Haar fiel wie immer in perfekten Wellen auf ihre Schultern. Sie besuchten gemeinsam den Isländischkurs in der Sprachschule. Valeria war Meeresbiologin und kam von den Kanarischen Inseln. Sie arbeitete an einem zweijährigen Forschungsprojekt und war mit ihrem Mann vor wenigen Wochen nach Reykjavík gezogen.

»Nachdem du so von dieser *panadería* geschwärmt hast, wollte ich sie natürlich heute gleich austesten«, fuhr Valeria auf Englisch fort und grinste zurück.

»Du wirst nicht enttäuscht sein. Hast du schon mal Partar probiert? Oder das Rúgbrauð? Glaub mir, du wirst es lieben.« Sie deutete auf die Auslage hinter sich mit dem Schmalzgebäck und dem fast schwarzen Roggenbrot.

»Tja, um das Wetter erträglich zu machen, mussten sich die Isländer ja etwas einfallen lassen.« Valeria rieb sich fröstelnd über die Arme und lächelte. »Apropos, wir kochen heute Abend Paella. Kommt doch vorbei, Per und du. Wir freuen uns über Gesellschaft.«

»Oh, heute sind wir leider schon verabredet. Wir fahren später mit Freunden nach Reykjadalur, zu den heißen Quellen. Aber wie wäre es nächste Woche?«

Valeria nickte. »Sehr gern. Dann habt viel Spaß. Ist eine spannende Gegend.«

In dem Moment wandte sich die Verkäuferin an Lia, und sie musste sich bemühen, bei der Auswahl eine schnelle Entscheidung zu treffen.

Als sie wenig später mit einer Tüte warmer Skyr-Brötchen und zwei Bechern starken, wohlduftenden Kaffees aus dem Laden trat, atmete sie tief durch. Die Wolken lichteten sich langsam, und der Regen war zu einem schwachen Nieseln verebbt. Wenn sie nur an ihren bevorstehenden Ausflug dachte, durchströmte sie ein warmes, aufgeregtes Kribbeln. Schon nach dem Frühstück würde sie neben Per im Geländewagen sitzen, während sie die Ringstraße Richtung Süden fuhren. Endlich würde sie Anna und Aron wiedersehen, und Freyja, die auch in Reykjavík wohnte. Und sie würde Pers gesamten Freundeskreis treffen. Zum ersten Mal. Sie würden in heißen Quellen baden und grillen. Als wäre es der normalste Samstagsausflug der Welt. Offenbar war dieser fantastische Traum nun ihr Leben, und sie liebte jede Sekunde davon.

***

Pers Land Rover ratterte leise, während sie sich den Quellen von Reykjadalur näherten. Vor dem Beifahrerfenster zogen die weiten Ebenen vorbei, die Strecke, die sie damals auch mit Anna gefahren war. Wer hätte vor einem Jahr gedacht, dass diese Reise ihr Leben so verändern würde?

Sie streckte sich aus und schaute zu Per. Er teilte ihre Vorliebe für alte Landfahrzeuge, und dieser weiße Land Rover war zu viel mehr als ihrem Auto geworden, hatte sie zu ihren schönsten Erinnerungen begleitet. Von den asphaltierten Straßen Reykjavíks auf die einsamen Wege, die durchs Hochland führten.

Über die Lautsprecher lief ihre Playlist, Ryan McMullan sang »Ruthless Cupid«, und es würde sie für immer an ihre erste gemeinsame Fahrt erinnern, bei der Per sie mit einem Picknick überrascht hatte.

Lächelnd streckte sie die Hand aus und strich über seine Finger, die er locker um den alten Ganghebel gelegt hatte. Doch anders als sonst umfasste er nicht ihre. Stattdessen huschte ein Schatten über sein Gesicht, und sie sah, wie sich seine Kiefermuskeln anspannten.

Verwundert zog sie die Hand zurück. »Ist alles in Ordnung?«

Er räusperte sich, legte die Hand ans Lenkrad. »Ja, entschuldige. Ich bin etwas müde von der Woche.«

Sie nickte. »Es war ja auch viel. Der Einzug deiner neuen Dauermitbewohnerin. Und jetzt musst du mich auch noch deinen Freunden vorstellen«, erwiderte sie grinsend. »Oder bist du etwa nervös?«, fügte sie neckend hinzu.

»Bilde dir mal nicht zu viel ein«, gab er brummend zurück, und das schelmische Grinsen, das sie so liebte, stahl sich auf seine Lippen, als er die Hand in ihren Nacken schob. Doch der Schatten war nicht aus seinem Blick gewichen.

Zwanzig Minuten später bogen sie in die Straße ein, die sie an der Kleinstadt Hveragerði vorbei zu den heißen Quellen bringen würde. Auf dem Parkplatz standen bereits Fahrzeuge. Mietwagen der Touristen, und vielleicht waren auch schon einige von Pers Freunden eingetroffen. Ihr Herz vollführte einen Hüpfer, als sie Arons blauen Pick-up erkannte, der soeben ein paar Buchten weiter parkte.

Sie riss die Tür auf und verfiel in einen Sprint, als sie ihre beste Freundin aussteigen sah. Jubelnd breitete sie die Arme aus und zog Anna kurz darauf an sich. Ein halbes Jahr hatten sie einander nicht mehr gesehen. Aber das Leben auf

Islands entlegenster Pferdefarm bekam ihrer Freundin offenbar fantastisch. Ihre Augen strahlten, und ihre Wangen glühten rund und rosig.

»Kannst du es glauben?«, plapperte Lia aufgeregt. »Wir beide, waschechte Isländerinnen!«

Anna küsste sie auf die Wange und grinste. »Nicht mal auswandern kann man ohne dich.«

»Hey, wäre ich nicht gewesen, hätte dein Mr. Schafzüchter nie einen Blick auf dein reizendes Antlitz werfen und seinen Hund auf dich ansetzen können. Weil du immer noch auf deinem Hamburger Bürostuhl hocken würdest.« Sie hob beide Arme. »Apropos, wo ist Sherlock eigentlich?« Arons mäßig erzogener Golden Retriever war normalerweise der Erste, der einen begrüßte, wenn man sich der Farm oder dem Pick-up näherte.

»Der hütet den Hof«, gab Aron zurück und umarmte sie zur Begrüßung. »Du kennst ihn ja, bei so vielen Leuten hätte er für mehr Trubel gesorgt, als wir gebrauchen können.«

»Außerdem übernachten die beiden heute bei mir … und ein stürmischer Sherlock wäre bei den hellhörigen Dielen meiner Stadtwohnung vielleicht doch zu viel des Guten für die Nachbarn gewesen«, erklang da Freyjas melodische Stimme. Ihre hellblonden Locken leuchteten selbst im trüben Herbstwetter, und ihre grünen Augen sprühten vor Freude.

»Freyja!« Sie fielen einander in die Arme. Und dass ihre beiden Freundinnen sie hier auf Island umarmten, verdrängte beinahe das nagende Ziehen, das sich in ihr Herz gestohlen hatte, seit ihr der Schatten in Pers Blick aufgefallen war.

Nachdem er sich ebenfalls zu ihnen gesellt hatte, sammelten sie ihren Proviant zusammen und machten sich auf zu dem Weg, der sie zu den Quellen führen würde. Am Start des Wanderpfads wartete eine kleine Gruppe, die sich als Pers Freunde herausstellte. Ein paar Namen kannte Lia bereits, alle waren Teil seines Forschungsteams. Der rothaarige Bjarni war ihr besonders sympathisch. Er besaß einen derben Sinn für Humor und schien ein Mann zu sein, der anpacken konnte. Ein echter Kumpeltyp. Die brünette Brynja wirkte etwas schüchtern, aber freundlich, und Elín, eine Große, Muskulöse in professioneller Wanderkleidung mit schulterlangen wasserstoffblonden Haaren, gab sich eher zurückhaltend. Aber vielleicht würde sie ja später etwas mehr auftauen.

Während sie den geschwungenen Pfad entlangliefen, ließ Lia das Panorama auf sich wirken. Zwischen mit grünem Moos bewachsenen Lavafelsen führte der Weg sie immer tiefer in die Natur. Zu ihrer Rechten wand sich ein Bach, später, zu ihrer Linken der dampfende Thermalfluss, mal zwischen grünen Hügeln, mal stürzte er zwischen sandbraunen Felsen in kleinen Wasserfällen hinab. Der Geruch von Schwefel lag in der Luft, und vor ihnen eröffnete sich ein Feld voller pfeifender Erdlöcher, die heißen Wasserdampf emporspien. Sie folgten dem Weg weiter, und Lia lauschte Bjarnis Bericht der letzten Vulkanexpedition. Per hatte sich ein gutes Stück zurückfallen lassen. Sie suchte seinen Blick, doch er schien so in sich gekehrt, dass er sie nicht registrierte. Vielleicht brauchte er etwas Zeit für sich.

Nach einer guten Stunde erreichten sie das Tal der heißen Quellen. Ein ordentlich angelegter Bohlenweg führte sie zu den dampfenden Pools, die der Fluss speiste.

Einige Leute badeten bereits in den natürlich beheizten Becken. Sie suchten sich eines am hinteren Ende des Stegs aus, das noch leer war, die Männer verteilten die Bier- und Ciderflaschen aus ihren Rucksäcken, und kurz darauf ließen sie sich im badewannenwarmen Wasser des Thermalflusses treiben.

Die Strömung entspannte ihre Muskeln nach der Wanderung, und der fruchtige Cider sorgte für die perfekte Erfrischung. Neben ihr streckte Anna die Zehen in die Luft und nahm einen Schluck Limonade.

»Herrlich, ich sag dir, dieses Thermalwasser ist das größte Geschenk dieser göttlichen Insel. Wir haben auch eine kleine Quelle auf Snæfellsnes, zu zweit passt man gerade so da rein.«

Aron legte den Arm um sie und grinste. »Wie jetzt, ich dachte, ich bin das beste Geschenk dieser göttlichen Insel?«

Lachend verdrehte Anna die Augen. »Er wird immer etwas übermütig, wenn wir unter Leuten sind.«

Lia schmunzelte, und ihr Blick huschte zu Per. Er lehnte auf der anderen Seite des Naturpools und unterhielt sich mit Elín. Sie wusste, dass es albern war, aber sie hätte die Distanz zu ihm am liebsten überwunden. Dabei wäre sie nie auf die Idee gekommen, zu klammern. Ganz im Gegenteil. Sie genoss ihren Freiraum. Aber etwas an Pers Art verunsicherte sie heute. Sie konnte es nicht einmal richtig benennen. Und einem anderen wäre es wohl kaum aufgefallen. Doch es fühlte sich an, als hätte sich etwas zwischen sie geschoben.

Vielleicht war sie ja auch nur überempfindlich. Auf jeden Fall nervte diese Grübelei sie unheimlich. Das sah ihr gar nicht ähnlich.

Bestimmt wandte sie sich ab und konzentrierte sich auf ihre Freunde und die traumhafte Landschaft um sie herum. Ihr Leben fühlte sich an, als hätte jemand beschlossen, einen opulenten Blockbuster daraus zu drehen. Und sie war nicht gewillt, die rosarote Wolke zu verlassen, auf der sie schwebte.

Der Nieselregen hatte wieder eingesetzt. Genau genommen, wandelte er sich in einen beachtlichen Schauer, als sie wieder auf dem Weg zum Parkplatz waren, doch niemanden außer Lia schien das zu beunruhigen. Offensichtlich grillten Isländer bei jedem Wetter. Etwas abseits des Parkplatzes machten sie es sich auf einem Feuerplatz unter dem Dach einer Aussichtsplattform bequem, während die Männer im Regen standen und den mobilen Grill anheizten. Ein weiteres Bier hielt anscheinend die Laune hoch, bis sie die ersten Gemüse- und Fleischspieße verteilten.

Die Hütte war erfüllt von Lachen und freudigen Stimmen, der Geruch des Feuers hing in der Luft, und die Grillspeisen wärmten sie von innen, während vor ihnen der Nebel aus dem Tal aufstieg. Mit Brynja unterhielt sie sich über die Reittouren, die man nahe Reykjavík unternehmen konnte. Auf Arons Hof war sie bereits ein paarmal wieder ausgeritten, und es kribbelte ihr in den Fingern, an einer der berühmten Herdentouren teilzunehmen. Es musste herrlich sein, auf dem Rücken der stolzen, feurigen Islandpferde umgeben von der Kraft und Dynamik einer ganzen Herde durch die Ebenen zu jagen. Brynja erzählte, dass sie manchmal sogar zu ihren Vulkanexpeditionen zu Pferd aufbrach.

Der Himmel klarte allmählich auf, und ein Regenbogen spannte sich über dem dampfenden Tal. Lächelnd betrachtete Lia die Aussicht und suchte nach Per, in der Hoffnung, seinen Blick aufzufangen. Doch sie konnte ihn nirgends entdecken.

»Möchtet ihr auch noch einen Cider?« Freyja stand vor ihnen und musterte sie fragend. Brynja nickte.

»Ja, gern.« Lia sprang auf. »Aber setz dich, ich hole es. Wollte mir eh kurz die Beine vertreten.«

»Danke dir. Wir haben noch welchen auf der Ladefläche von Arons Pick-up, unter der Plane.«

»Okay, klasse.«

Sie lief den schmalen Pfad Richtung Parkplatz, der nun fast leer war. Die meisten Besucher waren weitergezogen. Es tat gut, ein paar Schritte zu gehen und kurz den Kopf frei zu bekommen.

Sie trat an den Pick-up und fand die Dosen sofort. Sicherheitshalber klemmte sie sich auch noch ein paar Limonaden unter den Arm. Gerade wollte sie umdrehen, da hörte sie ihn.

Pers Stimme klang dumpf und angespannt. Erstickt, kaum mehr als ein Flüstern. »Du weißt, welcher Tag heute ist?«

Sie stockte, langsam wandte sie den Kopf. Er lehnte am Land Rover. Offenbar hatte er sie nicht bemerkt.

Vor ihm stand Elín. »Du solltest nicht länger daran festhalten«, flüsterte sie. Dann drehte sie sich zu Lia.

Per hob ebenfalls den Blick. In seinen Augen stand eine Traurigkeit, so tief, die sie noch nie darin gesehen hatte. Doch er fasste sich schnell und zwang ein beinahe überzeugendes Lächeln auf seine Lippen.

Sie lächelte matt zurück, aber ehe er etwas sagen konnte, machte sie kehrt und lief zu der Hütte zurück, über der sich noch immer der Regenbogen erstreckte. In diesem Moment konnte sie nicht länger verhindern, dass ein schwerer Felsbrocken sie aus ihren rosaroten Wolken riss und in die Realität katapultierte.

Kapitel 7

Der Mond vor ihrem Küchenfenster stand auf der Häuserflucht, hinter der die Oberfläche des Tjörnin silbern glitzerte. Im Haus war es still. Die kalte Nachtluft drang durch das gekippte Fenster herein und mit ihr die Stimmen der Partygänger, die durch die umliegenden Straßen schwärmten.

Lia lehnte am Tresen und starrte in die Dunkelheit. Pers Schokoladenbrownie stand unangerührt auf der Theke. Es war ihr kleines Ritual, sich vor dem Schlafen noch ein Dessert mit ins Bett zu nehmen. Doch als sie am frühen Abend von ihrem Ausflug zurückgekommen waren, hatte er sich ohne viele Worte seinen Schlüssel geschnappt, ihr einen Kuss auf die Stirn gedrückt und war aus der Tür verschwunden. »Nur auf ein Bier«, hatte er gemurmelt. Inzwischen war es kurz nach Mitternacht, und noch immer kein Zeichen von ihm. Offenbar hatte sein Handyakku den Geist aufgegeben. Die Nachricht, die sie ihm vor einigen Minuten geschickt hatte, war noch immer nicht zugestellt worden.

Sie atmete die klare Luft ein, dann schloss sie das Fenster und ging wieder hinüber zur Couch. Noch während sie in den heißen Thermalpools geschwommen waren, hatte sie sich darauf gefreut, einen ruhigen Abend mit Per zu verbringen. Ihr erstes Wochenende in ihrer gemeinsamen Wohnung. Sie hatte sich ausgemalt, wie sie Arm in Arm auf der Couch liegen und den Tag mit ihren Freunden auswerten würden. Stattdessen saß sie allein auf seinem großen Birkenholzsofa. Der Wein, den sie besorgt hatte, stand verkorkt auf dem Tisch vor ihr. Das Ende dieses Abends hatte ihr den Appetit verdorben.

Umständlich wickelte sie sich wieder in die Wolldecke und rollte sich auf den Polstern zusammen. Nach dem langen Tag hätte sie sich längst schlafen legen sollen, doch ihre Sorge hielt sie wach. Im Hintergrund lief eine ihrer Lieblingsserien, aber die Handlung rauschte an ihr vorbei. Sie sah ein letztes Mal auf ihr Handy, ehe sie sich dazu zwang, es auf die andere Seite des Cafétischs zu verbannen, wo sie nicht jeden Moment danach greifen konnte.

Vielleicht sollte sie einfach schlafen gehen. Per war nicht allein. Bjarni und Elín waren mit ihm gegangen. Aber vielleicht war auch gerade das der Grund, weshalb sie keine Ruhe fand. Und sie ärgerte sich noch etwas mehr über sich. Eifersucht hatte für sie nie zur Debatte gestanden. Sie vertrat die strikte Meinung, dass es eine absolut überflüssige menschliche Empfindung war. Wenn jemand mit ihr zusammen sein wollte, würde er das. Und wenn er sich ernsthaft für eine andere Frau interessierte, wusste sie immerhin, dass es kein Verlust wäre, ihn nicht länger in ihrem Leben zu haben.

Offenbar war es an der Zeit, sich einzugestehen, dass sie sich selbst nicht so gut kannte, wie sie geglaubt hatte. Denn seit sie Elín und Per so vertraut miteinander flüstern gehört, ihre Blicke gesehen hatte, in denen etwas mitschwang, das er vor ihr verbarg, hatte sich ein nagender Zweifel in ihrem Herzen eingenistet.

Sie schloss kurz die Augen, verdrängte die Bilder des Nachmittags und zwang sich, ihre Aufmerksamkeit allein auf die Arztserie zu richten, die sie in die moosbewachsenen Sümpfe von Alabama brachte.

Ein Poltern ließ sie aus dem Schlaf hochschrecken. Lia riss die Augen auf, doch im schummerigen Licht des Fernsehers erkannte sie nur vage Schatten. Noch ein Poltern, dann wurde die Tür zum Flur aufgerissen, und Pers große Gestalt erschien im Gegenlicht. Ohne ein Wort marschierte er Richtung Schlafzimmer.

»Per?« Ihre Stimme kam mühsam über ihre Lippen.

»Hm«, brummte er, kurz darauf fiel die Schlafzimmertür zu.

Wunderbar. Sie war ihm also nicht mal eine winzige Erklärung wert. Oder einen Blick.

Bitte, dann könnte er gern das Bett für sich allein haben. Sie hatte sich ja auch nur die halbe Nacht wach gehalten, um auf ihn zu warten.

Mit zusammengebissenen Zähnen schaltete sie den Fernseher aus, dann legte sie sich wieder aufs Sofa. Aber es dauerte eine unerträgliche Ewigkeit, bis ihr Puls sich beruhigte.

In den Nachtschatten sah sie, wie der Zeiger der Holzuhr, die Per selbst geschnitzt hatte, weiter gen Morgen wanderte.

Sie musste eingeschlafen sein. Zwei starke Hände schoben sich unter ihren Rücken, und sie spürte, wie Per sie auf seine Arme hob. Verwirrt öffnete sie die Augen. Es war eine Stunde vergangen, draußen war es noch immer stockdunkel. Nur der Schein der Nachttischlampe fiel durch die geöffnete Schlafzimmertür in den Wohnbereich. »He«, protestierte sie schlaftrunken, aber Per trug sie ungerührt weiter.

Er legte sie auf ihre Bettseite, zog die Decke über sie, dann löschte er das Licht und schob sich nah an sie heran. Sie spürte seinen Atem in ihrem Nacken, als er ihr sanft durchs Haar strich.

»Kannst du mir bitte mal erklären, was das soll?«, begann sie, doch er legte seinen Finger auf ihre Lippen.

»Nicht, Lia. Schlaf jetzt.«

Sie wollte widersprechen, aber etwas an seiner Berührung hinderte sie daran. Sie schnaubte frustriert.

Per reagierte nicht. Sein Atem wurde immer gleichmäßiger.

Das war ja klar. Da brachte er sie um ihren Seelenfrieden und schlief selbst innerhalb von Sekunden wie ein Stein.

Sie versuchte, ein Stück von ihm wegzurobben. Aber so ganz brachte sie es nicht übers Herz. Schließlich entschied sie, sich leicht an seine Brust zu lehnen. Eine kleine Verbindung, während sie seinen ruhigen Herzschlag hörte und langsam in den Schlaf driftete.

**

»Ich muss noch mal ins Labor.« Per stand schon halb im Flur und warf wahllos ein paar Ausrüstungssachen in seinen Rucksack. »Eine neue Probe auswerten. Und eine der Messstationen überprüfen.«

Lia sah ihn vom Küchentresen aus skeptisch an. Ihren Teller Pönnukökur mit Skyr hatte sie kaum angerührt, stattdessen stocherte sie nur appetitlos in dem Pfannkuchen herum. Schon den ganzen Morgen verhielt Per sich, als wäre nichts gewesen. Jede Frage prallte einfach an ihm ab. Und ihre Versuche, den gestrigen Tag anzusprechen, ließ er auflaufen. Er wisse nicht, was sie meine. Er habe ihr nichts zu erklären. Und er gab sich dabei so unbeschwert, als hätte sie sich alles tatsächlich nur eingebildet.

»Meinst du nicht, dass wir erst reden sollten?«, versuchte sie es erneut.

Aber er widmete sich schweigend weiter seinem Rucksack. Dann zog er seine Outdoor-Jacke an und kam zu ihr an den Küchentresen. »Bis später, wir sehen uns dann im Museum.« Er legte den Arm um sie und presste seine Lippen auf ihre. Mit dieser Selbstsicherheit, die etwas in ihr weich und nachgiebig werden ließ. Für einen Moment spürte sie nur seine Wärme und sog intuitiv den Duft seines Aftershaves ein.

Dann ging er genauso geradlinig, wie er sie gerade noch geküsst hatte, in den Flur hinaus. Sie starrte ihm hinterher, bis sie hörte, wie die Tür ins Schloss fiel.

Verfluchter sturer Wikinger. Sie trank einen Schluck Kaffee und atmete tief durch. Vielleicht hatte er ja auch recht. Vielleicht steigerte sie sich in etwas hinein, das nur in ihrem Kopf existierte. Vielleicht musste ihr Körper erst einmal mit all diesen verwirrend intensiven Gefühlen klarkommen, die Per in ihr auslöste.

Sie probierte eine Gabel Pönnukökur – und unanständig gute Pfannkuchen konnte er offenbar auch noch backen.

Langsam entspannte sie sich ein wenig. Ihr Blick wanderte zu der Holzuhr, die über dem Küchentresen hing. In einer halben Stunde müsste sie in einem vorzeigbaren Outfit im Nationalmuseum stehen, um die letzten Vorbereitungen für die Eröffnung der Sonderausstellung zu treffen. Am nächsten Samstag, dem 26. Oktober, war der *Fyrsti Vetrardagur*, der erste Wintertag nach dem altisländischen Kalender, der ein Jahr allein in Sommer und Winter einteilte. Und in Island wurde der Tag auch heute noch gefeiert. Anlässlich des Winteranfangs würde das Museum eine Vernissage mit dem Titel »Visualizing Vikings« zeigen, in der sie eine Sammlung aus alten Gemälden, Tonmalereien und abstrakten postmodernen Kunstwerken präsentierten, die Darstellungen von Wikingern auf der Insel in verschiedenen Weisen interpretierten. Es war das erste Projekt, das Lia betreute, und als zuständige Pressereferentin würde sie auch die Eröffnung an diesem Mittag begleiten.

Sie sprang auf, räumte den Teller in den Geschirrspüler und lief zu dem Birkenholzschrank im Schlafzimmer, den sie sich nun mit Per teilte. Ihr heller Blazer und die Leinenhose wären genau richtig für heute. Schnell zog sie sich um und nutzte die letzten Minuten, um ihre Haare in sanfte Locken zu föhnen, die nun in einem schönen Kontrast zu dem hellen Stoff über ihre Schultern fielen. Zufrieden schnappte sie sich die helle Wildledertasche, in der sie ihr Handy und die nötigsten Dinge verstaute, ehe sie sich ihren Mantel überwarf und die Wohnung verließ.

Der Himmel begrüßte sie ausnahmsweise mit einem strahlenden Blau, und sie genoss den Weg entlang des Tjörnin noch einmal mehr.

Zwei Stunden später stand Lia inmitten der Ausstellungshalle des Nationalmuseums und betrachtete zufrieden die Präsentation der Exponate. Die Informationstafeln zu den Gemälden zogen die Aufmerksamkeit der Besucher auf sich, und die ersten Leute diskutierten eifrig über die Darstellungen. In einer halben Stunde würde sie eine Rede zur Eröffnung halten, und sie sah, dass sich auch die örtliche Presse eingefunden hatte.

Lächelnd nickte sie Katla, ihrer Kuratorin, zu und schlenderte zu dem Tresen hinüber, an dem Kellner Sekt ausschenkten. Ein kleines Glas würde ihre Nerven beruhigen. Und bisher lief alles ausgezeichnet.

Per schien noch unterwegs zu sein, aber sie rechnete auch nicht vor der Rede mit ihm. Wenn er seine Stationen kontrollierte, ergab sich immer etwas Unvorhergesehenes, das er prüfen oder beheben musste. Aber heute machte es ihr nichts aus. Sie war in ihrer Arbeitswelt, hatte ihren professionellen PR-Modus eingeschaltet, und kein Wikinger konnte ihr Selbstbewusstsein trüben.

Mit dem Sektglas in der Hand spazierte sie durch die Räumlichkeiten, beobachtete die Reaktionen der Besucher. Als sie in den ersten Raum zurückkehrte, hielt sie inne. Täuschte sie sich, oder war das …?

Nein, kein Zweifel.

Vor dem Gemälde in der Mitte der Halle stand Elín. Sie trug ein nachtschwarzes Seidenkleid, das ihre schmale Silhouette umschmeichelte. Und ihr helles Haar schimmerte im Licht der Deckenstrahler. Ihr Blick war auf das Gemälde gerichtet, das Werk eines jungen Künstlers aus Reykjavík. Es zeigte eine Wikingerkriegerin, deren wallende rote Locken im Wind wehten, während sie auf ihrem Pferd in eine Vulkanebene ritt. Eine riesige schwarze Nebelkrähe breitete ihre Schwingen über ihnen aus, die zwei Drittel der Leinwand einnahmen. Der Künstler hatte mit dreidimensionaler Technik gearbeitet und die Federn der Krähe als ebensolche in das Gemälde eingebettet. Sie schimmerten in demselben Ton wie Elíns Kleid.

Am liebsten hätte Lia auf dem Absatz kehrtgemacht und sich ungesehen davongestohlen. Doch das löste ein schuldbewusstes Ziehen in ihrem Magen aus. Elín zählte nun anscheinend zu ihrem erweiterten Freundeskreis … obwohl sie bisher kaum ein Wort miteinander gewechselt hatten. Sie schien Per etwas zu bedeuten – auch wenn sie inständig hoffte, dass sich das auf den rein freundschaftlichen Kontext beschränkte. Am Ende würde Per ihr zu Recht vorhalten, weshalb sie sich Elín so merkwürdig gegenüber benahm.

Lia trank einen Schluck Sekt, dann durchquerte sie die Halle und trat neben sie. »Beeindruckend, nicht wahr?«

»Ein Meisterwerk.« Elín wandte den Blick nicht von der Leinwand ab. »Er versteht es, die Essenz der menschlichen Emotionen auf das Canvas zu bringen.«

Himmel, am liebsten hätte Lia sich die ganze Sektflasche nachbestellt. Sie liebte Kunst. Aber das klang, als würde sich hier eines dieser dramatischen Gespräche anbahnen, die jede Grenze der tatsächlichen Künstlerintention überschritten. »Nun, oder er war besessen von düsteren Vögeln«, gab sie amüsiert zurück.

Elín sah sie noch immer nicht an, nur ein überheblicher Zug legte sich um ihre Lippen. »Wie du meinst. Schließlich betreust du die Ausstellung ja, nicht wahr?«

Innerlich verdrehte Lia die Augen, doch sie beherrschte sich und nickte nur. »Stimmt. Und es freut mich, dass du hergekommen bist, um die Eröffnung mit uns zu feiern.«

»Per hat die Ausstellung gestern Nacht erwähnt.« Sie legte den Kopf in den Nacken, trank genüsslich einen Schluck Sekt, und Lia bemerkte ein selbstzufriedenes Funkeln in ihren Augen.

»Seit wann arbeitet ihr eigentlich zusammen?«, fragte sie so unbedarft wie möglich.

Elín lachte. »Arbeiten? Also, ich schätze, der Sandkasten zählt nicht darunter? Eigentlich haben wir unser ganzes Leben miteinander verbracht. Man könnte sagen, wir teilen ... alles miteinander. Hat er das nie erwähnt?«

Das hatte er in der Tat vergessen, zu erzählen. »Nein«, entgegnete sie, »aber umso schöner, es jetzt von dir zu hören.«

»Gern. Ihr kennt euch ja erst seit Kurzem. Und einiges vertraut man nicht gleich jeder neuen Freundin an. Per schon gar nicht. Er hat sich noch nie lang mit einer Frau aufgehalten.«

Lia musste sich zurückhalten, um nicht zu fauchen. Sie bildete es sich also nicht ein. Elín genoss es sichtlich, sie zu manipulieren. »Oh, na ja, mit uns ist es schon sehr ernst.« Sie drehte das Glas in ihren Händen. »Aber wir konzentrieren uns eher auf unsere Zukunft, anstatt in alten Geschichten aus der Vergangenheit zu wühlen.«

»Nette Einstellung – sehr idealistisch«, erwiderte Elín, dann wandte sie den Kopf und sah ihr direkt in die Augen. »Aber die Vergangenheit kann man nie völlig auslöschen.«

Lia blinzelte. Was für eine pathetische Aussage. Und was wollte sie damit überhaupt andeuten? Ja wohl nicht, dass zwischen Per und ihr …

»Ich finde, sie sieht entschlossen aus«, sagte Elín ohne Zusammenhang und deutete auf das Gemälde. »Das ist ihre Essenz. Leidenschaftliche Entschlossenheit.« Sie stellte ihr Glas auf den Stehtisch, sah Lia noch einmal an und ging.

Wäre sie nicht so sprachlos gewesen, hätte sie Elín am liebsten am Ärmel ihres Rabenkleids zur Seite gezogen und zur Rede gestellt. Was bildete sie sich ein, bei ihrem beruflichen Event aufzutauchen und eine solche Szene aufzuführen? Sie kannten sich nicht einmal richtig. Aber offensichtlich spielte das keine Rolle. Hier ging es nicht um sie. Nicht wirklich zumindest. Sondern um den Mann, der gerade durch die Eingangstür in die Halle trat.

Mit einer Hand fuhr er sich hastig durch seine rotblonden Haare, die der Herbstwind zerzaust hatte. Seine große Gestalt überragte die meisten Besucher. Er trug sein gutes Hemd, die Jacke hatte er sich unter den Arm geklemmt und die Outdoor-Stiefel gegen elegante Lederschuhe eingetauscht. Doch ehe er sie entdeckte, sah sie, wie Elín ihm entgegenlief und ihn in eine Umarmung zog. Er legte seine Hand auf ihren Rücken, und die Vertrautheit ihrer Begrüßung sandte einen schmerzhaften Stich in Lias Brust.

»Hey, tut mir leid, dass ich es jetzt erst geschafft habe.«

Benommen wandte sie sich ab und sah in Freyjas strahlendes Gesicht.

»Ist alles in Ordnung?« Ihre Freundin musterte sie besorgt.

»Ja, ja, entschuldige. Bin nur etwas nervös.« Lia räusperte sich, bemüht, eine fröhliche Grimasse zu ziehen.

Offenbar nicht sehr erfolgreich, denn Freyja hob jetzt erst recht skeptisch eine Augenbraue. »Nervös? Du? Ich wusste nicht, dass das möglich ist.«

Sie zuckte mit den Schultern und lächelte tapfer.

»Anna und Aron mussten leider schon abreisen, ein Notfall bei den Schafen. Sonst wären sie auch gern gekommen.« Freyja zog sie kurz an sich und küsste sie auf die Wange. »Du machst das. Wie immer.« Sie zwinkerte und lachte.

»Danke, Freyja.« Es tat gut, ihre Freundin hier zu wissen. Doch ehe sie sich noch einmal nach Per umsehen konnte, kam Katla auf sie zu.

»Startklar?«

Lia nickte.

Kurz darauf trat sie hinter das Rednerpult, und das Stimmengewirr der Besucher, die sich in der großen Halle eingefunden hatten, verstummte allmählich. Ihr Blick begegnete Pers, der neben Elín am Rand der Menge stand. Doch er schenkte ihr das breite warme Lächeln, das sie kannte. Und für einen Moment gelang es ihr, die Unsicherheit zu verdrängen, die die Begegnung mit Elín in ihr ausgelöst hatte.

Sie fand zurück in ihren PR-Beraterinnen-Modus – das wäre ja auch gelacht. Immerhin hatte sie schon den mäkeligsten Firmen-CEOs Millionenkampagnen verkauft … da würde sie sich wohl kaum von ein paar hingeworfenen Anspielungen einer »alten Freundin« ihres Freundes verrückt machen lassen. Souverän eröffnete sie die Vernissage, stellte Katla als leitende Kuratorin vor und präsentierte die Namen der ausgestellten Künstler.

Doch als sie sah, wie Elín sich mitten in der Rede von Per verabschiedete und endlich das Gebäude verließ, durchströmte sie dennoch eine befreiende Erleichterung.

***

Der kühle Abendwind erfasste ihr Haar und trug den salzigen Geruch des nahen Atlantiks herüber. Lia schloss lachend ihren Mantel und winkte Freyja, Katla und den letzten Helfern ihres Teams, als sie sich vor dem Museum verabschiedeten und in unterschiedliche Richtungen strömten.

»Gut gemacht«, raunte Per so nah, dass seine Lippen über ihr Ohr strichen. Er legte den Arm um ihre Taille und küsste ihr Haar.

Sie lächelte, konnte aber nicht verhindern, dass sie sich ein wenig unter seiner Berührung versteifte.

»Komm, ich hab eine Idee.« Er führte sie zum Land Rover, der auf dem verlassenen Parkplatz des Museums wartete.

Eigentlich war ihr nur danach, nach Hause zu fahren. Sie mussten reden. Allein. Aber sein eindringlicher Blick und das abenteuerlustige Grinsen ließen ihren Widerstand schmelzen. Reden könnten sie später. Sie wollte die Unbeschwertheit noch einen Moment länger genießen. Ohne Elín Raum zu geben.

Als sie auf den Beifahrersitz schlüpfte und die Playlist automatisch startete, erfasste sie das Gefühl, zu Hause zu sein.

Doch diesmal hinterließ es einen kleinen Stich in ihrem Herzen.

Sie fuhren zur westlichen Spitze Reykjavíks, vor der sich die Insel Grótta aus dem Nordatlantik erhob. Nur ein schmaler Damm verband sie mit dem Festland, und in den dunklen Herbstnächten schickte der Gróttuviti sein Licht weit über die Bucht hinaus.

Per bog in den kleinen Zuweg des Bistrohäuschens Raðagerði Veitingahús ab. »Warte hier«, sagte er, ehe er aus dem Wagen sprang und in Richtung Bistro verschwand.

Wenig später kam er mit einer köstlich duftenden Alu-Packung und zwei Einstök-Bierflaschen zurück.

»Hey, nicht gucken«, protestierte er und schob ihre Finger weg, als sie nachschauen wollte, was er ihnen da geholt hatte.

»Na gut.« Sie lachte und ließ sich wieder in ihren Sitz sinken.

Er lenkte den Land Rover zurück auf die Straße und hielt kurz darauf auf dem leeren Parkplatz am Ende der Bucht. In der Hauptsaison kamen viele Touristen hierher, um die kleine Thermalquelle Kvika zu nutzen, die allgemein nur als Fußbad bekannt war, da nicht viel mehr in sie hineinpasste.

Sie stiegen aus, und Per umfasste ihre Hand. »Na komm, gehen wir zu unserem Platz.«

Vor ihr erstreckte sich die Landzunge dunkel in den Schatten der Nacht, nur der Leuchtturm wanderte über ihnen dahin, und sie hörte, wie die Wellen gegen die Mole und an den schmalen Strand schlugen, der sie vom Leuchtturm trennte.

»In den Schuhen?« Sie sah ihn mit großen Augen an. Natürlich hatte sie für die Eröffnung ihr schönstes Paar schwarze High Heels ausgesucht.

»Ach herrje.« Ohne zu zögern, drückte er ihr die Alupackung in die Hand, hob sie auf seine Arme und stapfte ungerührt durch die Düne auf den Leuchtturm zu. »So genehm?«

Sie grinste und umklammerte ihren Proviant. »Sehr.«

Per war der erste Mann in ihrem Leben, der keine Entschuldigungen gelten ließ, wenn sie sich dadurch abwenden ließen, dass er sie einfach durch die Gegend trug.

Sie lehnte sich an seine Brust und genoss seine Nähe, während sie sich ihrem Platz näherten.

Als sie den Leuchtturm erreichten, setzte er sie sanft auf die Füße, und sie liefen Hand in Hand zu der Bank, die am äußersten Ende der Insel stand. Vor ihnen erstreckte sich die Weite des Meers, hinter ihnen strahlten die Abendlichter der Stadt. Per öffnete die Einstök-Flaschen, reichte ihr eine und legte den Arm um ihre Schultern.

»*Skál*. Auf dich«, sagte er und stieß gegen ihre Flasche.

»Auf … uns.«

Er lächelte und küsste wieder ihr Haar. Dann zog er die Alupackung heran und öffnete sie. »Warme Oliven und Bakaður Gullostur«, verkündete er, und der köstliche Geruch mediterraner Kräuter und eines goldengebackenen Käses umgab sie.

»Oh, das sollte verboten werden«, sagte sie und kostete. Sie schmeckte Walnüsse, Birne und die tröstende Wärme des weichen Gullostur.

Als sie aufgegessen hatten, rutschte Per etwas dichter zu ihr. Sie spürte, wie sich seine Brust ruhig hob und senkte, und schmiegte sich bereitwillig an ihn. Seine Jacke lag weich an ihrer Wange, und sie atmete seinen Duft ein. Sein Aftershave, und ein Hauch von Heu und Rentier. Zumindest meinte sie das. Bisher hatte sie noch nicht an einem Rentier gerochen. Aber es war die Outdoor-Jacke, die er auch trug, wenn er zu seinen Eltern auf die Farm fuhr, und sie liebte diesen moosigen Geruch nach Natur.

Über ihnen stand der Vollmond, dessen Schein eine silberne Spur über das Meer zog. Doch heute strahlte er für sie nicht nur die Erinnerung an diesen Platz aus, an dem sie schon oft mit Per gesessen hatte. Er erinnerte sie auch an den vergangenen Abend, an dem sie allein am Küchenfenster gestanden und vergeblich auf ihn gewartet hatte.

»Per?«

Er schwieg. Aber sie spürte, wie er sich verspannte. Er wusste, was jetzt kam. Sie hob den Blick zu ihm und sah, dass er sich in seinen sturen Wikinger-Modus begeben hatte. Ohne zu blinzeln, starrte er geradeaus, nur seine angespannten Wangenknochen verrieten, dass er sich wappnete.

Sie atmete aus und legte den Kopf wieder in seinen Arm. Es half nichts. Sie mussten darüber reden. Sie könnte es nicht ewig verdrängen.

»Ist da etwas zwischen Elín und dir?« Jetzt war es ausgesprochen. Ihre Stimme klang fremd. Rau und stockend. Sie konnte nicht verhindern, dass sich ihre Verletztheit in die Frage stahl.

Per drehte den Kopf und sah sie an. »Was? Nein. Wie kommst du denn darauf?«

»Du bist gestern einfach verschwunden, und heute hat sie … eine Menge Andeutungen fallen lassen.«

Er schnaubte. »Bitte, Lia. Das heißt doch nicht, dass ich die Nacht mit ihr verbracht habe. So ein Unsinn.«

»Das war auch nicht unbedingt meine Frage.« Sie traute sich nicht einmal mehr, ihn anzusehen, weil sie befürchtete, den Schatten wieder in seinem Blick zu erkennen.

»Sondern?« Seine Stimme blieb so ruhig, wie sie es von ihm kannte. »Nein, da ist nichts zwischen Elín und mir, ich dachte, das hätte ich beantwortet.«

»Du hast mir nicht gesagt, dass ihr schon so lange und so eng befreundet seid.«

Er seufzte. »Nein, habe ich nicht. Ich wusste nicht, dass es dir wichtig ist, das zu wissen.«

Einen Moment lang schwiegen sie, ehe er die Hand um die Banklehne legte und sich etwas gerader aufrichtete. »Hör mal … das mit uns ist … wundervoll. Wirklich, Lia. Aber es ist auch sehr neu für mich. Ich habe noch nie jemanden in mein Leben gelassen.«

Niemanden … außer Elín, ergänzte ihr Gehirn sofort, und sie ärgerte sich darüber. Aber der nagende Zweifel war noch nicht ganz ausgelöscht. Irgendetwas verbarg er vor ihr. Sie wusste es einfach. Die Art, wie er am vergangenen Tag auf Distanz gegangen war – das sah ihm nicht ähnlich. Oder zumindest hätte sie angenommen, dass es ihm nicht ähnlich sah. Dabei hatte es ihr gezeigt, dass sie ihn offenbar nicht so gut kannte, wie sie dachte.

»Das verstehe ich«, erwiderte sie. »Aber du musst mir sagen, was gestern los war.« Sie richtete sich auf und drehte sich zu ihm. Und da entdeckte sie ihn wieder. Den Schatten, der sich über seine Miene legte.

»Nichts, Lia. Lass es gut sein, okay?«

Sie sah das Spiel seiner Kiefermuskeln. Entschieden legte sie die Hand auf seine Brust, doch bevor sie etwas sagen konnte, hob er sie auf seinen Schoß und umschloss ihr Gesicht mit beiden Händen.

»Ich liebe dich.« Er presste seine Lippen auf ihre, und sein Kuss fühlte sich so aufrichtig an, dass sie ihre Erwiderung vergaß und sich gegen ihn sinken ließ.

»Ich liebe dich auch, Per«, flüsterte sie gegen seine Lippen, als er sich von ihr löste und sie sanft zurückschob, um sie zu betrachten.

Das schelmische Grinsen breitete sich langsam über sein Gesicht aus, und seine blauen Augen funkelten. »Weißt du, dass du die erste Frau bist, die ich nach Hause auf die Farm bringe? Ich hoffe, du hast inzwischen geübt, wie man ein Rentier melkt. Nicht, dass sie dich vom Hof jagen.«

»Blödmann!« Sie gluckste und schlug ihm spielerisch gegen die Brust. Nächstes Wochenende würde sie seine Familie kennenlernen. Und Sólveig, natürlich. Die offizielle Vorstellung, die sie normalerweise gern umging. Aber der Gedanke, noch weiter in Pers Leben einzutauchen, ließ kribbelnde Vorfreude in ihr aufsteigen.

Er umfasste lachend ihre Finger. »Psst … hörst du das?« Sein Blick wanderte Richtung Meer.

Über dem Rauschen der Wellen erklang leise und klar der Ruf einer Schnee-Eule.

Kapitel 8

Alvas Tagebuch
08. September 1771

Meine Befürchtungen sind eingetroffen. Ólafur hat um meine Hand angehalten. Der einzige Lichtblick erscheint mir die Zeit, die mir bis zu unserer Vermählung bleibt. Man hat ihn in wenigen Wochen nach Kopenhagen berufen, sodass unsere Trauung erst im Frühjahr vollzogen wird. Ein letzter Winter bleibt mir also in der Vertrautheit unseres Gehöfts. Vater beordert bereits die Stoffe und Geschmeide, aus denen das Brautkleid gefertigt wird. Doch ich versuche, den Gedanken an das Unausweichliche, so gut es mir gelingen mag, zu verdrängen.

Mein ganzes Hoffen gilt Jóras Rückkehr. Noch immer habe ich keine Antwort von ihr erhalten. Und ihr Schweigen sorgt mich sehr. Ebenso wie die schwere Krankheit ihres Vaters. Die Kräuter und das Fleisch, das wir ihm zur Stärkung schicken lassen, vermögen es nicht, seine Genesung herbeizubringen. Síra Biarnhard befürchtet, es sei die Schwindsucht. Oh, wie gern wäre ich bei Jóra. Wie mag sie es nur aushalten, allein in den Bergen, mit der grauenvollen Befürchtung, dass ihr Vater auf dem Sterbebett weilt. Und über den Schmerz der Trauer muss sie die Sorge vor der Zukunft plagen.

Sollte es zum Äußersten kommen, sollte ihr Vater wahrlich versterben, würde das Schicksal ihrer Familie der Willkür der Hofauflösung unterfallen. Man wird sie vertreiben, ihre Geschwister und sie fortschicken zu unbekannten Gehöften. Und wir werden nicht mehr für ihren Schutz garantieren können.

In wenigen Wochen wird man die Schafe hinunter ins Tal treiben, und wir werden uns endlich wiedersehen. Bis dahin will ich meine Aufmerksamkeit den Vorbereitungen widmen, die ich bis zu meiner Abreise treffen muss. Wenn ich auch nicht entscheiden darf, wo ich mein Leben verbringen werde, so bleiben mir wenigstens die Mittel, für die zu sorgen, die mir am Herzen liegen. Ich werde es geschickt anstellen müssen, doch ich muss auf das Gelingen meines Plans vertrauen.

Kapitel 9

Südisland
September 1771

Mit der Morgendämmerung war Alva hinausgeritten. Noch ehe ihre Familie erwacht war, hatte sie sich aus ihrer Kammer gestohlen, war durch die Baðstofa geschlichen und hatte ihren Burschen Skjöldur aus dem Schlaf gerüttelt. Schlaftrunken war er ihr hinausgefolgt und hatte ihren dringenden Anweisungen gelauscht, während er Fjella sattelte. Er würde den anderen glaubhaft versichern, dass sie nur einen Morgenausritt entlang des Gehöfts unternahm. Und sie hatte ihm versprechen müssen, pünktlich zur Morgenandacht ihres Vaters zurück zu sein.

Als sie den Hof verließ, hatte sie immer wieder einen Blick über die Schulter geworfen, um sicherzugehen, dass ihr niemand folgte. Nun breitete sich das Land entlang des Stroms so flach vor ihr aus, dass sie jeden Reiter schon aus weiter Ferne erspähen würde. Bevor die Ebene zum Strand hinabbrach, erhob sich eine niedrige Felsformation. Sie hatte den Platz mit Bedacht gewählt. Hier könnte ihr niemand unbemerkt auflauern.

Sie zügelte Fjella, sprang aus dem Sattel und umrundete die scharfkantigen Gesteine. Mit klammen Fingern tastete sie über das Moos, bis sie die flache Steinplatte fand. Vorsichtig lockerte sie das Gras, das über den Sommer die Kanten überwachsen hatte. Dann hob sie den Stein heraus und schob ihn zur Seite. Mit bloßen Händen grub sie, bis ihre Fingernägel über den Holzdeckel der Truhe kratzten. Hastig wischte sie die Erde beiseite, dann hob sie die hölzerne Kiste heraus und klappte den Deckel auf. Lächelnd strich sie über die schwarzen Federn des Papageientauchers, die Jóra und sie gemeinsam an den Klippen gesammelt hatten. Daneben lagen die schönen Kammmuscheln, und, eingeschlagen in ein Stück Schaffell, die Miniaturpferde, die Viggó nach dem Vorbild von Fjella und Fagur, Jóras Liebling, geschnitzt und bemalt hatte.

Sie griff unter ihren Mantel und zog das Bündel unter ihrem Gürtel hervor, das sie sich fest an den Leib gebunden hatte. Vorsichtig schlug sie das Tuch auf, in das sie ihre Fracht gewickelt hatte. Obwohl die Sonne sich hinter grauen Wolkentürmen verbarg, schimmerten die edlen Metalle in der Helligkeit des anbrechenden Tages. Einige Silbermünzen, die fein gearbeiteten verzierten Gürtelschnallen ihrer Mädchenkleider, die ihr längst zu klein waren, der goldene Kerzenhalter, den ihre Großmutter ihr hinterlassen hatte. Niemandem würde auffallen, dass sie diese Dinge nicht mit auf ihre Reise zu Ólafurs Gehöft nahm. Doch sie könnten Jóra eine Sicherheit sein, sollte es zum Äußersten kommen.

Sorgfältig band sie das Bündel wieder zusammen und legte es auf den Boden der Truhe. Dann setzte sie die Kiste wieder an ihren Platz und deckte die gelockerten Steinränder mit Moos ab, sodass ihr Versteck dem fremden Auge gut verborgen blieb.

Ihr Herz klopfte aufgeregt, als sie hinter den Felsen hervortrat und die Ebene absuchte. Doch sie hatte es geschafft. Niemand war ihr auf die Schliche gekommen.

Erleichtert fasste sie Fjellas Zügel, kletterte auf einen Stein und ließ sich in den Sattel gleiten. Ihr Blick fiel auf ihre erdverschmierten Hände. Die würden sie verraten. Also schlug sie den Pfad zur Küste ein.

Der Strand erstreckte sich nachtschwarz in die grafitfarbene See. Der Morgennebel kroch vom Meer an Land hinauf und griff nach den grünen Ebenen der Küste. Mit ihm drang der eisige Wind auf die Insel, die ersten Ausläufer des nahenden Winters, die am Morgen und Abend erstarkten.

Am Saum der herantreibenden Wellen sprang sie aus dem Sattel und kniete sich hin, um ihre Finger in der Brandung zu waschen. Das kalte Salzwasser brannte auf ihrer Haut, doch es gelang ihr, die verräterischen Erdspuren abzureiben.

Da hörte sie es. Nur ein Hauch über dem Rauschen der Brandung. Eine Stimme. Dunkel und stark. Sie hob den Blick. Der Nebel verbarg die Weite der See. Doch nun vernahm sie ohne Zweifel nahende Geräusche. Das dumpfe Klatschen von Rudern, die in die See stachen.

Erschrocken rappelte sie sich auf und zog sich in Fjellas Sattel. Die Umrisse eines Boots erschienen im Nebel. Im Bug stand eine große Gestalt. Der Mann, dessen Stimme ihr über die See entgegenschallte. Hastig sah sie sich nach Deckung um. Der Strand führte so flach in die Ebene, dass kaum ein Fels sie verbergen könnte. Doch drüben gab es eine Senke, in die sie sich ducken könnte, sie müsste es nur fertigbringen, Fjella ein Stück weiter hinter die Klippen zu führen. Es wäre ein Wagnis, doch sie musste sehen, was hier vor sich ging. Das Boot war ihr fremd. Péturs Männer hätte sie erkannt, und üblicherweise landeten sie näher an dessen Hof an, wenn sie vom Fischen hereinkamen.

Sie galoppierte zum Ende der Bucht, an der sie Fjella ein Stück landeinwärts nah an den Klippen festband. Dann schlich sie zurück und duckte sich in die Talsenke, von der aus sie den Strand überblicken konnte.

Das Boot tauchte immer klarer aus den Nebelschwaden hervor. Es hielt geradewegs auf den Strand zu, der Mann am Bug wandte sich um, und sie erkannte, dass er etwas aufs offene Meer hinausrief. Zwei Männer saßen an den Rudern, doch sie sahen starr geradeaus.

Wieder hallte ein Ruf auf die See hinaus, und während sie sich verwundert fragte, was dort vor ihren Augen geschah, erschien ein Wald im Nebel. Langverästelte Geweihe ragten aus den Wogen.

Sie rieb sich die Augen, doch sie träumte nicht. Immer näher kamen sie, und bald konnte Alva das leise Schnauben der Tiere hören. Wie Fabelwesen glitten sie durch die neblige See. Mühelos, als wären sie aus einer fernen Wasserwelt emporgetaucht. Sie entstiegen der Brandung und trabten an Land, während die Männer das Boot auf den Strand zogen. Das Fell der Tiere glänzte nass in einem satten Braun, einige von ihnen schimmerten weiß vom Hals bis zu den Flanken. Mit stolz gereckten Köpfen witterten sie in den Wind.

Es bestand kein Zweifel. Dort, auf der Weite des Lavasands, standen wahrhaftig Rentiere. Sie hatte die Zeichnungen in den Büchern ihres Vaters studiert. Die leichtfüßigen Tiere und ihre großen Geweihe bewundert.

Doch was taten sie hier? Sie mussten von den Vestmannaeyjar übergesetzt haben. Sprach Vater nicht davon, dass er lediglich einen Boten erwartete, der ihn über das Befinden der Herde unterrichten sollte?

Aber ihre Sinne trogen sie nicht. Vor ihr standen sechs der edlen Geschöpfe im Lavasand. Die unbekannte Umgebung ließ die Herde unruhig werden, doch die Stimme des

Mannes erklang wieder, in einer ihr fremden Sprache, und schien sie in seiner Nähe zu halten. Er trat an die Tiere heran, und Alva maß neugierig sein Antlitz. Seine Haare wurden von einer Fellkappe verborgen, doch sie erkannte blonde Strähnen, die unter dem Saum hervorblitzten. Seine Mimik wirkte ernst und ruhig, und seine Körperhaltung strahlte Selbstvertrauen aus. Ein fremdländisches Gewand schützte ihn vor der Kälte – zumindest hatte sie solche Kleidung in Island noch nie gesehen. Ein langer Mantel, der ihm bis zur Hälfte der Oberschenkel reichte, aus Fellen gefertigt und mit einem breiten Gürtel um seine Hüfte festgebunden. Dazu trug er dunkle, lederne Hosen und feste Stiefel.

Sie reckte sich ein Stück aus ihrer Deckung hervor, um die Gestalt des Fremden besser betrachten zu können, als er den Kopf in ihre Richtung drehte.

Erschrocken fuhr sie zurück und presste sich flach auf den Erdboden. Einen Moment harrte sie aus, doch als sie keine herannahenden Schritte auf dem Sand hörte, wagte sie es wieder, vorsichtig über den Strand zu spähen.

Er stand unbewegt an seinem Platz, hatte sich nun den anderen Männern zugewandt und rief etwas auf Dänisch. Alva beherrschte die Sprache, dank der vielen Stunden, die ihr Vater sie darin unterrichtet hatte. Es war ihm ein besonderes Anliegen, ihre Geschwister und sie die Sprache der Krone zu lehren, der ihr Land unterstand und in dem er selbst seine Studien begangen hatte.

Mit wenigen Worten wies der Mann die anderen an, die Herde vom Strand auf die Ebene hinaufzutreiben, und sie setzten sich in Bewegung. Die Tiere trabten nervös, aber wagten es nicht, aus der Formation auszubrechen, und stiegen stetig die Küstenlinie hinauf.

Der Pfad würde sie nicht nah genug bringen, als dass Alva Gefahr lief, entdeckt zu werden. Sie musste nur ruhig in ihrem Versteck verharren. Vorsichtshalber legte sie sich wieder flach auf den Boden, hörte die Schritte der Männer den knirschenden Sand verlassen und auf das weiche Gras der Ebene treten, in dem Alva sie kaum noch vernahm. Allmählich erlaubte sie sich, ihre verkrampfte Haltung zu entspannen. Sie mussten inzwischen weit genug entfernt sein.

Langsam hob sie den Kopf. Die Gruppe zog landeinwärts, doch die Tiere wurden plötzlich unruhig und schienen etwas zu wittern. Alva wandte den Blick nach rechts, und im nächsten Moment sah sie zu ihrem Entsetzen Fjella auf die Ebene traben. Sie musste sich losgerissen haben, um den Weg zum Hof zurückzulaufen.

Mit wehender Mähne hielt sie auf den Pfad zu.

Der große Mann stoppte seinen Tross und trat ihrer Stute unerschrocken entgegen. Offenbar wollte er verhindern, dass sie die Herde in Aufruhr versetzte. Schnell und geschickt durchschnitt er die Ebene, verlangsamte sein Tempo, ehe er Fjella zu nah kam, und schaffte es schließlich, sie zu sich zu locken und ihre Zügel zu greifen.

Alva war so fasziniert, dass sie beinahe vergaß, was das bedeutete. Doch nun wurde sie gewahr, wie der Fremde den reich bestickten Sattel musterte. Er blickte auf, und sie duckte sich wieder ins Gras. Er wusste, dass jemand in der Nähe war.

»Hallo!«, rief er in ihrer Sprache. »Wo bist du?« Ein rauer Akzent färbte seine Worte. Und seine Stimme klang vehement, aber zugewandt.

Beinahe war sie geneigt, sich aus ihrer Deckung zu wagen. Doch ihr Verstand bewog sie eines Besseren.

Sie kannte das Ansinnen der Fremden nicht. Und wenn man sie hier draußen fand, wäre sie allein, ohne den Schutz eines Begleiters.

Sie wagte es lediglich, verborgen an ihrem Platz durch das Gras zu ihnen zu spähen. Der Mann strich Fjella beruhigend über den Hals, doch ihre Stute schien sich an ihre Herrin zu erinnern, die sie gerade noch ungeachtet zurücklassen wollte, riss den Kopf herum und starrte ausdrücklich in ihre Richtung.

Mit pochendem Herzen presste Alva ihre Wange ins Gras. Doch sie vernahm keine Schritte.

Stattdessen erklang die Stimme des Mannes: »Dein Pferd ist hier.« Auf Dänisch fügte er hinzu: »Ich werde dich nicht zwingen, hervorzutreten. Aber wir brauchen Hilfe. Wenn du uns hörst, zeige dich.«

Seine Stimme klang so wohlgesonnen. Durch das Gras sah sie, wie er Fjella sanft zusprach. Es erinnerte sie an die gutmütige Art, mit der er zuvor die Rentiere beruhigt hatte. Jemand, der sich den Tieren so zugewandt gab, konnte nur ein reines Herz besitzen. Und er bat um Hilfe. Vielleicht wollte er tatsächlich zu ihrem Vater. Sie könnte ihm den Weg zu ihrem Gehöft weisen.

Langsam rappelte sie sich auf, ungeschickt vor Aufregung, und trat aus der Senke auf ihre Stute zu, die nun zur Begrüßung leise schnaubte.

Je näher sie dem Fremden kam, desto schneller pochte ihr Herz. Seinen blauen Augen ruhten auf ihr, freundlich, neugierig. Seine gerade Nase und die markanten Wangenknochen verliehen ihm eine männliche Ernsthaftigkeit, doch um seine Lippen lag ein jungenhaftes Lächeln.

Er schwieg und wartete, bis sie so nah an ihn und Fjella herangetreten war, wie sie es wagte. Einige Schritte entfernt blieb sie stehen und grüßte ihn mit einem zaghaften Kopfnicken.

Sie wurde sich plötzlich gewahr, wie sie auf ihn wirken musste. An ihrem Kleid hingen Gras und Erde, und ihr Haar wehte wild im Südwind, denn sie hatte zu ihrem geheimen Ausflug nicht ihre Haube aufgesetzt, die sich nur als umständlich erwiesen hätte. Doch ohne sie fühlte sie sich nun entblößt.

»Mein Name ist Máhttu«, sagte er wieder mit dem rauen Akzent und nickte ihr ebenfalls zu. Es schien, als würde er abschätzen, wie viel Distanz ihr angenehm wäre. »Das sind Carl und Rasmus.« Er deutete zu den Männern, die still bei den Rentieren standen und die Herde zusammenhielten.

»Ich spreche eure Sprache«, erwiderte sie auf Dänisch.

Überrascht hob er die Augenbrauen. »Du sprichst Dänisch, wahrhaftig. Welch ein Geschenk.« Er nickte ernst. »Wir brauchen dringend Hilfe. Die Rentiere müssen versorgt werden.«

Sie folgte seinem besorgten Blick zu der Herde. »Sind das die Tiere aus Finnmark, die man auf die Vestmannaeyjar gebracht hat?«

Er musterte sie interessiert. »Ja, das stimmt. Du bist gut informiert.«

»Mein Vater ist Sigurður Olafsson. Er führt ein Anwesen landeinwärts und hat sich für das Anliegen eingesetzt. Ich glaube, er erwartet eure Kunde. Soll ich euch den Weg zu unserem Gehöft weisen?«, fragte sie.

Doch er schüttelte bedauernd den Kopf. »Die Tiere werden es nicht bis dorthin schaffen. Sie sind schwach. Ihnen bekommen die Umstände auf den Inseln nicht. Sie finden dort kaum Nahrung. Deshalb musste ich sie ans Festland bringen. Wenn sie überleben sollen, müssen sie frei laufen.

Wir müssen sie in eine Region bringen, in der sie Nahrung finden. Wäre ich allein mit dieser Botschaft hergekommen, hätte ich womöglich kein lebendes Tier bei meiner Rückkehr auf die Inseln vorgefunden. Es war die letzte Möglichkeit, die Schwachen unter ihnen zu retten.«

Alva sah erschrocken zu den Rentieren. Ihr Fell trocknete allmählich, und sie erkannte, dass es stumpf wirkte und einige Tiere nun, da ihre Nervosität nachließ, apathisch den Kopf gesenkt hielten. »Aber wo wollt ihr sie hier versorgen?«

»Kannst du uns den Weg zu der nächstgelegenen Hofstelle weisen? Wir müssen sie dort in Obhut geben, ehe wir nach Bessastaðir weiterreisen.«

»Ihr wollt bis nach Bessastaðir reisen? Das ist ein weiter Weg.«

Er nickte ruhig. »Ich weiß. Doch es bleibt die einzige Möglichkeit. Es bedarf der Zustimmung des Stiftamtmanns, um die Rentiere freizulassen. Daher muss ich ihn in Bessastaðir umgehend über die Dringlichkeit der Lage unterrichten.«

Agnar Thodal, der Stiftamtmann Islands, war Liljas Vater. Doch diese Verbindung nützte ihr wenig. Es blieb unumgänglich, dass sie eine zweitägige Reise zu Pferd von dessen Gehöft trennte. »Ja«, sie nickte eilig, »ich bringe euch zu dem nächsten Hof. Er gehört unserem Bauern Pétur und liegt nicht weit entfernt den Strom hinauf.«

Máhttu sah sie an, und sie erkannte Erleichterung in seinen Zügen. »Danke, das ist sehr freundlich von dir.«

Er hielt Fjella für sie fest, als sie aufstieg, dann gab er den Männern die Anweisung, ihnen zu folgen.

Während sie neben Máhttu herritt, betrachtete sie ihn verstohlen. Auf Fjellas Rücken war sie gerade einmal so groß wie er, wenn er aufrecht stand. Wie schon zuvor bewegte er sich ausgesprochen geschickt und leichtfüßig, die beschwerliche Überfahrt und der Marsch durch die Ebene schienen ihm keinerlei Mühe zu bereiten. Sie erinnerte sich an die fremde Sprache, in der er die Rentiere zu sich gerufen hatte. Ob er zu dem Volk der Rentierhirten gehörte, das im Norden Norwegens lebte? Sámi hatte ihr Vater sie genannt und abermals ihre besonderen Fähigkeiten bewundert, die Rentiere zu führen. Hatte man ihm aufgetragen, die Herde von Finnmark zu begleiten?

Zu ihrer Pein fing er ihren forschenden Blick auf.

Hastig suchte sie nach einer unverfänglichen Frage, mit der sie ihre Scham überspielen konnte. »Nun, wie ... wie habt ihr es geschafft, die Herde von den Vestmannaeyjar an unsere Küste zu bringen?« Sie konnte sich unmöglich vorstellen, dass die schwachen Tiere tatsächlich die weite Strecke durch den Atlantik geschwommen waren.

»Wir sind mit dem Schiff so nah herangefahren, wie es uns möglich war. Dann haben wir sie im Wasser das letzte Stück an Land geleitet. Rentiere sind geübte Schwimmer.«

Fasziniert sah sie über ihre Schulter. Die fabelartigen Wesen trotteten hinter ihnen über die Ebene, und wieder kam es ihr vor, als wären sie einem magischen Reich entsprungen. Hätten sie ihren Ursprung hier auf ihrer Insel gehabt, wären sie die Begleiter des verborgenen Volks, der Elfen und Trolle, dessen war sie sicher.

Als sie sich wieder nach vorn wandte, ruhte nun Máhttus Blick auf ihr. »Verrätst du mir deinen Namen?«

Es war eine so einfache Frage. Doch aus seinem Mund erschien sie ihr so persönlich, als würde sie ihm mit der Antwort Einblick in ihre Seele gewähren. »Alva«, sagte sie leise.

Das jungenhafte Lächeln stahl sich wieder auf seine Lippen. »Alva. Ein altnordischer Name, den wir in unseren beiden Sprachen kennen. Ich danke dir für deine Hilfe, kleine Elfe.«

Kapitel 10

Sie erreichten Péturs Hof, als die Sonne durch die Wolken brach und ihr Vormittagslicht über das Grün der Weiden sandte. Alva spähte den Fluss hinauf bis zu den Bergen, doch sie entdeckte nirgends einen Reiter. Allmählich befürchtete sie, dass man auf dem Hof in Unruhe wäre und bald nach ihr suchen würde. Doch das hielt sie nicht auf. Nicht diesmal.

Pétur und seine Männer traten gerade aus dem Stall. Als er sie erkannte, stockte er, und kaum wandte er den Kopf zu dem wundersamen Tross der Rentiere, der sie begleitete, rieb er sich die Augen.

»Sei gegrüßt.« Alva ritt voran, und Péturs Knecht eilte herbei, um ihr Fjella abzunehmen.

»Was bringst du mir da, Alva?« Péturs Stimme verriet Verwunderung. Mit ungläubiger Miene musterte er die Tiere und ihre Begleiter, und die Furchen in seinem wettergegerbten Gesicht vertieften sich.

»Diese Männer haben die Rentiere, die man auf die Vestmannaeyjar gebracht hat, vor dem sicheren Tod gerettet. Doch die Tiere sind schwach und bedürfen der Obhut in deinem Stall.« Während sie dem alten Bauern die Umstände erklärte, stierte der grimmig zu den Neuankömmlingen.

Máhttu begrüßte ihn mit wenigen isländischen Worten, um sein freundliches Ansinnen zu bekräftigen, doch da Pétur die dänische Sprache nicht beherrschte, lag es an Alva, die genauen Anweisungen zu übersetzen. Pétur bemühte sich nicht, seinen Unmut zu verbergen, doch er wagte nicht, sich ihrer Anordnung zu widersetzen, als sie darauf beharrte, es sei der Wille ihres Vaters.

Die Männer brachten die Herde auf eine von Péturs Weiden, und Máhttu bat um Wasser und Heu, damit sich die Tiere nach der Reise stärken konnten. Pétur brummte, wies seinen Knecht an, einen mageren Ballen aus dem Lager zu bringen. Doch Alva blieb unnachgiebig, bis er einen zweiten heranschaffte, sodass die Tiere ausgiebig fressen konnten.

Während sie die Herde beobachteten, schritt Máhttu die Weide und das angrenzende Land ab. Immer wieder kniete er nieder, fuhr mit der Hand über den Boden. Er schien etwas zu suchen, und während sie ihn voll Neugier betrachtete, fragte sie sich, was es sein mochte, das er in ihrem Land sah, das ihm so fremd erscheinen musste.

Als er zu ihnen zurückkehrte, suchte er ihren Blick. »Das Heu ist nur eine vorrübergehende Stärkung für die Tiere. Um zu Kräften zu kommen, werden sie eine großzügige Weide benötigen, bis wir zurückkehren und sie in ein geeignetes Areal bringen können.« Er zeigte auf das Stück Land, das sich nördlich des Hofs erstreckte. »Dort müssen sie stehen. Die Weide ist groß, und sie werden dort Moos und Flechten finden. Wäre das möglich?«

Sie nickte, dann wandte sie sich an Pétur und erklärte ihm, was zu tun sei.

»Nimmer! Das ist meine fruchtbarste Weide. Wollt ihr mich in den Ruin bringen?«, protestierte der alte Mann. Aufgebracht fuhr er sich durch das spärliche Haar und spuckte auf den Boden.

Máhttu trat hastig vor sie, schirmte sie mit seiner großen Gestalt vor der Grobheit des Bauern ab. »Es tut mir leid«, sagte er auf Isländisch. »Ich würde nicht darum bitten, würde es nicht über das Leben der Tiere entscheiden«, sprach er auf Dänisch weiter, und Alva übersetzte seine eindringlichen Worte.

»Wir werden dir eine anständige Entschädigung zukommen lassen«, fügte sie hinzu. »Vater wird sich erkenntlich zeigen.«

Pétur überlegte einen Moment lang, dann nickte er missmutig. »Gut, wenn ihr mir den Schaden ersetzt, den das Vieh auf meinen Weiden anrichtet, dann sollen sie die Weide haben.«

Als Máhttu und seine beiden Gefolgsleute auf die Pferde stiegen und an Alvas Seite vom Hof ritten, stand der alte Bauer unbeweglich vor seinem Torfhaus und sah ihnen mit zusammengekniffenen Augen nach. Er hätte den Männern beinahe zwei lahme Tiere untergejubelt, doch Alva hatte das zu verhindern gewusst. Pétur war für seine unehrenhaften Listen bekannt. Sie hoffte nur, dass er sich an sein Wort halten und gut auf die Rentiere achtgeben würde. Zumindest hatte er es geschworen und seine guten Wünsche an ihren Vater ausrichten lassen.

Gemeinsam folgten sie dem Pfad ein Stück landeinwärts. Als sie den Wasserfall erreichten, an dem sich ihre Wege trennten, zügelte Máhttu sein Pferd. »Ich danke dir, Alva.« Er streckte die Hand aus. An seinem Arm entdeckte sie ein kunstvoll besticktes Band mit einem weißen Amulett, in das mit filigranen Strichen ein Rentier gemalt war. Fasziniert betrachtete sie die Zeichnung, bis ihr auffiel, dass er auf ihre Reaktion wartete. Mit glühenden Wangen legte sie ihre Finger auf seine Handfläche. Er ließ den Daumen nur leicht auf ihren Fingern ruhen, doch seine Berührung strahlte eine Wärme aus, eine Verbundenheit, die sie reglos werden ließ.

»Ohne deine Hilfe hätten die Tiere nicht überlebt«, sprach er weiter, seine Stimme so besonnen und warm wie seine Berührung. »In vier Tagen kehren wir zurück.«

Sie nickte zaghaft. »Ich werde Vater unterrichten. Wir erwarten euch hier. Er wird Proviant und Pferde schicken, damit ihr die Rentiere ins Hochland treiben könnt.«

»*Báze dearvan, Alva*«, sagte er in der fremden Sprache, die warm und dunkel über seine Lippen kam. »Kleine Elfe.«

Dann löste er die Finger von ihren und wendete sein Pferd.

Sie rief ihnen ihren Abschiedsgruß hinterher und sah zu, wie sie über die Ebene davongaloppierten.

Fjella scharrte unruhig mit den Hufen, und sie brach auf zum Hof. Je näher sie den heimischen Weiden kam, desto bedrückender senkten sich die Befürchtungen auf sie. Der Stand der Sonne verriet, dass der späte Mittag längst erreicht war. Sie hatte gute Gründe, so lang fortgeblieben zu sein, doch sie wusste nicht, ob man sie zu Wort kommen lassen würde, ehe man sie bestrafte.

Kurz bevor sie die Talsenke erreichte, die ihren Hof umschloss, kam Skjöldur ihr entgegengeritten. »Alva, du hast mir dein Wort gegeben!«, rief er ihr aufgebracht zu. »Alle sind in großer Sorge, dein Vater hat mehrere Leute losgeschickt, um nach dir zu suchen.«

»Ich habe eine wichtige Kunde für Vater. Die Rentiere, Skjöldur! Sie sind auf dem Festland!«

»Was redest du nur für einen Unsinn, Kind. Dafür müssten ihnen wohl Flügel gewachsen sein … Komm jetzt.« Er schüttelte tadelnd den Kopf, und Alva entschied, dass es vergebens wäre, ihm weiter von den Erlebnissen zu berichten, die sie aufgehalten hatten.

Kaum zügelten sie die Pferde vor dem Anwesen, trat ihr Vater aus dem Wohnhaus. Zorn spiegelte sich in seiner Miene, doch sie erkannte auch einen Funken Erleichterung in seinen Augen. Hinter ihm folgte Margrét, und deren schuldbewusster Blick verriet ihr alles, was sie wissen musste. Ihre Eltern waren nicht nur in Sorge, da sie an diesem Morgen ungewöhnlich lang fortgeblieben war. Ihre Schwester hatte ihnen von dem Fluchtversuch berichtet.

»Nach drinnen mit dir, Alva. Sofort.« Die Stimme ihres Vaters duldete keinen Widerspruch.

Mit schwerem Herzen überreichte sie Skjöldur die Zügel ihrer Stute und begab sich schweigend ins Haus.

Die Stube war verlassen, ihre Mutter musste im Küchengarten tätig sein. Still nahm sie Platz und hielt den Kopf sittsam gesenkt.

»Ich werde keine Erklärung von dir verlangen, denn deine Schwester hat sie mir bereits geliefert«, begann ihr Vater, während er vor ihr auf und ab schritt. Margrét drückte sich derweil schuldbewusst in eine Ecke und betastete den bestickten Taillensaum ihres Kleids. »Du wirst Buße tun. Ab sofort ist es dir nicht gestattet, den Hof allein zu verlassen.«

Protest erhob sich in ihr, doch sie wagte nicht, sich seiner erzürnten Stimme zu widersetzen. Sie würde ihm von den Rentieren erzählen – doch nun, da er von ihrer versuchten Flucht wusste, würde das seinen Zorn nicht mildern.

Am Abend kauerte sie allein in der dunklen Kammer. Nur der Mond schien durch das Fenster und beleuchtete spärlich den kleinen Raum. Das Lachen und Singen der Bediensteten klang aus der Baðstofa herüber. Dort saßen sie alle zusammen, aßen, Íris und Marta würden sich im Kerzenschein ihren Spinnarbeiten widmen, während sie sich die Geschichten ihrer Vorväter erzählten und die alten Lieder sangen, nun da ihr Tagewerk vollbracht war. Ihre Eltern und Geschwister hatten sich in die Stube zurückgezogen.

Man hatte Alva nach ihrer Heimkunft auf ihre Kammer geschickt, schon zur Mittagsstunde. Die Kälte kroch durch die Leinen ihres Nachtkleids, doch sie spürte sie kaum. Sie hatte sich in den Zeilen ihres Tagesbuchs verloren, das aufgeschlagen auf ihren Knien lag. Trotz der Bestrafung, die sie erwartet hatte, tanzten ihre Gedanken unaufhörlich um die wundersamen Ereignisse des Tages. Sie hatte sie in ihr Büchlein geschrieben, die Ankunft der mystischen Tiere mit den verästelten Geweihen, die so magisch aus dem Nebel erschienen waren, an der Seite eines nicht minder magischen Mannes. Sacht strich sie mit der Feder über die Seite, wünschte sich, geübter im Zeichnen zu sein, um sein Gesicht zwischen ihren geschriebenen Erinnerungen festzuhalten. Doch sosehr sie sich bemühte, es wollte ihr nur eine grobe Skizze gelingen, die kaum die Besonderheiten seiner gutmütigen Miene wiederzugeben vermochte. Neben ihm hatte sie die Herde der Rentiere umrissen. Und die schemenhafte Darstellung, die sie auf seinem Amulett entdeckt hatte.

Ihr Vater hatte ungläubig ihrem Bericht gelauscht, und wie sie befürchtet hatte, war er erbost darüber gewesen, dass sie dem fremden Mann und seinen Begleitern allein entgegengetreten war und eigenmächtig Befugnisse erteilt hatte, die ihr nicht zustanden. Doch er teilte ihre Besorgnis um die Tiere und hatte zugestimmt, Máhttu in vier Tagen auf Péturs Hof zu erwarten. Zu ihrer Enttäuschung hatte er ihr strikt untersagt, ihn zu begleiten. Hatte sie ihres Platzes im Haus verwiesen, wo sie sich auf ihre nahende Vermählung vorbereiten solle.

Traurig strich sie ein letztes Mal die Wellen nach, aus denen sich die Rentiere erhoben. Ein leises Knacken ließ sie aufsehen. Die Tür zu ihrer Kammer öffnete sich, und Margréts dunkelblonder Schopf erschien in den Schatten des Mondes. Sie schlich herein und schloss die Tür hinter sich. Hastig schlug Alva ihr Journal zu und schob es zurück unter ihr Kopfkissen.

»Oh, du wirst noch ernsthaft erkranken«, tadelte ihre Schwester, als sie Alva nur in ihrem Nachtkleid auf der Bettkante sitzen sah. Sie ließ sich neben ihr nieder und wickelte ein kleines Bündel aus ihrer Rocktasche. Sie löste die Schnüre und reichte Alva ein Stück geräucherten Hammel und Brot, die sie in der Küche stibitzt haben musste. »Hier, du musst etwas essen.«

Widerwillig nahm sie das Essen entgegen. Ihr Magen knurrte, sie hatte den ganzen Tag noch nichts zu sich genommen. Doch es widerstrebte ihr, Margréts Gabe anzunehmen.

Margrét bemerkte ihr Zögern. Sie griff nach ihrer Hand. »Es tut mir leid, Alva. Ich wollte es Vater nicht verraten. Aber als du am Mittag noch immer fort warst, habe ich Angst bekommen, dass du diesmal Reißaus genommen hast. Ich hätte es nicht ertragen, dich nie wiederzusehen.«

Sie schluckte. Ihre Schwester wirkte aufrichtig niedergeschlagen. »Vater wird mich nun nie wieder allein ausreiten lassen. Er hat mich ans Haus gefesselt. Es ist mein letzter Winter hier, Margrét. Du weißt, was es mir bedeutet, frei zu sein. Und die Rentiere …«, fügte sie stockend hinzu, »vermutlich werde ich sie nun nie wiedersehen.« Máhttu erwähnte sie lieber nicht, denn sie wollte nicht riskieren, dass ihre Schwester weiter nach ihm fragte.

Margrét drückte sanft ihre Finger. »Bitte vergib mir.« Sie setzte sich hinter sie und legte ihr die schwere Wolldecke um die Schultern, dann löste sie ihr Haar und kämmte es.

Endlich probierte Alva einen Bissen von dem mitgebrachten Essen. Es sandte stärkende Energie in ihren ausgekühlten Körper.

Nachdem Margrét sich ebenfalls umgekleidet hatte, kroch sie auf ihre Seite des Bettes und schlüpfte unter die Decke. »Komm, erzähl mir von den Rentieren. Tragen sie wirklich Äste auf dem Haupt? Und sind sie struppig wie Schafe?«

Alva lächelte. »Keine Äste, Margrét. Geweihe. Und sie sind so weich wie Baldur im Winter.« Baldur war ihr treuer Hofhund, der streng über das Anwesen wachte.

Die Augen ihrer Schwester wurden groß. »Ich wünschte, ich hätte sie auch gesehen.«

»Vielleicht wirst du das«, erwiderte sie, als sie sich schließlich neben sie legte. »Wenn es Vater gelingt, eine Zucht im Hochland aufzubauen, werden wir sie hoffentlich wiedersehen.«

***

Zwei Tage waren ins Land gegangen. Die stickige Luft und das spärliche Tageslicht im Haus zerrten an Alvas Nerven. Zumal sich jeder ihrer Gedanken zu Máhttu schlich. Ob er inzwischen die Anweisung von Liljas Vater eingeholt hatte und auf dem Rückweg war? Und wie es wohl den Rentieren ergehen mochte?

In ihr herrschte eine bedrückende Unruhe, wenn sie an Péturs listige Ansinnen dachte. An diesem Morgen hatte sie einen Entschluss gefasst. Doch da man sie nun unter Obhut gestellt hatte, würde sie Hilfe benötigen.

Sie trat hinaus in den Garten. Es war einer der seltenen sonnigen Tage, die der scheidende Sommer brachte. Ihre Mutter strich durch die Reihen ihrer Küchenbeete, kontrollierte die Ernte. Viele Reisende, die auf ihrem Hof eingekehrt waren, hatten den Garten bewundert. Er war eine Seltenheit, die nur wenige Höfe unterhielten. Ein Luxus, denn er brachte kulinarische Abwechslung und wohltuende Heilkräuter in die Küche der Familie.

Die Sonne erwärmte die Gemüter, und jeder schien emsig in sein Tun versunken, ehe bald die Kälte und Dunkelheit des Winters das Land regieren würden. Ihr Vater und Jarle begutachteten die Felder, und Ingibjörg, Guðrún und Álfeiður bastelten kleine Heufiguren mit Íris. Weiter hinten bei der Pferdeweide entdeckte sie Margrét, die gerade das Fell ihres Rappen Mýrkur striegelte. So unauffällig wie möglich huschte sie zu ihr hinüber.

»Sattel die Pferde, wir reiten aus, Schwester.«

»Solltest du nicht drinnen die Stoffe sortieren? Und das Silber polieren?«

Alva nickte. »Habe ich. Doch nun wirst du Mutter um Erlaubnis bitten, mit mir zum Wasserfall zu reiten.«

Sichtlich erstaunt über die Vehemenz ihrer Worte, ließ Margrét den Striegel sinken. Doch ehe sie widersprechen konnte, fügte Alva hinzu: »Vergiss nicht, du schuldest mir etwas.«

Ergeben nickte Margrét, dann hakte sie sich bei ihr unter, und sie liefen gemeinsam zum Küchengarten.

Kaum hatten die Pferde die hofnahen Weiden hinter sich gelassen, fielen sie in einen frischen Galopp. Fjella und Mýrkur kannten die Strecke, auf denen sie oft Rennen ritten. Doch ehe Margrét in die Ebene abbiegen konnte, die zum

Wasserfall führte, hielt Alva sie auf. »Wir reiten nicht zum Wasserfall.«

»Was hast du vor?« Margrét betrachtete sie mit Erstaunen und einer Spur Besorgnis.

»Folge mir, wir reiten zu Péturs Hof. Aber wir müssen aufpassen, dass uns niemand sieht«, entgegnete sie.

»Zu den Rentieren?«, fragte ihre Schwester mit großen Augen.

Alva lächelte und nickte stumm.

Sobald sie Péturs Weiden sahen, hielten sie an. Doch sie entdeckten die Männer weit draußen auf den Feldern, sodass sie sich gefahrlos dem Hof nähern konnten. Alvas Herz pochte aufgeregt. Sie konnte es kaum erwarten, die Rentiere zu sehen. Aber als sie die Weide erreichten, die Máhttu für die Herde ausgesucht hatte, konnte sie keines der Tiere erspähen. Die Wiese, die sich den Hang hinauf erstreckte, lag verlassen vor ihnen.

»Seltsam, vielleicht hat Pétur sie doch auf eine andere Weide gestellt«, sagte sie, und ihre Anspannung wuchs.

»Oder in den Stall?«, fragte Margrét, und sie schauten zu den Hofgebäuden.

»Sehen wir nach.« Entschlossen ritt Alva voran. Auch die Hofstelle wirkte verlassen. Sie banden die Pferde ein Stück entfernt verborgen hinter einem Busch an und schlichen sich zu dem niedrigen Torfstall. Vorsichtig schob Alva die Pforte auf und zog Margrét mit sich hinein. Der Anblick, der sie erwartete, ließ das Blut in ihren Adern gefrieren.

Im Dunkel des stickigen Stalls erkannte sie die sechs Rentiere. Man hatte sie mit harten Seilen angebunden und ihnen nicht mehr als eine Handvoll Heu in die Tröge geschüttet. Die Tiere wirkten ausgezehrt und apathisch, drei von ihnen lagen reglos auf der Seite.

»Oh nein.« Entsetzt trat Alva zu ihnen, streckte die Hand sachte aus, um sie nicht zu erschrecken. Mit zittrigen Knien ließ sie sich neben einer Rentierkuh nieder, die sich kaum mehr rührte und leise ächzte. Sanft fuhr sie über die Nüstern des Tiers, und Tränen traten in ihre Augen.

»Was ist geschehen?«, fragte Margrét, die sich vorsichtig neben sie hockte.

»Sie waren schon schwach, als sie unsere Küste erreichten. Aber ihr Hirte hat Pétur angewiesen, sie auf der großen Weide zu halten. Sie müssen frei laufen, um sich ihre Nahrung zu suchen. Angebunden werden sie krank.«

»Pétur.« Margrét stieß ein leises Knurren aus. »Wenn Vater davon erfährt …«

»Was nützt es, Margrét? Es wird sie nicht retten.« Schluchzend streichelte sie über das weiche Fell der Rentierkuh. Könnte sie nur Máhttu herbeiwünschen. Er wüsste, was zu tun wäre.

Kapitel 11

Selten hatte Lia sich so nervös gefühlt. Vor dem Beifahrerfenster zog das Schild vorbei, das den Weg zum Gufufoss auswies. Seit sechs Uhr morgens waren sie unterwegs, und nach einer achtstündigen Fahrt erreichten sie nun endlich die Ostfjorde. Die Farm von Pers Eltern lag nur noch wenige Minuten entfernt, doch sie hatte ihn gebeten, erst einen Zwischenhalt im Ort anzusteuern, ehe sie in die Weite von Austurland hinausfuhren. Die Blumen, die sie in Reykjavík hatte besorgen wollen, hätten die lange Tour im Land Rover sicher nicht überstanden, daher hatte sie sich einen Laden im Dorf ausgesucht, in dem sie nach etwas Passendem stöbern konnte.

Die vergangene Woche seit der Ausstellungseröffnung war wie im Flug vergangen. Per schien nach ihrem Gespräch unter dem Leuchtturm wieder mehr er selbst zu sein, doch gelegentlich konnte sie das Gefühl nicht abschütteln, dass er etwas vor ihr verbarg. Manchmal brach er schon in der Morgendämmerung auf, und obwohl er seine Arbeit vorschützte, kam es ihr vor, als würde er vor etwas davonlaufen. Doch sie hatte sich geschworen, nicht länger dieser zermürbenden Grübelei zu verfallen. Er hatte ihr gesagt, wie er zu ihr stand. Und dass er sie heute seinen Eltern vorstellte, glich einer weiteren Liebesbekundung.

Links und rechts der Straße erhoben sich die schneebedeckten Gipfel der Bergketten, als vor ihnen das Ortsschild von Seyðisfjörður erschien. Die Siedlung lag am Ende des Fjords, der sich auf den weiten Ozean hinaus öffnete. Hübsche bunt gestrichene Holzhäuser standen in kleinen Ansammlungen um das Halbrund der Meerzunge, deren Wasser in der Oktobersonne dunkelblau funkelte. In der Ortsmitte passierten sie eine pittoreske Holzkirche in strahlendem Hellblau, zu der ein auf die Straße gemalter Regenbogensteig führte, und eine Lichterkette war über den Weg gespannt. Lia fühlte sich, als wäre sie in einen Rosamunde-Pilcher-Roman gestolpert, der ausnahmsweise in Island spielte.

Der Blumenladen lag in einem weißen Holzhaus, das als Kunstzentrum ausgeschrieben war und eine leuchtend rote Eingangstür besaß. Neben einer Galerie, die örtlichen Künstlern als Treffpunkt und Ausstellungsräumlichkeit diente, beheimatete das Haus ein kleines Bistro. Als Per und sie den Blumenladen betraten, begrüßte der Verkäufer ihn wie einen alten Freund, und er wechselte sofort ins Englische, sobald Per sie ihm vorstellte.

»Lia, schön, dich kennenzulernen. Dass Per mal eine Freundin aus Reykjavík mit nach Hause bringt ...«

Sie lächelte höflich. Ásgeirs runde Wangen leuchteten, und er strich sich über den grauen Bart. Sie schätzte ihn auf Mitte vierzig, und sein freundliches Äußeres und der runde Bauch gaben ihm etwas Gemütliches. Er schien auf seine Art perfekt in den kleinen Laden mit den romantischen Blumengestecken zu passen und war ihr gleich sympathisch. Ihr Blick blieb an dem auffälligen Muster seines Strickpullovers hängen. Papageientaucher und eine Menge Herzchen. So entzückend und dem gewissen Rentierpullover so ähnlich, dass sie stockte.

Ásgeir bemerkte ihren Blick, griff unter den Tresen und schob ihr mit einem Lächeln ein Prospekt zu. *Prjónaklúbbur Seyðisfjörður* stand in geschwungenen Lettern darauf. »Falls du auch mal vorbeischauen möchtest – wir treffen uns jeden Mittwoch hier im Wintergarten zum Stricken. Tatsächlich haben wir Männer aus dem Ort den Club gegründet, aber Frauen sind natürlich auch willkommen. Wir verkaufen einige unserer Werke hier im Laden.«

Sie grinste. »Und fertigt ihr auch auf Bestellung an?«

»Nur Rentierpullover«, erwiderte er und lächelte wissend zurück.

»Dann wäre das Mysterium wohl gelüftet«, murmelte Per und zuckte schmunzelnd mit den Schultern.

»Heute nehme ich aber erst mal nur den hier.« Lia entschied sich für einen Strauß aus hellblauen Feldblumen und drei Pastellrosen, in den Ásgeir Schleierkraut gewebt hatte.

Sie steckte das Prospekt ein und verabschiedete sich von dem sympathischen Blumenhändler, während Per ihr die Tür aufhielt.

Als sie wieder im Land Rover saßen und das Dorf verließen, raste ihr Puls, und sie umklammerte den Strauß auf ihrem Schoß mit klammen Fingern. Hätte ihr vor einem Jahr jemand gesagt, dass sie einmal einem Herzinfarkt nahe wäre, nur weil der erste Elternbesuch kurz bevorstand, hätte sie herzhaft gelacht und einen ironischen Spruch verlauten lassen. Doch es ließ sich leider schlecht leugnen.

Per hatte bisher nur wenig von seinen Eltern und seiner Schwester Erla erzählt. Doch sie wusste, wie wichtig auch ihm dieses Treffen war. Mit jedem Kilometer, dem sie sich der Farm näherten, wurde er ruhiger. Als sie vom Seyðisfjarðarvegur abbogen, deutete er zu den Weiden, die sich links und rechts der Fahrspur erstreckten. »Hier beginnt unser Land.« Ein besonnenes Lächeln umspielte seine Lippen, das sie bisher noch nie bei ihm beobachtet hatte. Er erinnerte sie an einen dieser Cowboys in den Songs, der wieder nach Hause kam. Und sie fragte sich, ob sie hier noch eine Seite von ihm erwartete, die er ihr bisher nicht gezeigt hatte.

Ein Fluss durchschnitt das Tal, und sie fuhren über eine Viehbrücke, hinter der ein Holzschild die Einfahrt zur *Hreindýr Lodge* ankündigte. Vor ihnen erstreckte sich das Land in der trügerischen Oktobersonne. Ein lichtes Fichtenwäldchen zog sich über die Ebene und gab auf einer Erhöhung den Blick auf ein mehrgeschossiges Farmhaus frei.

»Dort geht es zu den Feriencabins«, erklärte Per und deutete auf einen gewundenen Pfad, der sich links in dem Wäldchen verzweigte.

Lia nickte und spähte in die Schatten der Nadelbäume. »Meinst du, man kann sie hier schon sehen?«, fragte sie und hielt weiter Ausschau nach den Geweihen der Rentiere.

Per stoppte den Land Rover und sah zu dem eingezäunten Wäldchen zu ihrer Rechten. Er lehnte sich zu ihr herüber und deutete auf drei dicht beieinanderstehende Fichten. Seine Nähe lenkte Lia für einen Moment ab, doch dann entdeckte sie das verästelte Geweih zwischen den Baumstämmen, und kurz darauf erschien eine neugierige hellbraune Rentiernase zwischen den Zweigen.

»Oh, das ist Sólveig, oder?« Sie lächelte selig. »Wie hast du sie so früh entdeckt? Ich habe nur Wald gesehen.«

Per grinste. »Das erfordert eben den Buschblick.« Er hob vielsagend die Augenbrauen. »Keine Sorge, den wirst du auch bald haben. Hast ja einen guten Lehrer. Oder Lehrprinzen, wie man bei euch in Deutschland unter Jägern sagt.« Sein Grinsen wurde noch ein bisschen breiter, und er küsste sie.

Lia lächelte an seinen Lippen und vergaß für einen Moment ihre Aufregung. Per schaffte es immer, dass sie sich wie zu Hause fühlte. Und da sie wusste, dass er nicht Onkel Donatus' Trophäensammlung nacheiferte, sondern sich seit Langem weigerte, Tiere zu schießen, freute sie sich tatsächlich darauf, von seinem waidmännischen Wissen zu profitieren. »Na gut, Lehrprinz, dann bring uns mal in dein Schloss«, sagte sie und wedelte mit dem Blumenstrauß.

Per lachte leise. »Ich möchte dich ja nicht in deinem Enthusiasmus bremsen, aber wir sind immer noch in Island. Das Königlichste, was ich zu bieten habe, sind ein alter Torfstall und ein Holzhaus.«

Lia nickte. »Wie es sich für einen Wikingerprinzen gehört.«

»Einen was?«

»Ach nix.« Sie schaute lieber wieder nach draußen.

»Ich hoffe, du redest nicht von diesen grauenhaft kitschigen Romanheftchen, die ich neulich im Schrank gefunden habe, als ich meinen Pullover gesucht habe.«

Oh nein. Sie wandte den Kopf und sah sein selbstzufriedenes Grinsen, während er den Land Rover auf Kurs brachte. Wunderbar, jetzt kannte er also ihre geheimen Träume. Und das tat seinem unerschütterlichen Selbstbewusstsein gar nicht gut, wenn sie sich dieses Grinsen so ansah.

Sie fuhren um eine Kurve, und das Wäldchen öffnete sich zu einer Hofeinfahrt. Vor dem in Weiß angestrichenen Holzhaus standen Blumenkübel, die spätblühende Bergblumen überrankten. Neben dem Wohnhaus schloss sich ein dunkel gestrichener Torfstall an und daneben einige modernere Stallgebäude, in denen sie die Schafe vermutete. Ihr

Herz schlug nun wieder rasend schnell. Nur noch wenige Minuten und sie würde Pers Familie gegenüberstehen.

Der eisige Wind ließ sie selbst in ihrem Parka frösteln, und sie brachte den Blumenstrauß schnell in sichere Gefilde, indem sie Richtung Haustür lief, während Per mit ihrem Gepäck folgte.

Kaum erreichte sie die geschützten Treppenstufen vor dem Eingang, schwang die Tür auf, und eine große, sportliche Frau mit hellblonden Haaren und einem herzlichen Lächeln musterte sie neugierig. »Da seid ihr ja endlich! Lia? Wie schön, dich kennenzulernen. Ich bin Hilda.« Pers Mutter begrüßte sie mit einem festen Händedruck, nahm dankend den Blumenstrauß entgegen und bat sie in den geräumigen Flur, ehe sie sich an ihren Sohn wandte: »Dein Vater und Erla kommen auch gleich, die Tränke im großen Stall ist über Nacht eingefroren, aber Leif ist heute Morgen vorbeigefahren, und sie müssten inzwischen alles repariert haben.«

»Braucht er Hilfe?« Per stellte ihre Taschen neben die Holztreppe, die hinauf in das zweite Stockwerk führte, und stand schon mit einem Fuß in seinen Gummistiefeln.

»Nein, setzt ihr euch mal und esst. Die *Kjötsúpa* wird sonst kalt.« Hilda lächelte Lia noch einmal herzlich zu, dann verschwand sie in einen angrenzenden Raum, aus dem es köstlich nach Gewürzen, Gemüse und gegartem Fleisch duftete. Dort befand sich offenbar die Küche.

Während sie aus ihren Schuhen und dem Mantel schlüpfte, sah Lia sich mit großen Augen um. Vom Flur aus konnte sie einen Blick in das angrenzende Wohnzimmer werfen.

Alte Holzmöbel verliehen dem Farmhaus ein gemütliches Flair, an den Wänden hingen Bilder, die die Entwicklung des Hofs über die Jahre zeigten, einige szenische Aufnahmen der Rentiere und zwei große Geweihe. Per hatte ihr erklärt, dass die Tiere diese jedes Jahr abwarfen, also wirkte der Wandschmuck deutlich weniger makaber als Onkel Donatus' Dekorationsvorlieben.

Sie folgte Per in die Küche, in der ihr Blumenstrauß schon auf dem langen Holzesstisch stand, neben einem riesigen gusseisernen Topf dampfender Suppe.

»Setzt euch, setzt euch.« Hilda gestikulierte mit dem Kochlöffel und trieb sie zur Eile an. »Hat Per dir schon erklärt, was es mit *Fyrsti vetrardagur* auf sich hat? Heute ist der erste Tag des Winters nach dem alten Wikingerkalender. Er läutet traditionell *Gormánuður* ein, den Monat, in dem die Leute früher besonders viel Fleisch essen konnten, da man dort schlachtete. Deshalb wird häufig auch heute noch *Kjötsúpa* gekocht, Fleischsuppe. Du hast hoffentlich ordentlich Appetit mitgebracht.«

Und schon landeten drei große Kellen Suppe auf ihrem Teller. Lia nickte und bedankte sich. Innerlich musste sie schmunzeln. Was die Kommunikation betraf, kam Per wohl nach seinem Vater – denn Hildas übersprudelnde, lebhafte Art schien im ganzen Gegensatz zu ihrem eher verschwiegenen, besonnenen Wikinger zu stehen.

Lia strich kurz über Pers Hand und lächelte, als er unter dem Tisch wie gewohnt seinen Fuß unter ihre Zehen schob und sie frech angrinste. Es erschien ihr noch so unwirklich, tatsächlich hier neben ihm zu sitzen, in dem Haus, in dem er aufgewachsen war, an dem Tisch, an dem er schon als kleiner Junge mit seiner Familie beisammengesessen hatte.

Im nächsten Moment schlug die Eingangstür knallend zu, und aus dem Flur ertönten Stimmen – vielmehr eine fröhlich plappernde weibliche und ein dunkles Brummen, das ihr gelegentlich antwortete. Dann hörte sie ein Schaf leise blöken, und eine junge rotblonde Frau in Arbeitskleidung spazierte mit einem Lämmchen im Arm in die Küche, gefolgt von einem großen grauhaarigen Mann, dessen Züge Pers so ähnlich waren, dass er nur Pers Vater sein konnte.

»Erla, raus aus der Küche mit dem Lamm! Sofort!« Hilda sprang schimpfend von ihrem Platz auf und scheuchte Pers Schwester Richtung Flur.

Als Nächstes hörte sie Erla wild auf Isländisch protestieren, doch sie zog ergeben Richtung Wohnzimmer.

»Das ist die oberste Regel hier«, raunte Per ihr zu. »Keine Hoftiere in der Küche. Außer *Mámmas* Hühner.«

»Ich sag dir, dieser Hahn ist verwöhnter als jeder Schoßhund«, brummte sein Vater, dann zwinkerte er verschwörerisch und streckte ihr die Hand entgegen. »Ich bin Reynar. Schön, dass du hier bist, Lia.«

Sie reichte ihm die Hand und lächelte. »Ich freue mich auch.«

Als Erla sich wieder zu ihnen gesellte, hatte sie die Arbeitskleidung gegen Jeans und Pulli eingetauscht und rutschte schnell auf ihren Platz. Sie warf Lia einen entschuldigenden Blick zu. »Hallo, Lia, sorry für den stürmischen Empfang.« Sie streckte sich über die Tischecke, um sie in eine flüchtige Umarmung zu ziehen, und ihr Lächeln erinnerte Lia sehr an Pers.

Während sie aßen, plauderte sie angeregt mit Erla und Hilda, während die Männer sich eher zurückhielten und hungrig die Suppe löffelten. Und je mehr sie sprachen, desto erleichterter fühlte Lia sich. Pers Familie machte es ihr leicht, sich bei ihnen willkommen zu fühlen. Und es berührte sie auf eine ungekannte Art, die Ähnlichkeiten, die er mit ihnen teilte, zu entdecken.

Gemeinsam räumten sie den Tisch ab, ehe Erla und Reynar sich wieder nach draußen verabschiedeten und Per ihr eine Haus- und Hoftour gab. Im Wohnzimmer lag das Lämmchen in einem mit Decken ausgepolsterten Korb auf einem Wärmekissen, und Hilda brachte eine Flasche für das Kleine. »Seine Mutter hat es verstoßen, und wir haben gerade keine Ammenaue«, erklärte sie. »Nun müssen wir schauen, dass wir es warm halten und es kräftig genug wird, damit es bald wieder zu den anderen Lämmern in den Stall kann.«

Lia streichelte über den Kopf des neugeborenen Lämmchens, das so klein und verletzlich wirkte. »Wie oft muss es gefüttert werden?«

»Alle zwei Stunden«, erwiderte Hilda. »Aber wir haben so schon einige Handaufzuchten groß bekommen, das wird schon.«

Ein Hof brachte viel Verantwortung mit sich, dessen war Lia sich natürlich bewusst. Dennoch konnte sie nur bewundern, mit welcher Routiniertheit Hilda die Aufgabe annahm. Das Lämmchen trank sofort und schmatzte dabei niedlich.

»Komm, am besten ziehen wir uns schnell um, wir müssen draußen die Tiere versorgen.« Per legte sanft eine Hand in ihren Rücken, und sie folgte ihm, während er ihre Taschen die Treppe hinauftrug. Sein Zimmer lag am Ende des Flurs im oberen Stockwerk, und von dem großen Fenster, das es teilte, konnte man über den Hof, die angrenzenden Weiden und das Wäldchen blicken.

Neugierig sah sie sich um und fühlte sich direkt ein Stück zu Hause, denn hier stand der gleiche Birkenholzschrank, den sie aus ihrer Wohnung in Reykjavík kannte, und auch die restlichen Möbel waren aus hellem Birkenholz gefertigt. Sie ging zu seinem Bücherregal hinüber, lächelte, als sie dicke Bände über Vulkanologie und Naturführer entdeckte, neben einer Enzyklopädie über Rentiere.

»Da findest du sicher keine Überraschung«, sagte er und verwuschelte ihr Haar, ehe er ihren Nacken küsste. »Komm, sonst ist es gleich dunkel.«

In der Scheune beluden sie die Schaufel eines kleinen Laders mit hellgrünen Flechten, ehe sie damit zum Rentiergehege fuhren. Die Sonne hatte sich längst hinter einigen Wolken verzogen und dem kalten Wind die Regentschaft über den Fjord überlassen.

Fröstelnd rutschte Lia dichter an Per heran. Ein Paar betagter Jeans und ihr alter Reitparka mit dem Kunstfellkragen waren so ziemlich das Einzige, was sie im Schrank gefunden hatte, das sich als Outdoor-Kleidung eignete. Und ihre Gummistiefel. Die hatten ihr in den letzten Wochen des isländischen Herbsts schon treue Dienste geleistet. Aber hier auf dem Land pfiff der Wind noch viel unbarmherziger als in den Straßen von Reykjavík.

Doch als sie das Gehege erreichten, ließ die Aufregung sie alle Kälte vergessen. Kaum hatte Per den Motor ausgestellt und die Raufe gefüllt, meinte sie, eine Bewegung zwischen den Stämmen der schmalen Fichten zu erkennen. Und wirklich, kurz darauf traten fünf Rentiere aus dem Wäldchen heraus und hielten direkt auf sie zu. Ihr Fell schimmerte weiß und bräunlich. Und ihre imposanten Geweihe trugen sie geradezu majestätisch, während sie leichtfüßig näher kamen.

»Das sind Draumur, Lukka und Drífa.« Per streckte die Hand aus, und Rentier Nummer vier näherte sich vertrauensselig. »Und die Dame kennst du ja schon. Das ist Sólveig.«

Lia lächelte, und Per legte ein Stück Moosflechte in ihre Handfläche und hielt sie mit seiner fest. Sólveigs weiche

Nase fuhr schnuppernd über ihre Finger, dann schnappte sie sich vorsichtig den Leckerbissen. »Sie ist wirklich zutraulich.«

»Du weißt ja, ich habe die drei mit der Flasche aufgezogen. Lukka haben wir nach einem Unfall gerettet, da war sie auch noch ein Kalb.«

Lia nickte, während Sólveig wieder an ihren Fingern schnupperte. »Wolltet ihr sie ursprünglich wieder auswildern?«

»Das ist schwierig. Die Tiere, die wir hier aufnehmen, waren alle auf unsere Hilfe angewiesen. Sie sind inzwischen viel zu zahm und würden kaum mehr in der Natur zurechtkommen. Hier haben sie ein sicheres Leben, viel Platz, und die Touristen freuen sich auch, ein Rentier von Nahem zu sehen, ehe sie zu den Safari-Touren aufbrechen. Apropos …« Er umfasste ihre Finger und lehnte sich nah zu ihr. »Begleitest du mich heute Abend auf ein kleines Abenteuer?«

Kapitel 12

Träumten wir nicht immer von der Freiheit, liebste Jóra? Wenn die donnernden Hufe unserer Pferde uns über die Weite des Landes trugen, wir uns der Schnelligkeit hingaben, uns unbeobachtet und wild fühlten?

Er hat mir heute eine wahrhaft neue Art von Freiheit gezeigt. Wir saßen auf der Hochebene, betrachteten die Rentiere, diese wundersamen mystischen Wesen, die so friedlich im aufsteigenden Hochnebel weideten. Hinter ihnen ragten die schneebedeckten Gipfel der Berge der untergehenden Sonne entgegen. Da sang er für sie, eine Melodie, so träumerisch, dass sie über den Hügeln der Ebene verweilte wie ein tröstlicher Schleier, der alles einhüllte.

Die Freiheit mit ihm ist die berührendste, die ich je erlebt habe.

Kapitel 13

Die Geschwindigkeit auf dem Quad raubte Lia die Sprache. Der Fahrtwind peitschte ihr die Strähnen ins Gesicht, die sich aus ihrem Zopf gelöst hatten. Und die eisige Oktoberluft stach auf ihren nackten Händen und ihren Wangen, aber um sie herum wirbelte der Vulkanstaub, und die Sonne sank glühendrot den Bergfüßen entgegen. Per lehnte sich über sie, und sie spürte seine Hände an ihrer Hüfte. Doch noch hatte er ihr nicht die Handbremse abgenommen, also würde sie weiter aufs Gas drücken. Sie schossen an moosbewachsenen Abhängen und felsigen Erhebungen vorbei, bis sich die Ebene auf einem Plateau ausbreitete. Vor ihnen lag nichts als menschenleere Weite. Per bedeutete ihr, das Tempo zu drosseln, und zeigte auf eine Senke, die von dem Plateau in ein Tal hinabführte. »Ab hier bitte im Schneckentempo, sonst sind die Rentiere vor Schreck schon in den Westfjorden, wenn wir ankommen.« Er lachte und verstärkte den Griff um ihre Hüfte.

Lächelnd ließ sie das Quad den Hang hinabrollen, während das Adrenalin der wilden Fahrt noch durch ihre Adern schoss. »Wow!« Der Hang führte sie in ein Flusstal, das sich entlang des scharfkantigen Plateauabbruchs erstreckte. Ein von Stromschnellen durchsetzter Bachlauf wand sich in sanften Kurven, bis er hinter einem Felsen außer Sicht verlief, und entlang des Ufers wuchsen helle Flechten, Moos und feines Gras, deren Grün das Schwarz des Lavagesteins durchbrach.

»Noch ein Stück, bis zu dem Felsen da vorn, dort halten wir«, sagte Per dicht an ihrem Ohr.

Als sie den Motor abstellte und vom Quad stieg, breitete sie grinsend die Arme aus, drehte sich im Kreis und hätte am liebsten laut gejubelt. Dieser Ort war so mystisch, so verzaubert, dass es ihr vorkam, als könnten sie sich unmöglich noch in irdischen Sphären befinden.

»Ich hatte gehofft, dass es dir ebenso sehr gefällt wie mir.« Er lehnte mit verschränkten Armen am Quad und beobachtete sie grinsend, dann öffnete er das Topcase und holte zwei Getränkedosen heraus. »Kleine Stärkung?«

Sie nickte, lief strahlend zu ihm zurück und hüpfte neben ihm auf den Quadsitz. »*Egils Maltextrakt*?« Skeptisch hob sie die Augenbrauen, während sie die gelb-schwarz gestreifte Dose betrachtete, die er ihr reichte.

»Ein Klassiker.« Er strich ihr eine Strähne aus der Stirn. »Vermutlich besser geschüttelt, als man es üblicherweise trinkt, nach deiner wilden Tour.«

Lia stieß mit ihm an und lehnte sich an seine Schulter, während sie den Blick über das Tal schweifen ließen. Das sonderbare Getränk erinnerte sie an Malzbier, es lag süß und schwer auf der Zunge, und sie meinte, Lakritz herauszuschmecken. »Hm, speziell«, sagte sie. »Nichts anderes habe ich erwartet. Ihr Isländer habt eben einen merkwürdigen Geschmack.«

»Soweit ich weiß, hast du keinen Grund, dich über meinen Geschmack zu beschweren.« Sie sah, wie er schmunzelte, während er die Egils-Dose wieder an die Lippen setzte, seine Hand unter ihre Haare schob und sanft mit dem Daumen über ihren Nacken strich. Seine Berührung sandte ein leises Kribbeln durch ihren Körper, und sie ließ sich noch tiefer in seinen Arm sinken.

Die Stille erinnerte sie an den Moment auf der Bank in Blankenese, im Pavillon ihres Onkels. Als ihr bewusst geworden war, dass sie in Island etwas finden würde, das ihr in Hamburg verwehrt bleiben würde. Dass sie hier Kraft in der Stille fand, während sie dort vor ihr fortgelaufen war.

Per umfasste ihre Hand und deutete in die Ferne. »Sieh mal, da hinten.«

Sie folgte seinem Blick, doch erst sah sie nur den Nebel, der sich in der Abenddämmerung über das Flussbett legte. Dann erkannte sie die Umrisse, die sich von der anderen Seite der Ebene näherten und gemächlich ins Tal hinabzogen. Es mussten bestimmt dreißig Tiere sein. Sie hielten ihre Köpfe mit den imposanten Geweihen gesenkt, während sie einträchtig grasten und dabei weiter zum Flussufer hinunterwanderten.

»Hast du gewusst, dass sie herkommen würden?«, fragte sie leise.

»Natürlich.« Pers Lippen kitzelten an ihrem Ohr. »Es ist zwar auch immer etwas Glück dabei, aber jetzt im beginnenden Winter kommen sie vom Hochland hinunter in die Fjorde, und hier scheinen sie sich am Abend gern aufzuhalten.«

Das Bild der harmonischen Herde inmitten der schwarzen Felsen und grünen Mooslandschaft, eingehüllt in feinen Abendnebel, brannte sich in Lias Herz, und sie wusste, dass sie diesen Moment nie wieder vergessen würde.

Als sie in dieser Nacht neben Per lag, in dem kleinen Dachzimmer der Farm, erschien es ihr, als wäre er endlich wirklich wieder bei ihr. Endlich spürte sie wieder die Leichtigkeit an seiner Seite. So befreit wie heute hatte sie ihn in den letzten zwei Wochen in Reykjavík nicht erlebt. Es tat ihm offenbar gut, bei seiner Familie zu sein. Und dass er so darauf bedacht war, ihr alles zu zeigen und sie zu überraschen, sandte ein warmes Gefühl in ihre Brust. Die Distanz, die sie so belastet hatte, war verschwunden, als wäre all das nur ein aufwühlender Traum in einer unruhigen Vollmondnacht gewesen.

Im Licht der Mondsichel, das durch das Fenster hereinfiel, sah sie Pers Umrisse an ihrer Seite. Sein Brustkorb hob und senkte sich gleichmäßig, und er hielt sie ruhig in seinem Arm. Er rührte sich kaum im Schlaf, und sie legte die Hand auf seine Brust, um seinen Herzschlag zu spüren.

Nachdem sie von ihrem Ausflug zurückgekehrt waren, hatten sie einen letzten Rundgang über den Hof gedreht und kontrolliert, dass die Tiere für die Nacht versorgt waren, ehe sie sich zu Pers Familie ins Wohnzimmer gesellt hatten. In dem Steinkamin brannte ein gemütliches Feuer, während sie zusammensaßen und erzählten. Erla übte die ersten Schritte mit dem Lämmchen, das schon etwas kräftiger aussah als noch am Mittag, und der holzvertäfelte Raum mit den alten Chesterfieldsofas war erfüllt von Wärme, dem Duft nach Kräutertee und Hofgeschichten.

Sie hatte sich willkommen gefühlt, auch wenn sie aus einer ganz anderen Welt kam. Die Leidenschaft seiner Familie für den Hof berührte sie sehr, und in ihren Geschichten lagen die Lebenserfahrungen vieler Generationen, die ihre ganze Existenz dem Erhalt der Farm gewidmet hatten.

Nun war das Haus zur Ruhe gekommen. Gelegentlich hörte sie das alte Holz der Dielen knacken. Von draußen drang das leise Blöken aus den Ställen herüber. Und Lia driftete langsam in den Schlaf, eingehüllt in diese ländliche Gemütlichkeit und Pers Wärme.

Das Rascheln der Decke und eine Bewegung weckten sie. Es war stockdunkel im Zimmer, Wolken hatten sich vor die Mondsichel geschoben. Sie fühlte sich, als hätte sie gerade einmal zwei Stunden geschlafen. Es musste mitten in der Nacht sein, aber Per lag nicht mehr neben ihr.

»Schlaf weiter«, flüsterte er ihr zu.

»Hm?« Sie setzte sich auf, rieb sich die Augen und versuchte, etwas zu erkennen. »Was ist los? Wie spät ist es?«

»Zu früh«, sagte er und strich ihr übers Haar. »Ich geh die Tiere füttern. Leg dich noch mal hin. Wir sehen uns später beim Frühstück.« Er entsperrte sein Handy, und im Licht des Displays erkannte sie, dass er bereits angezogen war.

»Soll ich dir nicht helfen?«

Er stand auf und schüttelte den Kopf. »Schlaf noch ein bisschen.«

»Hm.« Sie war viel zu müde, um zu protestieren, also ließ sie sich dankbar zurück in die Kissen sinken. Ehe sie wieder in den Schlaf fiel, sah sie, wie Per leise das Zimmer verließ.

Ein lautes Krähen riss sie am nächsten Morgen aus den Träumen. Oder träumte sie immer noch? Es klang, als käme das Krähen direkt aus dem Haus. Durch das bodentiefe Fenster schien purpurnes Morgenlicht in das Dachzimmer, und sie musste zweimal hinsehen, bis sie realisierte, dass eine glitzernde Schneedecke das Land bedeckte. Ihr Handy zeigte 8:04 Uhr an, und sie kletterte aus dem Bett und betrachtete verzückt die Winterlandschaft.

Per hatte ihr nicht gesagt, wann genau sich alle zum Frühstück trafen, doch aus der Küche drangen Stimmen und leises Klappern herauf, also machte sie sich schnell im Bad frisch und schlüpfte in die Thermo-Yogahose, die sie schon durch den letzten Hamburger Winter begleitet hatte, und ihren pinken Lieblingsmohaircardigan.

Als sie um die Ecke zur Küche bog, bot sich ihr ein Bild, das ebenso gut einer Ausgabe von *Town & Country* hätte entsprungen sein können. Der Tisch war mit blau bemaltem Porzellan gedeckt, Schüsseln mit dampfendem Rührei, Pönnukökur, Beeren und Skyr waren um den Blumenstrauß platziert. Hilda stand am Herd und kochte Kaffee und Tee aus frischen Kräutern, Erla saß auf ihrem Stuhl und fütterte das Lamm – offensichtlich hatte sie es geschafft, Hildas Herz zu erweichen –, und auf Lias Platz hockte ein Hahn mit stolzgeschwellter Brust und visierte das Frühstücksbuffet an.

»Guten Morgen.« Hilda lächelte ihr zu, dann zeigte sie auf den gefiederten Besucher. »Ach, entschuldige, das ist normalerweise Aris Platz. Einfach runterschieben.«

Lia und der Hahn beäugten einander mit ebenbürtiger Skepsis. »Ksch.« Sie fuchtelte in seine Richtung, doch er breitete die Flügel aus und hackte zurück.

Neben ihr gluckste Erla amüsiert. »Nicht so hühnererfahren?«

»Sagen wir mal, das sind Herausforderungen, mit denen ich sonst selten konfrontiert bin«, erwiderte Lia und wagte einen zweiten Versuch, der Ari ebenso kaltließ wie der erste.

Aber Erla erbarmte sich und schob ihn sanft mit dem Fuß vom Stuhl. Der Hahn plusterte sich empört auf, trat den Rückzug an und spazierte Richtung Terrassentür. Offensichtlich musste Lia an ihrer Autorität gegenüber aufmüpfigem Geflügel arbeiten – noch so ein Problem, von dem sie nie gedacht hätte, dass sie es einmal haben würde.

Hilda öffnete ihm die Tür, und er stakste hastig durch den Schnee davon in Richtung Hühnerschuppen.

In dem Moment kam Reynar von draußen herein, wünschte ihr einen guten Morgen und nahm am Tisch Platz. »Kommt Per auch gleich?«, fragte er an Lia gerichtet.

Sie zuckte überrascht mit den Schultern. »Ich weiß es nicht. Ich dachte, er ist draußen im Stall.«

Reynar schenkte sich Kaffee ein und schüttelte den Kopf. »Nein, er ist schon fertig gewesen mit dem Füttern, als ich rausgegangen bin. Wer weiß, vielleicht ist er noch rausgefahren.«

Verwundert nickte Lia. Dann fiel ihr das sechste Gedeck auf. Erwarteten sie noch jemanden?

Kurz darauf erklangen Schritte im Flur, leichte Schritte. »*Góðan daginn!*«, rief eine helle Stimme, und sie hätte sich vor Schreck beinahe an ihrem Kaffee verschluckt. Dann bog Elín auch schon um die Ecke und setzte sich mit einem breiten Strahlen wie selbstverständlich an den Tisch. Ihr helles Haar hatte sie in einer kunstvollen Flechtfrisur hochgesteckt, und ihre Wangen glühten rot.

Hilda stellte ihr lächelnd eine Tasse Tee hin, und sie tauschten sich kurz auf Isländisch aus.

Lia war noch immer sprachlos. Ehe sie sich fassen konnte, hörte sie wieder Schritte im Flur, und Per tauchte im Türrahmen auf. In seinem rotblonden Haar hingen Schneeflocken, er fuhr sich nachdenklich übers Kinn und hielt den Blick gesenkt. Still glitt er auf den Stuhl neben ihr. Als er endlich aufsah, sank Lias Herz noch ein Stück mehr. Der Schatten lag wieder in seinem Blick.

»Lia, kennst du Elín schon? Sie wohnt auf dem Nachbarhof und gehört quasi mit zur Familie«, sagte Hilda mit einem breiten Lächeln. »Sie wird heute die Rentier-Safari mit euch leiten.«

So viele fantastische Nachrichten auf einmal. Sie musste sich zusammenreißen, um nicht aufzulachen. »Das ist ja wunderbar.«

Elín lächelte sie katzenfreundlich an, und sie hätte schwören können, dass sie besonders genüsslich in ihren Pfannkuchen biss, während Per wieder zu einem wortkargen Wikinger erstarrt war.

Kapitel 14

Der Glanz der unberührten Schneedecke ließ die Weite des Fjords so hell erstrahlen, dass Lia sich die Sonnenbrille aus dem Haar auf die Nase schob. Neben ihr zückten die Gäste ihre Profi-Kameras und richteten ihre Objektive auf die Herde, die hundert Meter entfernt über die Ebene zog.

»Ende Oktober finden die Rentiere sich aus dem Hochland wieder in den Tälern ein, da sie hier im Winter leichter Nahrung finden«, erklärte Per der Gruppe. »Wie Sie sehen, wirken viele der Tiere mager. Sie haben gerade die Brunft beendet und müssen sich von dem Stress erholen, den diese Zeit mit sich bringt, den Revierkämpfen, die sie währenddessen führen.«

Wie verabredet, trat Lia an den Kofferraum des Superjeep-Busses, mit dem sie hergefahren waren, und verteilte heißen Kräutertee und Hildas selbst gebackenen Kuchen an die Tourgäste.

Elín bewegte sich selbstsicher zwischen den Leuten und beantwortete ihre Fragen. Per und sie schienen ein eingespieltes Team zu sein. Offenbar war dies nicht die erste Safari, die sie gemeinsam führten. Nicht, dass er das jemals erwähnt hätte.

»Island ist das einzige Land, das die kommerzielle Zucht von Rentieren auf Farmen verbietet. Man befürchtet unter anderem, dass sich Krankheiten unter den Zuchttieren ausbreiten könnten, die dann auch auf die Wildbestände übergreifen.« Per sprach routiniert und souverän, und in seiner Stimme lag seine Faszination für die Tiere. Für einen Moment erschienen die Bilder ihres gestrigen Ausflugs in Lias Erinnerung, doch sie verdrängte sie schnell. All das kam ihr nur noch wie ein vager Tagtraum vor. Seit dem Frühstück verhielt er sich so distanziert wie vor ihrer Abfahrt aus Reykjavík. Und ihr entgingen die kleinen Gesten nicht, mit denen Elín ihn immer wieder berührte. Ganz beiläufig, aber so vertraut, dass es wehtat.

Dabei wollte sie das gar nicht registrieren. Schnell konzentrierte sie sich wieder darauf, sich nicht die Finger beim Ausschenken zu verbrühen.

»Oh nein, sehen Sie!« Tom, ein stämmiger Brite, der die Tour für sich und seine Frau gebucht hatte, deutete auf den hinteren Teil der Herde. »Das Kalb dort kann kaum laufen.«

Lia ließ die Kanne sinken und hob den Kopf. Am äußeren Rand der Gruppe trabte eine Rentierkuh mit ihrem Kalb, das einen Lauf nicht belastete und Schwierigkeiten hatte, mit dem Tempo der anderen Tiere mitzuhalten.

Besorgtes Gemurmel ging durch die Gäste, und Per setzte seinen Feldstecher an, um nach dem Kalb Ausschau zu halten. Als er das Fernglas wieder sinken ließ, tauschte er einige eindringliche isländische Worte mit Elín. Dann wandte er sich an die Truppe: »Wir werden das dem zuständigen Ranger melden, der wird die Sache im Auge behalten. Sehr gut gesehen, Tom.«

Während die Touristen aufgeregt darüber sprachen und weiter Fotos machten, lief Per zum Wagen, griff nach dem Funkgerät, und Lia hörte, wie er offenbar Ranger Leif informierte. Für mehr reichten ihre Isländischkenntnisse bisher nicht aus.

Der Halt war der letzte vorgesehene Zwischenstopp ihrer Tour und die zweite Herde, die sie auf der Safari beobachteten. Nach drei Stunden in der eisigen Winterlandschaft ging es schließlich zurück zur *Hreindýr Lodge,* wo sie zuvor Sólveig und ihre kleine Herde von Nahem gefüttert hatten. Die Gäste verabschiedeten sich und verstreuten sich auf dem Hofgelände oder stiegen direkt in ihre Autos.

Lia half Per und Elín beim Entladen des Geländebusses, als das Funkgerät wieder knackte und Leif sich meldete. Per ging eilig zum Fahrersitz und nahm den Spruch entgegen.

Als er das Gespräch beendete, trat Elín zu ihm und murmelte gedämpft auf Isländisch. Zum hundertsten Mal verfluchte Lia, dass sie in Lektion zwei bei den Restaurantbestellungen stecken geblieben war.

Schließlich nickten beide einvernehmlich. Doch ehe sie Per danach fragen konnte, kam sein Vater aus dem Schafstall herübergerannt. »Per, kannst du mir zur Hand gehen? Die anderen späten Geburten. Zwei Auen haben Probleme beim Lammen. Sieht nach Steißlage aus.«

»Bin sofort da!«, erwiderte er, dann besprach er sich erneut kurz mit Elín, ehe er ihren Blick suchte. »Tut mir leid, Lia, das kann eine Weile dauern.«

»Klar, kein Problem!«, rief sie ihm hinterher, doch er war schon im Laufschritt Richtung Stall unterwegs.

Dafür baute sich nun Elín vor ihr auf. »Wie's aussieht, kümmern wir uns jetzt um das verletzte Kalb.« Sie nickte zu einem weißen Jeep mit offener Ladefläche hinüber, der vor dem Farmhaus parkte. »Also los, und zwar zackig und nicht in deinem City-Shopping-Schlenderschritt.« Ohne eine Antwort abzuwarten, warf sie die Türen des Geländebusses zu und stapfte los.

Lia stand wie angewurzelt da und starrte ihr nach, bis Elín »Los jetzt!« rief und sie sich in Bewegung setzte, obwohl sich alles in ihr dagegen sträubte. Wann hatte diese dreiste Person auch noch die Erlaubnis erhalten, sie herumzukommandieren?

»Moment«, sagte sie, als sie Elín außer Atem erreichte, die die Ladeklappe öffnete. »Vielleicht würdest du die Freundlichkeit besitzen, mir zu sagen, was genau wir machen?«

»Willst du jetzt helfen oder nicht?«, fuhr Elín sie barsch an, während sie eine festinstallierte längliche Kiste auf der Ladefläche aufklappte.

»Ja, doch, aber ich wüsste einfach gern ...« Sie stockte entsetzt, als Elín ein poliertes Gewehr aus der Box hob und es prüfend betrachtete. »Oh mein Gott! Nein, auf gar keinen Fall! Du willst das Kalb erschießen!«, rief sie entsetzt. Natürlich war ihr bewusst, dass es manchmal notwendig war, Tiere durch gezielte Jagd zu entnehmen, um den gesunden Bestand und das Gleichgewicht der Natur zu erhalten. Aber das Kalb konnte kaum zwei Monate alt sein, was ohnehin erstaunlich jung war, denn Rentiere gebaren ihre Kälbchen üblicherweise im Frühjahr, wie Per ihr erklärt hatte. Sicher gab es doch eine Möglichkeit, dem Kleinen zu helfen ...

Elín seufzte genervt. »Jetzt mach dir nicht ins Hemd. Das ist ein Betäubungsgewehr.« Sie schob es zurück in die Kiste und verschloss den Deckel fest. »Einsteigen.«

Lia schluckte. Mit hochgezogenen Schultern trabte sie zur Beifahrertür. Wie hatte sich dieser Besuch in einer Nacht von einem romantischen Traum zu dieser Albtraumversion wandeln können? In einem Moment hatte sie sich wie eine Prinzessin gefühlt, als sie in Pers Arm die Rentiere im Sonnenuntergang beobachtet hatte, und jetzt hatte man sie offensichtlich zu Elíns Dienstmagd degradiert.

Ihr graute vor dieser Autofahrt.

Elín machte sich nicht die Mühe, zu warten, bis sie die Wagentür geschlossen hatte, sondern fuhr einfach los, sobald sie auf den Beifahrersitz geklettert war. Lia zog die Tür hastig zu und angelte nach dem Gurt. Ihre Fahrerin starrte mit unbewegter Miene geradeaus und schien sich vorgenommen zu haben, sie den Rest der Tour zu ignorieren. Unverschämterweise sah Elín dabei auch noch beneidenswert hübsch aus. Wie eine hellblonde Lara Croft, in ihrem eng geschnittenen Outdoor-Outfit.

»Was genau passiert mit dem Kalb?«, fragte Lia. »Können wir es vor Ort versorgen? Hat Per erkennen können, was ihm fehlt?«

Elín seufzte. »Es hat einen gebrochenen Lauf.«

»Können wir das schienen? Oder kommt gleich ein Tierarzt? Und wieso darfst du überhaupt mit diesem gemeingefährlichen Ding im Kofferraum herumfahren?«

»Du redest gern, was? Schnatter, schnatter. Wie ein endloser Wasserfall. Keine Ahnung, wie Per das aushält.«

»Er hat sich jedenfalls nie beschwert«, schoss Lia zurück und verschränkte die Arme vor der Brust.

Es folgte das unangenehmste Schweigen der Welt.

Irgendwann hielt Lia es nicht mehr aus. »Wirst du noch antworten? Wenn du denkst, dass ich wie ein ergebener Troll neben dir herlaufe, hast du dich geschnitten.«

Elín verdrehte die Augen. »Wir nehmen das Kalb mit. Es hätte in der Herde keine Überlebenschance. Mein Bruder ist der revierleitende Ranger, aber Leif kann gerade nicht rausfahren, also kümmere ich mich darum. Ich unterstütze ihn bei der Bestandspflege, wenn ich zu Hause bin.«

»Hm.« Immerhin, sie würden dem Kleinen helfen.

Während draußen leichter Schneefall einsetzte und die Sicht erschwerte, lenkte Elín den Wagen vom Hauptweg auf die Fahrspur, die sie bei ihrer Safari im Schnee der Ebene hinterlassen hatten. Die Weite des Fjords strich an ihnen vorbei, doch Lia konnte sich daran kaum erfreuen.

Vielleicht musste sie es einfach direkt ansprechen. Diese wilden Andeutungen und Elíns unverhohlene Feindseligkeit machten sie noch ganz verrückt. Gestern hätte sie geschworen, dass Per niemals in der Lage wäre, sie zu hintergehen. Aber seit Elín an diesem Morgen wieder einmal unerwartet in ihrem Leben aufgetaucht war und bewiesen hatte, dass er ihr anscheinend eine Menge verschwieg, war sie unsicher geworden.

Sie räusperte sich. Immerhin konnte Elín ihr hier nicht ausweichen. Sie wusste nur nicht, ob sie bereit für das war, was sie gleich hören würde.

»Elín, ich frage das nur ein Mal, aber ich bitte dich, ehrlich zu sein. Was verbindet Per und dich? Ist da was zwischen euch?«

Sie umfasste das Lenkrad fester und schnaubte. »Uns verbindet so viel mehr, als du dir auch nur vorstellen kannst.«

Die Worte sickerten schmerzhaft in Lias Brust. Aber sie würde sich mit diesen Andeutungen nicht länger zufriedengeben. »Was genau soll das heißen? Könntest du dich etwas weniger vage ausdrücken?«

»Du hast keine Ahnung, Lia. Nur weil er dich mit auf den Hof genommen hat, bedeutet das nicht, dass du etwas Besonderes für ihn bist. Was glaubst du, wie viele sich das vorher schon eingeredet haben? Aber ich sage dir – du kennst ihn nicht.«

»Woher willst du das wissen?«

Elín lachte trocken. »Glaub mir, ich weiß es. Es wäre besser für alle, wenn du das selbst einsehen würdest. Reykjavík ist voll von großen blonden Männern. Such dir einen, der zu dir passt, so einen Stadtkerl, der Wochenendausflüge ins Spa mit dir macht.«

»Das käme dir wohl gelegen. Aber so funktioniert die Liebe nicht«, fuhr sie zurück.

»Liebe also?« Elín hob amüsiert einen Mundwinkel. »Du hast wirklich keine Ahnung.«

»Dann sag es mir doch. Was weiß ich nicht? Weshalb bist du so überzeugt, dass seine Gefühle nicht aufrichtig sein können?« Ihr Herz schlug so schnell, dass der Puls in ihren Ohren dröhnte. Sie hatte Angst vor jedem weiteren Wort, das Elíns Lippen verlassen würde, und gleichzeitig wollte sie endlich Klarheit.

Doch Elín lächelte nur matt und ließ den Blick über die Schneeebene schweifen. »Ich habe dir alles gesagt, was ich dir zu sagen habe.«

Traurig biss Lia die Zähne zusammen. Es hatte einfach keinen Sinn. Das hätte sie sich gleich denken können.

Den Rest der Fahrt schwiegen sie. Erst als sie am Horizont die Herde entdeckten, die inzwischen weiter den Fjord entlanggezogen war, gab Elín wieder ein Lebenszeichen von sich. »Du hältst dich jetzt genau an das, was ich dir auftrage, verstanden? Sonst haben wir keine Chance.«

Lia verdrehte innerlich die Augen. »Ja, schon gut.« Es war schließlich für das kleine Rentier.

Sie stellten den Jeep in einiger Entfernung ab, um die Herde nicht aufzuschrecken. Elín holte das Betäubungsgewehr von der Ladefläche und bedeutete Lia, ihr still zu folgen. Sie hatten Glück, die Rentiere verhielten sich ruhig. Sie stöberten mit ihren Nüstern in dem pudrigen Schnee und schienen darunter etwas Essbares zu finden.

Es dauerte nicht lang, bis sie das verletzte Kalb entdeckten. Das Kleine stand abseits an der Seite seiner Mutter und schob seine Nase wie die erwachsenen Tiere in den Schnee.

Elín gab ihr durch ein Handzeichen zu verstehen, dass sie stehen bleiben sollte. Wenn sie sich den Tieren zu ungestüm näherten, liefen sie Gefahr, dass die Herde sie bemerkte und in Aufruhr geriet. Mit geübtem Griff setzte Elín das Gewehr an. Dann wartete sie, bis die Rentierkuh vortrat und das Kalb ein Stück hinter ihr zurückblieb.

Der erste Schuss traf. Der Pfeil blieb in der Flanke des Kälbchens stecken, und es sackte zur Seite. Die Mutter sprang panisch nach vorn, und die Herde verfiel in Unruhe. Sie preschten davon, während Elín und Lia nun durch den Schnee zu dem kleinen Rentier liefen.

Das Gelände war uneben, schwarze Felsen ragten immer wieder aus der weißen Decke hervor, und Lia hatte Schwierigkeiten, in ihren rutschigen Gummistiefeln mit Elíns Tempo mitzuhalten. Als die ihr schon ein gutes Stück voraus war, blieb sie plötzlich stehen und drehte sich zu ihr um. Der Wind trieb die Schneeflocken in ihr geflochtenes helles Haar, und ihr Gesicht wirkte aufrichtig bewegt. »Per und mich verbindet alles, Lia!«, rief sie ihr entgegen. »Wir sind füreinander gemacht. Du wirst ihn nie wirklich kennen. Er zeigt dir nur, was du sehen sollst. Wie du ihn sehen sollst. Aber sein wahres Ich wird er immer vor dir verbergen.«

»Wieso sollte er das?« Sie kämpfte sich den Hügel hinauf, bis sie Elín im Schneetreiben gegenüberstand.

Die rang sichtlich mit sich. »Es …«, begann sie schließlich stockend. »Es gibt Dinge, die ihn verfolgen. Dinge aus der Vergangenheit.«

Lia sah sie mit aufgerissenen Augen an. »Was meinst du? Welche Dinge?«

Doch Elín schüttelte den Kopf. »Wenn du ihm helfen willst, dann geh zurück nach Hamburg. Oder bleib in Reykjavík, aber leb dein eigenes Leben. Lass ihn los. Er gehört nicht zu dir. Und du nicht zu ihm. Meinst du, du passt hier hin? Das Leben auf dem Land ist anders. Du wirst das nie verstehen.«

Jedes von Elíns Worten traf sie mitten ins Herz. Aber ehe sie noch etwas fragen konnte, verschloss sich deren Miene wieder, und sie drehte sich abrupt um und marschierte weiter.

Der Wind frischte auf und blies Lia den Schnee nun direkt ins Gesicht. Die vereisten Flocken trafen sie wie Nadelstiche. Sie hatte genug. Nach allem, was sie gerade gehört hatte, wollte sie einfach nur allein sein. Und schon gar nicht in Elíns Gesellschaft.

Als sie das Rentierkalb erreichten, lag es ganz ruhig auf der Seite, sein Fell war von Schnee bedeckt, und es streckte das verletzte Hinterbein aus.

»Du nimmst die Vorderläufe«, wies Elín sie emotionslos an.

Lia griff die kleinen Hufe, während Elín den Rumpf des Kälbchens umfasste und sie es gleichzeitig hochhoben.

Schweigend trugen sie das Kleine durch das unablässige Schneetreiben zurück zum Jeep. Dort hievten sie es vorsichtig auf die Ladefläche, und Elín verstaute das Gewehr wieder in der Seitenbox.

»Stopp, du fährst hinten mit«, sagte sie scharf, als Lia gerade vom Pick-up heruntersteigen wollte.

»Was?« Ungläubig sah sie Elín an. Aber die verzog keine Miene.

»Falls es wach wird, musst du es festhalten.« Sie klappte die Ladeluke vor Lias Knien hoch und lief Richtung Fahrertür.

»Aber wie …?«, setzte sie an, doch Elín deutete nur auf die Innenseite der Pick-up-Verkleidung.

»Gut festhalten. Und wenn was ist, gegen die Heckscheibe klopfen«, sagte sie, ehe sie die Tür zur Fahrerkabine zuknallte und den Motor startete.

Sprachlos kauerte Lia sich an die Rückwand neben das Kälbchen und strich durch sein weiches Fell. Es atmete ganz ruhig und schlief zum Glück tief und fest.

Der Jeep setzte sich rumpelnd in Bewegung, und sie klammerte sich an die Verkleidung, während Elín beschleunigte und der Fahrtwind ihr das Eis entgegenpeitschte.

Kapitel 15

Wenn der Mond ihm nur verraten könnte, was geschehen ist. Er würde ihm von dem Leid der Tiere erzählen. Kaum mag ich mir ausmalen, welch Trauer und Entsetzen ihn befallen muss, wenn er und seine Männer bei ihrer Rückkehr vorfinden, was Margrét und ich sahen.

Trotz unserer Befürchtungen haben wir Vater alles berichtet. Er wies Pétur an, die Rentiere augenblicklich zu befreien, ihnen ausreichend Wasser und Heu zu bringen. Nun können wir nur hoffen und beten, dass sie den nächsten Tag überstehen werden, bis Máhttu eintrifft, um ihnen zu helfen.

Am frühen Morgen wird Vater ihn erwarten und ins Hochland begleiten, sofern die Tiere kräftig genug sind, um den beschwerlichen Weg anzutreten. Ich werde es kaum ertragen, hier auszuharren, bis man Kunde bringt.

Die Vorstellung, Máhttu niemals wiederzusehen, lastet schwer auf meinem Herzen. Es bleibt mir unaussprechlich. Unsere Begegnung erschien mir wie ein unerwartetes Geschenk. Als hätte er mich aus einem Grund gefunden.

Obwohl ich darum weiß, wie gewagt und sündhaft es ist, ihm diese Zeilen in meinem Journal zu widmen, kann ich es doch nicht lassen. Kaum vermag ich es in Worte zu fassen, doch es erscheint mir, als hätte er mich berührt, ehe unsere Hände sich trafen.

Ich kann nur auf Gottes Fügung hoffen. Und doch erscheint mir allein das Hoffen als Ohnmacht, wenn in meiner Seele Gewissheit herrscht, dass ich ihn wiedersehen muss.

Kapitel 16

Südisland
September 1771

Das feuerrote Garn wand sich schmuckvoll durch den weißen Leinenstoff, den Alva in den Händen hielt. Mit jedem Stich fügte sich die Blume zusammen. Doch an diesem Tag kostete es sie große Mühe, ihre Finger ruhig zu halten und ein filigranes Muster zustande zu bringen, das ihren Ansprüchen und denen ihrer Mutter entsprechen würde. Man hatte ihr aufgetragen, das Tageslicht zu nutzen, um sich den Stücken ihrer Mitgift zu widmen. Die feinen Stoffe, die ihr Vater aus Eyrarbakki mitgebracht hatte, lagen ausgebreitet vor ihr auf dem Tisch in der Stube.

Doch ihre Gedanken wanderten weit fort über das Tal, zu dem Ort, an dem Máhttu, seine Gefolgschaft und Vater am Morgen aufeinandergetroffen waren, um mit den Rentieren ins Hochland aufzubrechen. Unerträgliche Unruhe befiel sie bei dem Gedanken, dem wundersamen Mann und seinen magischen Geschöpfen allzu nah und doch nicht gegenwärtig zu sein. Es drängte sie, sich hinauszuschleichen und auf Fjellas Rücken den Hof zu verlassen. Könnte sie ihn nur sehen, wenn auch aus der Ferne, sie hätte alles dafür gegeben.

Unter Martas ständigen kontrollierenden Blicken glich es einer Unmöglichkeit, sich davonzustehlen. Nicht einmal

Margrét könnte sie fragen, denn Vater hatte ihnen verboten, an diesem Tag auch nur einen Fuß über die Türschwelle zu setzen. Ihre Schwester saß am Schreibpult und studierte die Bibel, in den Schoßfalten ihres Rocks lag jedoch *Henrietta* verborgen, ein englischer Roman, aus dem sie heimlich unter dem Tisch las, wenn Marta nicht hinsah. Selbst die pflichtbeflissene Margrét hegte geheime Leidenschaften, die Vaters strenger Moral zuwiderliefen. Auch wenn er sie dazu anhielt, die klassischen Schriften zu studieren, waren die populären Romane ihm ein Gräuel. Doch Margrét hatte es geschafft, ihren eigenen Handelsweg zu etablieren – Viggó beschaffte ihr die Exemplare, wenn Vater ihn mit einer Botschaft für den Stiftamtmann nach Bessastaðir schickte, wo Lilja ihm stets heimlich ein neues Buch zusteckte, das sie ausgelesen hatte.

Ob Lilja wohl auf Máhttu getroffen war? Sie würde es wohl erst einmal nicht erfahren, denn es wäre viel zu riskant, ihn in einem Brief zu erwähnen.

Wieder stahl sich ihr Blick zum Fenster hinaus, und sie wäre beinahe von ihrem Platz aufgesprungen, als sie fünf Reiter am Horizont erkannte. Sie legte das Stickzeug nieder und eilte zum Fenster.

»Was ist?«, fragte ihre Schwester beunruhigt.

Doch Alva war viel zu gefangen, um zu antworten. Ihr Herz setzte für einen Schlag aus, als sie den großen blonden Mann erkannte, der neben ihrem Vater ritt.

»Sie kommen, Margrét«, hauchte sie.

»Wer?« Der Sekretärstuhl schabte über den Boden, und sie hörte die Röcke ihrer Schwester rascheln, als diese neben sie trat und ebenfalls angestrengt hinausspähte.

»Die Männer, die die Rentiere gebracht haben.« An der Seite von Máhttus Pferd lief ein kleinerer Schatten, und bald erkannte sie, dass er ein Rentier mit sich führte. »Sieh nur«, raunte sie, damit Marta es im Nebenzimmer nicht hörte, »sie haben eines dabei.«

»Es sieht schwach aus«, entgegnete ihre Schwester leise.

»Vielleicht war es nicht kräftig genug für die weiten Wege im Hochland?«

In dem Moment erklangen Martas schwere Schritte auf der Türschwelle, und ihre rundliche Gestalt füllte den Türrahmen. »Was gibt es da zu gaffen? An eure Plätze, Mädchen.«

Sie traten folgsam vom Fenster zurück, doch ehe sie etwas entgegneten, kam ihre Mutter ins Haus und rauschte in die Stube. »Wir empfangen Gäste. Die Männer werden etwas essen wollen, Marta. Geh, und bereite den Hammel zu. Und ihr Mädchen sorgt hier für Ordnung.«

Alva verstaute schnell die Stoffe und ihr Nähkissen in der Truhe, doch ihr Herz schlug so aufgeregt, dass ihr die Garne mehrmals entglitten und sie die Fäden hastig wieder aufwickeln musste. Ihre Mutter rief Íris und die Kinder herein, und wenig später standen sie aufgereiht in dem schmalen Vorderflur des Torfhauses, um ihren Vater und seine Begleiter zu empfangen.

Die Tür schwang auf, und ihr Vater trat ein. Er war ein großmütiger Gastgeber und wies die dänischen Besucher auf die isländische Sitte hin, einander mit einem Kuss zu begrüßen, als diese den Flur betraten. Die beiden Begleiter lächelten und zeigten sich erfreut über den herzlichen Empfang. Dann erschien Máhttu hinter ihnen. Seine Züge wirkten freundlich, aber angespannt. Beim Eintreten zog er sich die Fellkappe vom Haar. Als er Alva entdeckte, legte sich ein zurückhaltendes Lächeln auf seine Lippen, und das tiefe Blau seiner Augen schien für den Bruchteil einer Sekunde aufzuleuchten. Schnell schlug sie die Lider nieder, sie wollte nicht Gefahr laufen, ihre Faszination für diesen fremden Mann vor dem Rest der Gesellschaft zu verraten. Während Rasmus und Carl sich vorstellten, sie einen nach dem anderen flüchtig küssten, beschleunigte sich Alvas Pulsschlag immer weiter, bis sie befürchtete, an Ort und Stelle ohnmächtig zu werden. Der Kuss, den man seinen Gästen, alten Freunden und Kirchmännern zur Begrüßung und zum Abschied schenkte, die Sitte, die ihr ein Leben lang so geläufig und belanglos erschien, weckte in ihr einen Sturm der Gefühle. Die bloße Vorstellung, Máhttus Lippen auf ihren zu spüren, vor den Augen der versammelten Familie und des Gesindes, erschien ihr plötzlich intim und verräterisch.

Als er vor sie trat, hob sie schüchtern den Blick. »Sæl vertu, Alva«, murmelte er.

»Komdu sæll«, erwiderte sie seinen Gruß mit leiser Stimme.

Dann lehnte er sich vor, und seine Lippen strichen über ihre, so hastig, als befürchtete auch er, ihr zu nahe zu treten. Doch die Hast seines Kusses konnte nicht verhindern, dass eine ungekannte Wärme Alva erfüllte. Wie ein Leuchten, das sich von seiner Berührung in ihr Herz ausbreitete.

Während sich die Gesellschaft verstreute, die Männer sich in die Essstube begaben und die Frauen sich den Vorbereitungen in der Küche widmeten, folgte sie Margrét in die Speisekammer, aus der sie einige Zutaten für das Mahl holen sollten. In ihr überschlugen sich die Fragen, die sie Máhttu so gern gestellt hätte, doch sie wagte nicht, im Beisein der anderen das Wort an ihn zu richten. So blieben ihr nur die bruchstückhaften Fetzen, die sie aufschnappte, wann immer sie sich der Essstube näherte.

»Tragt Laufabrauð auf, Mädchen«, wies ihre Mutter sie an und folgte ihnen.

»Wir werden die Rentierkuh nach unseren besten Möglichkeiten versorgen«, hörte sie ihren Vater auf Dänisch sagen, als sie das Speisezimmer betrat und das hauchdünne Gebäck auf den Tisch stellte. »Ich vertraue auf euren Rat. Das Gelingen dieses Unterfangens liegt mir sehr am Herzen. Und ich bin fasziniert von euren Tieren. Mir blieb bisher nur die Möglichkeit, in Büchern über sie zu studieren.«

Sie sah, wie Máhttu nickte und zu einer Antwort ansetzte, doch ihre Mutter gab ihr mit einem auffordernden Blick zu verstehen, dass sie die Stube zügig zu verlassen hatte.

Frustriert folgte sie ihrer Schwester zurück in die Küche, um Marta mit der Zubereitung des Hauptgangs zur Hand zu gehen. Was mochte es bedeuten, dass Máhttu und seine Gefolgsleute mit ihrem Vater auf dem Hof eingekehrt waren? Würden sie noch heute weiterreisen? Dann bliebe ihr nicht viel Zeit. Doch was sollte sie tun? Könnte sie ihm ungesehen einen Brief zustecken? Gäbe es überhaupt eine Möglichkeit, mit ihm in Verbindung zu bleiben, wenn er sicher bald in seine Heimat zurückkehren würde?

Als sie das Hauptmahl in die Speisestube trugen, waren die Männer vertieft in ein Gespräch über die Lebensweise der Rentiere. »Ich möchte euch etwas anbieten«, erklärte ihr Vater. »Wir können viel von euch lernen. Bleibt über den Winter, und helft uns, die Tiere zu beaufsichtigen. Ihr werdet angemessen entlohnt und sollt hier Unterkunft bei meinen Leuten finden. Ich werde mit Agnar Thodal sprechen, doch ich sehe es als notwendig für das Gelingen der Ansiedlung.« Er wandte sich eindringlich an Máhttu: »Uns fehlt das Wissen, das das Volk der Sámi seit Jahrhunderten hütet und lebt. Es wäre mir eine Ehre, von dir zu lernen.«

Alva umklammerte die Vorspeisenteller, die sie hinter Margrét hinaustrug, in der Hoffnung, das Zittern zu verbergen, das sie durchfuhr. Was würde er antworten? Sie wagte einen Blick zurück, doch ihre Mutter lief hinter ihr und versperrte die Aussicht zur Stube.

***

Als der Mond in dieser Nacht vor ihrem Fenster stand, schien er kaum verändert zur vergangenen Nacht, und doch hatte sich ihre Welt aus den Fugen gelöst. Die Spitze ihrer Schreibfeder verharrte reglos auf der Seite. Zum ersten Mal fand sie keine Worte für die Entwicklungen, die der Tag gebracht hatte. Der Aufruhr, der in ihr herrschte, ließ die Gedanken wild durcheinanderwirbeln, und sie war nicht in der Lage, auch nur eine Zeile zu Papier zu bringen. Ergeben klappte sie das Lederbüchlein zu und versteckte es wieder unter ihrem Kopfkissen.

Das Kerzenlicht warf tanzende Schatten an die Kammertür. Aus der Baðstofa drangen keine Stimmen mehr herüber, auch die Leute schliefen. Nie war ihr die Stille der Nacht jedoch so laut vorgekommen wie an diesem Abend. Dort, unter ihnen, hatten auch Máhttu und seine Männer Quartier bezogen. Sie würden den ganzen Winter bleiben. Und die Vorstellung ließ Alva keine Ruhe finden.

Als sie die Kerze ausblies und sich neben Margrét in die Decke hüllte, erklangen die Worte ihrer Großmutter in ihr: *Dein Herz wird dir verraten, was für dich bestimmt ist. Und es wird dir keine Ruhe lassen, ehe du es findest.*

Der Kerzenrauch hing wabernd im Schein des Mondes, und sie schloss die Augen. Doch ihr Herz schlug so laut, dass sie meinte, man müsse es bis zum Himmel hinauf hören.

Der nächste Morgen brachte einen seltenen sonnigen Tag über das Land. Ihr Vater war für staatliche Geschäfte nach Bessastaðir aufgebrochen, und Onkel Jarle arbeitete mit den Burschen auf den Feldern. Noch in der Dämmerung waren Máhttu und seine Begleiter ins Hochland hinausgeritten, um zu sehen, wie die Rentiere auf ihrem Land zurechtkamen.

Alva hatte in Erfahrung gebracht, dass nur fünf der Tiere in Péturs Obhut überlebt hatten. Die Männer hatten sie am Fuße der Bergkette freigelassen, nur die Rentierkuh war zu schwach gewesen, und sie mussten sie zum Hof zurückbringen, um sie zu versorgen.

Von ihrem Platz hinter der Steinmauer, die den Küchengarten umschloss, konnte Alva die Weide sehen, die man für die Rentierkuh ausgesucht hatte. Während sie die Kräuter erntete, um die ihre Mutter sie gebeten hatte, spähte sie immer wieder hinüber. Das Tier hielt sein imposantes Geweih gesenkt und graste, neben ihm lief Fjella, die man zur Gesellschaft dazugestellt hatte. Und an der Torfmauer der Wiese lehnte Máhttu. Die Sonnenstrahlen ließen sein blondes Haar leuchten. Statt des Fellmantels trug er ein langes Leinenhemd in bunten Farben, und ein Ledergürtel saß auf seinen schmalen Hüften. Die Stickereien, die den Saum seines Hemds zierten, erinnerten sie an das Muster, das sie auf seinem Armband gesehen hatte.

Er wandte den Kopf, und sie duckte sich hastig zwischen die Thymiansträucher, in der Hoffnung, er hätte nicht bemerkt, wie sie zu ihm hinüberstarrte. Hinter ihr vernahm sie Schritte, und als sie sich umsah, entdeckte sie ihre Mutter, die zwischen den Beetreihen auf sie zueilte. Vor der Brust hielt sie einige Bündel getrockneter Heilpflanzen, die aus ihrer Vorratskammer stammen mussten.

»Pflück noch etwas von dem Engelwurz, und dann bring dies dem Hirten«, wies sie Alva an. »Er bat darum, für das Rentier.«

»Ja, Mutter«, murmelte sie und nahm die Bündel entgegen. Während ihre Mutter mit wehenden Röcken zurück ins Haus verschwand, trat sie zu den gelbgrünen Blüten, die am Rand des Beets neben der Calendula wuchsen.

Mit klopfendem Herzen verließ sie den Garten und lief auf die Weide zu. Máhttu beobachtete wieder das Rentier und lehnte gedankenversunken an der Mauer. Als er sie bemerkte, richtete er sich auf und neigte höflich den Kopf. »Alva.« Seine Stimme nahm den berührenden warmen Ton an, der ihr seit ihrer ersten Begegnung in Erinnerung geblieben war.

»Mutter bat mich, dir die Pflanzen zu überbringen.« Sie reichte ihm die Bündel, die er prüfend begutachtete.

»Ich danke dir. Damit werde ich einen Sud für Beaivváš aufsetzen, der sie kräftigen wird.«

»Lautet so ihr Name?«, fragte sie. Er musste aus der Sprache der Sámi stammen, denn im Dänischen hatte sie nie ein ähnliches Wort gehört.

Máhttu nickte. »Ja, meine Schwester hat ihn ihr gegeben, als sie noch ein Kalb war.«

»Was bedeutet er?«

Ein leises Lächeln legte sich auf seine Lippen. »Sonne. Sie ist diejenige, die das Licht bringt.«

Alva lächelte ebenfalls. »Das ist sie, wahrlich.«

»Sie wäre nicht mehr hier, hättest du uns nicht geholfen.« Das tiefe Blau seiner Augen nahm sie einen Moment gefangen, bis sie sich gewahr wurde, wie kühn es wirken musste, dass sie ihn so lang ansah, und sie schlug schüchtern den Blick nieder.

»Wie geht es den anderen Rentieren? Werden ihnen die Gegebenheiten unseres Hochlands bekommen?«, fragte sie, während sie der friedlich weidenden Beaivváš zuschaute.

»Ich hege große Hoffnungen. Die Pflanzen ähneln denen in Finnmark. Und bisher scheinen sie sich in den neuen Umständen gut zurechtzufinden.«

Erleichterung durchströmte Alva. Es gab also Hoffnung für die Tiere. Sie spürte Máhttus Blick und wandte sich ihm zu, in der Absicht, etwas zu entgegnen, als hinter ihm ein Reiter auf den Hof galoppierte. Sie erkannte, dass es Viggó war, seine Miene war ebenso ernst wie am Tag der Kirchmesse, an dem sie ihn zuletzt gesehen hatte. Er sprang von seiner Stute, zog einen Brief aus dem Mantel und marschierte auf sie zu.

Schnell empfahl sie sich bei Máhttu, um nicht Viggós Misstrauen zu erwecken, und er machte sich auf zu der Feuerstelle bei den Ställen, sicher würde er nun den Kräutersud ansetzen.

»Ich bringe dir ein Schreiben, Alva«, begrüßte Viggó sie schon aus der Ferne.

»Ist es von Jóra?«, fragte sie eifrig. Endlich würde sie von ihrer Freundin hören. Sie sorgte sich inzwischen ernsthaft.

Doch Viggó maß sie mit scharfem Blick. »Von Ólafur.«

Auf dem Papier wand sich in ordentlicher Schrift ihr Name. »Danke«, erwiderte sie. »Ich hatte so auf Nachricht von Jóra gehofft.«

Viggó schwieg, griff in seinen Mantel und zog ein Buch hervor. »Und das ist für Margrét«, flüsterte er.

Alva nahm es entgegen und ließ es schnell in ihre Rocktasche gleiten. Doch ehe sie etwas sagen konnte, tippte sich Viggó in einer hastigen Geste der Höflichkeit an die Kappe und drehte sich zu seinem Pferd um.

»Warte doch!« Sie folgte ihm, aber er schwang sich wieder in den Sattel, ohne innezuhalten.

»Du musst etwas über Jóra wissen«, drängte sie. »Und wie geht es eurem Vater?«

»Lass es gut sein, Alva, zu unser aller Wohl. Vater geht es unverändert.« Dann ritt er so schnell davon, wie er auf dem Hof erschienen war, und ließ sie inmitten ihrer unbeantworteten Fragen zurück.

Das Ziehen, das die Besorgnis in ihre Brust drängte, wuchs zu einem beklemmenden Griff an, der sich eisern um ihr Herz schloss. Etwas stimmte ganz und gar nicht. Ihre liebste Freundin musste sich in ernsthafter Not befinden. In fünf Tagen würde man die Schafe aus dem Hochland heimtreiben. Und Jóra würde auf den Hof ihrer Eltern zurückkehren. Dann endlich würde sie erfahren, welches Mysterium sie umgab.

»Alva, was tust du so ewig hier draußen? Mutter erwartet die Kräuter«, erklang die Stimme ihrer Schwester, und sie sah Margrét auf sie zueilen. Als sie den Brief in Alvas Händen entdeckte, griff sie so schnell danach, dass es ihr gelang, ihn an sich zu reißen. »Von Ólafur!«, rief sie aufgeregt. »Hast du ihn schon gelesen?«

Sie schüttelte betrübt den Kopf.

»Worauf wartest du, nun öffne ihn schon.«

Seufzend nahm Alva ihn wieder entgegen. Margréts drängender Neugier könnte sie nichts entgegensetzen. Also löste sie das Siegel und faltete das Papier auseinander.

Kapitel 17

Eyrarbakki, den 10. September 1771

Meine liebste Alva,

seit unserer Verlobung weilst du unablässig in meinen Gedanken. Meine Abreise nach Kopenhagen naht, und ich sehne mich bereits jetzt danach, heimzukehren und dich zur Frau zu nehmen. Ehe ich das Land verlasse, werde ich ein letztes Mal nach Fljótshlíð reisen. Wenn dich mein Schreiben erreicht, werden es nur wenige Tage sein, bis man das Réttir vorbereitet.
Es wäre mir eine Ehre, dich am Tag der großen Festlichkeiten an meiner Seite zu wissen und der Gemeinde meine Verlobte vorzustellen.
Ich erwarte unser Wiedersehen mit ungekannter Sehnsucht. Sei gewiss, nie hat man eine schönere Braut gesehen als dich.

In ewiger Verbundenheit

Ólafur

Alva ließ den Brief sinken, und Margrét sah sie erwartungsvoll an.

»Und? Nun sprich schon«, drängte ihre Schwester. Als sie nicht schnell genug antwortete, schnappte Margrét ihr das Schreiben wieder aus den Händen und las. »Er wird dich zum Schafabtrieb begleiten! Oh, Alva, kannst du es dir vorstellen? Du wirst an seiner Seite über den Markt schreiten, alle werden dich beneiden!«

Mit schwerem Herzen nahm sie ihrer Schwester den Brief ab und faltete ihn zusammen. In ihr rief diese Vorstellung nur Unbehagen und Grauen hervor. »Wenn du dich darüber so ereifern kannst, weshalb heiratest du ihn dann nicht?«, raunte sie, schnippischer, als sie beabsichtigt hatte.

Zu ihrer Überraschung stieg eine leichte Röte in Margréts Wangen. »Entschuldige, ich habe es nicht bös gemeint.«

»Ich weiß. Es ist nicht deine Schuld«, sagte Alva und ließ das Papier in ihre Rocktasche gleiten. Ihre Fingerspitzen stießen an den Einband des Buchs, das Viggó ihr gegeben hatte. Doch ein Gedanke ließ sie zögern. Unversehens zog sie die Hand aus der Tasche hervor und wandte sich ab. »Komm, Mutter wartet.«

Margrét folgte ihr ins Haus, und Alva gelang es, sich besonnen und in sich gekehrt zu geben, als ihre Mutter und die Mägde entzückt über die Neuigkeiten sprachen. Innerlich sah sie jedoch den nächsten Tagen entgegen, an denen sie ihren Plan umsetzen wollte.

***

Unbarmherzige Stürme brachten einen frühen Winter über das Land, und es verstrichen drei Tage, ehe Alva zur Tat schreiten konnte. Der Himmel war an diesem Morgen wolkenverhangen, doch es herrschte lediglich ein schwacher Wind, sodass Erleichterung durch das Haus wehte. Man hatte in den vergangenen Stunden besorgt auf Neuigkeiten aus dem Hochland gewartet. Schon vor einer Woche waren die ausgewählten Schaftreiber von den Farmen hinaufgeschickt worden, die die Herden in den Weiten der felsigen Landschaft suchten und sie in die Ebene hinabgeleiteten. Zum Hauptaufseher hatte man heuer Bjarnar ernannt, einen kräftigen Burschen von einer Farm im Westen des Distrikts, dessen Vater und Großvater bereits erfahrene Aufseher gewesen waren und die Routen im Hochland kannten.

Zu der Sorge um die Männer und die Schafherden stahl sich die Befürchtung, der plötzliche Kälteeinbruch könne die noch schwache Rentiergruppe gefährden. Máhttu, Rasmus und Carl hatten sich jeden Tag hinausgekämpft und nach den Tieren gesehen, die den Wettern entgegen der Sorge getrotzt hatten.

Nun ließen mildere Temperaturen die Natur aufatmen, und die Vorbereitungen für die Ankunft der Herden und das Réttir brachten reges Treiben auf die Höfe. Im Morgengrauen hatte Alva die wertvollen Gegenstände, die sie heimlich zusammengesucht hatte, in ihrer Satteltasche verstaut. Ein letztes Mal wollte sie die entbehrlichen Dinge zu ihrem geheimen Platz bringen, doch dafür würde sie Hilfe benötigen, da Vater ihr noch immer nicht erlaubte, den Hof zu verlassen.

Margrét saß am Sekretär und übte sich in einer Übersetzung, als Alva sie am späten Vormittag aufsuchte. Ihre Schwester sah überrascht auf, kaum dass sie ihr das Buch vor der Nase zuschlug.

»Wir reiten aus«, sagte Alva bestimmt.

»Ich denke nicht.« Margrét klappte das Buch wieder auf. »Ich muss die Übersetzung beenden. Außerdem ist es dir untersagt, den Hof zu verlassen.«

»Deshalb wirst du Mutter darum ersuchen, dass du meine Hilfe benötigst, um Muscheln für das Réttir zu sammeln«, entgegnete Alva fest. Sie hatte mit Margréts Widerstand gerechnet. »Vergiss nicht, du bist mir etwas schuldig.«

Margrét schnaubte. »Das habe ich längst abgegolten.«

Sie würde also zum Äußersten greifen müssen. Die Sturheit ihrer Schwester ließ ihr keine Wahl. »Nun gut. Ich gehe davon aus, dass du dein Buch erhalten möchtest und Vater nichts von deinem kleinen Handel mit Viggó und Lilja erfahren soll.«

Abrupt hielt Margrét inne. »Du würdest ihm doch nichts verraten?«

Alva zuckte mit den Schultern. »Was sollte mich davon abhalten? Du hast mich schließlich auch verraten.«

Ihre Schwester sah sie unsicher an. »Das würdest du nicht wagen. Du hast geschworen, es geheim zu halten«, fügte sie flüsternd hinzu. »Und überhaupt, worauf spielst du an? Hast du etwa ein Buch für mich erhalten?«

»Das habe ich«, sagte Alva seelenruhig. »Einen schönen Gedichtband.«

»Wo ist es?« Margréts Ungeduld wuchs mit jeder Sekunde.

»Ich habe es versteckt. Und wenn du es haben möchtest, solltest du jetzt mit Mutter reden.« Sie drehte sich auf dem Absatz um und entfernte sich gemächlich.

Nach wenigen Schritten hörte sie Margrét ergeben aufseufzen, ehe sie den Stuhl zurückschob und ihr folgte.

Auf ihrem Weg hinaus in die Ebene passierten sie die Burschen, die unermüdlich die Stallungen für die Ankunft der Schafe herrichteten. Máhttu und seine Männer halfen den anderen, und Alva verfolgte seine Bewegungen verstohlen, während sie in einiger Distanz an ihnen vorbeiritten. Seit ihrem Gespräch an der Torfweide waren sie einander nicht mehr allein begegnet. Dennoch stahl er sich in jedem ruhigen Moment in ihre Gedanken. Die nahende Begegnung mit Ólafur lähmte sie und sandte neben der Abneigung, die sie der Vorstellung gegenüber empfand, sich öffentlich als seine Verlobte zu präsentieren, auch eine Welle von Schuldgefühlen durch ihren Körper. Denn eine versprochene Frau sollte mit Sicherheit in der Nacht nicht an einen anderen denken. Einen, der ihr so viel näher und interessanter erschien, als ihr Verlobter es jemals sein könnte.

Als Máhttu unvermittelt aufsah und ihre Blicke sich trafen, schrak sie ertappt zusammen und trieb Fjella in einen schnellen Tölt.

Kaum erreichten sie den Wasserfall und das dahinterliegende Flussbett, gebot sie Margrét Einhalt und wandte sich ihr ernst zu. »Ab hier reite ich allein weiter.«

»Auf keinen Fall«, protestierte ihre Schwester. »Das kann ich nicht zulassen.«

»Ich schätze, das musst du, wenn du dein Buch finden möchtest«, erwiderte sie seelenruhig. Es widerstrebte ihr, Margrét zu ihrer Hilfe zu zwingen, doch das Wissen, es für Jóra zu tun, erleichterte es ihr.

Verärgert schnaubte Margrét. »Aber nur, wenn du mir augenblicklich verrätst, wo du es versteckt hast.«

»Das wirst du erfahren, sobald ich zurückkehre.«

»Oh, und wann wird das sein? In zwölf Tagen? Oder niemals?«

»Ich bin in zwei Stunden zurück. Darauf gebe ich dir mein Wort.«

Ihre Schwester musterte sie skeptisch, doch ihr schien ebenso bewusst, dass ihr wenig übrig blieb, als darauf zu vertrauen. »Fein.« Sie nickte zögernd. »Ich warte hier. Und ich hoffe, du beeilst dich.«

Alva überhörte die Bemerkung und ließ Fjella entlang des Flussbetts galoppieren. Sie hatte keine Zeit zu vergeuden.

Sie erreichte ihr Versteck ebenso ungesehen wie beim letzten Mal. Als sie die Münzen und ihren silbernen Kamm in der Kiste verstaute, nahm sie eine Handvoll besonderer Muscheln an sich, die Jóra und sie darin gesammelt hatten. Die würde sie Mutter später präsentieren können.

Während sie unter den fliehenden Wolken heimritt, durchströmte sie eine beflügelnde Leichtigkeit. Sie hatte es wahrlich geschafft. Jóra erwartete eine beachtliche Sicherheit. Welches Unglück sie auch ereilt haben mochte – die Summe würde ihr Freiheit und Möglichkeiten verschaffen.

So hoffte Alva inständig.

Ehe sie die Ausläufer des Wasserfalls passierte, zügelte sie Fjella und hielt Ausschau. Doch von Margrét fehlte jede Spur. Der Strom, der sich aus den Höhen scharfkantiger dunkler Felsen herniederergoss und an dessen Becken Margrét und sie gern auf den moosbewachsenen Steinen saßen, lag verlassen da. Sprühnebel umgab den Wasserschwall und stieg gleich eines ätherischen Schleiers in die kühle Herbstluft auf.

Zögernd hielt sie inne. Sollte sie hier warten, bis Margrét zurückkehrte? Oder war ihre Schwester womöglich ihrer Drohung zum Trotz heimgeritten und hatte ihren unerlaubten Ausflug verraten?

Gerade wollte sie Fjella auf den Pfad lenken, der ein Stück am Fuß der Felskante entlangführte, um nach Margrét zu suchen, da zog eine Bewegung ihre Aufmerksamkeit auf sich. Hinter einem der Felsen nah des Wasserfalls trat eine große Gestalt hervor. Ihr Herz setzte einen Takt aus. Sie erkannte ihn sofort.

Máhttu hob den Blick, und als er sie entdeckte, lächelte er. »Alva.« Er zog die Kappe von seinem hellblonden Haar und hielt sie vor seine Brust. »Was führt dich hier hinaus?«

Sie glitt aus dem Sattel und führte Fjella zu ihm hinüber. »Ich suche nach Margrét. Sie versprach, hier zu warten.«

Während er ihr entgegenkam, beschleunigte sich ihr Herzschlag, und ihr Blick glitt über sein Antlitz. Das Leinenhemd, das er trug, fiel weit von seinen muskulösen Schultern, nur der Gürtel auf seinen Hüften ließ seine sportive Statur erahnen. Ein paar Schritte vor ihr blieb er in gebührlichem Abstand stehen. »Deine Schwester ist gerade aufgebrochen, als ich eintraf. Ich sah sie davonreiten. Seither muss eine Weile verstrichen sein.«

Wie sonderbar. Sollte Margrét tatsächlich zum Hof zurückgekehrt sein? Nun, so wäre es nicht mehr zu verhindern. Sie nickte. »Hab Dank.« Ihr Blick fiel auf seine Hände, in denen er noch immer die Kappe hielt. Seine langen kräftigen Finger waren von schwarzer Erde gefärbt, und etwas Moos hing an seinen hochgeschobenen Ärmeln und in seinem Haar, kurz über seiner Stirn, und entlockte ihr ein Lächeln. Beinahe hätte sie die Hand ausgestreckt und das Moos fortgestrichen, doch sie besann sich ihres Anstands.

»Ich muss mich für meinen Zustand entschuldigen«, raunte er, und seine dunkle Stimme umfing sie warm.

»Ehrliche Arbeit fordert ihren Tribut«, erwiderte sie, und ihr fielen die Kratzer und Schwielen auf, die die beschwerlichen Tätigkeiten in den Ställen und auf den Feldern an seinen Armen hinterlassen hatten.

Er drehte sich um und deutete zu einem Birkenkorb, der nah des Felsens stand, hinter dem er hervorgetreten war.

»Gerade sammele ich Flechten für Beaivváš. Auf den hiesigen Weiden sind sie nur spärlich vorhanden. Und einen Teil bringe ich ins Hochland zu den anderen. Die Flechten sind eine gute Stärkung für die Rentiere.«

»Oh ... kann ich sie vielleicht einmal sehen?« Die Worte hatten ihre Lippen verlassen, ehe sie darüber nachdenken konnte, ob ihre Frage zu kühn wäre.

»Natürlich, komm.« Er führte sie zu der Stelle, an der er den Korb abgestellt hatte, und sie ließ Fjella neben den Steinen grasen.

Sie erkannte, dass es die salbeigrünen Flechten waren, aus denen ihre Großmutter Tee zu kochen pflegte, wenn sie ein starker Husten plagte. Die Heilkräfte des Mooses waren allseits bekannt, und es war ein fester Bestandteil der Küche ihrer Insel.

Máhttu zeigte ihr, wo er es fand. Er kniete am Rand des Wasserbeckens und fuhr bedächtig über das Moos, das dort an den Felsen wuchs. Sie ließ sich neben ihm nieder, und wieder bemerkte sie das Armband an seinem Handgelenk. Aus einem Reflex heraus strich sie über die filigrane Stickerei, die es schmückte. Geschwungene Knoten, die sich ineinander verwoben, in einer schier endlosen Wiederholung.

Erschrocken zuckte sie zurück, als ihr bewusst wurde, was sie da tat. Doch als sie den Kopf hob, lächelte Máhttu sie an und drehte das Band, sodass sie es von allen Seiten betrachten konnte. »Ein Geschenk meiner Schwester. Sie hat es mir gegeben, ehe ich fortging.«

»Es ist wunderschön.« Das Amulett, das von dem schmuckvollen Band gehalten wurde, zeigte das Rentier, das sie bereits bei ihrer ersten Begegnung entdeckt hatte. Eine einfache strichhafte Darstellung, doch es war unverkennbar. »Vater sagt, du stammst aus dem Volk der Sámi. Es muss ein fremdes Leben sein auf unserem Hof, so fern deiner Heimat.«

Er beugte sich vor und wusch seine Hände in dem klaren Wasser, das der Wasserfall aus dem Hochland herantrug. »Ich habe schon vor einigen Jahren gelernt, mich daran zu gewöhnen.«

»Ich habe davon gelesen, dass die Sámi mit ihren Herden ziehen, dass sie keine feste Siedlung haben, wie wir es tun.«

Sein warmes Lachen klang gedämpft um sie herum. »Deine Bücher wissen vieles nicht, Alva.« Er sah sie sanft, aber tadelnd an. »Einige Sámi leben vom Fischen, vom Handel mit Waren, in zerstreuten Siedlungen ganz ähnlich wie euren. Unsere Sprache kennt viele Dialekte, und sie unterscheiden sich ebenso wie unsere Lebensweisen. Aber es stimmt, meine Familie und ich gehören zu denen, die mit den Rentieren ziehen, seit vielen Generationen.«

Es beschämte sie, dass sie so gutgläubig den Berichten der dänischen und norwegischen Missionare vertraut hatte, ohne infrage zu stellen, dass sie vieles in ihren Dokumentationen ausließen oder selbst nicht verstanden. »Weshalb hast du Finnmark verlassen? Und wo hast du Dänisch so makellos sprechen gelernt?« Endlich brachen aus ihr all die Fragen hervor, die sie im Beisein der anderen nie zu stellen gewagt hatte.

»Ein dänischer Sekretär bot mir an, mich zu unterrichten.« Er fuhr wieder über das Moos. »Es erschien mir eine kluge Wahl, diese Chance zu nutzen. Er unterrichtete mich im Schreiben und Lesen. Und als man den Auftrag erteilte, eine Herde Rentiere auf die Vestmannaeyjar zu bringen, kaufte man sie mir ab und bat mich darum, sie zu begleiten und für ihr Wohl zu sorgen.«

Sie schwieg einen Moment. Er hatte also nicht nur sein Zuhause, sondern auch seine Familie zurückgelassen. »Fehlt dir deine Heimat denn nicht?«

Gedankenverloren sah er über den Lauf des Wassers hinaus in die Ebene, die sich vor der Felskante bis hinunter zum Meer erstreckte. »Wir tragen unsere Heimat immer bei uns«, sagte er, dann deutete er auf seine Brust. »Sieh, euer Land ist meinem in vielem sehr ähnlich. Die großen kargen Weiten, die klaren kalten Flüsse. Eure Wälder sind spärlich und jung, doch auch sie bergen viele der Pflanzen, die mir geläufig sind. Die Natur ist mächtig, und wenn wir es zulassen, wird sie uns immer zu Hause heißen.«

Daran hatte sie nie gedacht. Ihre Reisen hatten sie nie weiter fortgeführt als nach Bessastaðir. Alles fernab ihrer Insel erschien ihr so fremd und fern. Wenn ihr Vater von Kopenhagen berichtete, meinte sie, er spräche von einer anderen Welt, die sich ihrer Vorstellung entzog. Trubel und Fortschritt, der sich nie bis auf die kargen Weiten ihres Landes vorgewagt hatte.

Máhttu streckte die Hand aus und fischte einen Stein vom Grund des klaren Stroms. Er trocknete ihn am Saum seines Hemds, dann umfasste er ihre Finger und legte den Stein auf ihre Handfläche. Die Schnellen des Wassers hatten ihn zu einem Herz aus Lavagestein geschliffen, dessen mineralische Oberfläche im Licht funkelte. »Die Natur wirkt ihre Wunder überall. Wir müssen sie nur finden wollen.«

Gefangen betrachtete sie den Stein, und Máhttus sanfte Berührung erhitzte ihre Wangen. Sie schloss die Finger um den Stein und sah in Máhttus blaue Augen. »Meine Großmutter erzählte uns stets Geschichten über diesen Ort.« Sie drehte sich zum Wasserfall und beobachtete, wie sich der klare Schleier vor den moosbewachsenen Felsen ausbreitete.

»Es ist ein Ort des verborgenen Volks«, sagte sie, und sie spürte, wie Máhttu sich zu ihr drehte, um ihrem Blick zu folgen. »Dort drüben in den Felsen neben dem Wasserfall leben sie, so erzählt man sich. Du darfst sie niemals stören. Sie werden sich dir nur zeigen, wenn sie deiner Hilfe benötigen.«

»Dort ist ein *saajve-vaerieh*, ein heiliger Berg des Sáivu-Volks?« Seine Stimme klang überrascht und plötzlich vorsichtig.

»Sáivu?« Sie wandte sich zu ihm um. »Nennt ihr so das verborgene Volk?«

»Es ist das Reich unserer Ahnen, unserer Geister und Götter, der verborgenen Wesen.«

»Du musst dich nicht sorgen, solange du den Frieden ihres Bergs wahrst, werden sie dir wohlgesonnen sein«, erwiderte Alva und musterte ihn. Vorsicht hatte sich über seine Züge gelegt.

»Bringt ihr ihnen Gaben dar, um sie zu besänftigen?«

Sie schüttelte den Kopf. »Nein.«

Einen Moment lang schwieg er. »Wir erbringen ihnen Opfer, um ihre Gnade zu bewahren. Ihre Unterstützung bei der Jagd, den Segen für unsere Herden. Tun wir dies nicht, können sie sich gegen uns wenden. Und du«, sagte er, umfasste sanft ihr Kinn und drehte es zu sich, »solltest dort lieber nicht hinsehen.«

Sie entdeckte einen Hauch aufrichtiger Besorgnis in seinem Gesicht. »Weshalb nicht?«, fragte sie leise.

»Das ist Frauen verboten.«

»Hah.« Sie reckte das Kinn. »Davon halte ich nichts.«

Er strich mit dem Daumen über ihre Wange, dann ließ er sie los, doch sein Blick hielt sie gefangen. »Es ist wahr. Du solltest vorsichtig sein.«

Die Ahnung stahl sich in ihr Herz, dass sie seinen Worten Glauben schenken sollte … sie sollte vorsichtig sein, doch sie fürchtete sich weniger vor dem verborgenen Volk denn vor den ungekannten Gefühlen, die seine Nähe in ihr weckte.

»Alva!« Margréts Stimme durchschnitt das Rauschen des Wassers, und sie wandte sich hektisch um. Ihre Schwester ritt aus der Ebene heran und winkte.

»Ich muss gehen«, stieß sie hervor, rappelte sich ungeschickt auf und strich ihre Röcke zurecht.

Máhttu erhob sich ebenfalls. Doch er sprach kein Wort, und Alva war viel zu aufgewühlt, um etwas Unverfängliches über die Lippen zu bringen. Sie stieg in Fjellas Sattel und wich Margréts misstrauischem Blick aus.

Erst als sie davonritten, sah sie zurück. Máhttu stand neben dem Wasserlauf und blickte ihr nach. Der Nebel des Wasserfalls stieg hinter ihm empor. Eine Ruhe legte sich über ihr Herz, und sie meinte, ein leises Flüstern zu hören, das sie zurückrief, zu dem Wasserfall und dem Mann, der dort auf sie wartete.

Kapitel 18

Reykjavík
Ende Oktober 2024

»Dieser Mann macht mich wahnsinnig.« Lia zog grummelnd die Tasse Himbeertee heran, während sie das Handy zwischen Ohr und Schulter balancierte. »Schweigt wie eine Felswand. Und das nach allem, was mir seine liebe Freundin Elín an den Kopf geworfen hat.« Bei den Erinnerungen an ihre Tour durch das unbarmherzige Schneetreiben und Elíns Offenbarungen fröstelte sie, und sie schlang ihren Cardigan fest um sich.

»Ich verstehe das nicht.« Annas Stimme klang gedämpft zu ihr, im Hintergrund hörte sie das Kaminfeuer knistern, und sie wünschte sich gerade nichts mehr, als neben ihrer besten Freundin auf dem roten Polstersofa von Arons Farmhaus zu sitzen. Anna seufzte. »Das sieht Per wirklich nicht ähnlich – oder er konnte sich überraschend gut verstellen.«

»Ich weiß.« Lia pustete über den dampfenden Tee. »Und bei jedem anderen wäre ich längst davongerannt, das kannst du mir glauben. Aber er ist einfach …« Sie hielt inne und sah zum Fenster hinaus auf den Tjörnin, in dem sich der Mond in der Abenddämmerung spiegelte. »Ich liebe ihn wirklich, Anna. Und ich kann nicht glauben, dass er mich hintergangen haben soll. Letztlich hat Elín nur mit verletzenden

Worten und Unterstellungen um sich geworfen. Und Per streitet alles ab. Aber ich spüre, dass er irgendetwas vor mir verbirgt.«

»Vielleicht würde dir eine kleine Auszeit guttun? Gib ihm Zeit, über alles nachzudenken und dich zu vermissen. Wenn es stimmt, dass du die erste Liebe bist, die er in sein Leben lässt, ist er womöglich wirklich nur überrannt von allem. Und ich finde, du hast ein Freundinnenwochenende mehr als nötig. Aron ist sowieso gerade schwer beschäftigt. Ich würde mich so freuen, wenn du mich besuchst.«

Sie musste nicht lang überlegen. Anna hatte recht. Sosehr sie sich wünschte, die Dinge mit Per zu klären – wenn er sich so vor ihr verschloss, trieb sie sich dabei nur selbst in den Wahnsinn. Und nach dem schrecklichen Ende ihres Besuchs auf der Rentierfarm brauchte sie ihre beste Freundin mehr denn je. Ein paar unbeschwerte, glückliche Momente ohne den Herzschmerz der letzten Tage. »In Ordnung, ich komme am Freitagabend«, sagte sie und hörte Annas Jubeln, noch während sie sprach.

»Das wird perfekt, du wirst sehen. Ich habe mir schon ein paar Dinge überlegt: eine Tour zu den Wasserfällen, ein Besuch im Gilbakki Kaffihus, um der alten Zeiten willen. Und nicht zu vergessen: den Sonnenuntergang auf dem Leuchtturm genießen, mit Blick auf die Bucht von Skarðsvík und einem Heiß- oder Kaltgetränk deiner Wahl.«

Lia grinste. »Klingt, als würdet ihr bald nicht nur Reittouren anbieten.«

Anna schnaubte. »Von wegen, das ist das Beste-Freundinnen-Special. Exklusiv und nicht zu buchen.«

»Ich fühle mich geehrt.« Lia schmunzelte.

»Und heute Abend?«, fragte Anna, und sie konnte sich förmlich vorstellen, wie sie streng die Augenbrauen hochzog.

»Gehe ich Salsa tanzen«, erwiderte sie brav.

»Ganz genau, das wirst du.«

Als sie aufgelegt hatte, sah sie kurz auf das Handydisplay, auf dem ein Foto in ihrem Chat mit Anna erschien. Es zeigte sie beide auf einer Motto-Party in ihrem Auslandssemester in Exeter. Während sie euphorisch in die Kamera strahlte, sah Anna aus, als hätte man sie gekidnappt und auf die Tanzfläche der Cuban Night gezerrt, vor eine Gruppe feierwütiger Briten, die ihre Rumgläser in die Kamera schwenkten. Das war nun neun Jahre her. Aber die Erinnerung zauberte ihr selbst jetzt ein Grinsen ins Gesicht.

Es war Mittwochabend. Per hatte sich nur kurz zu Hause umgezogen, ehe er sich noch auf ein Bier mit Bjarni treffen wollte. Während er sie zum Abschied geküsst hatte, überlegte sie bereits, ob Elín auch dabei wäre, er deren Anwesenheit nur inzwischen lieber verschwieg. Aber Lia war zu stolz gewesen, um ihn danach zu fragen. Seit sie am Sonntagabend in ihre Wohnung nach Reykjavík heimgekehrt waren, gab er sich stiller denn je.

Immerhin hatte das Rentierkälbchen es sicher zur Farm geschafft, und sie konnten seinen Hinterlauf vor Ort verarzten. Sólveig hatte sich seiner angenommen, und das Kleine stand nun zusammen mit ihr in einem ruhigen Auslauf, in dem es sich nicht zu viel bewegte.

Als sie Per bei ihrer Rückfahrt am Sonntagnachmittag auf Elíns mysteriöse Andeutungen angesprochen hatte, hatte sich der Schatten in seinem Blick für einen Moment vertieft. Er hatte versucht, mit einigen vagen Floskeln das Thema zu wechseln. Und noch einmal beteuert, dass er sie liebe. Doch der nagende Zweifel hatte sich wie ein Giftpfeil in ihr Herz eingenistet.

Weshalb konnte dieser sture Wikinger nicht *ein Mal* mit der Sprache herausrücken?

Jedenfalls würde sie nicht länger grübelnd zu Hause sitzen. Sie musste sich bewegen. Kubanische Lebensfreude wäre genau das Richtige, um sie aufzumuntern – Anna hatte recht. Sie trank ihren Tee aus und suchte ein farbenfrohes Outfit aus dem letzten Koffer hervor, den sie noch nicht ausgepackt hatte. Die luftige pfirsichfarbene Bluse mit den weißen Jeans, die in ihr die Erinnerungen an heiße Sommernächte auf der Dachterrasse über der Hamburger Hafencity weckten.

Eilig tippte sie eine kurze Nachricht an Per, dann schnappte sie sich ihren Mantel und verließ das Haus. Die Nachtluft umfing sie frisch und klar, und der Geruch nach Holzöfen und Winternächten hing in den Straßen. Valeria und ihr Mann Miguel warteten am Tjörnin auf sie.

»Hæ, *Lia*«, begrüßte Valeria sie und küsste sie auf beide Wangen. »Wie schön, dass du mitkommst.«

Sie lachte und begrüßte auch Miguel. »Salsa in Reykjavík – als könnte ich mir das entgehen lassen.«

Das Iðnó lag nur wenige Minuten entfernt am Nordende des Tjörnin. Der historische weiße Bau erinnerte Lia an die isländische Version eines Prunkhauses – eine Mischung aus skandinavischer Zurückhaltung und neoklassizistischer Eleganz. In einer der Informationsbroschüren, die im Museum auslagen, hatte sie gelesen, dass es als ältestes Theatergebäude Reykjavíks galt und 1896 errichtet worden war. Mittlerweile war es ein bekanntes Kulturzentrum, in dem neben Aufführungen auch Partys und Konzerte stattfanden. Die großen Bogenfenster, die hinaus auf den Binnensee blickten, leuchteten wie funkelnde Augen in der Nacht, und kubanische Klänge erfüllten die Terrasse, die zum Tjörnin hinausging.

Als sie durch die Türen in den Hauptsaal traten, empfing sie ausgelassener Trubel inmitten einer schmuckvollen Kulisse. Die blau gestrichenen Wände des Saals waren mit weißen Stuckornamenten verziert. Auf der historischen Bühne spielte eine Liveband, und auf dem Fischgrätparkett drehten sich die Tanzpaare zu den karibischen Rhythmen. Einige unter ihnen zauberten beachtliche Figuren, während andere sich an den Grundschritten übten. Viele der Partybesucher standen in Grüppchen zusammen, unterhielten sich angeregt und genossen die Musik und das Flair.

Lia lächelte. Das liebte sie am Salsatanzen. Egal, wo man sich auf der Welt befand, man ging zu den Partys, in fremde Clubs, und doch fühlte man sich sofort heimisch. Die Leute waren offen und freundlich, jeder tanzte mit jedem, und spätestens, wenn die Percussions der Band erklangen, herrschte fantastische Stimmung. Am Ende des Abends hatte man viele interessante Menschen kennengelernt und womöglich einige Freunde gefunden.

Reykjavík war da keine Ausnahme. Sie tanzte mit Davíð aus Mosfellsbær, der extra für die Party in die Hauptstadt gefahren war. Mit Juan und Pedro aus Kolumbien, die ihr Auslandssemester an der Universität von Reykjavík verbrachten. Mit Nils aus Dänemark, der gerade rund um die Insel reiste. Wenn die Band Pause machte, holten sie sich Getränke von der Bar, stellten einander ihre Bekannten und Begleitungen vor und unterhielten sich, bis der nächste Song einsetzte.

Als Lia das erste Mal auf ihr Handy sah, war es kurz nach Mitternacht. Vor einer Stunde hatte sie eine Nachricht von Per erhalten.

Hey Süße, wo bist du? Es ist schon spät, soll ich dich irgendwo abholen?

Vor einer halben Stunde hatte er versucht, sie anzurufen. Das schlechte Gewissen stieg in ihr auf, und sie begann, eine Nachricht zu tippen. Sie wollte nicht, dass er sich Sorgen machte. Andererseits war sie gerade wirklich sauer auf ihn. Seine ständige Geheimniskrämerei ging ihr gehörig auf die Nerven. Und etwas in ihr wollte dem guten Herrn mal zeigen, wie es sich anfühlte, unruhig auf seinem Birkenholzsofa zu sitzen.

Also entschied sie sich für den Mittelweg und schickte das Emoji der Tänzerin im roten Kleid. Ausreichend Information, um ihn zu beruhigen, dass man sie nicht entführt hatte, und doch so wenig, dass er nicht losmarschieren konnte, um den Helden zu spielen und sie sicher durch die Nacht nach Hause zu geleiten. Dann ließ sie das Handy wieder in ihre Tasche gleiten und folgte Miguel auf die Tanzfläche.

Wolken hatten sich vor den Mond geschoben, und Nieselregen setzte ein, während sie am Ufer des Tjörnin entlangliefen. Die feinen Tropfen boten eine angenehme Erfrischung auf ihrer Haut. Inzwischen war es drei Uhr, und Unwohlsein befiel Lia, wenn sie daran dachte, dass sie in nur vier Stunden das Haus verlassen und Richtung Museum tapern musste. Doch ihr Körper vibrierte vor Lebensfreude und Euphorie. Die Musik, das Tanzen, die Leute hatten sie aufgeladen, und sie fühlte sich, als würde sie in die Nacht hinaus strahlen. Neben ihr erzählten Valeria und Miguel ebenso ausgelassen. Sie bestanden darauf, Lia vor der Altstadtvilla abzusetzen, ehe sie sich herzlich verabschiedeten und weiter Richtung Hafen liefen.

Als sie die Wohnungstür aufschloss, fiel der Schein der Leselampe in den Flur. Vielleicht hatte Per sie für sie brennen lassen.

Sie schlüpfte aus ihrem Mantel und den Schuhen und trat in den Wohnbereich. Auf Zehenspitzen schlich sie hinüber zur Küchenzeile, um sich ein Glas Wasser einzuschenken, und schrak zusammen, als sich ein Schatten vor dem Fenster bewegte. Per stand dort im Dunkeln, die Hände hatte er in den Taschen seiner Jeans vergraben.

»Himmel, erschreck mich doch nicht so«, sagte sie leise. »Ich dachte, du schläfst längst.«

»Konnte ich nicht«, murmelte er. Dann trat er auf sie zu und strich ihr über das Haar, während sie sich Wasser einschenkte.

»Weshalb?«, fragte sie. Einen Moment lang hing die Stille der Nacht schwer zwischen ihnen.

Dann zog er sein Handy heraus und hielt ihr die Nachricht entgegen, die sie ihm geschickt hatte, ehe sie das Haus verließ. Bin ausgegangen.

»Was denn?«, fragte sie unschuldig.

»Und dann das.« Er scrollte zu der nächsten Nachricht, sodass die Tänzerin ihr fröhlich entgegenwinkte.

»Hm.« Sie zuckte mit den Schultern.

»Ich habe mir wirklich Sorgen gemacht«, sagte er und schob das Handy wieder in seine Hosentasche.

»Ich war tanzen. Mit Freunden. Wie dir meine Nachrichten sicher verraten haben.«

»Und wie bist du nach Hause gekommen?«, fragte er.

»Meine Freunde haben mich hergebracht.«

»Gut«, sagte er sanft.

»Möchtest du gar nicht wissen, mit wem ich weg war?« Sie nahm einen Schluck Wasser und musterte ihn. Das Mondlicht und der Schein der Leselampe zeichneten weiche Schatten in sein Gesicht und auf seine Brust.

»Nein«, erwiderte er, ebenso selbstsicher und besonnen, wie sie es von ihm kannte.

»Warum eigentlich nicht?«, fragte sie und reckte trotzig das Kinn.

Er trat einen Schritt auf sie zu und strich mit dem Daumen über ihre Wange. »Das spielt keine Rolle. Ich möchte nur wissen, dass du sicher heimkommst.«

Für einen Moment hielt sie den Atem an, während er die Finger durch ihr Haar gleiten ließ. Dann küsste er sie, bestimmt und kurz, drehte sich um und ließ sie stehen, während er Richtung Schlafzimmer ging.

Der Frust, der sie in den letzten Wochen begleitet hatte, ballte sich in ihrer Brust zusammen. Sie bekam also nur knappe, nichtssagende Antworten von ihm. Der Wikinger machte es sich mächtig leicht. Aber das reichte ihr endgültig. Wenn er eine Beziehung wollte, dann sollte er sich verdammt noch mal so verhalten.

»Komm zurück.« Ihre Stimme kam ihr fremd vor.

Im Dämmerlicht sah sie, wie er innehielt und sich verwundert umdrehte. »Wie bitte?«

»Du kannst mich nicht immer stehen lassen, Per.«

Zögernd trat er zurück in die Küche, und seine Miene verriet ihr, dass er ahnte, in welche Richtung dieses Gespräch steuern würde. »Ich lasse dich nicht stehen.«

»Doch, das tust du«, raunte sie. »Immer wieder. Wenn ich dich auf Elín anspreche, weichst du aus oder unterbrichst mich mit Küssen.« Sie hörte ihn amüsiert schnauben. »Und wenn ich mit dir über diese Dinge reden will, die sie angedeutet hat, dann blockst du alles ab.«

»Ich weiche nicht aus, Lia. Diese Vorstellung – Elín und ich – ist einfach so lächerlich, dass ich nicht weiß, wie ich anders darauf reagieren soll. Egal, was sie dir erzählt.« Er verschränkte die Arme vor der Brust.

»Und was ist mit diesen Andeutungen bezüglich deiner

Vergangenheit?« Sie musterte ihn, hoffte, eine Regung in seiner Miene zu erkennen.

Doch sein Blick verschloss sich. Wie schon bei den Malen zuvor, wenn das Thema zur Sprache kam. »Da gibt es nichts zu erzählen.«

Sie stellte das Glas auf die Theke. »Du tust es schon wieder.«

»Was?«, fragte er ruhig.

»Du leugnest es einfach. Aber ich weiß, dass da etwas ist, Per. Ich sehe es in deinen Augen.«

Er stand einfach nur da und schwieg.

Sie trat auf ihn zu und legte die Hände auf seine verschränkten Arme. »Du weißt, dass du mir alles sagen kannst.«

Doch sein Blick blieb unnachgiebig und er starr.

Sie atmete aus, enttäuscht. »Wenn du das mit uns willst, dann … dann muss ich wissen, was es ist.«

»Hör auf damit, Lia.« Seine Stimme klang noch immer ruhig, doch ein leichter Zweifel hatte sich hineingeschlichen. Einem Fremden wäre es nie aufgefallen, doch sie erkannte es sofort.

»Womit?«

»Hör auf, mir zu drohen.«

»Ich drohe dir nicht.«

»Doch, das tust du.« Er ließ die Arme sinken und legte sie um ihren Rücken. »Hör auf, so zu reden, als würde ich das hier nicht wollen.« Er zog sie sanft an sich und küsste sie. »Denn das will ich mehr als alles andere«, flüsterte er gegen ihre Lippen. Sein Atem ging schwer, und sie spürte, wie sich seine Brust an ihrer hob und senkte, wie er in ihr Haar griff und seine Lippen wieder auf ihre presste. Für einen Moment verlor sie sich in seinem Kuss, ließ die Sehnsucht nach ihm ihren Verstand verdrängen.

Als er die Hände unter den leichten Stoff ihrer Bluse schob, wich sie zurück. »Warte.« Sie löste sich etwas von ihm und sah ihn an. »Du hast mir nicht geantwortet.« Sie stellte sich auf die Zehenspitzen, lehnte ihre Stirn an seine und fuhr über die Kontur seines Kiefers.

»Ich kann dir diese Antwort nicht geben.« Seine Augen blickten so aufrichtig und tief, dass sie wusste, dass er die Wahrheit sagte. Auch wenn es nicht das war, was sie hören wollte.

»Wieso nicht?«, flüsterte sie zurück.

»Ich kann nicht. Aber ich schwöre dir, dass ich es ehrlich meine, Lia. Ich schwöre dir, dass es nur dich gibt. Und dass ich dich aufrichtig liebe.«

Ehe sie weiterfragen konnte, küsste er sie wieder. Doch sie ließ es geschehen, schloss die Hände um seinen Nacken und schmiegte sich an ihn. Ihr Herz sagte ihr, dass seine Worte aufrichtig waren. Und wenn es etwas gab, das er ihr nicht sagen konnte, würde sie es akzeptieren müssen, bis er bereit war, seine Meinung zu ändern. Denn ohne ihn wollte sie nicht sein.

Ein sanfter Atemzug weckte sie, ein leises Kitzeln an ihrem Hals. Sie öffnete die Lider, um sie herum lag die Dunkelheit der Herbstnacht, nur der Mond schien in einer breiten Sichel durch das Fenster hinein und zeichnete einen silbrigen Schimmer über ihre Körper. Per hielt sie vor seiner Brust im Arm, in der Decke geborgen, aber sein Atem ging unruhig, und er zog sie näher an sich.

»Du bist zu gut für mich, Lia. Ich habe dich nicht verdient.« Die Worte klangen so traurig, dass sie ihr mitten ins Herz schnitten.

Sie blieb reglos. Spürte, wie er ihren Hals küsste und dann zur Ruhe fand. Während sein Atem in den Schlaf driftete, starrte sie in die Dunkelheit. Er hatte nicht gewusst, dass sie aufgewacht war. Doch nun hatte sie die Traurigkeit gehört, die sie schon in seinem Blick gelesen hatte. Und sie würde sie nicht so schnell vergessen können.

Kapitel 19

Draußen rüttelt der barsche Wind an den alten Brettern der Hütte. Die Böen tanzen über die Berggipfel um uns herum. Doch das Torfdach und die dicken Wände aus Lavastein geben uns eine sichere Zuflucht. Nur das Mondlicht findet seinen Weg durch das kleine Fenster herein. Der Schein einer einzigen Kerze könnte uns verraten.

Die Kälte der langen Nächte kann mir nichts anhaben, wenn ich bei ihm liege. Er hält mich in seinem Arm, und ich spüre seinen Herzschlag an meinem. Nie habe ich mir eine Verbundenheit wie diese ausmalen können. Nie habe ich gedacht, zwei Menschen könnten so zueinanderfinden. Jede seiner Berührungen sagt mir, was mein Herz schon vor Langem wusste. Er ist mein Schicksal. Und ich bin seines.

Kapitel 20

Hringvegur, nördlich von Reykjavík
01. November 2024

Die Fahrt auf dem Hringvegur schien sich schier endlos hinzuziehen. Lia hatte das Autoradio des Mietwagens laut aufgedreht. Die letzten Schimmer der untergegangenen Sonne zogen violette Streifen über den Horizont. Es war erst fünf Uhr nachmittags, doch die lange Dunkelheit der Wintermonate verdrängte schon früh das Tageslicht. Sie war gleich nach ihrer Schicht im Museum losgefahren, um möglichst früh in Hellissandur anzukommen. Annas Freundinnen-Spezial-Tour wartete mit einem gut gefüllten Tagesprogramm auf. Und an diesem Abend stand bereits das erste Highlight ihres Wochenendes an: eine Nachtwanderung mit der Chance, Polarlichter zu sehen. Der Wetterbericht für den Abend sagte einen klaren Himmel vorher, das mussten sie nutzen. Und Polarlichter hin oder her, Lia konnte es kaum erwarten, ihre beste Freundin in die Arme zu schließen und sie auf Arons Farm zu besuchen.

Per musste auf der *Hreindýr Lodge* helfen und war direkt von seiner Vulkan-Exkursion im Süden Reykjavíks aufgebrochen, um schon am nächsten Morgen eine Safari zu leiten. Da er den Land Rover brauchte, hatte sie sich einen Mietwagen nehmen müssen. Zu ihrer Empörung hatte die Vermietung nur noch SUVs zur Auswahl gehabt – selbst im

November fluteten immer wieder Reisegruppen die Insel, die Islands Winterzauber erleben wollten. Und die hatten es offenbar auf Land Rover für ihre Touren abgesehen. Nun fuhr sie also in einem Toyota-Van durchs Land, zugegeben, sehr komfortabel, so komfortabel, dass das weiche Fahrgefühl sie gefährlich nah an einen kurzen Dämmerschlaf brachte. Die ruckeligen Gänge und die Patina ihres angerosteten Defenders fehlten ihr. Die brachten sie auch in der Nacht noch sicher und hellwach über die Ringstraße.

Eine leichte Schneeschicht lag über den Vulkanfeldern und den Bergen, die sich entlang des asphaltierten Hringvegur erstreckten. Der wahre Wintereinbruch stand noch bevor, doch es versprühte einen Vorgeschmack auf die weißen Weiten, die sie bald erwarteten. Im Kofferraum hatte sie ihre Snowboots, Spikes, ihren dicken Daunenparka und ein paar Decken verstaut. Schon jetzt im November wusste man nie, wann einen der Schnee oder die Starkstürme überraschten. Per hatte darauf geachtet, dass sie alles Notwendige dabeihatte, sollte sie in der Kälte liegen bleiben. Als Outdoor-Profi fiel ihm sofort auf, woran sie niemals gedacht hätte.

Die Silhouette des Mondes blitzte schwach hinter dem Abenddunst am hellblau-violetten Himmel hervor, und Lias Gedanken wanderten zu der vergangenen Mittwochnacht. Im Radio lief Alicia Keys' »Try Sleeping with a Broken Heart«, und sie seufzte leise. Seit dieser Nacht fühlte sie sich Per wieder näher. Doch die Schwere in ihrem Herzen war geblieben. Sie konnte seine heimlich geflüsterten Worte einfach nicht vergessen.

Die Fjorde von Vesturland zogen an ihr vorbei, und sie erreichte die Halbinsel Snæfellsnes. »Kleines Island« wurde sie auch genannt, hatte Anna ihr erzählt, da sich die Vielseitigkeit der isländischen Natur dort auf so kleinem Raum widerspiegelte. Die rauen und sanften Strände, die grünen Ebenen, reißenden Wasserfälle, tiefen Schluchten, heißen Quellen, aktiven Vulkane.

Der Snæfellsnesvegur führte sie an die Nordfjorde der Halbinsel. Sie folgte der Küste, an der sich kleine Fischerorte in der Ebene aneinanderreihten, vor den scharfkantigen Felsen des Landesinneren. Als sie das Ortsschild von Hellissandur erreichte, war es beinahe stockdunkel, und die Lichter der Häuser funkelten ihr wie Sterne in der Bucht entgegen.

Dennoch erkannte sie das gemütliche Café Gilbakki Kaffihus, in dem sie mit Anna bei ihrem ersten Besuch auf der Insel gesessen und nach dem Verbleib von Annas Großonkel geforscht hatte. Ein Stück weiter die Straße entlang kam sie an dem Wollladen mit der rotgetigerten Stubenkatze vorbei, und auch der urtümliche Pub, von dem Anna ihr erzählt hatte, lag auf ihrem Weg. Es fühlte sich unwirklich an, dass ihre gemeinsame Reise schon über ein Jahr her war.

Um zu Arons Farm zu gelangen, musste sie am anderen Ende des Orts hinausfahren und der verlassenen Schotterstraße ein Stück an der Küste entlang folgen. Nach wenigen Minuten erreichte sie den abgeschiedenen Hof, der sich in eine Senke zwischen zwei sanft geschwungenen Hügeln schmiegte. In dem eingeschossigen Farmhaus brannte Licht, und sie freute sich unheimlich darauf, gleich mit Anna in der Bauernküche zu sitzen und zu essen. Solange Aron nicht seine Fischsuppe servieren würde.

Grinsend parkte sie vor dem Wohnhaus und schnappte sich ihre Tasche vom Rücksitz. Aus dem Stallgebäude erklang das gedämpfte Blöken der Schafe, und aus dem zweiten Stall hörte sie das Schnauben und Scharren der Pferde.

Arons Farm war kleiner als der Hof von Pers Familie, doch sie hatte etwas Gemütliches und sorgte dennoch für ausreichend Arbeit, wie sie von Annas Berichten wusste.

Ehe sie klopfen konnte, wurde die Tür aufgerissen, und Sherlock schoss ihr wie ein überfallartiges Empfangskommando entgegen, während Anna über beide Wangen strahlend folgte. »Bereit für das Freundinnenwochenende?«, rief sie und schloss Lia fest in die Arme, während der Golden Retriever versuchte, sich zwischen sie zu drängen.

»So was von bereit«, murmelte sie lächelnd in Annas blonde Locken.

»Dann komm.« Ihre Freundin hakte sich bei ihr unter und zog sie ins Haus. »Ehe wir aufbrechen, gibt es natürlich eine Stärkung.«

Als sie den Wohnbereich betraten, staunte Lia nicht schlecht. Die urtümliche Bauernküche hatte einen neuen Anstrich erhalten, in Annas Lieblingsfarbe, einem pastellfarbenen Türkiston, und sie konnte den Eindruck nicht abschütteln, dass sie überall die Handschrift ihrer besten Freundin entdeckte. Bei ihrem letzten Besuch zum Réttir vor einem Jahr hatte hier noch Arons Großmutter Hekla die Vorherrschaft über die Küchendekoration genossen.

»Ihr habt renoviert?«, fragte Lia. »Sieht ganz nach dir aus«, fügte sie hinzu und strich anerkennend über die Espressomaschine.

»Ja, ich muss dir einiges erzählen. Hier haben sich ein paar Dinge geändert.«

»So?« Lia betrachtete sie überrascht.

»Aber erst mal essen wir. Das Ratatouille ist gerade fertig.«

»Oh, unser Lieblingsgericht«, erwiderte sie gerührt. »Und Gott sei Dank keine Fischsuppe.« Sie kräuselte die Nase und grinste dann. »Ich hatte schon Angst, die isländische Küche könnte dir in Mark und Bein übergegangen sein.«

Anna lachte. »Es sollte ja kein Folterwochenende werden.« Dann schwenkte sie eine Flasche von ihrem Lieblingsmerlot.

Lia nickte eifrig. »Wo hast du denn den hier gefunden?«

»Keine leichte Mission, aber der Spirituosenhändler in Ólafsvík hat wohl einen ähnlichen Geschmack wie wir.« Sie schenkte ein Glas ein und reichte es Lia.

»Trinkst du keines?«, fragte sie überrascht, als Anna sich Tee eingoss.

»Eine von uns muss ja einen klaren Kopf bewahren, nicht, dass wir uns noch in den dunklen Weiten von Snæfellsnes verirren«, erwiderte ihr Freundin scherzhaft, ehe sie den nach mediterranen Kräutern duftenden Auflauf servierte und zu Lia auf die Eckbank rutschte. Sherlock schob seine Schnauze auf ihr Bein und blinzelte hoffnungsvoll Richtung Keramikform.

Der Tisch war nur für zwei gedeckt, und Lia spähte durch das Küchenfenster zu den Ställen, die jedoch im Dunkeln lagen. »Essen Aron und Hekla gar nicht mit uns?«

Anna schüttelte den Kopf. »Das ist eines der Dinge, die ich dir erzählen wollte. Hekla wohnt jetzt in einem Cottage an der Küste, nur fünf Minuten entfernt. Und Aron ist heute Abend bei seinem Freund Jón. Die basteln an irgendeinem alten Auto herum. Morgen früh ist er wieder da.«

»Das heißt, ihr führt die Farm jetzt ganz allein?« Das klang nach viel Verantwortung, aber sicher war es auch schön für Aron und Anna, nun ihr eigenes kleines Reich zu haben.

»Wenn Not am Mann ist, hilft Hekla uns gern mit leichten Tätigkeiten aus, aber wir wollen, dass sie nicht mehr so eingebunden ist und in Ruhe ihren Lebensabend genießen kann. Solange sie hier gewohnt hat, konnte sie es nicht lassen, zumindest im Haushalt zu helfen und für alle zu kochen. Und nun ist sie dennoch nah bei uns, aber eben etwas fern des alltäglichen Wahnsinns.« Anna lächelte und hob ihre Tasse. »Es ist so schön, dass du hier bist, Lia. Auf Neuanfänge und aufregende Zeiten.«

Grinsend ließ Lia ihr Glas gegen Annas Keramikbecher klingen. »Auf Neuanfänge und aufregende Zeiten. Immer.«

Nach dem Essen schlüpften sie in ihre dicksten Pullover und wappneten sich mit einer Thermosflasche Glühtee. Sie fuhren bis zur Bucht von Skarðsvík hinaus, stellten den Wagen auf dem verlassenen Parkplatz ab und schlugen den Weg zum Meer ein. Die Nachtluft hüllte sie in ihre eisigen Fänge, und Lia zog den Reißverschluss ihres Parkas bis unters Kinn. Das Licht ihrer Taschenlampen flackerte über den steinigen Küstenpfad, und Sherlock trottete ihnen eifrig voran.

Als sie den Strand erreichten, ließ Lia staunend den Blick über die Bucht wandern. Die pudrige Schneedecke, die den hellen Sand bedeckte, glitzerte im Mondlicht, dazwischen streckten sich die schwarzen Lavafelsen empor, und über dem Meer lag ein silbriger Schimmer. Hier waren Anna und Aron sich zum ersten Mal begegnet. Es war ein wahrhaftig magischer Ort.

»Schön, oder?«, fragte ihre Freundin und hakte sich bei ihr unter. »Ein ganz anderes Farbenspiel als im Sommer, aber mindestens genauso beeindruckend.«

»Wunderschön«, flüsterte Lia. Die isländische Natur schaffte es immer wieder, sie sprachlos zu machen, erschuf so imposante Szenerien, dass man sie am liebsten auf einer

Leinwand festhalten wollte. *Selbst wenn man gar nicht malen kann*, fügte sie gedanklich hinzu und musste grinsen.

Seite an Seite wanderten sie über den Strand. Am Ende der Bucht folgten sie dem Küstenweg, der sie Richtung Leuchtturm führte. Während Anna und sie sich in Anekdoten ihrer Islandreise vor einem Jahr verloren, schritten sie unter dem Sternenzelt dahin. Der Abenddunst hatte sich verzogen, und das Firmament leuchtete diamantklar über ihnen. Nach einer Dreiviertelstunde erreichten sie den Leuchtturm von Öndverðarnes, dessen Licht sie schon aus der Ferne begrüßt hatte. Doch die weiß getünchten Gebäude lagen im Schatten der Nacht, und es brannte keine Lampe in dem kleinen Wohnhaus.

»Ist Mágnus denn gar nicht zu Hause?«, fragte Lia verwundert. Soweit sie wusste, verbrachte Annas Großonkel eigentlich jeden Abend in der Ruhe und Abgeschiedenheit seines Leuchtturms.

»Halt dich fest«, erwiderte ihre Freundin und breitete dramatisch die Arme aus. »Er hat jemanden kennengelernt!«

»Tatsächlich!« Lia kicherte aufgeregt. »Wer hätte das kommen sehen?«

»Allerdings! Die Dame ist vor Kurzem nach Hellissandur gezogen, um hier ihren Ruhestand zu verbringen. Sie hat es auf mysteriöse Weise geschafft, hinter seine raue Fassade zu blicken und sein Herz zu erobern. Heute Abend besucht er sie in ihrem Küstenhaus im Ort.«

»Wie wundervoll. Das freut mich sehr für die beiden.«

Anna nickte und hielt vor der Eingangstür an, neben der Sherlock sich erwartungsvoll hingesetzt hatte. »Wir können aber trotzdem auf den Leuchtturm«, sagte sie und zog den Schlüssel aus ihrer Manteltasche. »Onkel Mágnus hat es abgesegnet – und ich habe den Schlüssel ja eh immer dabei.«

Der schmale Flur und die kleinen Räume mit der niedrigen Decke sahen noch genauso aus, wie Lia sie in Erinnerung hatte. Auf ihrem Weg hinauf zur Leuchtturmkuppel kamen sie an dem Zimmer vorbei, in dem Anna und sie damals übernachtet hatten, als sie Mágnus endlich gefunden hatten. Alles war etwas in die Jahre gekommen, aber urgemütlich.

Sie schnappten sich zwei Decken und die alten Campingstühle, die Mágnus vor dem Treppenaufgang aufbewahrte, und stiegen hinauf. Auf der Umführung traten sie hinaus und bewunderten den Ausblick über die Küste und das Meer. Über ihren Köpfen erhob sich das Leuchtfeuer und sandte sein warmes Licht in die Nacht.

»Schade, dass Freyja nicht hier sein kann«, sagte Anna, als sie in die Wolldecken eingewickelt auf ihren Stühlen saßen und jede einen Becher Glühtee in den Händen hielt. Sherlock hatte sich zu ihren Füßen auf den Deckenenden platziert und den Kopf auf seine Pfoten gelegt.

Lia nickte. »Aber die Bilder, die sie von ihrer Tour durch den Norden geschickt hat, sehen fantastisch aus. Und die Reisegruppe scheint auch nett zu sein.«

Eine Weile schwiegen sie und genossen still den Ausblick, dann wandte Anna sich ihr zu und musterte sie besorgt. »Wie läuft es mit Per?«

Lia pustete über den Tee und beobachtete nachdenklich, wie der Dampf von ihrer Tasse aufstieg. »Wir haben uns am Mittwoch ausgesprochen. Er hat sich mir wirklich geöffnet. Aber ...« Sie hielt inne und zog die Stirn kraus. »Da ist etwas, Anna. Irgendetwas treibt ihn um.«

»Hat es was mit dieser Elín zu tun?«

Sie schüttelte sacht den Kopf. »Nein, ich denke nicht. Ich bin mir sicher, dass er das nicht so vor mir verbergen könnte.« Die Worte, die er in der Nacht geflüstert hatte, behielt sie für sich. Anna war ihre beste Freundin, und sie teilten alles miteinander – aber Pers Worte waren nicht einmal für ihre Ohren bestimmt gewesen, sie vor jemand anderem auszusprechen, würde sich anfühlen, als würde sie ihn hintergehen. Und das wollte sie auf keinen Fall.

Anna nickte und trank von ihrem Glühtee. »Könnte es mit der Farm zusammenhängen? Wie war denn das Wochenende bei seiner Familie?«

»Traumhaft ... bis Elín aufgetaucht ist«, sagte sie bitter und tätschelte Sherlocks weiches Fell. »Seine Familie hat mich so herzlich aufgenommen. Und das Leben auf der Farm ist wirklich aufregend – du kannst dir nicht vorstellen, wie süß die Rentiere sind. Das ist schon etwas sehr Besonderes. Auch wenn es eine ganz andere Welt ist ... so weit draußen auf dem Land.«

Anna grinste sie an. »Wem sagst du das? Haben sie dir schon Schafskopf serviert?«

Entsetzt riss Lia die Augen auf. »Um Gottes willen, so weit wird es hoffentlich nie kommen.«

»Da wäre ich mir nicht so sicher. Das ist ein beliebtes Traditionsgericht.«

Sie schüttelte sich und nahm schnell einen Schluck Tee. »Wie gefällt dir das Leben auf dem Land?«

Anna lehnte sich zurück und ließ den Blick über die See schweifen. »Die Ruhe ist herrlich – du kennst mich ja, ich habe die Abgeschiedenheit immer schon geliebt. Die Farm ist natürlich harte Arbeit. Vor allem, seit wir die Herden vergrößert haben. Jetzt läuft es nur, wenn wir beide mitanpacken. Morgens helfe ich Aron im Stall beim Füttern. Wenn er dann zu den Reittouren aufbricht oder sonstige Arbeiten erledigt, habe ich Zeit, meinen Roman zu schreiben.«

Lia nickte und betrachtete ihre beste Freundin. »Und bist du glücklich? Ich meine, so richtig?«

Annas Augen leuchteten auf. »Ich könnte nicht glücklicher sein. Und dass mich dieses Leben hier so erfüllen würde, hätte ich damals in Hamburg niemals geahnt.«

Lächelnd streckte Lia die Hand aus und drückte ihre Finger. »Das ist alles, was ich mir immer für dich gewünscht habe.«

In dem Moment richtete Anna sich in ihrem Campingstuhl auf und deutete zum Horizont. »Lia, sieh nur!«

Über dem Meer zogen sich grüne und violette Schimmer, schienen umeinander zu tanzen und die Sterne noch heller zum Leuchten zu bringen. Die Polarlichter, auf die sie gehofft hatten!

»Komm!« Anna schälte sich aus der Decke und zog Lia mit sich. Sobald sie die Treppe hinuntergestiegen waren und die Haustür zugezogen hatten, verfielen sie in einen Laufschritt. Sherlock tobte neben ihnen durch den Schnee über die Wiese, die sich vom Leuchtturm bis zu den Klippen erstreckte. Am Rand der Steilküste blieben sie stehen und betrachteten das atemberaubende Farbenspiel.

Nach einer Weile atmete Anna neben ihr tief durch. »Ich wollte dir noch etwas sagen. Und ich hätte mir keinen schöneren Moment dafür wünschen können.« Sie nahm Lias Hand und legte sie sanft auf ihren Bauch. »Aron und ich werden Eltern.«

Es dauerte einen Moment, bis Lia ihre Sprache wiederfand. »Das ist … die schönste Nachricht der Welt.« Sie schloss Anna in die Arme und fühlte, wie ihr Tränen in die Augen stiegen. Sie lachte und wischte sie hastig fort. »Wer hätte gedacht, dass ich mal so sentimental werde?«

Anna strahlte sie an und strich ihr die Haarsträhnen zurecht. »Und du wirst die beste Patentante der Welt.«

»Es wäre mir eine Ehre.« Gerührt umarmte Lia sie gleich noch einmal. »Seit wann weißt du es?«

Anna gluckste. »Ich bin schon im fünften Monat. Es wird ein Frühlingsbaby.« Sie streichelte sich lächelnd über den Bauch. »Die dicken Wollpullover sind eine hervorragende Tarnung.«

Lia grinste gespielt vorwurfsvoll. »Ich kann nicht glauben, dass du es so lang geheim gehalten hast!« Sie stutzte. »Jetzt wird mir auch klar, weshalb du mich quasi genötigt hast, dich noch vor dem Winter zu besuchen.«

Anna grinste schuldbewusst zurück. »Ich wollte es dir unbedingt persönlich sagen. Hab ja nicht ahnen können, dass du es wieder übertreibst und direkt herziehst.«

Eine Weile lang lächelten sie einander schweigend an, während über ihnen die Polarlichter tanzten und Sherlock sich ausgelassen im Schnee wälzte. Dann zog sie Anna noch einmal an sich. Es war einer der Momente, den sie ihr Leben lang nicht vergessen würde.

Kapitel 21

Alvas Tagebuch
25. September 1771

Die Zeit der Polarlichter beginnt. Wenn die Norðurljós den Himmel färben, scheint es mir wie ein Hoffnungsschimmer, der die langen Nächte und klammernden Fröste des Winters erhellt. Nichts übertrifft ihre Schönheit.

Wie gern sähe ich sie tanzen, an seiner Seite. Ob er sie auch kennt, um ihre Wunder weiß? Ich wünschte, ich könnte sie ihm zeigen.

Ist das eine Sünde? Sich nach etwas zu sehnen, das einem nicht gehört und nie gehören kann? Etwas in seinem Herzen zu beanspruchen, das einem im irdischen Leben versagt bleibt?

Kapitel 22

Südisland
Ende September 1771

Am Tag des Réttir erwachte Alva mit klopfendem Herzen. Der Himmel breitete sich strahlend klar vor ihrem Fenster aus und versprach einen prächtigen Tag. Doch sie fürchtete die Offenbarungen, die er mit sich bringen würde. Sie fürchtete, zu verlieren, was ihr nicht einmal gehörte. Eine seltsame Angst, so erschien ihr. Doch sie fand keine besseren Worte dafür. So hatte sie es ihrem Journal in der vergangenen Nacht anvertraut.

Die Erinnerungen an den rauschenden Nebel des Wasserfalls und das Funkeln in Máhttus Augen begleiteten sie bei Tag und bei Nacht. Sie hatte ihn seit ihrer Begegnung nicht wieder allein angetroffen. Doch seine Nähe war ihr allgegenwärtig bewusst. Wenn sie im Garten beschäftigt war und heimlich beobachtete, wie er sich um Beaivváš kümmerte. Wenn sie an ihrer Mitgift stickte und ihn durch das Fenster im Hof arbeiten sah. Wenn sie am Abend in der Baðstofa bei den anderen saßen und Martas Geschichten lauschten. Gelegentlich trafen sich dann ihre Blicke, im Schutz der überschwänglichen Gesellschaft der anderen, in der sie niemandem auffielen. Und sie meinte, die Verbundenheit, die sie für ihn empfand, auch in seinen Augen zu lesen. In dem tiefen Blau, das etwas in ihrer

Seele anrührte, das sich bis dahin vor jedem verschlossen hatte.

Schon in der Morgendämmerung war Máhttu in Begleitung der Burschen ihrer Farm den Hirten zur Unterstützung geeilt, die mit den Herden aus dem Hochland das Tal erreichten. Er würde beim Sortieren der Schafe helfen und ihre Tiere zum Hof geleiten.

Doch wenn sich am Mittag all die Schaulustigen und Bauersleut um die Gatter versammelten, bestand die Möglichkeit, dass er sie an Ólafurs Seite entdeckte. Er würde wissen, dass sie eine versprochene Frau war. Und obwohl sie kaum zu erkunden wagte, weshalb sie ihm das so dringend verbergen wollte, legte sich eine quälende Unruhe über sie, wenn sie dem Tag entgegensah.

Während Íris ihr langes blondes Haar flocht, drehte Alva unablässig das Armband aus Fjellas Mähnenhaar um ihr Handgelenk. Allein der Gedanke, Jóra beim Réttir endlich wiederzusehen, schenkte ihr eine vage Zuversicht.

»Alva.« Ólafur empfing sie im Hof vor dem Haus. Er trug eine schmuckvolle Treyja und überreichte ihr ein kostbares Geschmeide, das er nach ihrer Verlobung in Eyrarbakki erworben hatte, wie er ihr erzählte. Ein Kreuz, aus Gold geschmiedet, darin waren drei rote Edelsteine eingefasst.

Sie spürte seine erdrückende Last, als Ólafur es ihr umlegte. Wie eine Fessel spannte sich die Kette um ihren Nacken, und das Kreuz ruhte schwer auf ihrem Halstuch.

Pflichtbewusst bekundete sie ihren Dank für sein großzügiges Geschenk, wenngleich sie sich schon jetzt danach sehnte, es abzulegen und in ihr Schmuckkästchen zu verbannen.

Als sie den Hof verließen, bemühte Ólafur sich um Konversation. Ihre Eltern ritten ihnen voran, hinter ihnen folgten ihre Geschwister und Íris. Alva hielt ihre Antworten höflich, doch wie bei den vergangenen Treffen erschien ihr seine Gesellschaft ermüdend. Seiner Eifrigkeit konnte sie nur mit Reserviertheit begegnen, sosehr sie sich auch um Anstand bemühte.

Kaum erreichten sie die Ebene, schnaubte Fjella unruhig und hob den Kopf, um zu den kreisförmigen Gattern der Réttirs zu blicken. Die Hektik der Herden, die bereits den Hang hinunter in die Gatter getrieben wurden, das laute Rufen der Hirten, der Trubel, der rund um den Platz herrschte, ließen sie nervös tänzeln. Alva strich ihr beruhigend über den Hals, obgleich sie dem Fluchtinstinkt ihrer Stute am liebsten gefolgt wäre.

Die Gemeinde hatte sich an den Gattern versammelt. Buntes Treiben herrschte um den Platz herum. Händler aus den Küstengegenden boten ihre Waren an, Fisch und Stoffe, die sie von dänischen Schiffen in den Häfen erwarben.

Alva schritt an Ólafurs Seite entlang der Stände. Die neugierigen Blicke der Leute folgten ihnen, und er blieb immer wieder stehen, um Stoffe zu begutachten und sich mit den Handelsmännern auszutauschen. Weder Máhttu noch Jóra hatte sie bisher entdeckt, obwohl sie sich so diskret wie möglich unablässig nach ihnen umsah.

Schließlich gesellten sie sich zu dem Gatterhalbrund, um mit ihren Freunden und Bekannten der Nachbarhöfe den Abtrieb der Schafe zu zelebrieren. Die Männer hatten es geschafft, die Tiere sicher durch die schweren Wetter aus dem Hochland hinabzugeleiten. Gerade sortierte man die letzten Schafe auseinander. Man erkannte sie an den Ohrmarkierungen. Jede Farm hatte ihren eigenen Pferch. Die Tiere, die sich den Herden über den Sommer aus fremden Distrikten angeschlossen hatten und keine Markierungen trugen, wurden ebenfalls den Farmen der hiesigen Gemeinde zugewiesen. Dem ursprünglichen Besitzer verblieb jedoch eine Frist, um sein Vieh zu beanspruchen. Nach den großen Verlusten, die die umgehenden Krankheiten sie gekostet hatten, priesen die Leute jedes Tier, das ihnen geblieben war und ihren Hunger eine Weile abwenden würde.

Alva ließ ihren Blick über die Herden in den Pferchen schweifen. Und da entdeckte sie ihn. Mit selbstsicheren Schritten bewegte er sich geschickt zwischen den auseinanderstrebenden Schafen. Die Ärmel seines Leinenhemds hatte er hochgeschoben, sodass seine muskulösen Arme das Spiel seiner Kraft offenbarten. Sein blondes Haar leuchtete ihr entgegen. Und sie verfolgte bewundernd, wie er ein flüchtiges Schaf ergriff und es in den Pferch ihrer farmeigenen Herde brachte.

»Máhttu!« Die kräftige Stimme ihres Vaters durchschnitt den Jubel und das Geplauder der Umstehenden. Zu ihrem Schrecken sah Alva, wie ihr Vater ihn heranwinkte.

Geschickt stieg er über das Gatter und trat zu ihnen.

Ihr Vater klopfte ihm zur Begrüßung auf den Rücken. »Hör zu, Ólafur«, fuhr er dann auf Dänisch fort, »ich möchte dir unseren Rentierhirten vorstellen. Máhttu hat die Herde von seiner Heimat Finnmark hierhergebracht. Er spricht makelloses Dänisch, und er lebt diesen Winter auf unserem Hof, um uns die Versorgung der Tiere zu lehren, die wir nun ins Hochland geführt haben.«

Alva fühlte sich machtlos. Still sah sie mit an, wie die Männer einander die Hände reichten.

»Ein Sámi, wie ich hörte«, erwiderte Ólafur und nickte ernst. »Wie kommt es, dass du des Dänischen mächtig bist?

Soweit ich weiß, bewohnt dein Volk als Nomaden die nördlichen Wälder des europäischen Festlands, mit wenig Interesse an der Literatur und den Schriften der Krone. Da erscheint es mir beachtlich, dass einer von ihnen es so fließend erlernte.«

Die Herabwürdigung in Ólafurs Worten ließ Alva zusammenfahren. Doch Máhttus Miene blieb unbewegt. »Fürwahr, die Kultur unserer Ahnen war stets eine des gesprochenen Wortes, wie sie auch euren Wurzeln nicht fernliegt. Aber die dänische Krone brachte den Segen des christlichen Glaubens auch in unser Land. Wir sind Christen, wie ihr es seid, und in der Bibel bewandert.« Er sprach bedacht und klar. Doch der Schatten, der sich kurz in seinen Blick stahl, ließ Alva vermuten, dass die Missionare der Königreiche Dänemark-Norwegen nicht nur Segen über Finnmark und das Volk der Sámi gebracht hatten. Dass seine Antwort etwas Wesentliches verbarg.

Ólafur nickte. »Nun, ein rechtschaffener Christ ist mir ein guter Mann. Und ich hörte, dass euer Volk beachtliche Waren, feine Pelze und Leder handelt.«

»Du musst wissen«, wandte ihr Vater sich an Máhttu, »Ólafur ist ein angesehener Handelsmann. Ein Wort wie dieses aus seinem Mund gleicht einem exorbitanten Lob.« Frohgesinnt klatschte er in die Hände. »Nun sieht unser Unterfangen doch recht rosig aus. Die Rentiere gedeihen unter Máhttus Pflege hervorragend und kommen zu Kräften.« Er sah sich flüchtig zu den nebenstehenden Leuten um, den Nachbarn aus ihrer Gemeinde, und fuhr mit gestraffter Brust lautstark fort: »Meine Herren, dieses Unterfangen wird unserem Land dienlich sein. Bald werden die Bauern nicht nur Schafe und Rindvieh halten, bald werden wir auch die Rentiere zu unserer Versorgung aus dem Hochland zusammentreiben.«

Gemurmel und wohlwollendes Nicken erhoben sich um sie herum. Dann räusperte sich ihr Vater und richtete das Wort wieder in gemäßigtem Ton an Ólafur: »Nach eurer Hochzeit wäre es mein Wunsch, dich als meinen Schwiegersohn ebenfalls dieser Angelegenheit verschrieben zu sehen. Du hast uns bereits mit deinem Brief an die Landeskommission unterstützt. Und als Mann meiner ältesten Tochter wirst du dieses Erbe sicher mit Wohlbedacht antreten. Die Angelegenheit hat historisches Ausmaß. Wir können großen Fortschritt für unser Land erreichen.«

»Und es wäre mir eine Ehre, mich dessen anzunehmen. Wie es mir eine Ehre ist, eine so liebliche und tugendhafte Frau wie Alva bald meine zu wissen.« Er umfasste ihre Finger, und sie gefror.

Máhttu sah überrascht von Ólafur zu ihr, und er schien erst jetzt zu verstehen, dass sie nicht wahllos an der Seite dieses Mannes stand. Kurz blickten sie einander an, und sie meinte, Enttäuschung in dem undurchsichtigen Blau seiner Augen zu lesen, doch es war nur ein vager Hauch, der sich innerhalb eines Moments in einen verschlossenen Ausdruck wandelte.

Das restliche Gespräch rauschte belanglos an ihr vorbei. Ein Wechsel höflicher Worte, ehe Máhttu sich hastig verabschiedete, um weiter seine Arbeit zu verrichten.

Stumm sah sie ihm nach, bis Ólafur ihre Aufmerksamkeit mit einer Geschichte zu einem seiner jüngsten Handelsabkommen beanspruchte. Sie gab vor, ihm zuzuhören, doch seine Worte prallten an der Taubheit ab, die sich über sie gelegt hatte. In ihrer Tasche tastete sie nach dem warmen Gestein des Lavaherzens, das sie nun immer bei sich trug, und sie umschloss es fest in ihrer Hand.

Je weiter der Tag voranschritt, desto bedrückter war Alva zumute. Ständig gesellten sich Freunde und Bekannte aus der Gemeinde zu ihnen, beglückwünschten sie zu ihrer Verlobung und erkundigten sich nach den geplanten Feierlichkeiten ihrer Vermählung. Und während sie all dem pflichtbewusst standhielt, suchte sie nach Jóra. Doch niemand hatte sie gesehen oder von ihr gehört. Viggó arbeitete im Gatter an der Seite von Máhttu und den anderen Burschen und wich ihren Blicken ebenso zielstrebig aus.

Als sie am Nachmittag zum Hof zurückritten, hatte sie ihre beste Freundin noch immer nicht in die Arme schließen können. Sie fasste den Entschluss, sobald es ihr möglich wäre, zur Farm der Familie zu reiten. Sie musste mit Jóra reden. Allein. Egal, was geschehen war, sie würde alles daransetzen, ihr zu helfen. Und sie würde ihr von dem geheimen Versteck erzählen, das sie angelegt hatte.

Die feierliche Stimmung, die auf den Höfen herrschte, und das opulente Mahl, mit dem man die Heimkehr der Herden feierte, vermochten keinen Frohsinn in ihr zu wecken.

Die Arbeit in den Ställen dauerte bis spät in den Abend, und die Burschen kehrten erst ins Haus zurück, als Alva bereits neben Margrét im Bett ihrer Kammer lag. Über die Silhouette ihrer Schwester sah sie zum Fenster hinaus. Der Mond erhob sich in seiner vollen Pracht über dem Hof. Durch die Kammertür hörte sie die Männer scherzen. Máhttus Stimme klang warm durch die Baðstofa, und Alva verspürte eine schmerzliche Beklommenheit. Nun war sie den Träumen entrückt. Die Realität hatte sie eingeholt.

An diesem Abend ruhte ihre Schreibfeder in der Nachtkommode. Doch Alva selbst fand keine Ruhe. Die Stunden verstrichen, und sie starrte schlaflos in den Himmel, in dem der Mond kaum merklich wanderte.

Es musste weit nach Mitternacht sein, als sie das Knarzen der Dielen in der Baðstofa vernahm. Zunächst dachte sie sich nicht viel dabei. Doch wenig später sah sie Máhttus Silhouette im fahlen Mondschein auf dem Hof.

Was tat er inmitten der Nacht draußen?

Der Wunsch, mit ihm zu sprechen, sich ihm zu erklären, zog an ihrem Herzen. Und ihr wurde gewahr, dass sich kaum eine bessere Gelegenheit dafür bieten würde als diese.

Leise kroch sie unter der Decke hervor und legte sich den Übermantel um die Schultern, der auf der Truhe am Bettende ruhte. Ihre Geschwister schliefen tief und fest. Mit vorsichtigen Schritten schlich sie hinaus, durch die Baðstofa, vorbei am schnarchenden Skjöldur und ihren Leuten.

Sie folgte Máhttus Spuren im Herbsttau. Sein Weg hatte ihn zu den hinteren Stallungen geführt, an dessen wettergeschützter Seite Fjella und Beaivváš standen und ruhten. Alva duckte sich hinter die Ecke der Stallungen. Noch hatte er sie nicht gesehen. Er fütterte das Rentier und ihre Stute mit den Flechten, die er gesammelt hatte, und strich ihnen durchs Fell. Dann ließ er sich auf der Torfmauer nieder und sah schweigend hinaus über die Felder.

Als sie hinter der Torfwand hervortrat, wandte Máhttu überrascht den Kopf und sprang von der Mauer. »Alva … ist alles in Ordnung?«

Zögernd ging sie zu ihm. »Ja, sorge dich nicht.«

Dabei fielen ihr tausend Gründe ein, weshalb sie sich in der Tat sorgen sollte. Sie sollte nicht hier sein. Im Mondlicht, in der Nacht, allein mit einem Mann, der ihr Herz berührte.

Er verharrte still vor der Torfmauer. Wartete, bis sie zu ihm herantrat.

»Ich muss mich für Ólafurs Worte entschuldigen«, begann sie leise.

»Das solltest du nicht. Eine Frau sollte niemals für die Worte ihres Mannes Verantwortung tragen. Nur für ihre eigenen.«

Die Wahrheit, die in seiner Erwiderung lag, sandte ein stechendes Schuldgefühl in ihre Brust. In nur einem Winter wäre Ólafur fürwahr ihr Mann.

»Nun, dennoch hatte er nicht das Recht, so etwas über dein Volk zu sagen«, flüsterte sie.

»Es spricht nur von seiner eigenen Unwissenheit.« Máhttu betrachtete sie ruhig.

»Als wir beim Wasserfall waren«, fuhr sie stockend fort, »hast du von den verborgenen Wesen erzählt. Von euren Geistern und den Opfern, die ihr ihnen darbringt. Ist es euch erlaubt, den Glauben an die Anderswelt, an die Götter eurer Ahnen zu bewahren, neben dem der Kirche und Gottes Wort?«

Er senkte die Stimme. »Noch zu Ende des vergangenen Jahrhunderts hat man die Ausübung unseres Glaubens unter Todesstrafe gestellt. Es hieß, unsere schamanischen Rituale seien heidnisches Teufelswerk, und jeden, der sie ausübte, richtete man als Hexe oder Hexer hin. Inzwischen ist es uns erlaubt, über unsere alten Gebräuche zu sprechen. Man missionierte uns, brachte uns den christlich-lutherischen Glauben nahe, dennoch verbot man, unseren alten Glauben zu leben, verbrannte die Trommeln, die uns durch die Rituale führen.« Er hielt inne, und sein Blick ruhte eindringlich auf ihrem. »Doch es gibt Dinge, die man nicht verbieten kann.«

Sie schwieg, zu berührt, um ein Wort über die Lippen zu bringen.

»Geh jetzt, Alva«, sagte er nach einer Weile und lehnte sich mit verschränkten Armen an die Mauer. »Du solltest nicht hier draußen sein.«

Doch sie rührte sich nicht. Sie wollte ihm so vieles sagen. Jedes Wort wäre eine Sünde, und sie wusste nicht, wie sie es ihm offenbaren sollte.

»Man zwingt mich, ihn zu heiraten«, brach sie plötzlich hervor. Ihre Lippen zitterten, und sie musste allen Mut zusammennehmen, um weiterzusprechen. »Ich liebe Ólafur nicht. Mein Vater hat ihn für mich ausgewählt. Es ist eine vorteilhafte Verbindung.«

Máhttu drehte sich zu ihr. »Das tut mir leid«, entgegnete er leise. »Ich hatte für dich gehofft, dass du ihn liebst.«

»Nein, das tue ich ganz und gar nicht.« Sie trat noch einen Schritt auf ihn zu. Es kam ihr vor, als würde eine unsichtbare Kraft sie leiten, sie direkt zu ihm führen. »Aber ich möchte für mich wählen.« Sie griff in die Tasche ihres Mantels und zog den Lavastein hervor. Der mineralische Schimmer, der ihn im Mondlicht umgab, ließ ihn wirken, als entstammte er einer anderen Welt.

Máhttu sah sie eindringlich an. Dann streckte er die Hand aus, legte seine kräftigen Finger um ihre und umschloss den Stein in ihrer Handfläche. »Wir haben nicht immer eine Wahl.«

Sie war nicht bereit, sich seinen Worten zu fügen. Die ruhige Bestimmtheit, die sie plötzlich in sich verspürte, verbot ihr, sich abzuwenden. Sie trat näher, nur einen halben Schritt, doch so nah, dass sie meinte, seinen Atem auf ihrer Haut zu spüren.

»Die haben wir«, sagte sie leise. »Es gibt Dinge, die man nicht verbieten kann.«

Die Verschlossenheit in seinem Blick wich einer Sanftheit, einem Verlangen, das sie selbst empfand. Wortlos legte er den Arm um sie, zog sie an sich, sodass ihr Herz an seinem ruhte, und küsste sie. Die Sehnsucht, die in seinem Kuss lag, erwärmte sie.

Bis er sich abrupt von ihr löste. »Alva«, flüsterte er. »Ich respektiere dich zu sehr, um … um aus dir eine unehrenhafte Frau zu machen.« Er strich über ihr Haar. »Du bist diesem Mann versprochen.«

»Wenn du mich wahrlich respektierst, respektierst du meinen Willen und nicht den der anderen.«

Er hielt inne, und sein Blick verband sich mit ihrem. Er führte ihre Hand, mit der sie das Lavaherz umfasste, an seine Lippen, küsste sie sacht und legte sie dann an seine Brust. »Das werde ich«, raunte er. »Immer.«

Kapitel 23

Die Welt versank hinter dem Geheimnis, das sie in ihrem Herzen trug. In den Nächten stahl sie sich aus ihrer Kammer, hinaus zu den Stallungen, an deren Torfwand Máhttu auf sie wartete. Sie folgten den Pfaden hinaus ins Hochland, liefen Hand in Hand über die vulkanische Ebene, die mondbeschienenen Wege, die sie fort vom Hof in die Freiheit der Natur führten.

Manchmal beobachteten sie die Rentiere, die in der Ruhe der Nacht über die Weite des Landes zogen, und er sang für sie. Der Joik, der traditionelle Gesang der Sámi, war das Berührendste, was Alva je vernommen hatte. Seine Stimme hallte in einer warmen Vibration über die Ebene, in einer ergreifenden Melodie, die alles um sie herum in bittersüße Melancholie hüllte. Er erklärte ihr, dass er für die Rentiere sang. Für das Schicksal, das sie so glücklich geleitet und nach Island gebracht hatte. Und die Tiere spitzten beim Klang seiner Stimme die Ohren, ehe sie ruhig weitergrasten.

Als er an einem Abend nur für Alva sang, erklang das Lied wie ein sanfter Tanz zwischen Sehnsucht und Erfüllung um sie herum. »Man joikt nicht über jemanden«, flüsterte er, während er sie im Arm hielt. »Man joikt jemanden, Alva, man erschafft all das, was dieser Mensch einem bedeutet, in seinem Lied, in den Farben seiner Stimme.«

Es mussten die schönsten Worte sein, die jemals jemand an sie gerichtet hatte. Und am liebsten hätte sie jedem von ihrer Liebe erzählt, von dem Glück, das sie erfüllte.

Seit der Nacht, in der er sie zum ersten Mal geküsst hatte, ruhte ihre Schreibfeder. Nicht ein Wort hatte sie mehr in ihr Journal geschrieben, denn das Leben, ihr heimliches Leben in den Nächten an Máhttus Seite, berührte sie so sehr, dass sie keinen Moment davon an das Papier verschwenden wollte. Zudem befürchtete sie, jemand könnte von ihren verbotenen Empfindungen erfahren, sollte es in fremde Hände fallen.

Während ihr dieses ungekannte Glück zuteilwurde, wuchs jedoch ihre Sorge um Jóra. Sie bat ihre Mutter mehrmals, auf die Farm reiten und nach ihrer Freundin sehen zu dürfen, doch ihr war es noch immer verboten, das Haus zu verlassen. Alva versuchte, Erkundigungen einzuholen, doch niemand ihrer Leute hatte Jóra mit den Hirten zurückkehren sehen. Auch Skjöldur, der gelegentlich mit Botschaften oder Lebensmitteln zur Farm gesandt wurde, war ihr nicht begegnet. Auf Alvas Bitte hin fragte er sogar auf der Farm nach Jóra, doch man versicherte ihm nur, sie sei wohlbehalten vom Sel zurückgekehrt.

So verstrichen die Tage, und von ihrer besten Freundin fehlte weiterhin jede Spur.

Als sie an der zweiten Messe nach dem Réttir noch immer verschwunden blieb, fasste Alva einen Entschluss. Nun konnte es kein Zufall mehr sein. Sosehr Viggó darauf drängte, sie fernzuhalten – sie würde zur Farm reiten und nach Jóra suchen.

An diesem Morgen fand sie Margrét nach der Andacht in ihrer Kammer, wo sie auf dem Bett lag und in den Gedichtband vertieft war, den sie ihr von Viggó übergeben hatte. Als sie Alva bemerkte, schlug sie hastig das Buch zu und schob es unter ihr Kopfkissen.

Alva schloss die Tür hinter sich und beäugte sie misstrauisch. »Weshalb versteckst du es vor mir? Du weißt doch, dass ich über deinen kleinen Handel unterrichtet bin.«

Margrét setzte sich auf und strich ihre Röcke glatt. »Nun, dennoch schätze ich gelegentlich Privatsphäre beim Lesen.«

Alva stutzte, ihre Schwester sah unverkennbar schuldbewusst aus. Doch in Anbetracht ihres Anliegens entschied sie, die Sache besser auf sich beruhen zu lassen. Sie setzte sich zu ihr auf die Bettkante und nahm ihre Hände in ihre. »Hör zu, Schwester, ich brauche noch einmal deine Hilfe.«

Sofort spannte sich Margrét an und wollte ihr die Finger entziehen. Doch Alva hielt sie fest umklammert. »Warte, bitte hör mich erst an. Jóra ist verschwunden. Irgendetwas stimmt da nicht, Margrét. Seit nun mehr Monaten antwortet sie nicht auf meine Briefe. Niemand hat sie vom Sel zurückkehren sehen. Und Viggó verstrickt sich in mysteriösen Andeutungen, wird gar feindselig, wann immer ich ihn nach ihr frage. Ich muss wissen, wo sie ist und wie es ihr geht. Mutter verbietet mir noch immer, allein hinauszureiten.« Sie sah ihre Schwester bittend an.

Doch die schwieg und starrte nun angespannt und leicht verärgert auf ihre Zehenspitzen.

»Margrét, bitte lass uns zur Farm reiten. Doch ich muss dich darum ersuchen, dass ich allein mit Jóra sprechen darf. Und du niemandem davon verrätst.«

Ihre Schwester verharrte still. »Nein, das geht nicht.«

»Ich wollte es umgehen, doch du zwingst mich dazu, dich noch einmal vor ein Ultimatum zu stellen«, flüsterte sie mit gedämpfter Stimme.

Margrét sah auf und funkelte sie an. »Das wagst du nicht! Du kannst mich nicht ständig erpressen, Alva. Das ist nicht fair.«

Sie drückte ihre Finger. »Ich würde es nicht tun, wenn mir eine andere Wahl bliebe. Also, wenn dir an diesen Büchern liegt, brechen wir gleich auf. Vor dem Mittag sind wir zurück. Willst du denn gar nicht wissen, wie es Jóra geht? Sie könnte in ernsthaften Schwierigkeiten sein!«

In ihrer Schwester arbeitete es, und ein verstimmter Ausdruck überschattete ihre Miene. »Jóra ist nicht verschwunden«, sagte sie plötzlich.

»Was?« Alva gefror in ihrer Bewegung, ließ sich zurück auf das Bett sinken. »Was soll das heißen? Du weißt um ihren Verbleib?«

Margrét schwieg wieder. Nach einem Moment sagte sie: »Sie ist auf der Farm, wie man es dir gesagt hat.«

»Aber was bedeutet das?«, fragte Alva bestürzt. »Hast du sie gesehen? Geht es ihr gut?«

Doch ihre Schwester mied ihren Blick und erhob sich. »Ich bringe dich zur Farm. Aber nur wenn du versprichst, dass es das letzte Mal ist, dass du mich erpresst.«

Alva erwiderte nichts. Der Schock darüber, dass ihre Schwester etwas über Jóra wusste und es ihr verheimlicht hatte, legte sich schwer über sie. Und die Vorstellung, dass es offenbar etwas so Erschütterndes war, dass sie es geheim hielt, verursachte ihr Übelkeit.

Nach einer halben Stunde kam der Torfhof von Jóras Familie hinter den Hügeln am Flussbett in Sicht. Fünf kleine Gebäude, überzogen von Gras, die sich aneinanderschmiegten. Ehe sie den Schutz der Bergkette verließen, hielt Margrét inne. »Ich warte hier, am Rand der Felder. Wenn du in einer Stunde nicht zurück bist, kehre ich um und offenbare Mutter und Vater alles.«

Alva nickte. »Ich werde zurück sein, keine Sorge.«

Dann trieb sie Fjella auf den Pfad, der zum Hof führte. Sie kannte das Gelände gut, so oft hatte sie Jóra schon hier besucht. Als Kinder hatten sie in dem lichten Hain hinter den Stallungen gespielt, sodass es ihr leichtfiel, den Weg zu finden, der sie unentdeckt zu den Häusern brachte. Sie band Fjella an einer der Birken an und schlich dann weiter zu der Rückseite der Torfhäuser. Um sie herum tobte ein forscher Westwind, der alle Geräusche schluckte. Bisher hatte sie niemanden gesehen. Vermutlich waren Viggó und seine Brüder in den Ställen tätig, und die Frauen kochten oder werkelten im Haus.

Auf der Rückseite gab es ein *Skjár*, ein kleines Dachfenster, von dem aus sie in die Baðstofa spähen könnte. Sie kroch leise heran und kletterte auf das Dach hinauf. Das Fenster war nicht wie jene in ihrem Haus aus Glas gefertigt, sondern aus der Fruchtblase einer gebärenden Kuh, wie es auf den meisten Höfen üblich war. Sie legte sich flach auf den Bauch und versuchte, im Inneren etwas zu erkennen. Doch die dicht aneinandergeschobenen Betten waren leer. Die Familie musste in den anderen Räumen des Hofs beschäftigt sein.

Alva rappelte sich auf und bereute, dass sie Margrét nicht darum ersucht hatte, ihr zu verraten, wo man Jóra versteckte. Etwas anderes konnte sie inzwischen nicht mehr ersinnen. Wäre sie wie Skjöldur zur Vordertür hereinmarschiert und hätte darum gebeten, Jóra zu sehen, hätte man sie mit Sicherheit mit ebensolchen Ausflüchten abgespeist wie ihn.

Nein, sie müsste es klug angehen und herausfinden, welche Orte sich dazu eigneten. Die Schmiede erschien ihr unwahrscheinlich, dort hätte Skjöldur sie sicher gesehen. Und auch die übersichtlichen Ställe kämen nicht in Betracht. So blieben nur der Vorratsraum, der sich jedoch direkt an die Küche anschloss und ihr größtes Risiko barg, entdeckt zu werden. Ihr Blick fiel auf die kleine Hütte am Bach, die etwas abseits der Hofgebäude lag. Nun, wenn sie jemanden verbergen müsste, dann wäre dort wohl ein geeigneter Platz.

Mit klopfendem Herzen schlich sie zurück zum Hain und näherte sich der Torfhütte aus dem Schutz des lichten Wäldchens. In weniger Entfernung duckte sie sich hinter einen Brombeerbusch. Sie sammelte zwei Steinchen auf und warf sie gegen das winzige Fenster. Nichts rührte sich. Also warf sie erneut und wartete.

Nach einem Moment hörte sie etwas rascheln, dann öffnete sich die Tür einen Spaltbreit, und die sommersprossige Nasenspitze ihrer besten Freundin erschien.

»Jóra«, flüsterte sie erleichtert. »Ich bin es.«

Jóra wandte den Kopf und entdeckte sie hinter dem Brombeerstrauch. Ihre hellblauen Augen weiteten sich, und sie starrte sie entsetzt an. »Geh fort, Alva!«, raunte sie eindringlich.

Sie schüttelte den Kopf. »Erst wenn du mir sagst, was mit dir ist. Lässt du mich rein, ehe mich jemand sieht?«

Jóra wich hastig ins Innere der Hütte zurück und ließ die Tür für sie angelehnt, sodass Alva sich aus ihrer Deckung wagen und hineinschlüpfen konnte.

Die drückende Luft in dem engen Raum legte sich schwer auf ihre Lunge. Das schwache Licht, das durch das Fenster drang, erhellte nur den vorderen Bereich des Raums. Dort standen ein Schemel und ein Spinnrad. Jóra hatte sich jedoch in die Dunkelheit geflüchtet, auf das schmale abgelegene Bett. Kaum mehr als ihre Silhouette war zu erkennen.

Alva trat näher und setzte sich zu ihr. Während sich ihre Augen allmählich an die Dunkelheit gewöhnten, sah sie, dass Jóra nur ein Nachthemd aus dicken Leinen trug, unter dem sich ihr Bauch auffällig wölbte. »Mein Gott«, entfuhr es ihr, und sie schlug sich die Hand vor den Mund. »Du erwartest ein Kind?«

Ihre Freundin antwortete nicht, senkte nur gequält den Kopf und zog die muffige Wolldecke über ihren Schoß, sodass sie ihren Umstand verbarg.

Im dämmrigen Licht erkannte Alva nun, wie ausgemergelt Jóra wirkte. Ihre Wangen waren fahl und eingefallen, ihre helle Haut leuchtete noch weißer als sonst. Und ihr rotes Haar hing in zerzausten Strähnen über ihre Schultern.

»Was ist geschehen?«, flüsterte Alva und griff nach ihrer Hand.

Jóra umklammerte ihre Finger, als könnte sie sich so vor dem Ertrinken retten. Doch sonst rührte sie sich nicht. »Es ist das Kind eines Ljúflingur. Er ist mir im Hochland begegnet. Wie in den Geschichten, die sie uns immer erzählt haben.« Ihre Stimme brach, und Alva sah, wie ihr Tränen über die Wangen rannen.

Sie streckte die andere Hand aus und wischte sie sacht fort. Ljúflingur waren die Männer des verborgenen Volks, die sich den einsamen Frauen im Hochland zeigten und nicht selten ein Kind mit ihnen zeugten. Doch bisher hatte noch immer eine andere Wahrheit hinter diesen Geschichten verborgen gelegen. »Oh Jóra, was ist wirklich geschehen?«

Doch ihre Freundin biss sich auf die Lippen. »Ich bin einem Ljúflingur begegnet, das sagte ich doch.«

Alva betrachtete sie voller Sorge und Befürchtungen. »Hat … hat man dir etwas angetan?« Sie mochte es sich nicht vorstellen. Das Sel im Hochland lag einsam in den Bergen, ihre Freundin war dort allein und schutzlos gewesen. Jeder Bandit hätte sich ihrer bemächtigen können.

Zu ihrer Erleichterung schüttelte Jóra den Kopf. »Ich bin wahrlich einem Mann begegnet, der so schön und so sanft und beschützend ist wie die Ljúflingur in den Geschichten. Ich habe mich in ihn verliebt«, flüsterte sie, und Alva sah den Schmerz in den Augen ihrer Freundin.

»Wo ist dieser Mann?«, fragte sie. »Weiß er von seinem Kind?«

Jóra zupfte die Decke über ihrem Bauch zurecht. »Er hat Frau und Familie. Es ist unmöglich, dass er für mich und das Kind sorgt. Mutter versucht, es so lang wie möglich vor den anderen zu verbergen. Vielleicht gelingt es uns, das Kind ungesehen zur Welt zu bringen und fortzugeben, um meine Ehre zu wahren und der Rechtsstrafe zu entgehen.«

Alva lauschte entsetzt. »Aber … willst du es denn fortgeben?«

»Was bleibt mir für eine Wahl?« Jóra drückte ihre Finger und sah sie eindringlich an. »Wir können kaum von dem leben, was der Hof uns bringt. Vater liegt auf dem Sterbebett. Niemand weiß, wie lange er noch lebt. Wie lange uns noch auf dem Hof bleibt. Und ein hungriges Maul mehr zu füttern, bürdet den anderen weitere Entbehrungen auf. Oh Alva, ich habe solche Angst.« Schluchzend schloss Jóra sie in die Arme, und Alva strich ihr beruhigend über den Rücken.

»Keine Sorge«, flüsterte sie. »Mir bleibt nicht mehr viel Zeit – Margrét wartet draußen bei euren Feldern auf mich. Aber ich habe für dich gesorgt.«

Jóra löste sich von ihr und hob den Kopf. »Wie meinst du das?«

»Ich habe etwas Schmuck und Münzen beiseitegeschafft. Es wird dir eine gute Sicherheit sein. Wenn hier auf dem

Hof nicht mehr für dich gesorgt ist, bist du frei, deinen eigenen Weg zu wählen. Für dich und dein Kind.«

Ungläubig musterte Jóra sie, ganz so, als traute sie ihren Sinnen nicht. »Fürwahr, Alva? Hast du das wirklich getan?«

Sie nickte. »In unserem Versteck.«

Jóra legte die Hände an die Wangen, und Alva sah, wie sie all das zu erfassen versuchte.

Sie zog ihre Freundin noch einmal an sich, dann erhob sie sich. »Ich muss gehen, es ist mir zurzeit nicht erlaubt, das Haus zu verlassen. Aber ich werde Margrét schicken und dir Essen bringen lassen. Du bist furchtbar dünn und blass geworden, dabei brauchst du doch gerade jetzt deine Kräfte.«

»Ich weiß nicht, wie ich dir das jemals danken kann«, murmelte Jóra. Dann sah sie Alva besorgt an. »Weshalb darfst du das Haus nicht verlassen? Hat es etwas mit deiner Verlobung zu tun?«

»Sorge dich jetzt nicht darum, ich werde es dir in einem Brief berichten.« Sie wandte sich zur Tür, doch hielt noch einmal inne. »Ich komme zurück, sobald es mir möglich ist.«

Jóra nickte, dann trat sie neben sie und legte ihr Handgelenk über Alvas, sodass sich ihre Armbänder kreuzten. »Beim Licht im Osten, der Nacht im Westen, der Küste im Süden, der Berge im Norden, in Treue verbunden«, sprachen sie im Einklang den Schwur, den sie in ihrer Kindheit erdacht hatten.

Als Alva den Hain hinter sich ließ und zwischen den Hügeln hinausritt, wirbelten ihre Gedanken wild durcheinander. Margrét wartete wie versprochen an den Feldern auf sie, doch sie wich ihrem Blick aus. Eine Weile ritten sie schweigend nebeneinanderher. Dann konnte Alva nicht länger an sich halten.

»Wieso wusstest du es?«, fragte sie und musterte ihre Schwester forschend.

»Das ist nicht von Belang. Ich habe dich heute hergebracht, wie du verlangt hast. Damit ist alles abgegolten.« Sie sah stur geradeaus und trieb ihren Rappen in einen schnellen Tölt.

Alva blickte ihr verwundert nach. Was mochte Margrét verbergen?

Fjella drängte ungeduldig vorwärts und riss sie aus den Gedanken. Also ließ sie ihrer Stute mehr Zügel und flog wie auf Wolken schwebend über die Ebene.

In dieser Nacht saß Alva an Máhttus Seite auf einem der Felsen, die sich am Fuße des Hochlands erstreckten. Und während vor ihnen die Rentiere im Nachtnebel weideten, bat sie ihn, für Jóra zu joiken. Für Jóra und ihr ungeborenes Kind.

Kapitel 24

Obwohl die Straßen noch in der winterlichen Morgendunkelheit lagen, breitete sich in Lia eine festliche Stimmung aus. In der Bäckerei Baka Baka hatte sie Valeria getroffen, und sie waren beide mit einem aromatisch duftenden Kaffee aus dem Laden spaziert, ehe sie sich verabschiedet und jede ihren Arbeitsweg angetreten hatten. Über den Straßenzügen spannten sich winterliche Beleuchtungen, und in den Schaufenstern, an denen sie vorbeischlenderte, entdeckte sie die erste Weihnachtsdekoration.

Wenn sie an die Weihnachtsfeiertage dachte, wurde ihr ganz warm ums Herz. Per und sie würden das Fest in trauter Zweisamkeit in ihrer Altstadtwohnung verbringen. Sie würden aufs Land fahren, um einen der horrend teuren Tannenbäume zu erwerben, und es war quasi sicher, dass sie weiße Weihnachten haben würden. Sie konnte es kaum erwarten, und jede verfrühte Adventsdekoration ließ sie strahlen.

Als sie gestern Abend von ihrem Besuch bei Anna in Hellissandur zurückgekehrt war, hatte er sie mit ihrem Lieblings-Take-away überrascht. Bei Kerzenschein saßen sie auf der Couch, tunkten ihre Burger und Kartoffelchips in die Sauce béarnaise und tranken Wikingerbier, während im Hintergrund das Pianoalbum von Víkingur Ólafsson lief und sie von ihrem Wochenende auf Snæfellsnes berichtet hatte. Und von Annas und Arons großen Neuigkeiten. Auf ihren Touren zu den Wasserfällen und durch den Nationalpark hatten Anna und sie euphorisch die Ausflüge geplant, die sie nächstes Jahr mit ihrem Familienzuwachs unternehmen wollten, und waren endlose Listen isländischer Mädchennamen durchgegangen.

Am Sonntagmorgen hatten Aron und sie noch einen kurzen Ausritt über die verschneiten Vulkanebenen unternommen, und Lia fühlte sich von diesem besonderen Wochenende so aufgeladen mit positiver Energie, dass sie die Befürchtungen und den Liebeskummer der letzten Wochen beinahe vergessen hatte.

Gut gelaunt schlenderte sie am Tjörnin entlang zum Nationalmuseum und freute sich über den Trubel der erwachenden Hauptstadt. Und als sie kurz darauf in ihrem Büro ankam und sich an ihrem Schreibtisch einrichtete, fühlte sich Reykjavík am Montagmorgen zum ersten Mal nach ihrem Zuhause an.

Am späten Vormittag klopfte es an Lias Bürotür. Sie hob den Kopf von der Ausstellungsplanung, an der sie gerade tüftelte. »Herein!«

Katla trat ein und begrüßte sie. »*Góðan daginn.* Bereit für unser Gespräch?«

Verdutzt musterte Lia sie und warf einen schnellen Blick auf ihren Office-Kalender. Sie hatte sich gar keinen Termin vermerkt. Dann blinkte ihr die Erinnerungsnotiz entgegen. Für zehn Uhr war ein Gesprächstermin mit Katla und Eva, der Personalmanagerin, eingestellt. Wie hatte sie das übersehen können? Offenbar schwebte sie auf ihrer verklärten Gute-Laune-Wolke.

»Oh, äh, ja klar. Gib mir eine Sekunde.« Sie suchte hastig einen Notizblock und Stifte zusammen. Dann folgte sie Katla in die obere Etage zu den Büros des Museumsmanagements.

Eva empfing sie mit einem herzlichen Lächeln. Ihr blondes Haar hatte sie in einen strengen Dutt zurückgebunden. »Wie schön, setzt euch.« Nach einer kurzen Pause klopfte sie auf die Tischplatte und fuhr fort: »Erst einmal ein großes Lob. Du hast dich wunderbar in unser Team eingefügt, Lia.«

Sie nickte, die anderen hatten es ihr auch nicht schwer gemacht. Entgegen der Ellbogenmentalität, die sie aus der PR-Agentur kannte, waren ihre Kollegen hier freundlich und auf gute Zusammenarbeit bedacht.

Eva lächelte gewinnend. »Und nachdem du nun knapp drei Wochen unsere Arbeitsprozesse kennenlernen konntest, möchte ich dir heute dein Hauptprojekt zuweisen.« Sie hielt inne, und Lia hing gespannt an ihren Lippen. »Ursprünglich war vorgesehen, dass du uns weiterhin hier im Nationalmuseum unterstützt. Aber das Management hat letzte Woche ein neues Projekt geplant, für das wir deine Erfahrung auf dem internationalen PR-Tapet schätzen würden.

Es geht um die Ausstellungsplanung zur Geschichte der ersten Rentiere Islands. In unserem Partnermuseum in Egilsstaðir gibt es seit einigen Jahren zwar eine kleine volkskundliche Ausstellung zu den Rentieren, aber wir wollen das Thema noch einmal groß aufziehen. Die neue Kuratorin des Museums ist im Fundus auf ein Tagebuch aus dem 18. Jahrhundert gestoßen, das bisher nur ein paarmal in einer Auslage ausgestellt wurde. Sie hat ein wenig darin gelesen und war begeistert von dem Potenzial, das sich darin verbirgt. Eine detaillierte Schilderung des Lebens auf den

Höfen der damaligen Zeit. Und ein nahezu dokumentarischer Bericht der Ankunft der ersten Rentierherde, die 1771 aus Finnmark nach Südisland gebracht wurde.

Deshalb möchten wir dich nach Egilsstaðir schicken. Vor Ort kannst du in Zusammenarbeit mit Eðna die Konzeption ausarbeiten. Und Katla bleibt deine Ansprechpartnerin hier bei uns.«

Die Nachricht sickerte wie ein schwerer Stein in Lias Bewusstsein, und sie spürte, wie ihr professionelles Lächeln gefror. Ungläubig starrte sie erst Katla, dann Eva an und versuchte, den Worten, die gerade ihren Mund verlassen hatten, Sinn zuzuordnen. Denn das, was sie gehört hatte, konnte einfach nicht sein.

»Das wird ein großartiges Projekt«, bekräftigte die Kuratorin. »Ich zähle auf deine Expertise. Dieses Tagebuch ist ein wahrer Schatz, ein wirklich seltener Fund. Und die Ausstellung in Egilsstaðir wollen wir anschließend international bewerben. Das Schicksal der ersten Rentiere Islands und das Leben auf den Höfen im 18. Jahrhundert, sicherlich wird das für viele Touristen ein interessantes Ausflugsziel. Und in Egilsstaðir haben wir die Möglichkeiten, all das in der Nähe des Rentierareals museal zu inszenieren.«

»Ich …« Sie brach ab und brauchte einen Moment, um sich zu sammeln. »Heißt das, ich soll nach Egilsstaðir ziehen?« Der Ort war ihr durchaus geläufig. Auf ihrer Tour zur Farm von Pers Familie waren sie hindurchgefahren. Das verschlafene Zwillingsnest von Seyðisfjörður. Mitten in der Einöde der Ostfjorde.

Zu ihrem Entsetzen nickte Eva. »Nur für dieses Projekt. Für vier Monate.«

»Aber … gibt es denn keine andere Möglichkeit?« Ein Hauch Verzweiflung stahl sich in ihre Stimme.

Eva schüttelte bedauernd den Kopf. »Tut mir leid, dort brauchen wir dich. Wenn du zurückkommst, können wir gern besprechen, welche Projekte du hier zukünftig betreuen möchtest. Dann können wir dir sicher eine kleine Auswahl anbieten.« Sie lächelte aufmunternd.

Und Katla ergänzte: »Egilsstaðir wird dir gefallen! Es ist eine der schönsten Urlaubsgegenden der Insel.«

Lia lächelte tapfer. Doch innerlich wäre sie am liebsten fortgerannt.

Auf dem Weg zu ihrem Büro plapperte Katla fröhlich von den Vorzügen der Naturschauspiele der Ostfjorde. Doch Lia konnte nur an Per denken. Da hatte sie alles aufgegeben, war für ihre Liebe über den Atlantik nach Reykjavík gezogen, und nun würden sie wieder eine Fernbeziehung führen. Mit Glück könnten sie einander an den Wochenenden sehen, an denen er auf der Farm aushalf. Doch dann war er meist so eingespannt, dass ihnen vermutlich nur wenige Stunden zusammen blieben.

Und vor ihren Augen ging ihr Traum von der magischen Weihnachtszeit zu zweit wie ein ausgedörrter Tannenbaum in Flammen auf.

Am Abend saß sie eingehüllt in die Schafwolldecke auf dem Sofa und starrte in die Dunkelheit. Nur die kleine Beistelllampe neben der Couch brannte, und das Ticken der Holzuhr erfüllte den Raum.

Selbst als der Schlüssel in der Wohnungstür klapperte und kurz darauf Schritte im Flur erklangen, blieb sie reglos.

»Bin zu Hause.« Per stutzte, als er das dämmrige Wohnzimmer betrat und sie sah. »Hey.« Er kam zu ihr und kniete sich vor sie. »Ist alles in Ordnung?«

Sein Haar war verwuschelt vom Novemberwind, und die frostigen Böen hatten eine leichte Röte auf seine Wangen gezaubert.

Wortlos stupste Lia gegen den Katalog, der vor ihr auf dem Couchtisch lag.

Per drehte den Ausdruck zu sich und betrachtete ihn forschend. Fünfundzwanzig Seiten, die den aktuellen Projektplan der Rentierausstellung in Egilsstaðir präzise zusammenfassten.

»Egilsstaðir? Wenn du möchtest, können wir nächstes Wochenende dort hinfahren, da muss ich zur Farm.« Er hob verwundert die Augenbrauen, als er ihre finstere Miene sah.

»Tja«, sagte sie mit rauer Stimme. »Dann kannst du mich gleich dort abliefern für die nächsten vier Monate. Ich soll die Ausstellung vor Ort als PR-Managerin betreuen.«

Er nickte ruhig. »Verstehe.« Dann strich er ihr eine Strähne aus dem Gesicht. »Wir haben ein Jahr lang zweitausendeinhundert Kilometer auseinander gelebt. Da werden die vier Monate nichts gegen sein.«

»Hm«, brummte sie.

»Hast du schon einmal überlegt, wo du wohnen möchtest?«, fragte er, setzte sich neben sie aufs Sofa und legte den Arm um sie.

»Die Wohnungsangebote sind mir nicht gerade entgegengesprungen«, erwiderte sie matt.

»Das habe ich mir gedacht.« Er schob seine Finger in ihre und löste ihren Klammergriff von der Decke. »Es ist nahezu unmöglich, dort eine Mietwohnung zu finden. Der isländische Immobilienmarkt ist sowieso eine Katastrophe. Aber in so einem kleinen Ort ist es besonders schwer.«

»Na wunderbar.« Sie seufzte und strich über seine Finger. Seine Berührung beruhigte sie ein wenig. Und wahrscheinlich hatte er recht – vier Monate, und sie wären wieder hier, in ihrer Stadtwohnung.

»Was würdest du davon halten, für die Zeit auf die Farm zu ziehen?«

Sie hob überrascht den Blick. »Ähm …«

»Du bräuchtest nur zwanzig Fahrminuten zum Museum. Und wir wären an den Wochenenden zusammen. Spätestens alle vierzehn Tage.«

Die Vorstellung jagte einige Sekunden durch ihren Kopf. Die Farm war wunderschön und idyllisch, keine Frage. Und es war eine Sache, bei ihrer Schwiegerfamilie zu Besuch zu sein. Aber direkt einzuziehen? Und wo genau sollte sie wohnen? In Pers Jugendzimmer?

»Könnte ich nicht eine der Feriencabins mieten?«

Er schüttelte den Kopf. »Die sind ausgebucht bis zum nächsten Herbst.«

»Hm.« Sie überlegte. Bei der Vorstellung, jedes zweite Wochenende Elín am Esstisch der Familienküche zu begegnen, befiel sie eine leichte Übelkeit. Und allgemein – sie war dreißig Jahre alt. Da käme es ihr doch sehr merkwürdig vor, wie ein Teenager im Haus ihrer Schwiegereltern in spe zu wohnen, in dem sie nur ein kleines Zimmer für sich hätte. Seit sie mit neunzehn Jahren aus ihrem Blankeneser Elternhaus ausgezogen war, hatte sie immer selbstständig und unabhängig gelebt.

»Also«, erwiderte sie zögernd. »Ehrlich gesagt, hatte ich an etwas … Zentraleres, Belebteres gedacht.«

Per hob langsam einen Mundwinkel. »Das weiß ich doch.« Er küsste ihre Finger und grinste sie frech an. »Aber ich fürchte, ›zentral‹ und ›belebt‹ ist nicht gerade das, was du in Austurland finden wirst.«

Sie grummelte leise. Sollte der Wikinger nur seine Scherze

machen. Aber auf gar keinen Fall würde sie auf die Farm ziehen.

**

Vier Wochen später
Island, Hringvegur
Anfang Dezember 2024

Im Rückraum des Land Rovers rumpelten ihre drei Koffer mit jedem Schlagloch, das die Schotterstraße für sie bereithielt. Hier begann es also, das nächste Kapitel in ihrem Islandabenteuer. Per saß hinter dem Lenkrad und sah angestrengt auf die verschneite Straße hinaus. Als sie am Morgen in Reykjavík aufgebrochen waren, hatte es nur leicht geschneit, doch inzwischen herrschte starkes Schneetreiben, und wenn man dem Wetterbericht und den dunklen Wolkentürmen Glauben schenkte, braute sich ein gewaltiger Schneesturm zusammen.

Unterwegs hatten sie noch Halt in einer kleinen Tischlerei gemacht, um ein Regal für Lia zu kaufen. Doch nun wollten sie nur noch so schnell wie möglich ankommen. Hilda und Erla hatten mehrmals angerufen. Vor dem drohenden Sturm mussten eine Menge Vorbereitungen auf der Farm getroffen werden. Pers gehetzter Blick sprach Bände. So hatte sie ihn bisher noch nie erlebt. Normalerweise war er die Ruhe in Person, ihr Fels. Aber jetzt stand ihm die Sorge ins Gesicht geschrieben, und Lia hoffte inständig, dass sie bald sicher ankommen würden.

Ein Schneesturm. Was für ein Einstand für ihren Einzug auf der Farm. Offenbar wollte ihr das Land direkt zeigen, was es hieß, einen Winter in der unbarmherzigen Natur zu verbringen. Die Aussicht auf die kommenden Monate bescherte ihr ein mulmiges Bauchgefühl. Morgen Abend wäre Per auf dem Rückweg nach Reykjavík und sie ganz allein mit seiner Familie im ostisländischen Hinterland. Und dreihundertzwanzig Schafen, fünf Rentieren und zehn Haushühnern.

Nach einigen intensiven Wohnungssuchen im Internet, die alle ernüchternd endeten, hatte sie vor zwei Wochen ein Mini-Apartment in Egilsstaðir gefunden. Doch der Eigentümer hatte ihr vor ein paar Tagen wieder abgesagt. Und schließlich war der Einzug in Pers Dachzimmer die beste Möglichkeit, die ihr geblieben war.

Immerhin würde sie so etwas näher mit seiner Familie zusammenwachsen. Und sie freute sich darauf, nun jeden Morgen nach Sólveig und dem Rentierkalb schauen zu können.

Als sie endlich den Hof erreichten, sprang Per gehetzt aus dem Auto. Zum Ausladen blieb ihnen keine Zeit. Der Wind war zu peitschenden Böen angeschwollen und trieb den Schnee über die Ebene heran. Hilda, Reynar und Erla brauchten ihre Hilfe im Stall. Bis zum frühen Abend sicherten sie die Stallgebäude, fuhren Heu und Stroh heran, um die Tiere in den nächsten Tagen aus dem Stall heraus versorgen zu können.

Nachdem sie in der Küche eine schnelle Suppe zu Abend gegessen hatten, sprang Per wieder auf, drückte ihr einen Kuss auf die Stirn und murmelte: »Muss noch füttern und die Tränken kontrollieren.«

»Okay, brauchst du Hilfe?«, entgegnete sie, doch er schüttelte den Kopf und war hinter Reynar schon halb wieder zur Tür hinaus.

Sie half Hilda und Erla beim Abwasch, dann machte sie sich daran, das Auto auszuladen und ihre Koffer in Pers

Zimmer zu schleppen. Das halbhohe Regal sah wundervoll neben seinen Birkenholzmöbeln aus, und sie stellte die Kerzen und die Weihnachtsdeko darauf, die sie in Reykjavík besorgt hatte.

Auf ihrem Handy blinkte eine Nachricht von Per auf.

Dauert noch, Süße. Warte nicht auf mich. Der Tag war lang. 😉

Draußen vor dem bodentiefen Fenster hatte der Sturm sich noch weiter verdichtet, und sie sah besorgt zu den Stallungen. Sie wollte auf keinen Fall einschlafen, ehe er sicher hereinkam. Also beschloss sie, sich unter der Dusche aufzuwärmen und einen Tee zu kochen.

Die Küche lag im Dunkeln, als sie schließlich in ihrem Katzenpyjama hinuntertapste. Auch Hilda und Erla hatten sich in ihre Zimmer zurückgezogen.

Mit ihrer Tasse Kräutertee ausgestattet, machte sie es sich im Bett gemütlich und zog das Manuskript aus ihrer Tasche, das Katla ihr weitergeleitet hatte. Eðna, die Kuratorin des Minjasafn Austurlands, des Ostisländischen Kulturerbemuseums, hatte dafür gesorgt, dass das Tagebuch ins Englische übersetzt und digitalisiert wurde. Lia wollte die ersten Seiten, die sie bereits erhalten hatte, vor ihrem ersten Arbeitstag am Montag lesen.

Eingehüllt in die Wärme von Pers Federbett und den Kräuterduft des Tees, tauchte sie in das Leben der jungen Alva ein, die im 18. Jahrhundert auf einer Farm in Südisland gewohnt hatte.

Zwei Stunden später hörte sie Schritte auf der Treppe, und Per schlich ins Zimmer. Sein Haar war noch feucht von der Dusche, und der Duft seines Duschgels umhüllte sie.

»Hey.« Sie betrachtete ihn lächelnd. »Da bist du ja endlich.«

Er erwiderte ihr Lächeln nur matt, tauschte das Handtuch gegen seine Boxershorts und schob sich zu ihr unter die Decke. »Oh Mann, der Katzenpyjama«, sagte er und seufzte, als er sie in seinen Arm zog.

»Selbstverständlich«, entgegnete sie grinsend.

Er vergrub sein Gesicht in ihrem Haar, und sie spürte, wie sein Atem langsamer und gleichmäßig wurde. Sie legte das Manuskript zur Seite und drehte sich zu ihm um. Er hatte die Lider geschlossen und war auf der Stelle eingeschlafen. Vorsichtig fuhr sie über seine Wangenknochen, seinen angespannten Kiefer. Selbst im Schlaf sah er erschöpft aus. Und als er eben durch die Tür gekommen war, hätte sie schwören können, wieder die Besorgnis in seiner Miene zu lesen.

Allmählich hatte sie das Gefühl, dass die Sache tatsächlich etwas mit der Farm zu tun hatte. Denn immer, wenn sie längere Zeit hier verbrachten, stahl sich der Schatten in seinen Blick.

Über seine Schulter spähte sie hinaus in die Nacht. Die Sturmwolken hatten sich vor den Mond geschoben, und nur die schwache Lampe an den Ställen flackerte im Schneegestöber. Sie schaltete das Licht aus und dachte an Alva, die vor zweihundertfünfzig Jahren auch in der Dunkelheit gelegen hatte, umschlossen von der tosenden Natur der Insel.

Kapitel 25

Schnee und Einsamkeit. Lia lehnte sich über das Lenkrad und spähte angestrengt in die Dunkelheit. Die Scheinwerfer des alten Farmtrucks, den Per ihr für den Arbeitsweg nach Egilsstaðir anvertraut hatte, beleuchteten die Straße schwach, und dicke Flocken wirbelten vor der Windschutzscheibe. An der Abzweigung zur *Hreindýr Lodge* hielt sie an. Es war erst siebzehn Uhr. Sie hatte ihren ersten Tag im Museum erfolgreich hinter sich gebracht, und zur Feier des Tages war ihr nach einem angemessenen kulinarischen Highlight zumute. Hilda hatte angedroht, heute Fischsuppe zu kochen. Und Pers Familie wäre noch bis mindestens sieben Uhr in den Ställen beschäftigt, ehe sie sich zum Abend in der Küche versammelten. Da konnte es sicher nicht schaden, wenn sie schon eine kleine Grundlage geschaffen hätte …

Sie lenkte den Wagen wieder auf den Seyðisfjarðarvegur und fuhr weiter ins Dorf. Der Schneesturm hatte sie zwei Tage lang in Atem gehalten. Aber als Per am Sonntagabend in den Land Rover stieg, waren die Straßen so weit geräumt gewesen, dass der Defender es mit ihnen aufnehmen konnte. Nun würde sie sich also allein um ihre Feierabendgestaltung bemühen müssen. Und leider versprach Seyðisfjörður keine große Auswahl. Die Straßen lagen ausgestorben vor ihr. Die Fenster der hübschen bunten Häuschen waren hell erleuchtet und sandten ein Funkeln über den Fjord. Doch viel war hier definitiv nicht los.

Sie drehte ein paar Runden durch den Ort, fuhr an der hellblauen Kirche vorbei zum Hafen und wieder zurück auf die andere Seite des Dorfes. Als sie an einem Restaurant mit Aussicht auf den Fjord vorbeikam, wollte sie schon den Wagen parken, bis ihr auffiel, dass nur eine Deko-Lampe im Ladenfenster brannte und der Rest dunkel und verlassen war. Daneben lag eine Sushi-Bar, die kurz ihre Hoffnung weckte. Das war die einzige Art, auf die sie Fisch mochte: in kleinen, kunstvoll-ästhetischen Reispäckchen verschnürt, mit einem Tsunami an Sojasauce, um den fischigen Geschmack zu übertünchen. Doch das Lokal war genauso dunkel wie das Restaurant. Auch ihr nächster Versuch, ein Café mit Bar, hatte bis Mitte April geschlossen. Frustriert fuhr sie weiter. Der ganze Ort schien im Winterschlaf zu sein. Das Leben würde hier erst wieder losgehen, wenn im Frühling die Kreuzfahrtschiffe und Touristen den Hafen ansteuerten.

Lia schüttelte den Kopf. Wie überlebten die Leute in dieser kalten Einöde bloß, wenn es nicht mal ein gutes Take-away gab?

Auf der Ostseite des Hafens erkannte sie das Skaftfell-Kunstzentrum wieder, in dem sie mit Per die Blumen bei Ásgeir gekauft hatte. Gegenüber des historischen Holzhauses leuchtete ihr ein hell angestrahltes pinkes Betongebäude entgegen, das offenbar eine Tankstelle und ein Restaurant war. *The Filling Station / Seyðisjörður Food Coop* stand auf einem Schild über der breiten Glastür. Kurzum entschied sie, dort ihr Glück zu versuchen.

Der einzige Gast, ein älterer Herr in Lederjacke, schaute von seinem Teller auf, als sie den Laden betrat. Sie nickte ihm höflich zu und suchte sich dann einen Platz an der Fensterseite neben der Heizung. Die Ausstattung erinnerte sie an einen Mix aus Industrial-Design und Gärtnerei-Mobiliar.

Die langen Essensbänke in der Raummitte verliehen dem Ambiente einen eigenwilligen, modernen Kantinencharme.

Kaum hatte sie sich gesetzt, erschien eine junge Kellnerin mit der Karte. Lia wählte die hausgemachte Organic-Pizza und einen frisch gepressten Orangensaft – mit Orangen aus den thermalbeheizten Gewächshäusern der Insel, wie die Beschreibung verkündete. Sie lehnte sich zufrieden zurück und zog ihr Handy aus der Tasche, um Anna und Freyja ein Update zu ihrem ersten Arbeitstag zu schicken. In dem Moment ging die Tür auf, und zu ihrer Überraschung trat Ásgeir herein. In seinem Wollpullover und seinem Bart hatten sich einige Schneeflocken verfangen, und unter dem Arm trug er eine exotische Pflanze. Als er Lia entdeckte, erhellte sich seine Miene, und er kam zu ihrem Tisch. »Na, sieh mal einer an, wer sich hierher verirrt hat – unsere neuste Einwohnerin«, begrüßte er sie freudestrahlend.

»Hallo, Ásgeir«, erwiderte sie grinsend, »möchtest du dich setzen?«

»Gern, wenn es dir nichts ausmacht?«

»Ganz im Gegenteil, ich freue mich über Gesellschaft.«

Er stellte die Pflanze, die verdächtig nach einer Flamingoblume aussah, auf den Tisch und machte es sich auf dem Stuhl gegenüber von Lia gemütlich.

»Hast du der Pflanze … einen Pullover gestrickt?«, fragte sie ungläubig und deutete auf den Wollüberzug, der den Topf umspannte.

Ásgeir schmunzelte schuldbewusst. »Sie ist sehr frostempfindlich«, sagte er und hob die Schultern. »Ich wollte sie gleich bei ihrer neuen Besitzerin vorbeibringen.«

»Verstehe.« Lia grinste ihn an. Sie hatte ein Herz für Menschen mit besonderen Hobbys. Und für diesen sympathischen Isländer sowieso.

»Übrigens steht das Angebot nach wie vor«, fuhr Ásgeir fort. »Wenn du etwas Gesellschaft brauchst, schau doch mal in unserem Strickclub vorbei, jetzt, da du hier wohnst – die Winter können hier sehr lang und einsam werden.«

»Der Dorfklatsch funktioniert also bestens«, erwiderte sie und wackelte scherzhaft mit den Augenbrauen.

»Na ja, wenn die *Hreindýr Lodge* eine neue Dauerbewohnerin bekommt, ist das wohl eine der größeren Neuigkeiten. Und verzeih, wenn ich so offen spreche – aber du hast etwas Künstlerisches an dir … und Künstler werden schnell einsam.« Er zwinkerte ihr zu, dann wandte er sich der Karte zu.

»Ich denke mal drüber nach«, erwiderte Lia, wohl wissend, dass es in einer absoluten Katastrophe enden würde, wenn man ihr Stricknadeln und Wollknäuel in die Hand drückte. Sie liebte es, zu singen und zu tanzen – aber mit allen handwerklichen Tätigkeiten war sie heillos überfordert.

Ásgeir bestellte sich ebenfalls eine Pizza, und während sie aßen, erzählte er ihr, dass er vor fünf Jahren aus Reykjavík hierhergezogen war, um seinen Traum von einem eigenen Blumenladen zu verwirklichen.

Als sie sich vor dem Laden verabschiedeten und Lia wieder zu ihrem Pick-up lief, fühlte sie sich aufgewärmt von dem guten Essen und dem netten Gespräch. Bevor sie den Motor startete, zog sie ihr Handy hervor und schickte das Foto von Ásgeirs Pullover-Pflanze in ihren Freundinnen-Gruppenchat.

Hier in den Ostfjorden tragen auch die Zimmerpflanzen Strick ^^

Freyja antwortete sofort:

> Oh, wie entzückend! Wo kann man die kaufen? Und viel
> wichtiger: Strickst du jetzt etwa auch? Es gibt nichts, was
> ich mir weniger vorstellen kann.

Lia grinste. Sie hatte geahnt, dass Freyja das Bild gefallen
würde – ihre Freundin hatte einen beneidenswert grünen
Daumen, auch wenn sie den in ihrer Wohnung in Reykjavík
nur eingeschränkt ausleben konnte.

Sie tippte schnell eine freche Antwort und startete dann
ihre Playlist. Während sie durch die verschneiten Straßen
von Seyðisfjörður fuhr, begleiteten sie die Erinnerungen an
die unvergesslichen Momente, die sie mit Per im vergangenen Jahr erlebt hatte. Fast war es, als säße er neben ihr,
während die sanften Gitarrenklänge von Morgan Wallens
»Afterglow« sie begleiteten.

Dieser Umzug fühlte sich wie ein furchtbarer Rückschritt
an. Gerade hatte sich alles in ihrem neuen Leben in Reykjavík zusammengefügt. Und nun war sie ganz allein hier am
anderen Ende von Island. Ásgeir hatte recht ... hier konnte
man schnell einsam werden.

Aber was sollte es ... Sie würde das Beste aus der Zeit
machen.

Sie parkte den Truck vor dem Farmhaus, aus dessen
Schornstein ihr der Duft nach Kaminholz entgegendrang.
Hilda und Erla waren schon bei den Essensvorbereitungen,
als sie die Küche betrat, während Reynar sich für einige Bü-
roaufgaben an den Schreibtisch im Wohnzimmer zurückgezogen hatte.

»Ich habe uns Dessert mitgebracht«, verkündete Lia und
schwenkte die Tüte mit dem Food-Coop-Logo.

Erla lachte. »Aber du wirst doch wohl trotzdem nicht die Fischsuppe verpassen? *Mámma* wäre sträflich beleidigt.«

»Bist du wohl still«, rügte Hilda sie und holte spielerisch mit dem Suppenlauch nach ihrer Tochter aus. »Niemand wird hier zum Essen gezwungen.« Dann drehte sie sich lächelnd zu Lia um. »Wie war dein erster Tag im Museum?«

Beim Anblick der halb zubereiteten Fischsuppe befiel Lia das schlechte Gewissen, und sie erkundigte sich, ob sie beim Gemüseschneiden helfen könne, ehe sie einer Karotte zu Leibe rückte und dabei von ihrem Arbeitstag berichtete.

Eðna hatte sie herzlich im Minjasafn Austurlands willkommen geheißen. Sie war eine sportliche, patente Frau Mitte vierzig und brannte ganz offensichtlich für ihre Arbeit. Seit sie vor einem Jahr als Kuratorin in das kleine Museum kam, hatte sie bereits einiges an verborgenen Schätzen im Fundus ausgegraben. Und bei ihrem Rundgang durch die Räumlichkeiten hatte sie Lia mit ihrer Begeisterung für die bevorstehende Ausstellung zum Schicksal der Rentiere angesteckt. An diesem Abend wollte sie unbedingt die nächsten Seiten in Alvas Tagebuch lesen.

Als sie das Journal erwähnte, hob Hilda den Kopf und wandte sich zu ihr um. »Du sagst, dieses Tagebuch erzählt von der Ankunft der ersten Rentiere?«

»Ja. Von einem Hof nahe der Südküste«, erwiderte Lia und widmete sich der nächsten Möhre.

Hilda wandte sich wieder dem Topf zu, doch Lia entging nicht, wie sie einen kurzen Blick mit Erla tauschte. Dann wechselte sie das Thema, und sie erzählten über die anstehenden Safari-Touren. Die Gäste, die sich vom Winter nicht abschrecken ließen und die Cabins gebucht hatten, um den isländischen Winterzauber und die Polarlichter zu erleben, wollten natürlich auch die Rentiere in freier Wildbahn beobachten.

Als Hilda die Suppe auftischte, kostete es Lia alle Beherrschung, nicht die Nase zu rümpfen. Um ihrer isländischen Integration willen probierte sie höflich einen Löffel – und versuchte, dabei nicht zu atmen, während die anderen munter aßen und sich immer wieder nachfüllten.

Später saß sie noch eine Weile mit Erla in der Küche. Sie tranken Wikingerbier und knabberten mit Schokolade überzogene Lakritzstangen. Besser als der Fisch, befand Lia, aber immer noch … speziell.

Erla erzählte von ihrem Studium am Royal Agricultural College in England. Vor zwei Jahren war sie mit ihrem Masterabschluss zurückgekehrt und hatte den Hof übernommen. Noch nicht offiziell, denn ihre Eltern mochten die Leitung über ihr Lebenswerk noch nicht abgeben, doch es stand fest, dass sie die Farm weiterführen würde, sobald die beiden kürzertreten wollten.

Als Lia um kurz nach zehn Uhr die Treppe zu ihrem Zimmer hinaufstieg, kroch die Müdigkeit des Tages langsam über sie. Kaum schlüpfte sie unter die Decke in Pers Bett, wäre sie am liebsten eingeschlafen. Doch sie wollte unbedingt wissen, wie es Alva weiter erging. Also holte sie das übersetzte Manuskript hervor und verlor sich in der Lebenswelt des 18. Jahrhunderts.

Kurz vor Mitternacht legte sie das Tagebuch zur Seite und sah noch einmal auf ihr Handy. Per hatte sich den ganzen Tag nicht gemeldet. Kein verpasster Anruf. Keine Nachricht. Vermutlich war er nach dem anstrengenden Wochenende und der stundenlangen Fahrerei schon früh am Abend eingeschlafen. Sie wollte auf keinen Fall zu einer klammernden Überfreundin werden. Aber zugegeben, etwas enttäuscht war sie schon. Sie hätte seine Stimme am liebsten jeden Abend gehört, und wenn es nur kurz war. Diese räumliche Distanz gefiel ihr gar nicht. Und noch weniger, seit sie zum ersten Mal den traurigen Schatten in seinem Blick gesehen hatte.

Seufzend zog sie die Decke bis ans Kinn und scrollte ein wenig durch die sozialen Netzwerke. Anna hatte ein Foto von einem romantischen Abendessen mit Aron gepostet, auf dem Sherlock seine Schnauze gerade noch ins Bild drängelte. Und Freyja eine Zusammenfassung ihrer Gletschertour im Norden. Gerade als sie das Handy zur Seite legen wollte, erschien ein neuer Post in ihrer Timeline. Und ihr Blick blieb an Pers müßigem Lächeln hängen. Elín hatte die Hand an seinen Hals gelegt und den Kopf an seine Schulter gelehnt. Hinter ihnen waren die Umrisse einer Bar zu sehen, in der sich Traditionswhisky stapelte. *#reykjavíknights* hatte sie daruntergeschrieben, und hinter Pers Verlinkung prangte natürlich ein Herz.

Schön für sie, dachte Lia genervt. Zugegeben, das Bild zu sehen, während sie allein im Bett lag, tat weh. So gern sie einfach darübergestanden hätte. Ihr Finger schwebte über dem Rabbit Hole – Elíns Profilbild –, vor dem ihr Verstand sie ausdrücklich warnte. Noch nie in der Zeitgeschichte von Social Media hatte wohl jemand gesagt: *Seit ich mir das Profil der Frau angesehen habe, die meinem Freund bei zu vielen Anlässen um den Hals hängt, ist mein Seelenfrieden endlich wiederhergestellt. Namasté.*

Aber die nagende Neugier war nicht aufzuhalten. Ehe sie sichs versah, hatte sie das Bild angetippt und wurde direkt zu Elíns Profil weitergeleitet. Outdoor-Lara-Croft präsentierte sich von ihrer besten Seite – auf dem Schneemobil, als Rangerin mit einem verletzten Schneehasen, bei einer Vulkanbesteigung und einer Eis-Cave-Klettertour. Und wenn sie nicht ihre innere Superheldin herauskehrte, gab sie sich ganz einfühlsam – in Cowgirl-Romantik, mit Jeans und Spitzenbluse am Farmlagerfeuer neben Per. Oder mit einem Lamm im Arm auf der Wiese vor ihrem Hof. Dazwischen entdeckte sie auch einige Bilder mit Erla. Wie die beiden wild auf einer Outdoor-Party neben ihrem Freundeskreis tanzten. Oder auf einer Wandertour grinsend zwei Bierflaschen aneinanderstießen. *#bestfriendsforlife* stand darunter. Das hatte Erla vorhin nicht erwähnt. Lia verdrehte die Augen und schloss die App endgültig. Sie hatte genug gesehen.

Eine Weile drehte sie sich unruhig hin und her, während die Gedanken, die sie zuvor erfolgreich verdrängt hatte, wieder quälend durch ihren Kopf schossen und alle möglichen schmerzhaften Szenarien heraufbeschworen. Erst als der Mond schon weit in den Westen gewandert war, schlief sie endlich ein.

Kapitel 26

Alvas Tagebuch
15. April 1772

Vor den Fenstern liegt die endlose Weite der Fjorde. Sie waren mir stets ein Zuhause, doch nun fühle ich mich fremd. Ohne ihn fühle ich mich fremd in meinem eigenen Haus, in meinem eigenen Bett. Das Rauschen und der Nebel des Geysirs verfolgen mich jede Nacht in meinen Träumen.

Kapitel 27

»Hey.« Pers Stimme klang angespannt durch die Freisprech-einrichtung.

»Warte kurz«, entgegnete Lia und setzte den Blinker des Farmtrucks, um auf den nahen Rastplatz abzubiegen. »Ich fahre eben ran.«

Sie war gerade auf dem Rückweg vom Museum, als Pers Anruf sie überrascht hatte. Seit er am Sonntagabend aufge-brochen war, hatten sie einander nicht gesprochen. Gestern Morgen hatte er ihr nur eine kurze Nachricht geschickt und sich nach ihrem ersten Arbeitstag erkundigt.

Hastig schaltete sie den Scheibenwischer aus, der gegen die Schneeflocken kämpfte, und zog ihr Handy aus der Hal-terung am Armaturenbrett. Pers Miene wirkte bedrückt, und er fuhr sich getrieben durchs Haar. Dennoch verfehlte sein Anblick nicht seine Wirkung, und ein sehnsuchtsvolles Ziehen breitete sich in ihrem Herzen aus. Gerade mal drei Tage, und sie vermisste ihn unendlich.

»Hey«, erwiderte sie sanft. »Wie geht es dir?«

Er strich sich über die Schläfen und lächelte matt. »Ging schon mal besser. Hör mal, ich wollte eigentlich am Wo-chenende auf die Farm kommen, aber die Umstände haben sich geändert.«

»Das bedeutet ...?«

»Unser Team wurde zu einem Noteinsatz gerufen. Sobald das Wetter es zulässt, müssen wir das Gebiet des Bárðarbunga abklären. Es gab mögliche Hinweise auf seismische Aktivität.«

Lia sah ihn mit großen Augen an. »Bárðarbunga?«

»Ein Vulkan im Südosten. Liegt unter einer massiven Eisdecke.« Er schaute regelrecht gehetzt in die Kamera. »Das sind keine offiziellen Infos«, fügte er hinzu. »Erst müssen wir die Lage vor Ort abklären.«

»Ich verstehe. Bitte sei vorsichtig.« Die Vulkane waren Pers Arbeit, sie wusste, dass er sich auskannte. Aber es bedeutete auch, dass er sich immer wieder in Gefahrengebiete begeben musste, in die Risikozonen aktiver seismischer Areale, zu denen allen anderen der Zutritt verwehrt war. Sie versuchte, lieber nicht zu viel darüber nachzudenken.

Er hob matt einen Mundwinkel. Dann sah er zu einem Punkt außerhalb der Kamera, ehe er sich räusperte und fortfuhr: »Jedenfalls ... könntest du am Wochenende für mich einspringen? Während Reynar die Safari-Touren übernimmt, muss jemand im Stall bei den Schafen zur Hand gehen. Ich weiß, das ist viel verlangt ...«

»Keine Sorge, das bekomme ich schon hin«, erwiderte sie zuversichtlicher, als sie vermutlich sein sollte angesichts ihrer mangelnden Erfahrung im Bereich der Schafbetreuung. Aber gerade wollte sie nichts mehr, als Per zu beruhigen und seine Besorgnis zu verbannen.

Er nickte sichtlich erleichtert. »Danke, Lia. Es tut mir leid, dass ich ... nicht so für dich da sein kann, wie ich es sollte.«

Sie versuchte, zu lächeln, und tippte mit dem Finger in die Kamera. »Schon gut. Mach dir keine Sorgen, ich werde das Schaf schon schaukeln.« Dann wackelte sie mit den Augenbrauen und sah, dass Per immerhin über ihren furchtbaren Humor lachen musste.

»Na gut, Schafflüsterin. Dann gutes Gelingen. Ich melde mich, sobald ich kann.«

Lächelnd betrachtete sie ihn, bevor sein Bild gleich wieder von ihrem Display verschwinden würde. »Pass bitte auf dich auf«, wiederholte sie noch einmal.

Jemand schien ihn von außerhalb des Bilds zu rufen. Er hob kurz den Blick, nickte. »Ich muss gehen. Ich liebe dich«, flüsterte er dann in sein Handy, ehe er auflegte.

Einen Moment lang starrte Lia noch auf den Bildschirm. Dann tippte sie Ich liebe dich auch in ihren Chat und befestigte das Handy wieder am Armaturenbrett.

Schafversorgung also. Offenbar sollte sie sich bis zum Wochenende noch ein paar landwirtschaftliche Kenntnisse anlesen. Aber so viel anders, als einen Pferdestall auszumisten, konnte die Sache ja wohl auch nicht sein.

Sie lenkte den Wagen wieder auf die Hauptstraße. Auf ihrem Handy ploppte eine Nachricht von Valeria auf, ein Bild von der dieswöchigen Salsa-Party im Iðnó. Lia seufzte. Wie es aussah, würde ihr Mittwochabend deutlich beschaulicher werden. Ausgelassene Salsa-Nächte waren in weite Entfernung gerückt, genauer gesagt trennten sie vierhundert Kilometer schneebedeckten Hochlands von ihnen.

Kurz bevor sie zur Lodge abbiegen musste, fiel ihr der Strickclub ein. Es war 17:30 Uhr. Genug Zeit, um im Bistro des Kunstzentrums eine Kleinigkeit zu essen und dann direkt in den Blumenladen zu bummeln …

Sie musste grinsen. Hier saß sie also und überlegte ernsthaft, sich einer Strickrunde anzuschließen. Mit ihren zwei linken Händen. Aber anscheinend war der Strickclub das, was einem Salsa-Abend in Seyðisfjörður am nächsten kam. Und vielleicht würde sie neben Ásgeir auch noch ein paar weiteren interessanten Leute aus dem Dorf begegnen.

Also brachte sie den Farmtruck auf Kurs und fuhr Richtung Kunstzentrum.

Schon im Bistro des Skaftfell Art Center traf sie auf Ásgeir. Er saß an einem Tisch in geselliger Runde und stellte ihr Selma, Adrían und Tíbor vor, die ein Bed and Breakfast im Ort betrieben und ebenfalls zum Strickclub gehörten, ebenso wie Annó und Rúnar, die als Fischer im Ort arbeiteten. Während sie gemeinsam aßen, tauschten sie sich über die wöchentlichen Neuigkeiten im Ort aus. Lia wurde von ihnen herzlich begrüßt und in Seyðisfjörður willkommen geheißen. Die anderen erzählten ihr, dass »die hübschen bunten Häuschen« des Orts im frühen 20. Jahrhundert von norwegischen Siedlern errichtet worden waren, als der Hafen ein zentraler Punkt des Heringsfiebers wurde. Die Norweger hatten Geschmack, das musste man ihnen lassen.

Anschließend wanderten sie mit ihren Getränken in den Blumenladen. Ásgeir hatte im hinteren Raum einen antiken Tisch ausgeklappt und zusammengewürfelte Leinen- und Polsterstühle herangezogen. An jedem Platz stand eine Retro-Leselampe, von den weinbewachsenen Balken des Wintergartens spannten sich Lichterketten und ließen Ásgeirs breit gefächerte Sammlung an exotischen und heimischen Pflanzen wie einen verwunschenen Wald wirken.

Sie machten es sich bequem, und Ásgeir überreichte Lia eins der Stricksets aus der hölzernen Kiste, die in der Mitte des Tischs stand. »Hier, für Neuankömmlinge habe ich immer ein paar Extra-Nadeln und Wolle da.«

»Danke. Ich bin so spontan hergefahren, dass ich gar nicht daran gedacht habe, etwas zu besorgen.« Sie befühlte das pfirsichfarbene Knäuel.

»Die Lettlopi ist eine leichtere Variante unserer isländischen Wolle«, erklärte Ásgeir. »Aber dennoch hat sie die besondere Eigenschaft, dass sie wasserabweisend ist. Und ich dachte, die Farbe könnte dir gefallen«, fügte er zwinkernd hinzu.

Grinsend schwenkte sie die Wolle vor ihrer pfirsichfarbenen Bluse. »Wie hast du das bloß erraten?«

Während Ásgeir ihr die ersten Schritte erklärte und die anderen ihre angefangenen Strickprojekte hervorholten, trudelten noch Sámur und Líus ein, die ebenfalls Gründungsmitglieder des *Prjónaklúbbur Seyðisfjörður* waren. Sie erfuhr, dass die Männer sich vor fünf Jahren zufällig in Ásgeirs Laden begegnet waren und schließlich auf ihre gemeinsame Leidenschaft für das Stricken zu sprechen kamen. Eine Woche später fand das erste Treffen des *Prjónaklúbbur* statt, und seitdem hatten sich immer mehr Mitglieder dazugesellt. Sie teilten ihre Tipps miteinander, übten neue Muster und hielten so eine der ältesten Traditionen des Landes aufrecht. In Island strickte man schon seit über fünfhundert Jahren.

Während Lia tapfer mit den Maschen kämpfte, unterhielt sie sich mit den anderen und konnte gelegentlich ihr Isländisch testen. In einem stillen Moment ließ sie den Blick über den Raum schweifen. Sámur und Líus schauten konzentriert auf ihre Pullover und das komplizierte Muster, an dem sie sich versuchten, die anderen scherzten miteinander, tranken ihren Wein oder Kaffee, während die Nadeln leise aneinanderklirrten und sie der gemütliche Schein der Lampen und die Geborgenheit der wuchernden Kletterpflanzen umgaben. Das hier war vielleicht keine Salsa-Party, aber Ásgeirs Zauberwald-Strickclub besaß seinen ganz eigenen Charme. Ein bisschen Geselligkeit in den verlassenen Straßen von Seyðisfjörður. Und für ein paar Stunden vergaß Lia, dass draußen vor der Tür die verschneiten einsamen Weiten der Ostfjorde lagen.

***

Drei Tage später

Im Schein der Taschenlampe stapfte Lia durch den Neuschnee, der den Pfad zum Rentiergehege überdeckte. Der Dampf ihres Morgenkaffees stieg wie ätherischer Nebel in dem grellen Licht auf, und Lia umklammerte die Tasse noch etwas fester, während sie darum kämpfte, in den Schneewehen nicht das Gleichgewicht zu verlieren. Es war sieben Uhr, und es würde noch vier Stunden dauern, ehe die Sonne aufging. Aber das konnte sie nicht davon abhalten, den größten Vorteil, den ihr neuer Wohnort bot, zu nutzen.

Sólveig und das gerettete Kalb warteten schon auf sie, als sie den Unterstand erreichte. Neugierig drückten sie ihre weichen Nasen gegen Lias Hände, und sie musste schnell den Kaffee außer Rentierreichweite bringen. »Guten Morgen, nicht so gierig, ihr zwei. Das hier ist für euch.« Aus ihrer Jackentasche holte sie eine Handvoll Flechten, die die beiden hastig verschlangen. Sie kraulte kurz Sólveigs Hals und lehnte sich dann an den Zaun, um entspannt ihren Kaffee zu trinken. Es gab nichts Schöneres, als den Rentieren am Morgen einen Besuch abzustatten. Das ließ ihre gute Laune sofort in den Himmel schießen. Dem Kälbchen ging es schon besser, doch es würde noch einige Zeit dauern, bis sein Hinterlauf verheilt wäre. Es war rührend, mitanzusehen, wie Sólveig sich seiner angenommen hatte.

Ihr Handy piepte, und sie angelte es aus der Parkatasche. Eine Nachricht von Per. Endlich. Seit seinem gehetzten Anruf vor der Vulkanexpedition hatte sie nichts mehr von ihm gehört. Und ihre Nachrichten schienen nicht bis auf den Bárðarbunga vorgedrungen zu sein. Mit einer Mischung aus Herzklopfen und Besorgnis öffnete sie den Text.

Hey Süße, ein kleines Lebenszeichen von mir. Die Expedition verläuft wie geplant. Morgen kehren wir nach Reykjavík zurück. Ich bin mir sicher, du meisterst den Einsatz als Schafflüsterin heute mit Bravour. <3 Ich liebe dich auch.

Lia seufzte leise. Besagter Einsatz würde in einer halben Stunde starten, und ihr war inzwischen etwas mulmig zumute, wenn sie daran dachte. Ehrlich gesagt, kam es ihr schon fast wie ein Aufnahmetest vor. Wenn sie sich bis auf die Knochen blamierte, war es das Eine. Dass ihre Schwiegerfamilie live dabei zusehen würde, war eine andere Sache. Aber es half nichts, da musste sie jetzt durch.

Sie schoss ein Foto von ihrer Frühstücksgesellschaft und tippte eine Antwort, doch der einzelne graue Haken verriet ihr, dass Pers Handy schon wieder die Empfangszone verlassen hatte.

Immerhin klang es danach, dass sie ihn bald wiedersehen könnte, vielleicht schon nächstes Wochenende, und in nächster Zeit nicht mit einem Vulkanausbruch zu rechnen war. Obwohl man sich da auf Island ja nie hundertprozentig sicher sein konnte, wie Per ihr einmal gesagt hatte.

Gedankenversunken trank sie den Rest ihres Kaffees, dann verabschiedete sie sich von den Rentieren und stand pünktlich zum Dienst vor den Schafställen.

»Morgen.« Erla bog um die Ecke und reckte den Daumen. »Los geht's. *Pabbi* ist gerade mit den Gästen zur Safari-Tour aufgebrochen. Gefüttert haben wir heute früh schon, jetzt müssen wir ausmisten.«

»Alles klar, bin bereit«, erwiderte Lia und nickte. Ausmisten, wie damals in ihrem Reitstall. Das würde sie hinkriegen. Sie zog die Schultern hoch, verkroch sich vor dem eisigen Wind tiefer in ihrem Parka und folgte Erla. Aufgeregtes Blöken in jeder Tonlage begrüßte sie, und dreihundertzwanzig Nasen streckten sich ihnen aus den Boxen neugierig entgegen.

Erla zeigte ihr kurz, worauf sie achten musste. Da die Stallgasse schmal war, belief sich das Ausmisten hier noch auf reine Handarbeit.

Nach einer Stunde stellte Lia fest, dass es um ihre landwirtschaftliche Konstitution bedeutend schlechter bestellt war, als ihr Pferdemädchen-Ego es sich eingestehen wollte. Offenbar war so eine Pferdebox ein entspannter Alsterspaziergang im Vergleich zu der Fläche, die dreihundertzwanzig isländische Weideschafe im Winter benötigten.

Während Erla ihre Hälfte beinahe fertig eingestreut hatte, hinkte Lia im wahrsten Sinne des Wortes hinterher. Ihre Beine wackelten bei jedem Schritt, ihre Arme hätten schon vor fünf Boxen fast den Dienst quittiert, und an den Händen konnte sie erste Blasen fühlen.

Aber es half nichts. Erla trieb sie weiter, schließlich mussten die Ställe bis zum Mittag fertig sein. Nach dem Mittagessen gingen sie sofort wieder hinaus. Für einige Schafe stand die Klauenpflege an. Was nach einer entspannten Mani- und Pediküre klang, entpuppte sich als nervenaufreibende Angelegenheit, denn die Tiere mussten dafür zwischen die Beine geklemmt hingesetzt und festgehalten werden, was den meisten von ihnen wenig gefiel. Sobald man sie nicht richtig sicherte, zappelten und strampelten sie, und Lia musste fünf ihrer Kandidaten nach einem geglückten Fluchtversuch wieder einfangen.

Als sie am Abend im Hot Tub der Farm saß, spürte sie nur noch die Hälfte ihres Körpers. Erschöpft ließ sie sich gegen die Poolwand sinken und genoss das thermalbeheizte Wasser, das ihre verspannten Muskeln wärmte.

»Na, alles gut überstanden?« Erla stieg neben ihr hinein und drückte ihr ein Glas mit Strohhalm in die Hand. »Birkensaft, ist prima für die Regeneration nach einem langen Tag.«

Lia nahm es dankend entgegen. Sie bezweifelte zwar, dass ein Birkenwässerchen mehr auszurichten vermochte als ein Wikingerbier, aber sie war zu kraftlos, um länger nachzufragen, und sog matt am Strohhalm. Es schmeckte erfrischend und süßlich. »Und das macht ihr jede Woche?«

Erla grinste sie hinter ihrem Strohhalm an und nickte. »Klar. Unter der Woche streuen wir jeden Tag drüber, das ist im Winter ein Muss, damit sie trocken liegen.« Sie knuffte Lia gegen den Oberarm. »Keine Sorge, man gewöhnt sich dran. Wirst schon sehen.«

»Hm.« Lia zwang ein Lächeln auf ihre Lippen und sog still an ihrem Birkensaft. Das klang beunruhigend danach, als wäre dieser Tag in Erlas Augen nicht der einmalige Arbeitseinsatz, für den Lia ihn gehalten hatte.

»Das Landleben ist ja noch neu für dich, auf dem Hof muss man sich erst mal einleben. Aber irgendwann merkst du, dass du selbst Dinge schneller siehst und ganz anders an die Arbeit rangehst.«

»Ihr leistet hier wirklich eine Menge«, erwiderte sie, während sie noch überlegte, wie sie Erla möglichst schonend beibringen könnte, dass ihr Weg nicht so schnell wieder in den Schafstall führen würde.

»Umso wichtiger ist es, dass wir alle mitanpacken. Eine Farm ist eine Familienangelegenheit. Aber wir schaffen das schon. Wenn Per nächstes Jahr herzieht, wird es für uns alle entspannter«, fuhr Erla fort und streckte neben ihr die Zehen in die Luft.

»Ähm …« Lia wandte sich ihr zu. »Wie bitte?«

Erla hob überrascht die Augenbrauen. »Hat er dir das nicht gesagt? Nächstes Jahr gehen *Mámma* und *Pabbi* in den Ruhestand, zumindest offiziell. Sie helfen dann noch aus, aber sie ziehen rüber ins Altenteil, und wir übernehmen die Farm.«

Lia blinzelte gegen den Dampf des heißen Wassers an und merkte, dass sie sich auf ihrem Strohhalm festgebissen hatte. Sie zwang sich dazu, durchzuatmen, obwohl kleine Sternchen vor ihren Augen tanzten. »*Ihr* übernehmt die Farm?«

»Na ja, offiziell übernehme ich sie. Aber einen solchen Betrieb kann man nicht allein aufrechterhalten. Wie gesagt, dafür braucht es eine ganze Familie.«

Für einen Moment war es still, nur die Schaumblasen des Hot Tubs stiegen blubbernd in die Nachtluft hinauf. Lia konnte noch immer nicht glauben, was sie soeben gehört hatte. Während sie die Tage zählte, bis sie endlich wieder in ihrer Wohnung in Reykjavík sein könnte, hatte Per offensichtlich vergessen, zu erwähnen, dass er in nicht mal einem Jahr für immer eine Farm in der Einöde führen würde. Sie hatte Verständnis gehabt, wirklich viel Verständnis. Für seine spontanen Erinnerungslücken, was Elín betraf. Für die Dinge, die ihn schmerzten, er ihr aber nicht anvertrauen wollte. Aber langsam begann der Vulkan in ihr zu brodeln. Das hier war eine lebensentscheidende Veränderung. Etwas so Wesentliches, dass er kein Recht hatte, es ihr zu verschweigen. Denn wenn sie eine gemeinsame Zukunft wollten, würde es ihr Leben ebenso sehr betreffen wie seines.

»Danke für den Birkensaft, Erla«, murmelte sie, während sie aufstand und ungeschickt aus dem Holzbecken kletterte. »Entschuldige mich bitte, ich bin furchtbar müde.«

»Dann eine gute Nacht!«, rief Erla ihr nach, während Lia bereits über die schneebedeckten Holzbohlen zum Haus tappte.

In Pers Zimmer schlüpfte sie in ihren Pyjama und kroch unter die Decke. Ihr Körper fühlte sich taub an. Doch sie wusste nicht, ob der Grund dafür die harte Stallarbeit oder die Nachricht war, die sie soeben erhalten hatte. Während sie in der Dunkelheit an die Zimmerdecke starrte, breitete sich ein schmerzliches Ziehen in ihr aus. Sie fühlte sich hintergangen und im Stich gelassen. Wieso hatte er ihr das nie gesagt? Er würde wohl kaum »einfach vergessen« haben, es zu erwähnen. Schwerfällig drehte sie sich zur Seite und nahm ihr Handy vom Nachttisch. Das Display zeigte keine neuen Nachrichten an.

Sie tippte den Chat mit Per an. Noch immer stand nur ein Haken hinter ihrer letzten Antwort.

Dinge über WhatsApp zu klären, war normalerweise nicht ihre Art. Aber der Wikinger ließ ihr keine andere Wahl. Wenn sie ihren Frust in sich hineinfressen würde, bis er es wieder in den Osten des Landes schaffte, würde sie wirklich noch explodieren. Also tippte sie. Es brauchte mehrere Versuche – ausufernde Anschuldigungen und emotionale Ausbrüche –, bis sie sich schließlich nur für die eine Frage entschied, die alles sagte:

Warum hast du verschwiegen, dass du die Farm übernimmst?

Der Cursor blinkte in der Dunkelheit des Zimmers, und Lia starrte eine Weile auf die Worte.

Als sie schließlich den Senden-Pfeil antippte, lief ihr eine Träne die Wange hinunter, und sie wischte sie hastig fort. Sie umschloss das Handy fest in den Fingern und sank in ihr Kissen. Draußen vor dem Fenster schob der Wind die Wolken über den Nachthimmel und verbarg den Mond in dichtem Nebel.

Kapitel 28

Der Winter hatte das Land mit Schnee und Eis bedeckt, und Ruhe war in das Leben auf den Höfen gekehrt. Man zog sich in den Schutz des Hauses zurück, saß viele Stunden in der Baðstofa beisammen, in der die Wärme sich am besten hielt, und erzählte einander die alten Sagas.

Die Dunkelheit lag gleich eines schweren Schleiers über ihnen. Die wenigen Stunden Tageslicht nutzten die Frauen zum Weben und Sticken. Und die Männer beeilten sich, die Tiere zu versorgen, ehe sich der Schleier der langen Nächte wieder über sie legte.

Alva sehnte sich nach den unbeschwerten Stunden, die sie mit Máhttu verbracht hatte, ehe der Schneefall eingesetzt hatte. Seit die Kälte und das Eis alles um sie herum ergriffen hatten, war es ihnen unmöglich, sich ungesehen in den Nächten hinauszuschleichen. So blieben ihnen nur die heimlichen Momente, in denen sie einander zufällig begegneten. Ein gestohlener Kuss, ein zärtlicher Blick, doch stets schwebte die Gefahr, entdeckt zu werden, über ihnen. So verlassen die Farm auch in den Weiten des Landes liegen mochte – im Winter gab es kaum einen ungestörten Ort hinter ihren Torfmauern.

Am Weihnachtsabend hielt ihr Vater die Andacht vor dem gesamten Hausstand. Es herrschte eine feierliche Stimmung, alle erfreuten sich an den köstlichen Düften, die aus der Küche drangen, in der Marta das Weihnachtsessen vorbereitete. Auch ihre Leute würden an diesem Abend den geräucherten Hammel kosten, dazu servierte Marta Milch-Porridge und Laufabrauð. In das hauchdünne Brot hatte sie hübsche Muster geschnitten, mit weihnachtlichen Sternverzierungen.

Während Alva mit Onkel Jarle, Vater, Mutter und den Geschwistern in der Stube beisammensaß, erklang ein lautes Klopfen an der Eingangstür. Sie hörten, wie Íris hinübereilte, um zu öffnen, und den Besucher eintreten ließ. Kurz darauf erschien Viggó an der Stubentür, sein Haar war zerzaust von dem scharfen Wind, und er umklammerte seine Mütze vor der Brust. Höflich erbat er, eintreten zu dürfen, und ihr Vater winkte ihn herein. Als er näher kam, erkannte Alva die dunklen Schatten, die unter seinen Augen lagen.

»Entschuldigt die Störung an diesem Festtage, aber ich bringe eine dringende Kunde.« Er bekreuzigte sich. »Euer Bauer Jón Magnusson, mein Vater, ist an diesem Morgen unserem Schöpfer entgegengetreten.«

Alva umschloss den Stoff ihres Kleids fest in ihren Fäusten. Neben ihr fuhr Margrét kaum merklich zusammen und griff nach ihrer Hand.

»So soll er in Frieden ruhen«, sprach ihr Vater, und sie alle bekreuzigten sich in Ehrfurcht vor dem Verstorbenen. »Marta soll dir Fleisch und Brot mitgeben, sodass ihr Jón ein gutes Trauermahl halten könnt. Wir werden euch in drei Tagen unsere Aufwartung machen, um zu besprechen, wie eure Pacht zu regeln ist.«

Viggó nickte. »Ich danke dir für das Essen und deine Worte. Du warst immer schon ein guter Lehnsherr, Sigurður.«

Als er die Stube verließ, erhob ihre Mutter das Wort. »Welch Jammer, Jón war ein fleißiger Mann, der seine Pacht stets pünktlich bezahlte. Die Wege des Herrn sind unergründlich.«

»Fürwahr, meine Liebe«, erwiderte ihr Vater. »Nun, ich befürchte, dass seine Witwe die Pacht nicht aufrechterhalten kann.«

Während ihre Eltern und Jarle die Konversation auf andere Dinge lenkten, wechselten Alva und Margrét einen besorgten Blick. All ihre Befürchtungen waren eingetroffen. Schon bald würde man Jóra, Viggó, ihre Mutter und die kleinen Geschwister fortschicken, auf fremde Farmen, wo sie ihre Arbeit in Dienst stellen müssten.

Mit Sorge betrachtete Alva die verschneite Weite, die sich vor dem Fenster erstreckte. Sie hatte nicht bedacht, dass Jóra womöglich aufbrechen musste, wenn der Boden gefroren und mit Schnee bedeckt war. Hoffentlich würde sie eine Möglichkeit finden, ihren gut verborgenen Schatz an sich zu nehmen.

In dieser Nacht weckte sie ein leises Wimmern. Schlaftrunken blinzelte sie gegen die Dunkelheit an. Der Mond lag hinter schweren Wolken verborgen, und es dauerte, ehe sie die Umrisse der Kammer erkannte. Das Wimmern erklang neben ihr, unter der Decke, die Margrét und sie teilten. Nun sah sie auch, dass die Schultern ihrer Schwester bebten. Sie hatte sich abgewandt und den Blick zum Fenster gerichtet.

»Margrét«, flüsterte Alva und legte die Hand auf ihren Rücken.

Sofort verstummte das Wimmern, und ihre Schwester erstarrte.

»Margrét, was plagt dich? Ist es die Sorge um Jóra? Vertraue mir, es wird sich alles zum Guten wenden.«

Doch sie schwieg. Gerade, als Alva glaubte, sie wäre erneut in den Schlaf gedriftet, erklang ein halb erstickter Laut. »Das verstehst du nicht.«

Sie fuhr aus ihrem Kissen auf und lehnte sich zu ihr. »Was, Margrét, was verstehe ich nicht?«

Doch ihre Schwester zog die Decke bis zum Kinn und drehte ihr Gesicht in das Kissen.

Nun drang nur wieder Skjöldurs Schnarchen durch die Kammertür, die sie von der Baðstofa und ihren Leuten trennte.

Alva sank in einen unruhigen Schlaf. In dieser Nacht träumte sie davon, mit Máhttu über die Ebene im Hochland zu streifen, wo sie auf Jóra trafen und sie auf ihre Reise verabschiedeten.

**

Zwei Tage nach *Annar í jólum*, dem 26. Dezember, brachen ihr Vater und Jarle auf, um sich ihrer Pflicht als Lehnsherren anzunehmen und die Pachtumstände der Witwe Mildríður zu klären.

Alva erwartete ihre Rückkehr mit Ungeduld und Sorge. Man hatte ihr untersagt, Onkel und Vater zu begleiten. Und sie fürchtete, sich nicht von Jóra verabschieden zu können, sollte es zum Äußersten kommen. Doch damit müsste sie leben, es wäre eine leichte Bürde, wüsste sie nur, dass ihre Freundin es schaffen würde, sich und ihr ungeborenes Kind in Sicherheit zu bringen.

Es war kaum Zeit verstrichen, seit die Männer aufgebrochen waren, da klopfte es an ihrer Tür. Alva horchte auf und ließ das Stickzeug sinken, dem sie sich in den knappen

Tageslichtstunden gewidmet hatte. Auch Margrét, die am Sekretär saß und sich an einer Schreibarbeit übte, hielt inne und hob den Kopf.

Wenig später trat Marta in die Stube und kündigte einen Besuch vom Mädchen Jóra, Tochter des Jón, an. Erleichterung durchströmte Alva, als ihre liebste Freundin auf der Türschwelle erschien. Sie ließ ihr Stickzeug achtlos liegen und eilte zu ihr. Jóra trug einen schweren Kapuzenumhang und eine kleine Truhe bei sich.

»Ich bin gekommen, um Abschied zu nehmen«, sagte sie und drückte Alvas Hand. »Ich bin aufgebrochen, noch ehe Sigurður bei uns eintraf.«

»Also ist es sicher – eure Mutter kann die Pacht nicht halten?«

Jóra schüttelte den Kopf, dann zog sie Alva noch einmal an sich und flüsterte ihr ins Ohr: »Ich musste fort. Mutter will das Kind fortgeben, sobald es auf der Welt ist. Nun kann ich meinen eigenen Weg wählen.«

Alva nickte. »Hast du alles dabei?«, fragte sie und hob kaum merklich die Augenbrauen.

»Das habe ich«, erwiderte Jóra zu ihrer Erleichterung. Dann flüsterte sie: »Ich habe es geholt, kurz nachdem du bei mir warst. Ich fürchtete bereits, in Hast aufbrechen zu müssen.«

Alva zog sie noch einmal an ihr Herz. »Möge der Herr dich beschützen. Bitte schreib, sobald du einen sicheren Ort für dich und das Kind gefunden hast.«

»Was wird aus Viggó und euren Geschwistern?«, fragte da Margrét schwach. Sie hatte sich von ihrem Stuhl erhoben und trat zu ihnen.

Jóra sah sie an. »Vielleicht wird euer Vater ihm eine Anstellung versprechen. Wenn nicht, müssen sie alle fort und ihre Arbeit auf anderen Höfen anbieten, sich in den Dienst anderer Leute stellen.«

Margrét wrang ihre Finger und wollte zu einer weiteren Frage ansetzen, doch Jóra unterbrach sie: »Es tut mir leid, aber mir bleibt nicht viel Zeit. Bald wird es dunkel, und ich muss meine Bleibe für die Nacht erreichen. Ich sollte aufbrechen.« Als sie einander ein letztes Mal verabschiedeten, flüsterte Jóra: »Danke, Alva, danke für alles. Das werde ich dir nie vergessen.«

Auch Margrét umarmte sie kurz, aber herzlich. Sie geleiteten Jóra hinaus, wo ihr Wallach Fagur brav wartete. Die Satteltaschen waren mit dem wenigen Hab und Gut gefüllt, das sie ihr Eigen nannte. Alva half ihr, sich in den Sattel zu ziehen, und legte kurz die Hand auf Jóras gewölbten Bauch. In weniger als zwei Monaten würde das Kind zur Welt kommen. Ihre Freundin lächelte ihr zu. »Ich werde ihm von seiner Tante Alva erzählen«, sagte sie leise, und Alva erkannte, dass die Tränen, die sie verspürte, auch in Jóras Augen glitzerten. »In Treue und Freundschaft verbunden«, flüsterten sie zugleich.

Während sie davonritt und Fagurs schwarze Silhouette immer kleiner wurde in den weißen Weiten, legte sich die Schwere der Ungewissheit über Alvas Herz. Sie wusste nicht, ob sie ihre liebste Freundin je wiedersehen würde. Ihr blieb nur die Hoffnung, dass Jóra einen sicheren Weg für sich wählen würde und der Herr sie beschützen mochte.

Als die Männer heimkehrten, verkündete ihr Vater, dass man die Farm fortan einem neuen Pächter unterstellte. Er habe dem tüchtigen Burschen Viggó eine Anstellung auf ihrem Hof verwehren müssen, da sie zurzeit keinen Bedarf an weiteren Arbeitern hätten.

Alva spürte, wie Margrét an ihrer Seite auf der Stubenbank zusammensank. Die Hände ihrer Schwester, in denen sie die Bibel hielt, zitterten leicht.

Auch Alva tat es leid um das Schicksal der Familie. Neun Jahre lang hatten sie den Hof gepachtet. Doch Viggó war ein kräftiger Bursche, dem die Arbeit auf den Feldern leicht von der Hand ging. Er würde eine gute Stelle auf einer anderen Farm finden, vielleicht würde es ihm sogar gelingen, sich ausreichende Habe zu erwirtschaften, um selbst einen Hof zu pachten.

***

An diesem Abend wünschte sich Alva mehr denn je Máhttus tröstende Nähe. Sie wollte ihm erzählen, was ihrer liebsten Freundin widerfahren war. Sich in seine Umarmung fallen lassen, die bisher noch immer die Schwierigkeiten der realen Welt für einen Moment verscheuchen konnte.

Spät am Abend, als die Leute sich in der Baðstofa versammelt hatten, sah sie, wie er mit einer Lampe hinaus zu den Ställen trat. Margrét hatte sich schon früh in ihre Kammer verabschiedet. Die Geschwisterchen saßen um Íris herum auf dem Bett und lauschten der Geschichte, die sie ihnen erzählte. Und ihre Eltern und Onkel Jarle sprachen in der Stube. So gelang es ihr, sich unauffällig hinauszuschleichen. Vor dem Haus hielt sie inne und blickte sich um. Es war riskant. Doch die Gelegenheit schien günstig, niemand sonst war mehr draußen im Hof, und alle schienen beschäftigt.

Eilig folgte sie den ausgetretenen Pfaden im Schnee, die zu den Stallgebäuden führten. Sie hielt sich geduckt, sodass man sie nicht so leicht ausfindig machen könnte.

Als sie den Pferdestall erreichte, öffnete sie leise die Tür und schlüpfte hinein. Das Scharren und Schnauben der Pferde begrüßte sie. Am hinteren Ende des Stalls erhellte das Licht von Máhttus Lampe die Dunkelheit. Leise trat sie näher, betrachtete ihn heimlich, ehe er sie bemerkte. Er hatte die Kappe neben sich ins Heu gelegt, und sein blondes Haar glänzte warm im Schein des Kerzenlichts. Mit konzentrierter Miene strich er über Beaivváš' Bauch, dann griff er in seine Tasche und steckte ihr eine Handvoll Flechten zu.

Länger konnte sie ihre Anwesenheit nicht verbergen, denn Fjella begrüßte sie mit einem leisen Brummeln. Máhttu hob den Kopf, und ein Lächeln legte sich über seine Züge, als sie aus den Schatten des Torfstalls trat.

»Alva.« Er erhob sich aus dem Heu und kam ihr entgegen. Sein Blick glitt über die Dunkelheit des Stalls, ehe er sanft seine Hand an ihre Wange legte. »Man könnte uns zusammen sehen«, flüsterte er.

»Die anderen sind im Haus versammelt, alle gehen ihren Beschäftigungen nach.« Sie nahm seine Hand und drehte sich vor ihm in den tanzenden Schatten der Kerzenflamme.

Er umfasste ihre Taille, drehte sich mit ihr, ehe er sie sanft an sich zog. »Ist uns das Tanzen nicht verboten?«

Sie lächelte verschwörerisch. »Manchmal sind es wohl die verbotenen Dinge, die uns für einen Moment befreien und unsere Seelen atmen lassen.«

In den Augen der Kirchmänner und der dänischen Krone ziemte sich das Tanzen nicht, es glich einem sündhaften Frevel. Doch Alva schenkte dieser unbedachte Moment Befreiung aus der Beklommenheit der letzten Stunden.

Máhttu schloss sie in seinen Arm und lehnte seine Stirn an ihre. »Ich habe dich vermisst«, flüsterte er. Zärtlich strich er über ihre Schläfe, fing eine blonde Strähne ein, die sich bei ihrem Tanz aus der geflochtenen Frisur gelöst hatte, und drehte sie zwischen seinen Fingern.

»Ich dich auch«, erwiderte Alva leise. Dann löste sie sich von ihm, nur ein Stück. »Wie geht es Beaivváš?«, fragte sie und wandte sich der Rentierkuh zu, die noch immer ruhig im Heu lag.

Máhttu folgte ihr und kniete sich wieder neben das Rentier. »Sie ist kräftig geworden und hat sich gut an die Gegebenheiten angepasst. Eigentlich müsste sie nicht im Stall stehen. Die Kälte und das Eis können ihr nichts anhaben. Schau …« Er umfasste Alvas Hand und führte sie zu Beaivváš' Bauch, wo ihre Finger tief in dem weichen Fell des Rentiers versanken. Seit ihrer Ankunft im September war es noch viel dichter geworden. »Ihr wird niemals kalt.«

Máhttu lächelte sie an, und Alva spürte eine Wärme in ihrem Herzen. Eine Bewegung unter ihrer Hand ließ sie überrascht aufschauen.

»Spürst du das Kalb?«, fragte er.

Sie nickte. »Welch Segen, dass sie uns sogar in ihrem ersten Frühling hier auf Island ein Kalb schenken wird.«

Er lächelte. »Das ist es. In etwa drei Monaten muss es an der Zeit sein. Deshalb hat sie auch nicht ihr Geweih verloren.« Máhttu hatte ihr erklärt, dass die Rentierbullen ihr prächtiges Geweih jedes Jahr noch vor Weihnachten abwarfen, ehe es im kommenden Jahr nachwuchs. Nur die trächtigen Kühe behielten ihres, bis sie ihre Kälber zur Welt gebracht hatten, um sich während des Winters gegenüber ihren Futterkonkurrenten zu behaupten.

Gedankenverloren strich Alva über Beaivváš' Bauch. Noch regierte der Winter eisern über das Land. Doch alles strebte dem nahenden Frühjahr entgegen. Dabei wünschte Alva, es würde diesmal für immer fernbleiben. Lieber verzichtete sie für alle Ewigkeit auf die Wärme der Sonne, könnte dieser Winter nur andauern. Das Frühjahr würde die ersten Schiffe über den Ozean heranbringen, und mit ihnen ihren Verlobten.

Viele Nächte hatte sie darüber nachgesonnen, welche Möglichkeiten ihr blieben. Wie das Schicksal sie wohl führen mochte. Ihre Pflicht war es, Ólafur zum Mann zu nehmen. Ihm eine getreue Frau zu sein und für immer zu vergessen, welche Gefühle Máhttu in ihrem Herzen erweckt hatte. Doch das wäre unmöglich. Sie könnte ihn niemals vergessen. Keinen einzigen Moment, den sie miteinander geteilt hatten.

Dann dachte sie an Jóra. Ihre so reinherzige Freundin. Sie hatte geliebt, sich der Sünde verschuldet, und nun hatte sie alles verloren. Den Rückhalt und das Vertrauen in ihre Familie, die Sicherheit ihres Heims. Wäre die verbotene Liebe zu dem Mann aus dem Hochland nicht gewesen, hätte sie Alvas Gaben für die Pacht aufwenden können. Doch so war ihr nur geblieben, sich und das Kind vor den Drohungen und Anschuldigungen ihrer Mutter und der anderen zu retten und in eine ungewisse Zukunft aufzubrechen.

»Du wirkst so betrübt am heutigen Abend«, flüsterte Máhttu und legte seine Hand auf ihre. »Auch wenn du versuchst, es zu verbergen.«

»Meine Freundin Jóra«, begann sie zögernd, »sie musste heute ihr Zuhause verlassen. Sie hat ihren Vater verloren … und sie trägt das Kind eines verheirateten Mannes unter dem Herzen. Ich weiß nicht, ob ich sie je wiedersehen werde.«

Er betrachtete sie eingehend, dann umschloss er ihre Handfläche mit seinen Fingern, drehte sie nach oben und fuhr über die zarten Linien, bis hinauf zu ihrem Armband.

»Wenn eure Verbindung tief genug ist, wird das Leben euch wieder zusammenführen«, sagte er leise. »Vertrau darauf, Alva.«

Seine Worte wärmten ihre Seele, schenkten ihr die Zuversicht, die sie sich so dringend wünschte. Doch wenn sie in seine Augen sah, lag die drängende Frage auf ihren Lippen, die sie nicht wagte, auszusprechen. Der zweite Grund für ihre Trübsal. Denn sie fürchtete, diesmal zu irren. Statt der Zuversicht Zweifel und Ablehnung in seinem Blick zu lesen. Die Frage, ob er bereit wäre, mit ihr zu fliehen. Ein neues Leben zu beginnen. Sie könnte ihn alles kosten. Und seine Antwort könnte ihr Herz auf ewig brechen.

Also schwieg sie, lehnte sich ihm stumm entgegen, als er ihr Haar umfasste und sich zu ihr beugte, ließ sich von seinem Kuss davontragen.

Kapitel 29

Seyðisfjörður
Heiligabend 2024

»*God Jól*, Lia.«

Sie spürte, wie sich zwei starke Arme um sie legten und Pers Atem über ihren Nacken strich. Schlagartig öffnete sie die Augen, und als sie sein Gesicht erblickte, schob sie sich demonstrativ von ihm weg. Doch so leicht ließ er sich nicht abschütteln. Er legte die Hand an ihre Wange und strich über ihre Schläfe.

Sie verengte die Augen. »Was machst du hier?«

»Das ist mein Bett. Schon vergessen?«, flüsterte er, ehe er sich wieder über sie lehnte und sie küsste.

Leider war ihr Körper nicht so sehr auf Abwehr gesinnt wie ihr Verstand, und sie ließ sich für einen Moment hinreißen. Der Duft nach Heu umgab Per, und die Wärme seiner Haut auf ihrer setzte ganz offensichtlich sämtliche logische Denkprozesse außer Kraft. Sein Kuss entfesselte die Sehnsucht, die sich in den letzten drei Wochen ebenso schmerzlich wie die Wut in ihrem Herzen verankert hatte.

Plötzlich hielt er inne, betrachtete sie besorgt und wischte die Träne fort, die über ihre Wange bis zu seinem Daumen rann. »Lia«, flüsterte er wieder, doch die Unterbrechung reichte, um den romantischen Nebel zu lichten, der ihre Sinne verklärte.

Sie strampelte sich frei und wich an die Bettkante aus. »Erstens: Es ist jetzt mein Bett, und zweitens steht das hier«, sie fuchtelte wild mit den Armen zwischen ihnen hin und her, »gerade ja wohl völlig außer Frage. Meinst du, du kannst hier einfach reinspazieren, meinen Namen flüstern, und schon ist die Sache vergessen?«

Drei Wochen waren vergangen, seit sie durch Zufall von Pers Umzugsplänen erfahren hatte. Nachdem er von seiner Expedition zurückgekehrt war, hatte ein Eissturm das Land im Griff gehabt und den Hringvegur in die Ostfjorde lahmgelegt. Und jetzt schlich er sich einfach am Morgen von Heiligabend hier rein und schlüpfte zu ihr unter die Decke, als wäre nichts gewesen?

Er streckte die Hand nach ihr aus. »Nein, aber ich kann nur noch einmal wiederholen, was ich dir bei unserem Videocall schon gesagt habe: Ich wollte es dir nicht verheimlichen. Ich habe es selbst noch vor mir hergeschoben. Aber letztlich sehe ich keine andere Lösung. Die Farm ist eine Verpflichtung, in die man hineingeboren wird. Davon kann ich mich nicht einfach abwenden.«

Hastig entzog sie ihm ihre Finger und verschränkte sie vor der Brust. »Ich hatte aber nicht vor, Schaffarmerin zu werden und jeden Morgen im Stall zu stehen. Und für immer in der Einöde zu leben«, brachte sie trotzig hervor.

»Du hast jedes Recht, wütend zu sein, Lia.« Er streichelte über ihr Bein, dann stand er auf, zog sich wortlos an und ging.

Sofort befiel sie das schlechte Gewissen. Ihre Antwort war ehrlich gewesen, aber sie hatte ihn damit nicht verletzen wollen. Alles, was sie sich wünschte, war, mit ihm zusammen zu sein. Doch das Schicksal machte es ihnen nicht leicht. Andauernd änderten sich die Umstände ihrer gemeinsamen Zukunft. Und sie hatte das Gefühl, dass sie jedes Mal alles aufgeben musste, damit ihre Liebe eine Chance hatte.

Sie zog sich die Decke bis zum Kinn und entdeckte den dampfenden Cappuccino auf ihrem Nachttisch. Daneben lag ein Zettel. Ehe sie einen Schluck trank, faltete sie ihn auseinander. *Es tut mir leid, Lia,* stand in Pers zackiger Handschrift darauf. *Ich liebe dich.*

Sie schluckte und lehnte sich zurück gegen das Birkenholz. Sie liebte ihn auch. Und auch wenn ihr Verstand etwas anderes sagte, meinte ihr Herz, zu wissen, dass sie eine Lösung finden würden. Die Liebe fand schließlich immer einen Weg, war es nicht so?

Nachdem sie den Cappuccino getrunken hatte, zog sie sich an und suchte nach Per. Hilda und Erla standen gerade in der Küche beisammen und waren schon vollauf mit den Vorbereitungen für das Weihnachtessen beschäftigt.

»Guten Morgen«, grüßte sie, schnappte sich eine Banane aus der Obstschale und scheuchte den Haushahn von ihrem Platz. »Habt ihr Per gesehen?«

»Glaube, der ist rausgefahren«, erwiderte Erla, und Lia entging nicht, dass sie und ihre Mutter einen Blick wechselten.

»Okay, danke.« Was dieses Rausfahren auch immer bedeuten mochte. Anscheinend würde sie sich gedulden müssen, bis er wieder auf den Hof zurückkehrte. Sie reichte Ari ein Stück von ihrer Banane, das der Hahn gierig aufpickte. »Kann ich euch mit dem Essen helfen?«, fragte sie dann und trat zu ihnen an den breiten Küchentresen.

»Gern. Heute Abend gibt es *Hangikjöt*, geräuchertes Lamm, mit Erbsen, Rotkohl, Sauce béarnaise und Laufabrauð.« Erla schob ihr eine Schüssel mit Schoten zu.

»Magst du die weiterpulen? Dann kann ich schon mal den Rotkohl reiben.«

Lia seufzte innerlich erleichtert. Weder Fisch noch Schafskopf. Auch wenn sie lieber nicht zu viel an das Lämmchen, das da im Ofen garte, denken wollte. »Klar, kein Problem.« Während sie sich an die Arbeit machte, hörte sie Hilda und Erla zu, die sich auf Isländisch über Weihnachtstraditionen unterhielten und sie gelegentlich etwas fragten. Seit sie auf der Farm wohnte und mittwochs den Strickclub besuchte, hatte sich ihr Isländisch schon etwas verbessert. Im Gegensatz zu ihren Strickkünsten. Offenbar war sie ein hoffnungsloser Fall. Aber sie genoss es trotzdem, in der Gesellschaft der anderen in Ásgeirs verwunschenem Wintergarten zu sitzen und zu erzählen. Gelegentlich besuchte sie ihn auch im Laden, wenn sie von der Arbeit kam, und sie aßen gemeinsam im Bistro oder dem Food Coop. Ohne ihn und die Mitglieder des *Prjónaklúbbur* hätte sie sich hier noch viel einsamer gefühlt.

»Kennst du die Geschichte von den Jólasveinar?«, fragte Hilda sie, als Lia eine längere Zeit gedankenverloren ihre Erbsen sortierte.

Sie schüttelte den Kopf. »Nein.«

»Wir haben hier in Island keinen Weihnachtsmann, dafür aber die Jólasveinar, die dreizehn Weihnachtstrolle. Die Geschichte besagt, dass sie die Söhne der Trollfrau Grýla sind, einer garstigen Hexe, die unartige Kinder einfängt und isst. An Weihnachten schickt sie ihre Söhne ins Tal zu den Menschen und so beginnt bei uns die Weihnachtszeit traditionell am 12. Dezember. Bis Heiligabend, Aðfangadagur, besucht uns jeden Tag ein Troll und spielt uns einen Streich. Ebenso wie die Jólakötturinn, die Katze der Hexe, ein schwarzes riesiges Tier, das auf der Suche nach Menschen, die am

Weihnachtsabend kein neues Kleidungsstück geschenkt bekommen haben, durch die Lande streift, um sie oder ihr Weihnachtsessen zu fressen.«

»Eine kinderessende Trollmutter?«, fragte Lia mit aufgerissenen Augen. Für die Weihnachtskatze hegte sie immerhin eine gewisse Sympathie. Wenn diese Samtpfote auch grausam war – offenbar hatte sie Stil.

Erla grinste. »Früher haben die Leute mit den Geschichten ihre Kinder zu gutem Benehmen zwingen wollen. Doch sie sind so grauenvoll, dass 1746 verboten wurde, den Kindern damit Angst einzujagen. Seit dem 19. Jahrhundert hat man die Geschichten erst wieder erzählt, aber man hat die Trolle etwas freundlicher gestaltet.«

»Verständlich. Und welcher Troll kommt heute?«, fragte sie.

»Kertasníkir, der Kerzenschnorrer.«

Sie lächelte in sich hinein. Solange es nicht Elín war, sollte es ihr recht sein.

Als die Sonne unterging, hörte Lia endlich Pers Schneemobil auf dem Hof. Die Küchenuhr zeigte an, dass es bereits halb vier war. Hilda, Erla und Reynar hatten sich für eine kurze Ruhestunde zurückgezogen, aber sie hatte in der Küche gewartet und mit jeder Stunde, die verstrich, unruhiger auf die Zeiger der Uhr gestarrt. Sie schlüpfte eilig in ihre Gummistiefel, warf sich den Parka über und lief ihm durch das einsetzende Schneetreiben hinterher. Er hatte sie nicht gesehen und war bereits Richtung Scheune abgebogen. Als sie in die spärlich beleuchtete Halle trat, belud er gerade die Schaufel des Futterladers mit Flechten.

Sobald er sie entdeckte, stoppte er das Fahrzeug. »Lia.« Ein überraschter Ton lag in seiner Stimme.

Wortlos kletterte sie zu ihm auf den Fahrersitz, und er rückte nach hinten, sodass sie auf seinem Schoß Platz hatte. Dann legte sie die Arme um seinen Hals und lehnte ihre Stirn an seine.

Er zog sie an sich und strich ihr über den Rücken.

Zwischen ihnen lagen so viele Worte. Sie würden in den nächsten Monaten ernsthaft ihre Zukunft planen müssen. Eine Menge Kompromisse finden müssen. Aber in diesem Moment wollte sie nur bei ihm sein.

Als ihre Lippen seine berührten, rückte sich ein Stück ihrer Welt wieder gerade, die in den letzten Wochen aus den Fugen geraten war.

***

Am Abend saßen sie nach dem Weihnachtsessen im Wohnzimmer vor dem Kamin beisammen. Der Weihnachtsbaum war mit bunten Kugeln und Figuren geschmückt. Sie stießen noch einmal mit *Jólaöl* an, einer ziemlich gewagten Mischung aus dem Lia schon bekannten Maltextrakt und der typisch isländischen Orangenbrause Appelsín. Inzwischen überraschte sie nicht einmal mehr dieser spezielle Drink, der eine Art Weihnachtsnationalgetränk war.

Dann überreichten sie einander ihre Geschenke. Lia saß mit angezogenen Knien auf dem Schaffell vor dem Weihnachtsbaum, an Pers Schulter gelehnt, und während sie betrachtete, wie ihre Schwiegereltern und Erla die Bücher auswickelten, die sie ihnen gekauft hatte, fühlte sie sich zum ersten Mal ein Stück heimisch. Vielleicht hatte sie sich von Anfang an zu sehr gegen die Idee gewehrt, hier zu wohnen. Sie hatte Seyðisfjörður als Übergangsstation in ihrem Leben gesehen, als notwendigen Zwischenhalt, ehe sie in ihr Reykjavíker Leben zurückkehren könnte. Vielleicht müsste sie dem Ganzen eine wirkliche Chance geben. Dieses Weihnachten war so anders als das Fest, das sie sich noch vor zwei Monaten ausgemalt hatte. Aber an diesem Abend fühlte sie sich zum ersten Mal dazugehörig, als Teil von Pers Familie.

»Danke, der ist wunderschön«, raunte Per ihr zu und fuhr über den Einband des Foto- und Naturführers zum Herdenleben der Rentiere, den sie ihm besorgt hatte. »Na los, öffne deins.«

Sie lächelte und schob das Paketband zur Seite, in das der Wikinger sein Geschenk eingeschlagen hatte. In Island war es Tradition, einander an Heiligabend ein Buch zu schenken und anschließend in besinnlicher Runde gemeinsam zu lesen.

Unter dem pinkfarbenen Katzenpapier kam ein modernes Taschenbuchcover zum Vorschein, auf dem ein isländischer Gletscher zu sehen war, und der Titel *Isle of Art*. Neugierig drehte Lia das Buch um und überflog den Klappentext. Es handelte sich um einen Kunstführer, der eine Reise durch Islands Kunstszene versprach. »Oh, es ist perfekt«, jubelte sie und küsste Per schnell auf die Wange.

Er legte grinsend den Arm um sie und schaute über ihre Schulter auf das Buch hinunter. »Du musst es aufschlagen.«

Auf der ersten Seite rutschte ihr eine Karte entgegen. Per hatte eine Reise zu allen Galerien und Kunstzentren geplant, die im Buch beschrieben waren. Eine Land-Rover-Tour über die Insel mit romantischen Hotelaufenthalten. Gerührt klappte Lia das Buch wieder zu und drehte sich zu ihm. »Das ist das schönste Geschenk, das mir je jemand gemacht hat«, flüsterte sie und küsste ihn flüchtig, während vom Sofa gerade lautes Gelächter herüberklang, als Erla die

Biografie ihrer Lieblingsboyband aus Teenagerjahren auspackte, die ihre Uni-Freundinnen aus England geschickt hatten.

Lächelnd lehnte Lia sich wieder an Per, nahm noch einen Schluck *Jólaöl* und fühlte sich fast schon ein bisschen isländisch, in dieser geselligen Weihnachtsnacht im Kerzenschein des *Jólatré*.

***

Der Morgen des *Jóladagur*, des ersten Weihnachtstags, begann auf der Farm schon früh. Oder wie Lia es nannte: zu nachtschlafender Zeit. Um fünf Uhr stand sie mit ihrem Thermobecher Belebungskaffee in der einen und der Forke in der anderen Hand neben Per im Schafstall und versuchte, sich zu merken, welche der Schafdamen wie viel Heu und Kraftfutter und welche Vitaminzusätze bekam. Vor fünfzehn Minuten hatte sie noch in seinem Arm unter der warmen Decke gelegen. Und zugegeben, das hatte ihr tausendmal besser gefallen. Seufzend kippte sie die Hälfte Kaffee hinunter und widmete sich dann dem Frühstück der ungeduldig blökenden Schafe.

Nach zwei Stunden stolperte sie durchgefroren und überdreht von zu viel Kaffee auf leeren Magen hinter Per in den Flur des Farmhauses. Sie schlüpften aus ihren Jacken und Gummistiefeln, und Lia überlegte kurz, ob sie ihre abgetragene Reitleggings und den verfärbten Kapuzenpulli aus ihrem Auslandssemester an der University of Exeter schnell gegen etwas Festlicheres tauschen sollte. Andererseits war es sieben Uhr morgens, wer sah da schon so genau hin? Und schließlich waren sie unter sich. Die ganze Familie trug Stallsachen, wenn sie vom Füttern hereinkam. Also folgte sie Per ohne Umschweife in die Küche. Als sie ein helles Lachen hörte und sah, wer da auf der Küchenbank saß, wäre sie am liebsten wieder hinausgestolpert.

Wieso hatte sie niemand gewarnt, dass am ersten Weihnachtstag die Hexe persönlich aus dem Hochland zu Besuch kam?

Elín schüttelte ihr perfekt gestyltes wasserstoffblondes Haar und strahlte über das ganze Gesicht, sobald sie Per entdeckte. »*God Jól*, Per«, sagte sie und umarmte ihn, als er neben ihr auf die Sitzbank rutschte. Und Lia entging nicht, wie sie ihre Finger in seinen Nacken schob und dort einen Moment zu lang verweilen ließ.

Innerlich verdrehte sie die Augen und nahm hin, dass »die gute Freundin« sie wie immer ignorierte.

»Elín, Schatz, möchtest du Rührei?«, fragte Hilda, die beinahe ebenso strahlte wie Elín.

Die nickte, und während sie aßen, schwelgte ihre Schwiegerfamilie in Erinnerungen an vergangene Weihnachtsfeste, an denen allen auch Elín anwesend gewesen war. Wie reizend.

Am liebsten hätte Lia dem Hahn, der unter dem Tisch nach Krümeln pickte, mal einen Tipp gegeben, wen er heute drangsalieren dürfte, aber offenbar liebte selbst das stolze Geflügel Elín, denn er ließ sich brav von ihr füttern.

»Du gehörst eben zur Familie«, sagte Hilda gerade und schob ihr eine Keksdose zu. »Bring die bitte deinen Eltern mit, und sag ihnen lieben Dank für den Weihnachtskuchen.«

Sie nickte. »Natürlich, das mache ich.«

In dem Moment klingelte Pers Handy. »Ja?«, meldete er sich ernst. Es folgte ein Fluchen. Als er auflegte, stand er auch schon halb und verschlang hastig den Rest seines Brötchens. »Die Rentiere sind ausgebrochen«, murmelte er. »Ein paar Touristen haben bei Sámur geklingelt und nach ›Santas Schlittentouren‹ gefragt, weil in seinem Garten fünf von ›Santas Helfern‹ stehen.«

»Mist!« Erla sprang mit auf. »Brauchst du Hilfe? Ich wollte eigentlich mit dem Ausmisten anfangen.«

»Kein Problem, ich fahr mit«, sagte Elín und folgte Per aus der Sitznische.

»Also, ich helfe auch gern«, bot Lia an.

Erla und Elín wechselten einen undeutbaren Blick.

»Vielleicht magst du lieber Erla bei den Schafen unterstützen?« Per sah sie bittend an und drückte ihr einen Kuss auf die Stirn. »Wir müssen uns beeilen, und ich brauche jemanden mit Erfahrung, um die fünf Ausreißer einzufangen.«

»Schon gut«, erwiderte sie. Nun würde sie die Mistgabel offenbar schneller wiedersehen, als ihr lieb war.

Während Per und Elín den Viehtransporter an den Land Rover ankuppelten, folgte sie Erla in den Stall. Und als sie zum zweiten Mal an diesem Tag in der Kälte stand und die Forke schwang, war das Weihnachtsgefühl, das sie am vergangenen Abend noch erfüllt hatte, vollkommen verflogen.

Kapitel 30

Am Mittag waren Per und Elín noch immer nicht zurückgekehrt. Nach der Stallarbeit und einer leichten Suppe, die Hilda vorbereitet hatte, sprang Lia unter die Dusche und zog sich das bordeauxfarbene Satinkleid an, das sie für das weihnachtliche Beisammensein und das Festessen am Abend extra schon in Reykjavík herausgesucht hatte.

Vor dem Dachfenster ging die Sonne unter, und sie warf einen besorgten Blick auf ihr Handy. Aber Per hatte sich nicht gemeldet. Sie beschloss, zurück in die Küche zu gehen. Vielleicht wussten Hilda, Erla oder Reynar ja etwas.

Doch die Küche und das Wohnzimmer waren verlassen. Bestimmt hatten sie sich ebenfalls für eine kurze Ruhe zurückgezogen.

Sie setzte gerade Tee auf, als sie draußen Motorengeräusche hörte. Vom Fenster aus sah sie, wie Elín den Anhänger abkuppelte.

Eilig schlüpfte sie in ihre Snowboots, warf sich den Mantel über das Kleid und stapfte zu ihr hinüber. Doch Per war nirgends zu entdecken.

»Hey, ist alles in Ordnung? Wo ist Per?«, rief sie Elín entgegen.

Die tat, als hätte sie nichts gehört, und werkelte an der Anhängerkupplung herum.

»Okay, du kannst mich nicht ausstehen, schon verstanden. Aber könntest du antworten?«

Seufzend erhob sie sich und marschierte an Lia vorbei Richtung Fahrerseite des Land Rovers. »Hat alles geklappt. Per ist rausgefahren.«

Lia stockte. »Was heißt das? Wo genau ist er denn hingefahren?«

Lara Croft schwieg und wollte sich gerade hinter das Steuer schwingen, doch Lia hielt sie am Ärmel ihrer Drei-Schichten-Outdoor-Jacke fest.

»Warte. Was weißt du über seine Vergangenheit? Hat das etwas damit zu tun?«

Sie entzog Lia ihren Arm und funkelte sie an. »Er musste den Kopf frei kriegen. Kein Wunder.«

Der Wind blies ihnen erste Schneeflocken entgegen, und Lia schlang fröstelnd die Arme um ihren Körper. »Weshalb kannst du es mir nicht sagen?«

Elín schnaubte. »Weil es nichts ist, was man einem Außenstehenden erzählt.«

»Ich bin keine Außenstehende«, erwiderte sie.

»Doch, das bist du, Lia. Und du solltest langsam einsehen, dass du hier nicht hingehörst. Und zu Per erst recht nicht.«

Sie verschränkte die Arme. So leicht würde sie sich von Elíns Show nicht beeindrucken lassen. »Oh, tatsächlich ... Vielleicht lässt du ihn das entscheiden?«

»Das hat er schon. Oder hast du gedacht, wir wären ›nur Freunde‹?« Elín zeichnete die Anführungszeichen zwischen den Schneeflocken in die Luft.

»Was?« Für einen Moment starrte Lia sie sprachlos an. Das war eine Lüge, oder? Es konnte nur eine Lüge sein.

»Oh.« Elín lachte bitter auf. »Du hast es nicht gewusst. Ich habe dir doch gesagt, dass Per und mich alles miteinander verbindet. Dass wir alles miteinander teilen. Das Bett ist da keine Ausnahme.«

Kalte Panik legte sich über ihre Adern, und sie ließ die Arme sinken. Die Kälte, die der Wind unter ihren Mantel blies, spürte sie kaum. »Das ist nicht wahr«, brachte sie leise hervor.

»Doch, das ist es.« Elín sah sie an. »Er ist alles für mich, verstehst du. Und dann kommst du hierher. Gibst aus irgendeiner romantischen Fantasie dein Leben in Hamburg auf, um zu deinem Urlaubsflirt zu ziehen. Merkst du nicht, dass du hier nichts verloren hast? Bist du so blind, Lia? Du hast keine Ahnung vom Landleben. Erla hat mir erzählt, dass du fast kollabiert bist, weil du ein Mal den Stall ausmisten solltest.« Sie lachte auf. »Als könnte Per so jemanden an seiner Seite gebrauchen. Gerade Per ... er braucht jemanden, der stark ist, auf den er sich verlassen kann. Der ihm Arbeit abnimmt und ihm keine zusätzliche macht.« Elín trat einen Schritt auf sie zu. »Ich bin schon immer Teil der Familie gewesen. Keiner hier glaubt, dass du ernsthaft zu ihm passt. Du bist ... eins der kleinen Abenteuer, die sich von allein erledigen. Tut mir leid.«

Getroffen wich Lia zurück. Sie hatte mit Elíns Anschuldigungen umgehen können, solange sie gewusst hatte, dass Per sie bedingungslos liebte. Dass Elín für ihn wirklich nur eine Freundin war.

Nun fühlte sie nur noch Taubheit.

Wortlos drehte sie sich um und lief zurück zum Haus. Im Wohnzimmer brannte Licht und warf einen leisen Schein in den Flur. In Trance stieg sie im Halbdunkel die Treppe zu ihrem Zimmer hinauf. Ihre Koffer standen neben dem Kleiderschrank. Während sie die ersten Sachen hineinwarf, spürte sie, wie die Tränen ihre Wangen hinunterliefen. Sie wischte sie ärgerlich fort. Wenn es stimmte, was Elín sagte, dann würde sie ihre Tränen nicht vergeuden. Das hatte er nicht verdient.

Eine halbe Stunde später trug sie ihre Koffer hinaus zum Pick-up. Ehe sie den letzten Koffer auflud, zog sie ihr Handy aus der Manteltasche. Siebzehn Uhr. Noch immer kein Lebenszeichen von Per. Keine Nachricht.

Sie sperrte das Display und steckte es schnell wieder ein. Gerade als sie den dritten Koffer auf die Ladefläche hob, hörte sie den Motor des Schneemobils.

»Hey.« Per hielt neben ihr und stieg ab. »Was machst du da?« Entsetzt betrachtete er die Koffer auf dem Farmtruck. Dann sah er sie an. »Was ... soll das, Lia?« Er trat auf sie zu und wollte nach ihrer Hand greifen, doch sie wich zur Seite.

»Nicht.« Sie hob die Hand, um seine Finger abzuwehren, ließ sie aber gleich wieder sinken. »Ich habe dir vertraut. Ich habe dir geglaubt«, brachte sie mühsam über die Lippen. »Du ... hast gesagt, dass zwischen dir und Elín nichts ist.«

Er runzelte die Stirn und versuchte wieder, einen Schritt näher zu kommen, doch sie hielt ihn auf Abstand. »Da ist auch nichts«, sagte er eindringlich.

»Sie sagt, ihr würdet miteinander schlafen.« Allein die Worte auszusprechen, verursachte ihr so viel Übelkeit, dass sie befürchtete, sich übergeben zu müssen.

Er schnaubte. »Das tun wir nicht. Das habe ich dir schon gesagt.«

»Wieso behauptet sie es dann felsenfest? Neben der offenbar hier allgemein verbreiteten Meinung deiner Familie, dass ich nicht zu dir passe und hier nicht hingehöre?«

Er atmete tief durch. »Das mit Elín ist nach einer Party passiert. Vor zwei Jahren. Wir hatten damals ein paarmal etwas Lockeres am Laufen, doch dann hab ich dich in dem Club getroffen, Lia. Und ich wusste gleich, dass das mit dir etwas Ernstes ist. Ich hab Elín noch an dem Abend gesagt, dass diese lockeren Treffen vorbei sind. Ich wollte nur dich. Und es wäre mir im Traum nicht eingefallen, dich zu hintergehen. Und das mit meiner Familie … stimmt vielleicht.« Er sah sie bedrückt an. »Elín ist hier fast mit uns aufgewachsen. Als wir angefangen haben, einander zu daten, hat *Mámma* innerlich wahrscheinlich schon das Hochzeitsaufgebot bestellt – verstehst du, Elín ist in den Augen aller hier die perfekte Wahl. Sie passt hier rein, sie weiß, wie das Leben auf dem Hof läuft. Sie gehört quasi zur Familie …«

Lia starrte ihn so fassungslos an, dass sie vergaß, zu atmen. Er hatte sie nicht betrogen, aber dass er ihr all das verschwiegen hatte, war beinahe ebenso schlimm.

»Aber«, fuhr er fort und schaffte es, sie in ihrer Schockstarre an sich zu ziehen, »das interessiert mich überhaupt nicht, Lia. Ich liebe dich. Es ist nur wichtig, was du und ich fühlen.« Er lehnte die Stirn an ihre. Das Blau seiner Augen war so tief, so eindringlich, dass es sie fast wieder an ihre Verbindung glauben ließ. »Wir finden schon eine Lösung für den Hof.«

Sie schluckte, schob ihn von sich und trat einen Schritt zurück. »Wieso hast du es mir nicht gesagt?«, flüsterte sie.

Er atmete aus, fuhr sich gequält durchs Haar, in dem sich die Schneeflocken verfingen. »Weil ich genau hiervor Angst hatte«, sagte er und legte die Hand an die Ladefläche des Trucks. »Davor, dass du gehst. Hätte ich ernsthaft vermutet, dass Elín solche Lügen erzählen würde, hätte ich längst mit ihr geredet. Ich dachte, sie übertreibt bloß ein wenig … hat sich da in irgendwas reingesteigert.«

»Sie hat ja gar nicht gelogen«, erwiderte sie leise.

»Lia …« Der schmerzverzerrte Ausdruck in seinem Gesicht spiegelte den Schmerz in ihrem Herzen. Etwas in ihr hasste es, ihn so zu sehen. Ihr dummes, dummes Herz. Sie hatte schon gewusst, warum sie Männer lieber auf Abstand gehalten hatte.

Der Schnee trieb wie eine unüberwindbare Mauer zwischen ihnen, nur die Scheinwerfer des Schneemobils beleuchteten den Hof. Sie straffte die Schultern. »Leb wohl, Per.« Dann wandte sie sich ab, raffte ihr rotes Kleid und kletterte auf den Fahrersitz des Farmtrucks.

»Nein, du kannst nicht einfach gehen.« Er trat neben den Wagen und hielt die Fahrertür fest, ehe Lia sie zuschlagen konnte.

»Ich lasse dir den Truck morgen auf den Hof bringen«, erwiderte sie kühl und sah starr geradeaus.

»Wenn du gehen willst, dann sieh mich an und sag mir, dass du das mit uns nicht mehr willst.«

Sie biss sich auf die Lippe. Warum musste der verfluchte Wikinger es noch so viel schwerer machen, als es sowieso schon war?

Sie kämpfte die Tränen zurück, die sich unaufhaltsam in ihren Augen sammelten. Sie würde hier jetzt nicht weinen. Schon gar nicht vor dem Wikinger. Sie atmete tief ein und drehte sich zu ihm. »Leb wohl, Per.« Es waren die einzigen Worte, die sie über die Lippen brachte.

Sein Griff um die Tür lockerte sich. »Leb wohl, Lia. Ich hatte dieses Glück mit dir sowieso nie verdient«, hörte sie ihn sagen.

Sie schnaubte, hielt den Blick wieder starr geradeaus gerichtet, wo die Auffahrt des Hofs zur Hauptstraße führte. Dann riss sie ihm die Tür aus der Hand und knallte sie zu.

Der Motor des Trucks durchschnitt die Stille der Nacht und übertönte für einen Moment das Rauschen in ihren Ohren. Ohne sich noch einmal umzusehen, fuhr sie los. Sie musste hier weg. Sie hatte genug davon, sich andauernd anpassen und verbiegen zu müssen, um einen Platz in Pers Leben zu haben. Genug von seiner Verschwiegenheit. Von den ganzen unausgesprochenen Wahrheiten, über die hier jeder Bescheid wusste, nur sie nicht.

Erst als der Weg sie in die erste Kurve führte, schaute sie in den Rückspiegel. Unbewegt sah sie ihn dort stehen, vor den Scheinwerfern des Schneemobils. Dann schnitten die Fichten den Blick auf den Hof ab.

Die Tränen rannen ihr nun unaufhaltsam über die Wangen, während sie sich bemühte, sie schnell fortzuwischen, um nicht vom Weg abzukommen. Sie fuhr am Rentiergehege vorbei. Sólveig oder einen der anderen vier zu sehen, hätte ihr den Rest gegeben, also starrte sie nur auf die Fahrspur. Und den Schnee, der sich darüberlegte. Bald wäre es, als wäre sie nie hier gewesen.

Als sie den Seyðisfjarðarvegur erreichte, hielt sie an, zog ihr Handy hervor und legte es vor sich aufs Lenkrad. Anna und Freyja hatten Fotos in ihrer Freundinnen-Chatgruppe gepostet. God Jól, meine Liebsten, stand unter dem Bild, das Anna in Arons Armen vor dem Weihnachtsbaum zeigte. Er legte stolz die Hand auf ihren deutlich sichtbaren Babybauch. Lia schluchzte. Darunter erschien Freyjas Foto. Sie lehnte sich an Jan, ihren deutschen Freund, der sie über Weihnachten besuchte, und die beiden hielten strahlend zwei Sektgläser in die Kamera. Frohe Weihnachten <3, stand darunter.

Schnell schloss sie den Chat. Sie liebte ihre Freundinnen. Und sie freute sich für ihr Glück. Aber gerade brach es ihr Herz, zu sehen, was sie sich immer mit Per gewünscht hatte.

In dem Moment vibrierte das Handy auf dem Lenkrad. Selbst ihre Eltern hatten ein trautes Familienfoto geschickt. Frohe Weihnachten für dich und Per, Schätzchen.

Sie hatten ein paarmal telefoniert, seit sie nach Reykjavík gezogen war. Ihre Mutter hatte ihre Entscheidung, ihre Karriere in den Wind zu schlagen und zu einem Mann nach Island zu ziehen, nie verstehen können. Anscheinend hatte sie sich nun endlich damit arrangiert.

Tja, zu spät, dachte sie bitter. Ehe noch mehr Heile-Welt-Weihnachtsromantik ihr Handy fluten konnte, stellte sie es leise und steckte es wieder in die Tasche.

Sie trat aufs Gas, und die Reifen drehten durch. Mit zusammengebissenen Zähnen driftete sie den Wagen auf die Spur Richtung Seyðisfjörður. Und während sie die einsame Straße entlangfuhr, stieg die Wut in ihr auf. Dieser verdammte Wikinger. Sie hatte alles für ihn aufgegeben. Sie hatte ihre Seele wie ein Buch vor ihm aufgeblättert. Und er hatte nichts Besseres zu tun, als ihr Herz wie eine überflüssige Seite herauszureißen.

Als das Ortsschild in Sicht kam, brodelte sie so sehr, dass sie ihre bebenden Finger fester ums Lenkrad krallen musste. Den Weg zu dem blauen Holzhaus am Osthang fand sie selbst im Dunkeln. Im Dorf gab es so wenige Straßen, dass es ausgeschlossen war, sich zu verfahren.

Sie parkte den Truck vor der Garage, atmete tief durch, dann stieg sie aus. Die Fenster der unteren Etage waren hell erleuchtet. Sie entdeckte den Tannenbaum, an dem Naturkerzen brannten. Fröstelnd schloss sie den Mantel, dann lief sie die drei Stufen zur Eingangstür hinauf und klopfte.

Als Ásgeir öffnete, hob er überrascht die Augenbrauen. »Lia, was machst du denn hier?«

»*God Jól*, Ásgeir.« Sie lächelte matt. »Ich weiß, es ist Weihnachten. Entschuldige bitte, dass ich einfach so vor der Tür stehe. Aber du hast doch gesagt, dass du überlegst, dein

Gästezimmer unterzuvermieten.« Sie räusperte sich. »Steht das Angebot noch?«

Ásgeir blinzelte. »Ist etwas mit Per?«

Sie brachte kein Wort heraus.

Ásgeir trat zur Seite und hielt ihr die Tür auf. »Aber natürlich, komm rein. Das Zimmer gehört dir, solange du es brauchst.«

»Danke, du bist meine Rettung«, sagte sie. »Ich hole nur mein Gepäck.«

Als sie ihre drei Koffer in Ásgeirs Flur neben der Treppe platziert hatte und aus dem Mantel schlüpfte, kam er gerade aus der Küche zurück.

»Und ich störe dich auch wirklich nicht? Du sagtest ja, du verbringst Weihnachten allein. Da dachte ich, dass du dich vielleicht auch über Gesellschaft freust.« Obwohl sie heute wohl die schlimmste Gesellschaft der Welt sein musste.

Ásgeir lächelte. »Über deine Gesellschaft freue ich mich immer, Lia. Aber tatsächlich hat Laura mich heute Morgen überrascht. Sie konnte früher von ihrem Auftrag nach Reykjavík zurückkehren und einen Flieger nach Egilsstaðir bekommen.«

Sie hielt inne, als sie den Mantel gerade an die Garderobe hängen wollte. »Oh, das freut mich unheimlich. Aber dann werde ich euch nicht stören.«

»Unterstehst du dich wohl!«

Sie zuckte zusammen, als seine strenge Stimme wie ein Bärenbrummen durch den Flur dröhnte.

»Und jetzt häng den Mantel auf, und komm rein«, fügte er sanfter hinzu.

Sie seufzte. Ásgeir war ein wahrer Freund. *Eine Elfenseele in einem Bärenkörper,* dachte sie und musste beinahe lächeln.

Bis er den Kopf um die Ecke streckte und ihr ein Glas hinhielt. »Nimm erst mal einen guten Schluck *Jólaöl*.«

Sie schluchzte unwillkürlich auf, als sie das wohlbekannte Getränk in seiner Hand sah.

»Oh, verstehe, nein, kein *Jólaöl*, definitiv kein *Jólaöl*.« Schnell verschwand er wieder in der Küche und kam mit einem Tumbler zurück. »Vielleicht lieber einen kleinen Whisky«, sagte er und zwinkerte ihr zu, als er ihr das Glas in die Hand drückte.

»Danke, Ásgeir«, murmelte sie und nahm einen Schluck.

»Und nun komm erst mal rein.« Er legte die Hand auf ihre Schulter und führte sie ins Wohnzimmer. Auf einem hellen Stoffsofa neben dem Tannenbaum saß seine Freundin. Laura war genau wie Ásgeir fünfundvierzig und kam aus Dänemark. Sie trug ihr rotes Haar in einem kurzen Bob, und Sommersprossen zierten ihre feine Nase. Ihr Goldschmuck setzte gewagte Akzente auf den Chiffonstoffen, die ihre zarte Figur umflossen. Sie sah aus wie eine Kunstikone.

»Lia.« Sie stand auf und kam lächelnd auf sie zu.

»Hallo, Laura, schön, dich kennenzulernen.«

Kurz vor ihr blieb Laura stehen und betrachtete sie. »Du bist der schönste herzzerreißend traurige Weihnachtsengel, den ein Maler zeichnen könnte.«

Lia hob matt die Mundwinkel und blinzelte.

Dann zog Laura sie in eine Umarmung. »Schön, dass du hier bist.«

Sie setzten sich in die Sofaecke, stießen miteinander an, und die beiden lenkten Lia mit den Geschichten aus Lauras neustem Auftrag ab. Als Kunstexpertin reiste sie um die Welt, von Galerie zu Galerie, und betreute verschiedene Auktionen. Und in ihrer Freizeit malte sie selbst. An Ásgeirs

Wänden hingen einige ihrer Werke, um die sich seine Kletterpflanzen wie botanische Rahmen wanden. Impressionistische Darstellungen der Landschaft um Seyðisfjörður. Und ein berührendes Porträt von Ásgeir. Es zeigte ihn in seinem Wintergarten. Die Sonne fiel durch die Fenster herein, fand ihren Weg zwischen den Blättern der Reben, die in verschiedenen Grüntönen schimmerten, und erhellte sein Gesicht, tauchte seine gutmütigen Züge in warmes Licht, ließ seine dunkelbraunen Augen leuchten, strich beinahe zärtlich über sein helles Haar.

Es war unverkennbar, dass es der Blick eines Liebenden war, der dieses Bild gezeichnet hatte. Es erinnerte sie an die Art, auf die sie Per sah.

Sie wandte sich ab, versuchte, das schmerzhafte Ziehen in ihrem Herzen vor Ásgeir und Laura zu verbergen, lächelte tapfer, als die beiden ihr die Bilder im Katalog zeigten, die sie dem Skaftfell-Kunstzentrum für eine neue Ausstellung vorschlagen wollten.

Dann verabschiedete Ásgeir sich in die Küche und bestand darauf, dass die beiden Frauen sich weiter unterhielten. Der opulente Braten, den er ihnen schließlich kredenzte, duftete wie das Werk eines Sternekochs, und es war ebenso detailverliebt angerichtet. Doch obwohl es ihr das Herz um Ásgeirs mühevoll zubereitetes Festmahl brach, konnte Lia nur wenige Bissen herunterbringen. Alles in ihrem Inneren fühlte sich wie zugeschnürt an.

Um neun Uhr verabschiedete sie sich schließlich auf ihr Zimmer. Ásgeir hatte es zu einem kleinen Märchenwald gestaltet. Eine Tapete mit einem Blumenmuster, das sich mit grünen Ranken verflocht, zierte die Wände. Ein Himmelbett aus dunklem Massivholz stand an der längsten Seite des Raums, um dessen Pfosten sich transparente Vorhänge wölbten. Auf der antiken Kommode neben dem Fenster stand eine Nachtviole, die sich dem Mondlicht entgegenstreckte.

Es hätte auch das Zimmer einer Elfe sein können, dachte Lia. In ihrem Nachthemd trat sie schließlich ans Fenster. Der Mond tauchte den Fjord in silbernes Licht, zeichnete die Umrisse der Berge nach und sandte Silberkronen auf die Wellen des Meeres.

Eine Träne lief ungefragt ihre Wange hinunter. Der Mond war ihre Verbindung.

Sie wandte sich ab und schlüpfte unter die Decke. Als sie ihr Handy einschaltete, blinkten ihr zwei verpasste Anrufe von Per entgegen. Einige Sekunden lang starrte sie reglos auf die Anzeige. Sollte sie ihn zurückrufen?

Nein. Auf keinen Fall.

Sie wollte das Handy gerade zur Seite legen, als Per wieder anrief.

Vor Schreck hätte sie das Smartphone beinahe fallen lassen. Sie hatte ihn schon fast weggedrückt, da entschied sie sich doch anders. Was, wenn etwas geschehen war?

»Lia?«

Der Klang seiner Stimme verwirrte ihre Gefühlslage nur noch mehr. »Hm.«

»Wo bist du?«, fragte er ruhig, doch ihr entgingen der Schmerz und die Besorgnis in seinem Tonfall nicht. Im Hintergrund meinte sie, das Motorbrummen des Land Rovers zu hören.

»Weshalb willst du das wissen?«, fragte sie traurig zurück.

»Ich möchte nur wissen, dass du sicher bist. Du bist doch nicht etwa auf die Idee gekommen, bei dem Schneetreiben nachts nach Reykjavík zu fahren?«

»Nein, das bin ich nicht, Per.«

Er atmete hörbar aus. »Okay.«

»Und wo bist du?«, fragte sie zaghaft.

»Ich suche dich …« Seine Stimme nahm den vertrauten warmen Klang an, der sich direkt in ihr Herz bohrte. »Ich bin den Seyðisfjarðarvegur ein Stück entlang- und dann ins Dorf gefahren. Du hättest bei dem Wetter irgendwo liegen bleiben können.«

»Bin ich aber nicht«, erwiderte sie trotzig.

Sie hörte, wie er schmunzelte. »Schon gut, bist du nicht. So was passiert Land-Rover-Profis nicht.«

Draußen erklang ein vertrautes Motorengeräusch. »Lia, du bist bei Ásgeir, oder?«

Sie schob sich aus der Decke und trat ans Fenster. Unten vor der Einfahrt parkte der Land Rover mit laufendem Motor. Und neben der geöffneten Fahrertür stand Per. Der Mond fiel auf sein Gesicht, und er blickte genau zu ihr hinauf.

»Lia, komm mit mir nach Hause. Ich –«

»Nein«, unterbrach sie ihn. »Ich kann das nicht.«

Und dann legte sie auf. Es kostete sie mehr Kraft als alles bisher in ihrem Leben, ihn abzuweisen. Aber sie sah keine andere Möglichkeit.

Sie konnte erkennen, wie er das Telefon sinken ließ. Langsam wich sie zurück in den Schatten des Zimmers. Und als sie wieder unter die Decke kroch, hörte sie, wie draußen die Tür des Defenders zufiel und sich das Motorengeräusch entfernte. Kurz darauf war wieder nur der Schnee zu hören, der in schweren Flocken gegen ihr Fenster klopfte.

Kapitel 31

Das Rentierkalb wurde an einem der frühen milden Tage des schwindenden Winters geboren. Die Schneedecke hatte sich in den niederen Ebenen gelüftet, und das kraftlose gelbbraune Gras streckte sich gierig nach den Sonnenstrahlen, die Wärme und Wachstum verhießen. Neben den Lavafelsen, die die Weite durchschnitten, blühten Schneeglöckchen, und bald würden die ersten Krokusse ihre farbenprächtige Blüte zeigen. Doch noch war die Milde trügerisch – die Rückkehr des Eises war so gewiss wie die wiederkehrenden Wellen der Küste.

Am Mittag hatte Máhttu ihren Vater in Kenntnis gesetzt, dass die Geburt kurz bevorstand. Seither herrschte eine angespannte Vorfreude auf dem Hof. Selbst die Burschen und Mägde erwarteten das Kalb mit Spannung, schließlich wäre es das erste seiner Art, das auf Island geboren wurde.

Alva bat ihren Vater unablässig, bis er ihr erlaubte, mit ihm der Geburt beizuwohnen. Als sie in den Stall traten, in dem Beaivváš neben Fjella die Nacht verbracht hatte, lag die Rentierkuh auf der Seite im Heu und schnaufte schwer. Sie näherten sich leise, doch Máhttu bat sie, sich in einiger Distanz zu halten, um Beaivváš nicht zu beunruhigen.

Immer wieder vergewisserte er sich der Lage des Kalbes, strich Beaivváš ermutigend über den Hals und trat dann ebenfalls beiseite. Alva wünschte, sie könnte ihre Finger mit seinen verflechten. Diesen besonderen Moment nah an seiner Seite erleben. Doch ihr blieben nur die verstohlenen Blicke, mit denen sie bewundernd seine ruhigen, selbstsicheren Bewegungen maß.

Nach einer Stunde erblickte ein gesundes Kälbchen das Licht der Welt, und Alva hätte das kleine zitternde Wesen, das unsicher auf seinen langen dünnen Beinchen durch das Heu stakste, am liebsten in den Armen gehalten. Doch Beaivváš kümmerte sich hingebungsvoll um das Kleine, während Máhttu es sacht mit Heu trocken rieb.

»Ein Kuhkalb«, verkündete er, und ihr Vater schlug sich kräftig auf den Oberschenkel.

»Was für ein prächtiges Mädchen! Gut gemacht, Máhttu.«

»Darf es einen Namen tragen, Vater?«, fragte sie, während sie entzückt beobachtete, wie das Kleine zum ersten Mal bei seiner Mutter trank.

»Nur zu. Vielleicht solltest du ihn wählen, Máhttu, in der Tradition eures Volks«, erwiderte er. »Als Zeichen des Danks und der Ehre für deine Hilfe, die uns in den letzten Monaten eine teure Unterstützung war.«

Máhttu trat lächelnd zu dem Kalb, das neugierig an ihm schnupperte. »Máni«, erwiderte er in ihrer Sprache und strich ihm über die Nüstern. »Du bist ein Kälbchen des Mondes, des Neubeginns. Und das erste deiner Art auf dieser Insel, also solltest du auch einen isländischen Namen tragen.«

»Máni«, wiederholte Alva und fing Máhttus Blick auf. Wie der Mond, der sie stets auf ihren geheimen Wanderungen ins Hochland begleitete.

»So sei es«, befand ihr Vater und wrang zufrieden die Hände. »Nun komm, Alva, diese frohe Kunde werde ich sogleich in einem Schreiben an den Stiftamtmann aufsetzen. Es wird ihn erfreuen, welch vorteilhaften Verlauf die Ansiedlung der Rentiere nimmt.«

Hinter seinem Rücken tauschte sie ein Lächeln mit Máhttu. Dann folgte sie ihrem Vater aus dem Stall. Sie hatten kaum das Haus betreten, da kam ihnen Íris entgegen und überreichte Alva einen versiegelten Brief.

»Dies Schreiben ist zur späten Mittagsstunde für dich eingetroffen, ein Bote aus Eyrarbakki hat es gebracht.«

Alvas Herz stockte, als sie Jóras Schrift auf dem Papier erkannte. »Ich danke dir, Íris«, gab sie zurück und entschuldigte sich, um in ihre Kammer zu eilen und die Zeilen unbeobachtet zu lesen. Mit zitternden Fingern brach sie das Siegel und entfaltete den Brief.

05. März 1772

Liebste Alva,

endlich komme ich dazu, dir zu schreiben. Seit einem Monat ist mein kleiner Engel bei mir. Der Herrgott hat mir einen gesunden Jungen geschenkt. Ich habe ihn Ágúst genannt, nach seinem Vater.
Wir haben Bleibe bei einem Fischer nahe Eyrarbakki gefunden. Seine Frau und er sind uns wohlgesonnen. Und sie stellen keine Fragen, solange ich pünktlich bezahle.
Doch etwas treibt mich weiter. Ich weiß, dass ich hier nicht bleiben will und kann. Wenn ich Ágúst schon nicht die Sicherheit einer Familie zu bieten vermag, so soll ihn doch ein besseres Leben erwarten als in

der dunklen Kälte und Armut hier. Im Hafen von Eyrarbakki hat man mir gesagt, dass in wenigen Wochen ein Schiff nach Kopenhagen auslaufen wird. Dort habe ich uns eine Passage erworben.

Kannst du dir das vorstellen, Alva? Schon bald werden wir in Europa sein!

Deine Gaben haben uns ein Leben ermöglicht, von dem ich nie zu träumen gewagt hätte. Die übrigen Münzen reichen für unsere erste Zeit, dann werde ich mir eine Anstellung suchen.

Der Herr wird uns leiten. Möge er dir ebenso gnädig sein und die Ehe mit Ólafur ein unerwartetes Glück für dich bereithalten. Hab Geduld, es wird sich zum Guten wenden.

Der Gedanke, nun bald für immer fortzugehen, erfüllt mich mit Freude und Schmerz zugleich. Wisse, dass du immer in meinen Gedanken und Gebeten weilst, wenn uns auch bald ein Ozean trennt.

Auf ewig in Dankbarkeit und tiefster Freundschaft Deine Jóra

Alva ließ den Brief sinken und sah zum Fenster hinaus. Kopenhagen. Jóra erfüllte sich ihren Traum von Freiheit, und auch wenn das bedeutete, dass sie einander viele Jahre oder womöglich nie wiedersehen würden, so fand sie Trost und Ruhe in der Gewissheit, dass ihre Freundin den Weg für sich gewählt hatte, den ihr Herz ihr wies.

Sie hatte äußersten Mut bewiesen. Es war nicht ungefährlich für eine alleinstehende Frau, eine solch weite Reise anzutreten.

Unten im Hof entdeckte sie Máhttu, der gerade den Stall verließ. Beinahe drei Monate waren ins Land gezogen seit dem Abend, an dem sie heimlich mit ihm im Stall getanzt hatte. Und sie hatte sich noch immer nicht getraut, ihm die Frage zu stellen. Doch sie wusste, dass sie ihre Unsicherheit nicht ewig gewinnen lassen konnte. Sie musste mutig sein. Wenn sie dieses Leben mit ihm wollte, musste sie mit ihm fortgehen.

Die Kammertür schwang auf, und Alva fuhr erschrocken herum, als könnte derjenige, der eintrat, in ihren Gedanken lesen. Margrét hielt ebenso abrupt inne, als sie ihre Schwester auf dem Bett sitzen sah. »Ich … wusste nicht, dass du hier bist.« Ihr Blick fiel auf den Brief in Alvas Händen. »Wer hat dir geschrieben?«

»Jóra. Sie hat einen gesunden Jungen zur Welt gebracht und ihren Weg gefunden.« Sie faltete das Papier und steckte es in die Rocktasche ihres Kleids.

Margrét nickte. »Das freut mich für sie«, erwiderte sie knapp und schickte sich an, die Kammer wieder zu verlassen.

»Warte doch einen Moment«, bat Alva sie. In den letzten Monaten hatte sich ihre Schwester sonderbar abweisend verhalten. Sie zog sich oft allein auf die Kammer zurück, widmete sich zu anderen Gelegenheiten mit ungekanntem Eifer ihren Bibelstudien, oft musste ihr Vater sie bitten, die Psalme nun ruhen zu lassen und sich zu Bett zu begeben. Seit einigen Wochen schien sie zudem von der Lektüre ihrer geheimen Romane abgelassen zu haben. Alva fragte sich, was wohl zu dem Wesenswandel geführt haben mochte. Ihr gefiel die kühle Abweisung ihrer Schwester keinesfalls, vielmehr sorgte sie sich seit geraumer Zeit, was in Margrét wohl vorgehen möge.

Wie so oft in den vergangenen Monaten betrachtete ihre Schwester sie nur flüchtig, ehe sie sich ungehalten abwandte. »Ich habe keine Zeit mit Müßiggang zu vergeuden.«

Bevor sie jedoch hinausverschwinden konnte, griff Alva unter ihr Kissen und zog den letzten Gedichtband hervor, den Lilja ihr über Viggó zukommen lassen hatte. Wie eine Fahne schwenkte sie das Lederbuch vor ihrem Gesicht. »Nun, möchtest du denn gar nicht weiterlesen?«

Margréts Wangen färbten sich puterrot. Hektisch schloss sie die Kammertür wieder und stürmte auf Alva zu. »Leg es sofort zurück! Du hast kein Recht, es zu nehmen.«

Sie versuchte, Alva das Buch zu entreißen, doch die sprang von der Bettkante und brachte es schnell außer Reichweite. »Es bedeutet dir also doch noch etwas«, erwiderte sie, wich Margrét aus und lief zur anderen Ecke der Kammer. »Ich habe dich nämlich seit Monaten nicht darin lesen sehen.«

Margrét eilte ihr hinterher, doch Alva gelang es, ihr auszuweichen und aufs Bett zu hüpfen, wo sie das Buch triumphierend über ihren Kopf hielt.

»Das geht dich nichts an«, stieß ihre Schwester hervor und angelte nach dem Band.

»Du willst ja nicht sagen, was es mit deinem plötzlichen Wesenswandel auf sich hat«, erwiderte Alva und streckte sich noch etwas mehr. »Eine solche Gefühlsregung habe ich bei dir in drei Monaten nicht gesehen.«

Kurz rangen sie miteinander, bis Margrét das Buch an einer Ecke zu fassen bekam, daran zerrte, und als sie das Gleichgewicht verloren, flog der Lederband aus ihren Händen und landete unsanft im Schmutz des Dielenbodens. Beide starrten sie auf die aufgeschlagenen Seiten. Zum ersten Mal sah Alva, dass jemand Sätze und einzelne Worte markiert hatte, sich handgeschriebene Anmerkungen an den Seiten entlangzogen.

Margrét keuchte entsetzt auf, rappelte sich hoch und stürzte zum Buch. Während Alva noch auf dem Bett saß und es verwundert ansah, schlug Margrét den Einband zu und umklammerte es fest vor ihrer Brust.

»Das … ist nicht Liljas Handschrift«, sagte Alva langsam. »Wer hat die Anmerkungen hinzugefügt?«

»Ich war es«, murmelte Margrét.

»Wie könnte das möglich sein? Denn das ist auch nicht deine Handschrift.« Sie sah ihre Schwester eindringlich an.

»So oder so ist es nicht deine Angelegenheit.« Sie reckte das Kinn und schob das Buch in ihre Rocktasche. Dann verließ sie die Kammer, ehe Alva noch ein weiteres Wort an sie richten konnte.

Verdutzt ließ Alva sich auf die Bettkante sinken. Wie sonderbar. Nun wusste sie zwar, dass es offenbar einen guten Grund für Margréts Verhalten gab, doch welch mysteriöser Verfasser hinter den so feinsäuberlich und gar mühevoll hinzugefügten Zeilen stecken mochte, würde sie so leicht nicht herausfinden. Margrét würde das Buch fortan wie ihren Schatz hüten, gemessen an ihrer Reaktion. Und Alva lag es fern, es ihr nicht nur aus Neckerei, sondern mit ernstem Ansinnen gegen ihren Willen zu entwenden. Womöglich hatte ihre Schwester recht. Sie sollte Margrét ihre Geheimnisse zugestehen. Schließlich besaß sie ihre eigenen.

***

Zwei Wochen später

Mit klopfendem Herzen lag Alva auf ihrer Bettseite und starrte zu den Nachtschatten an der Kammerdecke hinauf. Stille war ins Haus eingekehrt. Auch ihre Geschwister schienen schon in tiefen Schlaf versunken. Bald würde sie sich hinausschleichen. Máhttu erwartete sie an den abgelegenen Stallungen. Sie wollten in den höheren Ebenen Ausschau nach den Rentieren halten, ehe die Herde bald in das Hochland weiterziehen würde, wenn mildere Temperaturen das Eis weiter aufbrachen und das unwegsame Land mehr Nahrung bot.

Dies würde die Nacht sein, in der sie ihm die Frage stellen wollte. Ihnen bliebe nicht mehr viel Zeit. In einem Monat erwartete man das Schiff aus Kopenhagen, mit dem Ólafur zurückkehren würde.

Als sie im Schutz der Torfwände zu den Ställen lief, ließ die Aufregung sie innerlich beben, und sie musste achtgeben, nicht über ihre eigenen Füße zu stolpern.

Máhttu lehnte an der äußeren Stallmauer. Als er sie sah, legte sich ein Lächeln auf seine Züge. Er umfasste ihre Finger, führte sie kurz an seine Lippen, und sie stahlen sich in die Nacht hinaus. Erst als sie die Felsen der Ebenen erreichten, wagten sie es, zu sprechen.

»Sieh, dort drüben.« Er zeigte auf die Silhouetten, die im Mondlicht über die Lichtung zogen.

»Als gehörten sie schon immer hierher«, flüsterte Alva, gefangen von dem Anblick der mystischen Landschaft, in der die Rentiere gleich Fabelwesen durch die Sphären des Zwielichts streiften.

»Sie haben den Winter gut überstanden. Nun können sie bald ihren Weg im Hochland fortsetzen.« Er strich über ihre Finger, fuhr mit dem Daumen bis zu ihrem Armband.

Alva lehnte sich stumm an ihn, während ihr hastig schlagendes Herz ihre Lippen versiegelte.

»Ich werde fortgehen, Alva.«

Seine Worte hingen schwer in der Stille der Nacht. Sie hätten sie nicht überraschen sollen. Schließlich hatte es so kommen müssen. Schließlich wollte sie genau darüber mit ihm sprechen. Dennoch lähmte sie ihre Endgültigkeit.

»Dein Vater hat mir heute mitgeteilt, dass man meine Hilfe auf dem Hof nicht länger benötigt. Die Rentiere haben sich gut eingelebt, das Kalb ist gesund und kräftig. Die Krone beordert mich in zwei Wochen zurück nach Finnmark.«

Still sah sie hinaus über das Land, fühlte, wie Máhttus Brust sich unter ihrer Wange hob und senkte, der Leinenstoff seines Gákti an ihrer Haut rieb, lauschte auf jede seiner Regungen, die alles für sie entscheiden würden.

»Alva … Ich habe kein Recht, dich für mich zu beanspruchen. Du bist einem anderen Mann versprochen. Und ich werde dich nicht dazu drängen, dein Versprechen zu brechen.« Er legte die Hand um ihr Kinn und hob es sanft, sodass sie ihn ansehen musste. »Dennoch werde ich nicht gehen, ohne dir zu sagen, was du mir bedeutest.«

Für einen Moment ruhte sein Blick auf ihr, und sie las in ihm, was sie selbst empfand. Die Verbindung zwischen zwei Seelen, die kein Versprechen, keine Entscheidung trennen konnte.

Dann griff Máhttu in den kleinen Lederbeutel, den er an seinem Gürtel trug, und zog etwas daraus hervor. Als er seine Faust öffnete, lag ein Amulett auf seiner Handfläche. Das filigrane Muster der sich endlos umeinander schlingenden Knoten zierte den Rand des Anhängers, in dessen Mitte erkannte sie ein Rentier. Eine Kette aus kleinen geschliffenen Perlen umschloss das Amulett.

Gerührt betastete sie mit den Fingerspitzen die feinen geschnitzten Kerben.

»Wenn ich auch nicht bei dir sein kann, soll es dich beschützen.« Er schob ihr offenes Haar zur Seite und legte ihr die Kette um. »Ich liebe dich, Alva.«

Sie hatte nicht gewusst, was es hieß, zu lieben, bis er in ihr Leben getreten war. Bis das Schicksal ihn zu ihr getragen hatte, an die schwarze Küste, aus deren Wogen er und die Rentiere wie aus einer anderen Welt entstiegen waren.

Ihr Herz schlug so laut, dass sie befürchtete, es möge ihr aus der Brust springen. Doch als sie sich ihm entgegenstreckte und ihre Lippen seine berührten, legte sich eine Ruhe über sie, die alle Befürchtungen vertrieb.

»Wenn du mich liebst«, begann sie leise, »dann nimm mich mit dir nach Finnmark.«

Überraschung spiegelte sich in seinem Blick. »Ich hätte nie zu hoffen gewagt, dass du diese Möglichkeit in Betracht ziehst. Ist dir denn bewusst, welche Unwegsamkeiten und Gefahren allein die Überfahrt mit sich brächte? Du könntest vielleicht nie zurückkehren.«

»Das wird ein Geringes sein, wenn es mir ein Leben an deiner Seite schenkt.«

Er zog sie an sich, und sein Kuss ließ sie all das Glück ihrer Zukunft vor sich sehen.

»Wenn du das willst, wenn du das wahrlich willst, so könnte ich mir kein größeres Glück ausmalen«, flüsterte er.

»Doch wir müssen es mit Geschick und Vorsicht angehen –Vater wird einen Suchtross nach mir schicken, sobald man mein Fehlen bemerkt.«

Er nickte. »Das werden wir. Ich verspreche dir, alles in meiner Kraft Stehende zu tun, damit wir in Sicherheit sind.« Er nahm ihre Hände, umschloss ihre Finger mit seinen. »Ich kann es kaum glauben.«

In seinen Augen lagen all die Träume, die ihr Herz teilte, die Möglichkeiten, die ihnen ein gemeinsames Leben versprach. »Ich liebe dich, Máhttu«, flüsterte sie.

Als er sie wieder an sich zog, sandte sie ein stilles Gebet zum Mond hinauf, dass dieser ihre Liebe und ihre Reise beschützen möge.

Kapitel 32

An diesem Morgen brachen wir auf, im Schutz der späten Nacht und noch ehe Skjöldur und die Burschen ihr Tagwerk begannen. Der Abschied zerrt noch immer an meinem Herzen, schlimmer noch, da mir nicht mehr als ein stiller Gedanke erlaubt war. Schon am gestrigen Abend musste ich mich ermahnen, Margrét nicht zu bedächtig das Haar zu kämmen und die Geschwisterchen nicht zu fest in den Arm zu schließen, als sie mich um eine Geschichte baten. Jede überbordende Sentimentalität könnte Verdacht erregen. Als Onkel, Vater und Mutter sich zur Nachtruhe begaben, befiel mich eine furchtbare Angst. Sie alle werde ich nie wiedersehen, meine Familie, unsere Leute, die Tiere, den Hof, der mein Geburtshaus, meine einzige Heimat, mein ganzes Leben ist. Diese Reise ist ein wahrhaftiges Wagnis, eine Entscheidung, die mich in ihren und Gottes Augen für immer in Ungnade fallen lässt. Und doch lässt mein Herz mir keine Wahl.

Sobald ich mich hinausgeschlichen hatte und Máhttu meine Hand nahm, wusste ich, dass es der richtige Weg ist, fühlte ich vor allem Zuversicht.

Vierzehn Tage planten wir unseren Aufbruch. In einer verborgenen Senke unter dem Heulager versteckten wir den Proviant und die Habseligkeiten, die wir mit uns nahmen. Unsere Pferde hatte Máhttu bereits vor meinem Eintreffen gesattelt und hinaus vor die Mauern des Anwesens geführt, sodass wir ungesehen aufsteigen und fortreiten konnten. Es ist mir ein Trost, dass ich Fjella mit mir nehmen kann. Máhttu versprach, er werde eine Passage im Frachtraum unseres Schiffs für sie erwerben.

Unsere Route führt uns zunächst ins Hochland. Wir sind darauf bedacht, Wege zu wählen, die uns der bekannten Pfade in den Ebenen fernhalten, auf denen uns die Männer meines Vaters mühelos finden würden. Es macht die Reise weitaus beschwerlicher, doch uns bleibt keine andere Wahl. Dank des voranschreitenden Frühlings weist uns die Sonne bis in den Abend die Himmelsrichtung, in die wir reiten müssen. Doch das Wetter ist unbarmherzig, ein stürmischer Schauer hat uns überrascht.

Kurz vor Sonnenuntergang haben wir unsere Unterkunft für die Nacht erreicht. In den Weiten der Berge fanden wir eine Hütte, die uns Zuflucht geben wird. Máhttu hat ein kleines Feuer im Schutz der Felsen geschürt, um uns einen wärmenden Tee zuzubereiten. Doch bald wird es dunkel sein, und wir müssen jedes Licht löschen, damit man uns nicht findet, auch die Kerze, die ich entzündet habe, um diese Zeilen zu schreiben.

An diesem Morgen hinterließ ich einen Brief unter meinem Kissen an dem Platz, an dem sonst mein Journal ruht. Ich weiß, dass Margrét dort suchen wird, sobald sie um meine Flucht wissen. Es sind nur wenige Zeilen, die nicht zu viel verraten und auch Máhttu nicht in Gefahr bringen. Doch ich vermute, man wird ahnen, dass unser beider Aufbrechen kein Zufall ist.

Schon in zwei Tagen werden wir das Tal der Geysire erreichen. Unser Weg führt uns daran vorbei, und Máhttu kann es kaum erwarten, diesen magischen Ort zu passieren. Dampfende Quellen, in denen Wasser und Feuer sich begegnen und in meterhohen Fontänen in die Luft steigen. Es ist ein Schauspiel gleich keinem anderen. Schon viele Reisende haben es besucht. Vater sagte einst, dass sie bei ihrer Rückkehr nach Europa in ihren Büchern davon berichten, da man dort noch nie eine solche Naturgewalt gesehen habe.

Wenn wir das Tal verlassen, sind es nur noch zwei Tagesritte, bis wir den Hafen von Hafnarfjörður erreichen. Sollte Vater nach uns suchen, so wird man uns hoffentlich in Eyrarbakki vermuten. Dennoch werden wir uns versteckt halten und in der Nacht das Schiff besteigen, um keine Aufmerksamkeit auf uns zu ziehen und uns in der Dunkelheit zu verbergen.

Möge der Herrgott meine Gebete erhören und uns sicher nach Hafnarfjörður geleiten. Möge er über uns wachen, auch in dieser Nacht.

Alva ließ die Feder sinken. Die Kälte der aufziehenden Nacht kroch durch ihre Kleider und ließ die durchnässten Stoffe unangenehm auf ihrer Haut reiben. Der Regenschauer hatte sie und die Pferde regelrecht durchtränkt.

»Hier, der wird dir guttun«, sagte Máhttu und brachte ihr einen Becher Tee.

Neugierig betrachtete sie das Holzgefäß. Er hatte es an seinem Gürtel getragen, und es schien aus Birkenholz geschnitzt zu sein. Hübsche Kerben verzierten den geschwungenen Griff.

»Man nennt sie *guksi*«, erklärte er ihr. »Ein traditionelles Trinkgefäß, das wir Sámi stets bei uns führen. Man sagt, sie halte ein Leben lang.«

»Hast du sie geschnitzt?«, fragte sie fasziniert.

Er nickte. »Und sobald wir in Finnmark sind, werde ich eine für dich schnitzen.«

Wenn sie in Finnmark wären … die Vorstellung sandte ein Lächeln auf ihre Lippen. Eine ihr so fremde Welt würde sie empfangen. Doch sie konnte es kaum erwarten, Máhttus Heimat kennenzulernen und ein Leben an seiner Seite zu führen, als seine Frau.

Eine kalte Böe fuhr durch die Hütte, und Máhttu trat zu der Holztür und verriegelte sie. Dann kniete er sich neben Alva. Besorgt strich er über ihre klammen Finger. »Es tut mir leid, dass ich kein Feuer für uns entzünden kann, um dich zu wärmen. Du wirst dich noch verkühlen.«

Sie setzte den Tee ab und sah Máhttu unsicher an. Nie hatte ein Mann dabei zugesehen, wenn sie sich umkleidete. Üblicherweise halfen ihr Íris oder Margrét dabei. Doch er hatte recht. Wenn sie nicht erkranken wollte, würde sie die durchnässten Wollröcke und das Mieder abstreifen müssen. »Könntest du mir helfen, die Schnüre zu lösen?«, bat sie leise und wandte schüchtern den Blick ab.

»Natürlich.« Er drehte ihren Rücken sanft zu sich, lockerte ihr Mieder und half ihr, sich aus den schweren Röcken zu befreien. Der dünne Leinenstoff ihres Unterkleids würde schnell trocknen, doch die Kälte ließ sie frösteln.

»Warte.« Máhttu trat zu den Satteltaschen, die er in einer Ecke der Hütte abgeladen hatte, und holte eine Wolldecke hervor, die das Leder vor dem Regen geschützt hatte. Er legte sie ihr um die Schultern, küsste flüchtig ihren Hals. »Besser?«

Sie drehte sich zu ihm und lächelte. »Viel besser.«

»Gut. Denn dann kann ich …« Er hielt inne, griff in sein Hemd und holte einen aus blauen Blüten gebundenen Kranz hervor, der gerade groß genug war, um an einen Ring zu erinnern. »… dich endlich fragen, ob du mich zum Mann nehmen möchtest, Alva.« Sein Blick wurde ernst, und er nahm ihre Hand in seine.

»Das will ich, Máhttu.« Sie lächelte ihn an. »Nichts habe ich mir je mehr gewünscht.«

Ein Strahlen erhellte seine Züge. »Du machst mich zum glücklichsten Mann der Welt.« Er steckte den Ring an ihren Finger und betrachtete sie zärtlich. »Möge der Ring dich an all meine Zuneigung erinnern, ehe wir uns in Finnmark trauen lassen können.« Dann küsste er sie, und die Gewissheit ihrer Liebe, die sie in seiner Nähe stets umgab, legte sich wie ein warmer Schleier um ihr Herz.

Gerührt betrachtete sie die Blüten. »*Gleym-mér-ei*«, sprach sie auf Isländisch, »Vergissmeinnicht.«

»Mögen sie ihrem Namen treu sein und dich für immer an mich erinnern. Was auch geschehen mag.«

»Was auch geschehen mag«, wiederholte sie und erwiderte seinen eindringlichen Blick. »Und nun hoffe ich doch, dass mein Mann mich zum Tanz auffordert.«

Mit einem jungenhaften Grinsen erhob er sich und zog sie zu sich heran. »Darf ich bitten?« Er drehte sie, und schon bald schwebten sie ausgelassen über den staubigen Boden der Hütte. Die Decke glitt von Alvas Schultern, und sie lachte befreit, bis Máhttu sie in seinen Armen einfing. »Dir wird es in Finnmark gefallen, dessen bin ich sicher.«

»Ich kann es kaum erwarten.«

Ihr Nachtlager bestand aus einer aufgeschichteten Heumatte, über der ein schmales Fenster den Blick zum Himmel freigab. Máhttu schüttelte die Decke aus und breitete sie über das Heu. Die Böen, die über das Dach der Hütte fegten, schienen noch weiter erstarkt zu sein, denn Alva konnte den Wind pfeifen hören. Sie schmiegte sich an Máhttu, als er sich zu ihr legte und die Decke um sie schloss, um sie warm zu halten. Erst als er zur Ruhe kam und sie nur die Stille der Nacht und das Tosen des Winds hörte, wurde ihr bewusst, wie nah er bei ihr lag. Seine Brust hob und senkte sich ruhig an ihrer, und er hielt sie in seinem Arm, so nah an seinem Körper, dass sein Atem über ihre Wange strich. Nur der dünne Leinenstoff ihres Unterkleids trennte sie von seiner Berührung, und eine ungekannte Sehnsucht ließ ihr Herz stolpern.

Der Schein des Mondes, der durch das Fenster hineinfiel, tauchte Máhttus Züge in ein silbriges Licht, und sie streckte die Hand aus, fuhr mit den Fingern die markanten Linien seiner Wangen und seines Kiefers nach, ließ sie dann über seinen Hals wandern und schob sie in sein blondes Haar. Sie spürte, wie er sich anspannte. »Alva«, flüsterte er an ihren Lippen. Dann küsste sie ihn und verlor sich in ihrer Liebe und den Gefühlen, von denen sie wusste, dass sie für immer nur ihm gehören würden.

***

7. April 1772

Ich schreibe diese Zeilen kurz nach der Ankunft in unserer Herberge, die wir zwei Tage vor dem Erreichen Hafnarfjörðurs bezogen haben, einer kleinen Torfhütte am Rande der Geysire. Wir erreichten das Tal an diesem Nachmittag. Schon von Weitem begrüßten uns die Dampfsäulen, die sich aus der Erde hoch in den Himmel erheben. Selbst der beißende Sulfitgeruch, der sich nah der Geysire über die Ebene legt, gerät in Vergessenheit, sobald man Zeuge der magischen Naturgewalt wird. Máhttus Faszination für die Besonderheiten des Tals war anrührend zu beobachten. Ich selbst habe den großen Geysir schon einmal gesehen, als Vater vor wenigen Jahren Margrét, Mutter und mir die Ebene zeigte. Doch auch ich konnte mich der Bewunderung für dieses Spiel der Elemente nicht entziehen.

Nachdem wir nun beinahe das Ziel unserer geheimen Reise erreicht haben, steigt meine Aufregung ins Unermessliche. Die Überfahrt wird mir ein wahres Abenteuer sein, noch nie habe ich längere Zeit auf See verbracht. Doch Máhttus Nähe und Zuversicht schenken auch mir Kraft und Ruhe, um auf eine glückliche Fügung zu vertrauen. Bald schon werde ich an seiner Seite von Bord gehen und den Boden Finnmarks betreten. Ich bin mir sicher, dass uns ein Leben in Liebe und eine Ehe voller Segen erwarten. An diesem Morgen sagte er mir ...

»Alva!« Die Dringlichkeit in Máhttus Stimme ließ ihr das Blut in den Adern gefrieren, und sie ließ die Feder auf das Papier fallen.

»Was ist geschehen?«

Außer Atem trat er zu ihr. »Sie haben uns gefunden. Reiter, am anderen Ende des Tals. Ich habe sie durch den Nebel gesehen. Es sind die Männer deines Vaters. Wir müssen sofort aufbrechen.«

Entsetzt sprang sie auf. »Dafür ist es zu spät. Du musst fliehen. Reite an der Seite des Hügels hinab. Ich halte sie auf.«

»Niemals. Ich gehe nicht ohne dich. Komm jetzt, wir dürfen keine Zeit verlieren.« Er umfasste ihre Hand und zog sie zur Tür der Hütte hinaus, vor der die Pferde friedlich grasten.

»Máhttu, es ist zu spät. Sie haben schnelle Pferde, wenn sie bereits am Ende des Tals waren, werden sie uns binnen kurzer Zeit einholen. Wer weiß, was sie dir antun werden, wie man dich richten wird, wenn sie dich fassen.« Tränen rannen ihr die Wangen hinab, und es brach ihr das Herz, diese Entscheidung zu treffen. Doch es wäre die einzige Möglichkeit, ihn zu retten. »Geh, Máhttu.«

Er schüttelte den Kopf, zog sie zu Fjella hinüber. »Niemals. Rauf auf dein Pferd.« Er wollte sie umfassen und auf Fjella heben, doch Alva stieß ihn von sich.

»Du musst ohne mich fliehen.« Sie schaute zum Horizont. Hinter dem Dunst des dampfenden Geysirtals erhoben sich die Silhouetten der Reiter. Flehentlich drehte sie sich zu Máhttu. »Wenn du mich liebst, dann geh.«

Wieder wollte er sie umfassen, doch sie wich ihm aus. »Ich warne dich, Máhttu. Ich werde dich hassen, aus tiefstem Herzen, wenn du jetzt nicht aufbrichst. Du hast mir dein Versprechen gegeben, meinen Willen zu respektieren.«

Sie sah, wie sein Widerstand brach. Wie der tiefste Schmerz in seinen Blick trat, als er verstand, dass er sie verlieren würde. Dass ihre Zukunft in diesem Moment vor ihnen zerbrach.

»Du musst jetzt gehen«, stieß Alva noch einmal verzweifelt hervor, während sie mit jeder Sekunde, die verstrich, mehr um ihn fürchtete.

»Ich kehre zurück. Ich werde dich finden.«

»Nein! Versprich mir, dass du das nicht tust. Dass du dich nicht in Gefahr bringst.«

Er schwieg, dann zog er sie an sich und küsste sie ein letztes Mal.

»Lebe wohl, Máhttu«, flüsterte sie.

Doch er hielt nur ihren Blick, sprang auf sein Pferd und trieb es an. »Ich liebe dich, Alva«, sagte er, ehe er davongaloppierte.

Tränen rannen ihr über die Wangen, und ihr Herz fühlte sich taub an, als sie sah, wie seine Silhouette im beginnenden Sonnenuntergang verschwamm. Sie musste all ihre Kraft zusammennehmen, um sich von seinem Antlitz loszureißen. Schluchzend stürmte sie in die Hütte, ergriff ihr Journal und barg es tief in den Taschen ihres Rocks. Dann rannte sie hinaus, kletterte auf Fjellas Rücken und ritt zur anderen Seite des Hangs. Die Männer hatten die Mitte des Tals beinahe erreicht. Sie ritt weiter, hinab in den Nebel der Geysire, weiter, um den Mann zu retten, den sie liebte.

Kapitel 33

Alvas Tagebuch
15. Mai 1772

Dies wird mein letzter Eintrag sein. Denn ab dem heutigen Tag muss ich ihn vergessen. Doch wie vergisst man jemanden, von dem man glaubte, er würde sein Leben und seine Liebe für immer mit einem teilen? Ich werde dieses Büchlein vergraben, tief verbergen, wo ich es nicht aufschlagen und darin lesen kann. Oder jemand anderes. Könnte ich meine Gefühle nur genauso vergraben, es würde mir all meine Pflichten und die kommenden Jahre erleichtern.

Welch bittere Ironie, dass ich mich allein mit diesen letzten Worten versündige. Denn ich schreibe sie am Abend meiner Vermählung, als rechtmäßige Frau eines anderen. Die Gesellschaft speist ausgelassen und hält eifrig Konversation, ich höre ihre Stimmen bis hinauf in die Kammer, die man mir zugewiesen hat. Ich ertrage ihre Freude nicht, ebenso wenig wie Ólafurs Blicke oder gar seine Berührungen. Seit dem schmerzlichen Abschied von Máhttu hat sich meine Seele verschlossen. Der einzige Trost ist mir, dass es mir gelang, ihn vor Schlimmerem zu bewahren. Vor sieben Tagen erhielt Vater Kunde, dass er fürwahr seine Passage nach Finnmark angetreten habe. Ich habe ihn angefleht bei meinem Leben, ihn nicht zu verfolgen. Ich versprach, Ólafur zu ehelichen, wenn er Máhttu nur ziehen lasse.

So brachte man mich zurück zum Hof, unsere Leute waren angewiesen, Stillschweigen über den Affront zu bewahren, und die letzten Wochen waren Vaters und Mutters Strenge mir eine wahre Strafe, wenn sie auch nicht mit dem Schmerz in meinem Herzen zu vergleichen ist. Man ließ mich keine Sekunde mehr unbewacht, trug mir auf, Marta und Íris bei den unsäglichsten Tätigkeiten im Haus zur Hand zu gehen.

Vor zehn Tagen brachen wir auf nach Seyðisfjörður, einem Fjord im Osten, in dem Ólafurs Besitz sich erstreckt. Sein Hof umfasst mehr Land als unser Anwesen, und die Räumlichkeiten stehen unseren in ihren Annehmlichkeiten nicht nach. Mutter, Margrét und Íris preisen unablässig die kostbaren Keramiken, die er von dänischen Händlern erwarb. Doch ich fühle mich hier nur fremd. Mit Angst sehe ich der Nacht entgegen und dem bevorstehenden Morgen, an dem meine Familie abreisen wird und ich zum ersten Mal allein mit Ólafur sein werde.

Wenn ich nur wüsste, dass Máhttus Überfahrt ihn sicher nach Finnmark gebracht hat. Noch immer trage ich sein Amulett über meinem Herzen, verborgen unter den Stoffen meiner Kleider. Mein Verstand sagt mir, ich sollte es ablegen, zusammen mit diesen Zeilen fortschließen. Doch ich bringe es nicht über mich. Es ist das Einzige, was mir von ihm geblieben ist.

Soeben klopfte es an der Kammertür, und ich musste mein Schreiben unterbrechen. Margrét sah nach mir.

Meine Schwermut ist ihr nicht verborgen geblieben. Sie setzte sich zu mir, und wahrlich, mein Betragen und die Trauer, die mich in den letzten Wochen umgaben, müssen etwas in ihr angerührt haben. Denn als wollte sie mir mein Schicksal erleichtern, offenbarte sie mir, welch Fügung sie selbst in den vergangenen Monaten belastete. »Alva«, sagte sie, »ich verstehe, dass es dich schmerzt, ihn verloren zu haben. Doch so ist das Leben. Wir können nicht immer wählen. Wir müssen uns unserer frommen Pflicht beugen. Darin werden wir unsere Erfüllung finden, so wie der Herrgott es vorsah. Auch wenn unsere Empfindungen uns trügen mögen.«

Überrascht ob ihrer unerwartet milden Worte und dem Mitgefühl in ihrer Geste ergriff ich ihre Hand und sagte ihr, dass sie mir sehr fehlen werde. Und ob es etwas gebe, das auch ihr Herz belaste.

Zu meinem Erstaunen zog sie den Gedichtband aus ihrer Rocktasche hervor, den sie seither stets bei sich trug, und strich über den ledernen Einband. »Ich sah mich in einer ähnlichen Situation wie du«, erwiderte sie. Dann schlug sie das Buch auf, blätterte zur letzten Seite, und da, unter den handschriftlichen Anmerkungen, fand sich eine Signatur. In ewiger Liebe, V.

Verwundert fragte ich, wer dieser mysteriöse V sei und wo sie ihn bloß kennengelernt haben möge, schließlich war mir seine Existenz gänzlich unentdeckt geblieben.

»Kannst du es dir nicht denken, Schwester?«, gab sie zurück und zog ein kleines geschnitztes Holzherz aus ihrer Rocktasche, das die gleichen vertrauten Kerben trug wie die Holzpferde, die Viggó einst für Jóra und mich angefertigt hatte.

Wie hatte ich es nicht sehen können? »Viggó?«, *gab ich ungläubig zurück.*

Margrét nickte. »Es begann, als er mir Liljas Bücher brachte. Erst waren es nur kleine Anmerkungen, doch wir teilen die Liebe zur Literatur, wenn es ihm auch nicht vergönnt ist, viel Zeit dafür aufzuwenden. Bald schon erwartete ich seine Zeilen mit größter Euphorie, und ich begann, in ihm mehr als nur den Bauersjungen zu sehen, der Vaters Felder bestellt. Meine Zuneigung zu ihm ließ mich kopflos werden, Alva. Beinahe hätte ich alles aufs Spiel gesetzt. Doch Gott sei Dank habe ich mich besonnen, ehe ich etwas Sündhaftes beging.«* Sie nahm meine Hand. »Ich kenne meinen Platz und den Weg, den der Herrgott für mich vorsieht. Als man Viggó fortschickte, musste ich eine Entscheidung treffen, so wie du. Und ich habe mich für meine Pflicht entschieden. Sentimentalitäten sind die schlimmste Form der Verirrung, Alva. Sie leiten uns nur von unserem Weg fort und bringen uns in Versuchung. Also sieh nach vorn, wie ich es getan habe. Du hast einen vermögenden, angesehenen Mann und bist jetzt Herrin über einen beträchtlichen Besitz. So wie ich es einmal sein werde.«* Dann erhob sie sich, barg das Herz und den Gedichtband wieder tief in ihren Rocktaschen und trat zur Tür. »Ich erwarte dich unten. Du wirst sehen, mit der Zeit fällt es dir leichter, deinen Platz anzunehmen.«*

Als sie ging, blieb ich sprachlos zurück. Doch anstatt Trost in Margréts Geständnis zu finden, lässt es mein Herz nur noch schwerer werden. Auch sie hatte geliebt. Auch sie beugte sich der Pflicht.

Ich bewahre ihr Geheimnis in diesen Seiten, neben meinem eigenen. Möge die Zeit es in ihren Schleier

hüllen. Möge sie den Schmerz lindern. Doch ich weiß,
dass sie ihn nie auszulöschen vermag. Ich werde Máhttu
auf ewig lieben.

Kapitel 34

Lia ließ das Manuskript sinken. Vom Bett aus schaute sie in die schwarze Dunkelheit des Wintermorgens, nur die Nachttischlampe tauchte die Vorhänge des Himmelbetts und die Muster der Wandtapete in einen warmen Schein.

Wie traurig das Schicksal von Alva und ihrer Liebe zu dem Rentierhirten Máhttu endete. Der Gedanke brachte das schmerzhafte Stechen zurück, das sie seit einer Woche begleitete, wann immer sie an Per dachte. Was zu ihrem Frust andauernd vorkam. Obwohl sie sich bemühte, ihn aus ihrem Leben und ihren Gedanken zu streichen, weigerte sich ihr Körper strikt, ihn zu vergessen. Ständig drängten sich ihr ungefragt die Erinnerungen auf – an ihre gemeinsamen Momente, an seine warme Stimme, sein Grinsen, seine blauen Augen, ihre kleinen Späße. Es trieb sie schier in den Wahnsinn, dass der elendige Wikinger sich ihr Bewusstsein zurückeroberte, als wäre es eine verdammte Insel im Nordatlantik.

Dabei hätte sie allen Grund, seine gesamte Flotte vor der Küste zu versenken. Die Geschichte mit Elín und der Farm brachte ihren Puls immer noch auf Hochtouren. Er hatte ihr so viel verschwiegen, anstatt sich ihr anzuvertrauen. Und einfach ungefragt über sie hinwegentschieden, obwohl sie alles für ihn aufgegeben hatte. Kommunikation war jedenfalls nicht seine stärkste Waffe.

Bestimmt schob sie die Decke zurück und schlüpfte in ihre Hausschuhe. Sie wollte diesen Tag nicht wieder mit denselben zermarternden Gedanken und Gefühlen beginnen wie an den vorangegangenen Morgen. Dieser Mann hatte ihr das schlimmste Silvester ihres Lebens beschert. Nur dank Ásgeirs und Lauras rührenden Aufmunterungsversuchen hatte sie es überhaupt ertragen, während sie sich unablässig fragte, ob er wohl gerade Arm in Arm mit Elín auf das neue Jahr anstieß. Die Vorstellung verursachte ihr Übelkeit, und sie zog ihren Seidenkimono fest um sich.

Es war höchste Zeit, nach vorn zu sehen. Ihr Leben wieder in den Griff zu bekommen. Üblicherweise hatte sie damit nie Probleme. In ihrer Vergangenheit hatte sie sich nach einer Trennung eher befreit gefühlt.

Als sie die Küche betrat, stand Ásgeir schon an dem italienischen Kaffeeautomaten, und Espressoduft erfüllte die Luft.

»Guten Morgen.« Er lächelte sie munter an und holte ein Macchiato-Glas aus dem Küchenschrank. »Wie immer?«

Sie nickte und ließ sich auf den Küchenstuhl sinken. »Gern, danke, Ásgeir.«

»Du bist früh auf«, erwiderte er und sah zur Caféuhr, deren eiserner Zeiger gerade über der Sechs verharrte.

»Hm, konnte nicht mehr schlafen.« Seit der Trennung hatte sich ihr Körper spontan entschieden, die unheiligen Aufstehzeiten der Farm zu verinnerlichen. Jeden Morgen wachte sie von allein um halb fünf auf, und an Schlaf war nicht mehr zu denken. Meist wälzte sie sich dann stundenlang herum und versuchte, sich mit Lesen abzulenken. Aber heute würde sie es zu ihrem Vorteil nutzen. »Dann bin ich eben besonders früh im Museum. Ein guter Start für das neue Jahr.« Sie lächelte matt. »Ich habe gerade das Manuskript zu Ende gelesen.«

Ásgeir brachte ihr den Macchiato und tätschelte aufmunternd ihre Schulter. »Sehr gut, das wird eine ganz wunderbare Ausstellung. Laura und ich kommen auf jeden Fall zur Eröffnung.«

»Danke, ihr seid fantastisch.« Die beiden würden ihr fehlen, wenn sie in drei Monaten nach Reykjavík zurückkehren würde. Ásgeir hatte sie vor ein paar Tagen gefragt, ob sie nach Hamburg zurückziehen wolle, sobald das Projekt abgeschlossen war – doch das stand für sie völlig außer Frage. Sie fühlte sich wohl auf Island, ihr neuer Job im Museum gefiel ihr viel besser als die Oberflächlichkeit, die in ihrer alten Agentur geherrscht hatte. Außerdem lebten ihre beiden besten Freundinnen hier. Vermutlich sollte sie sich allmählich nach einer Wohnung umsehen.

Der Gedanke schnitt ihr kurz die Luft ab, doch sie riss sich zusammen und trank hastig einen Schluck Macchiato.

»Hast du es schon gehört?«, fragte Ásgeir und deutete auf die Zeitung, die aufgeschlagen auf dem Küchentisch lag. Das Bild auf der Frontseite zeigte die Aufnahme eines Vulkans, dessen Spitze von Schnee bedeckt war. *Bárðarbunga vor möglichem Ausbruch*, prangte darunter, so viel verstand Lia inzwischen. Hastig zog sie die Zeitung heran und versuchte, die groben Informationen des Artikels zu verstehen.

»Wir zählen auch zum Evakuierungsgebiet«, ergänzte Ásgeir, während er sein Brötchen mit Marmelade bestrich.

»Was?« Lia sah ihn entgeistert an.

Seelenruhig biss er in sein Brötchen und nickte. »Nun mal keine Panik«, murmelte er und kaute. »Ernst wird es erst, wenn der Vulkan wirklich ausbricht. Für den Notfall solltest du eine Tasche packen.«

»Wie kannst du nur so ruhig bleiben?« Sie beobachtete mit großen Augen, wie er genüsslich den zweiten Bissen nahm. »Hier steht, dass der Ausbruch nicht unwahrscheinlich ist.«

Ásgeir tätschelte ihre Hand. »Du lernst das noch. Hier haben wir andauernd Vulkanwarnungen. Das gehört zum Leben in Island dazu, ob es einem gefällt oder nicht. Wenn der Vulkan tatsächlich ausbricht, kannst du rein gar nichts daran ändern. Also bringt es auch nichts, sich jedes Mal verrückt zu machen. Vor vier Jahren hat es hier im Dorf eine furchtbare Schlammlawine gegeben. Sie hat dreizehn Häuser unter sich begraben und in den Fjord gerissen. Es war grauenvoll, ein wirklich großes Unglück. Aber das ist die Natur, und wenn wir in ihr leben wollen, müssen wir das akzeptieren und nach vorn schauen.«

»Das habe ich tatsächlich nicht gewusst«, erwiderte Lia. Das Dorf wirkte vollkommen idyllisch, als hätte sich nie eine solche Tragödie ereignet.

Ásgeir nahm einen Schluck Kaffee. »Das ist das Leben, Lia. Zerstörung und Wiederauferstehung. Das Kunstzentrum hat es auch nur haarscharf verschont.«

»Wie furchtbar«, murmelte sie. »Dafür fehlt mir eindeutig die isländische Gelassenheit.« Sie konnte dennoch nicht aufhören, auf die Schlagzeile und das Foto zu starren. Wenn der Katastrophenfall ausgerufen wurde, würde man Per für die begleitende Überwachung des Vulkans wieder in die Gefahrenzone schicken. Und wenn selbst das Dorf, das sich am äußeren Zipfel des Fjords befand, im Evakuierungsbereich lag, würde es die *Hreindýr Lodge* erst recht sein. Sorgenvoll rührte sie in ihrem Macchiato.

Ásgeir stupste sie an und schob ihr ein Brötchen zu. »Frühstücke erst mal was, Sorgen kannst du dir auch später noch machen.«

Sie seufzte, doch sie brachte jetzt beim besten Willen nichts herunter. Vielleicht würde sie sich einfach einen Proviant für die Fahrt zum Museum mitnehmen.

Als sie gerade ins Bad lief, hörte sie, wie Ásgeir das Haus verließ. Eine Sekunde später wurde die Tür wieder aufgeschlossen. »Hier wartet etwas für dich, vor der Haustür! Schönen Tag!«

Überrascht hielt sie an der Badtür inne und lief zum Treppengeländer, doch von dort ließ sich nichts erkennen. Also klemmte sie sich ihre Kosmetiktasche unter den Arm und tappte die Treppe hinunter. Auch im Flur war nichts zu sehen. Ásgeir war bereits losgefahren. Verwundert lief sie zur Tür und zog sie auf. Vor dem Eingang empfing sie nur der Neuschnee, der über Nacht gefallen war. Merkwürdig, was konnte Ásgeir gemeint haben? Gerade zog sie die Tür wieder zu, als ihr etwas entgegenschwang, das an der Klinke baumelte. Sie hielt inne. Ein geschnitzter Anhänger. Es war ein Rentier aus Birkenholz. Sie band es los und drehte es vorsichtig in der Handfläche. Ein Zettel, auf dem »*An Lia*« stand, war um den Hals des Rentiers befestigt. Mit zitternden Fingern löste sie den Knoten und faltete das Papier auseinander.

Verzeih mir, Lia. Ich liebe dich.

Ihr Herz vollführte einen kleinen Satz.

Nein, nein, auf keinen Fall würde sie sich diesen trügerischen Gefühlen hingeben. Jegliche Verliebtheit war sofort zu unterbinden. Wenn der Wikinger dachte, dass eine süße selbst geschnitzte Holzfigur reichte, um ihr Herz zurückzugewinnen und sein Verhalten zu entschuldigen, hatte er sich gehörig geschnitten.

Sie steckte die Figur in ihre Tasche und schloss die Tür. Während sie die Treppe hinauflief, versuchte sie, sich auf den bevorstehenden Tag im Museum zu konzentrieren. Eðna und sie würden heute die internationalen Vermarktungsmöglichkeiten besprechen. Doch obwohl sie ihr Bestes gab, die passenden Werbestrategien gedanklich durchzugehen, konnte sie nicht verhindern, dass ihr Herz ein bisschen schneller schlug. Als hätte sie in den letzten Wochen nicht genug gelernt. Für Per und sie gab es keine Zukunft. Damit sollte auch ihr naives Herz sich endlich abfinden.

***

Die Temperaturanzeige des Mietwagens verkündete, dass draußen eisige Minusgerade herrschten. Die Heizung lief auf Hochtouren, trotzdem froren Lias Finger am Lenkrad ein, und sie trommelte den Takt der Musik mit, um sie warm zu halten. Es erinnerte sie kurz an das abgegriffene warme Leder des Farmtrucks, doch sie verscheuchte den Gedanken schnell. Der Truck war nicht ihr Auto gewesen. Sie hatte ihn am ersten Tag nach Weihnachten von dem Autohändler auf die Lodge bringen lassen, als sie sich einen Mietwagen ausgesucht hatte. Wenn sie zurück nach Reykjavík zog, würde sie sich ihren eigenen Oldtimer-Truck kaufen. Vielleicht fand sie bei einem Händler ja sogar einen Land Rover. Und den würde sie mit ihren eigenen Erinnerungen füllen. Es würde nur etwas Zeit brauchen, bis sie all das nicht mehr an Per erinnerte.

Sie drehte die Musik lauter auf und setzte den Blinker, als der Wegweiser nach Egilsstaðir am Straßenrand auftauchte. Auf dem Rücksitz rutschte der Koffer herum, den sie gepackt hatte, ehe sie das Haus verließ. Ásgeirs entspannte Art, mit der drohenden Vulkanwarnung umzugehen, hatte sie inzwischen etwas beruhigt, doch sie wollte lieber auf Nummer sicher gehen, falls es zum Äußersten kommen sollte. Noch wirkte die Natur trügerisch ruhig. An diesem Morgen war es sogar unerwartet windstill, und der Schnee fiel sanft und beständig auf die Weite des Fjords.

In Egilsstaðir stellte sie den Wagen auf dem leeren Parkplatz des Museums ab und schloss den Seiteneingang auf, der den Mitarbeitern vorbehalten war. Nicht, dass sie an einem Wintertag wie diesem mit einem Besucheransturm rechnen müssten. Sie ging zu ihrem Büro und schaltete das Licht ein. Doch anstatt sich wie üblich direkt an den Schreibtisch zu setzen, lud sie nur ihre Tasche und den Mantel ab und schlug dann den Weg in den Fundus ein. Eðna und ihre Aushilfskraft Carlo, der sich um die Sammlung kümmerte, waren noch nicht da, und die Stille in dem großen Raum erschien Lia beinahe unheimlich.

Meterhohe Regale erstreckten sich wie in einer Bibliothek von einem Ende des Raums zum anderen. Nur dass in ihnen nicht nur Bücher, sondern Exponate jeder Art lagerten. Alte Waschzuber standen neben Webstühlen, hölzernem Kinderspielzeug und Porzellan. In einer Vitrine waren ausgestopfte Tiere aufgereiht, die man auch in Onkel Donatus' Jagdzimmer hätte finden können. Daneben Rentierfelle und Geweihe. Als sie an ihrem Museumsmaskottchen Rudolf, einem ausgestopften Rentierbullen, vorbeiging, warf sie ihm einen mitleidigen Blick zu und lief schnell weiter. Er würde einen schönen Platz in ihrer Ausstellung finden und immerhin post mortem würdevoll seine Art vertreten.

In einem der hinteren Regale fand sie eine alte Mitgifttruhe aus dem späten 18. Jahrhundert. Und an den Stangen des Kleiderfundus entdeckte sie Trachten aus derselben Zeit. Ihre Idee sollte also realisierbar sein. Sobald Eðna eintraf, wollte sie mit ihr besprechen, wie sie Alvas Lebensumstände am besten inszenieren könnten. Wenn sie sich schon ihres genauen Berichts zur Ankunft und Entwicklung der ersten Rentierherde Islands bedienten, dann, fand Lia, sollten sie auch seiner Verfasserin Ehre erweisen. Alvas tragische Liebe zu dem sámischen Rentierhirten empfand sie als zu privat, um sie museal aufzugreifen, aber vielleicht könnten sie Alvas und Máhttus Liebe im übertragenen Sinn ein Andenken setzen, indem sie von den Lebensumständen der Frauen ihrer Zeit berichteten und den Schwierigkeiten, das Lebensglück, die Liebe und die gesellschaftlichen und elterlichen Vorstellungen mit den eigenen Träumen zu vereinen. Eine persönliche Verbindung würde die Ausstellung zum »Tagebuch der Rentiere«, wie sie es intern nannten, zudem viel nahbarer für die Besucher gestalten.

Als sie in ihr Büro zurückkehrte, stand Eðna gerade am Kopierer. »Góðan daginn«, grüßte sie. »Wo warst du denn unterwegs?«

»Góðan daginn.« Lia lächelte ihr zu und startete ihren PC. »Im Fundus. Tatsächlich wollte ich eine Idee mit dir besprechen. Ich habe heute früh das Tagebuch zu Ende gelesen. Es war wirklich ...« Sie stockte kurz. »... sehr rührend. Und so traurig. Wie viel Alva für ihre Liebe riskiert hat, um mit Máhttu glücklich zu werden ...« Himmel, sie schweifte ab und merkte, wie sich Tränen in ihre Augen stahlen. Das hatte ja passieren müssen. Offenbar hatte der

313

Wikinger ihr nicht nur das Herz gebrochen, sondern sie auch zu einer furchtbar sentimentalen Version ihrer selbst werden lassen. Sie räusperte sich schnell. »Jedenfalls dachte ich, dass wir auch Alvas Geschichte, ihre Lebensumstände als junge Frau in der ruralen Gesellschaft des 18. Jahrhunderts, aufgreifen könnten«, fuhr sie gefasster fort.

Eðna sammelte die Kopien zusammen und nickte, sodass ihr kurzer grauer Bob wippte. »Klingt nicht schlecht. Ein persönlicher Ansatz, der dem Ganzen eine nahbare Seite gibt. Aber ehe du genauer in die Planung einsteigst, solltest du noch den Rest des Tagebuchs lesen.«

»Den Rest?« Lia sah sie mit großen Augen an.

Sie lächelte und reichte ihr die ausgedruckten Seiten, die sie soeben aus dem Kopierer geholt hatte. »Es gab noch einen einzigen weiteren Eintrag, elf Jahre später. Carlo hat ihn gestern Abend zu Ende transkribiert und übersetzt.«

»Sæl!«, rief er aus dem Nebenraum.

»Sæl!«, murmelte Lia, während sie die Seiten betrachtete. »Ich lese es heute Abend. Danke.«

Sie wollte sich schon ihren E-Mails zuwenden, doch die Frage ließ sie einfach nicht los. »Werden sie doch noch glücklich miteinander? Alva und Máhttu?«

Aber Eðna zwinkerte ihr nur zu. »Das musst du selbst lesen.«

***

Am Abend kochte Lia sich eine Tasse der Winter-Teemischung, die Laura aus Kopenhagen mitgebracht hatte. Sie besaß ein Faible für spezielle Teesorten, und Lia durfte sich frei bedienen. Mit der dampfenden Tasse stieg sie die Treppe hinauf und ging in ihr Zimmer. Das Haus war ungewohnt still. Laura und Ásgeir waren für ein romantisches Dinner ins Glóð Restaurant nach Egilsstaðir gefahren. Die beiden hatten sie erst eingeladen, mitzukommen, doch Lia hatte den ganzen Tag lang auf die letzten Seiten des Tagebuchs hingefiebert. Nun wollte sie endlich wissen, wie die Liebesgeschichte von Máhttu und Alva endete. Und sie wollte sie in aller Ruhe lesen.

Als sie ihr Zimmer betrat, entzündete sie die beiden Kerzen, die neben der Nachtviole auf der Kommode standen, und knipste die kleine Schirmlampe auf ihrem Nachtschrank an. Ihr Blick blieb an Pers Rentier hängen. Sie hätte es vermutlich in eine Schublade legen sollen. Doch das brachte sie nicht übers Herz. Etwas Unvernunft gestand sie sich zu – auch wenn der Anblick sie schmerzte. Der Wikinger hatte ziemlich viel Mühe in die kleine Holzversion von Sólveig investiert. Bei genauerem Hinsehen erkannte man sogar den braunen Fleck auf Sólveigs linker Wange.

Okay, das reichte. Ehe sie wieder in ihren sentimentalen Tunnel rutschen konnte, wandte Lia bestimmt den Blick ab. Mit dem Manuskript unter dem Arm kletterte sie aufs Bett und machte es sich zwischen den buntgemusterten Kissen bequem. Dann trank sie einen Schluck Tee und schlug mit angehaltenem Atem die erste Seite auf.

Kapitel 35

Alvas Tagebuch
15. Juli 1783

Ein furchtbares Unglück hat uns ereilt. Ein so erschütterndes, dass ich mich gezwungen sah, diesen Eintrag zu verfassen.

Vor elf Jahren schwor ich, dieses Büchlein zu vergraben, mit all seinen Erinnerungen. Elf Jahre sind vergangen, und kein Tag verstrich, an dem meine Gedanken nicht bei ihm weilten. Das Amulett, so meinte ich, wäre das Einzige gewesen, das mir von ihm bliebe – doch damals wusste ich nicht, dass ich sein Kind unter dem Herzen trug. So sind diese Seiten Zeuge meines Geständnisses, die Einzigen, die es je erfahren werden.

Glücklicherweise versteht Ólafur weder etwas von der weiblichen Natur noch vom Kindbett, so konnte ich ihm glaubhaft erklären, sein Sohn habe überraschend früh das Licht der Welt erblickt. Ich danke Gott dafür, dass Ólafur bei all seinen Fehlern kein jähzorniger Mann ist und mich nicht zwang, in unserer Hochzeitsnacht bei ihm zu liegen. Ich wäre vor Furcht und Trauer daran zerbrochen. Inzwischen weiß ich, was meine Pflicht ist. Doch eine tiefere Nähe als die gottgewollte Zusammenkunft von Eheleuten hat es zwischen ihm und mir nie gegeben.

Ólafur meint, sein erstgeborener Sohn müsse nach mir schlagen – der Junge interessiere sich unvernünftig viel für die Natur. Wie oft schalt er das arme Kind einen Träumer, dem jeglicher Sinn für das Geschäft fehle. Dabei sehe ich in jeder von Mikjálls Gesten seinen wahren Vater. Er ist ihm so ähnlich. Stiehlt sich gern hinaus, um bei den Tieren zu sein oder durch die Wiesen zu streifen. Und seine Augen strahlen in demselben Blau, das ich seit elf Jahren so schmerzlich vermisse.

Ich bemühe mich nach Kräften, dem Jungen all die Zuneigung zu geben, die Ólafur ihm verwehrt. Er ist auch seinen Töchtern ein strenger Vater. Dabei sind meine beiden Mädchen, die ich auf die Namen Jóra und Margrét nach ihren Tanten taufen ließ, wahre Engel. Wir haben die schönsten, befreiten Tage zusammen in der Natur, wenn Ólafur auf einer seiner Handelsreisen weilt. Dann reiten wir hinaus und erkunden gemeinsam die grünen Ebenen um unseren Fjord. Hier auf dem Hof habe ich gute Leute. Die Mägde und Burschen sind mir wohlgesonnen, und sie erfreuen sich an meinen Ausflügen mit den Kindern. Keiner von ihnen hat uns je beim Herrn des Hauses verraten. Unser kleines Geheimnis nennen wir es.

Doch die Tage der Unbeschwertheit haben sich gewandelt. Ich wurde leichtsinnig. Oftmals träumte ich davon, in Ólafurs Abwesenheit mit meinen Kindern auf ein Schiff nach Finnmark zu steigen. Mehr noch, ich zog es wahrhaft in Betracht. Dabei haben wir hier ein sicheres, zufriedenes Leben, weitaus glücklicher, als es den meisten Leuten in unserem Land beschieden ist. Doch der Gedanke, eines Tages von dieser Welt zu gehen, ohne Máhttu je wiedergesehen zu haben, ist mir unerträglich.

Das Leben ist vorangeschritten. Gewiss hat auch er längst eine Familie. Und es läge mir fern, mich ihm aufzudrängen. Es würde meinem Herzen allein Ruhe schenken, ihn nur ein einziges Mal noch zu treffen. Zu wissen, dass das Leben ihm Glück beschied. Ein selbstsüchtiger Wunsch – dessen bin ich mir gewahr.

Gott strafe mich für diese Sünde – er brachte großes Unheil über unser Land, meine ganze Familie. Am 8. Juni, Pfingstsonntag, diesem so geheiligten Tag des Herrn, brach die Erde auf und sandte ihre feurigen Massen ins Land hinab. Die unbarmherzigen Fluten des Laki vernichteten Tier und Mensch, Land und Höfe. Ein Strom des Grauens, so zerstörerisch, wie es unser Land noch nie gesehen hat. Auch der Hof meiner Eltern blieb nicht verschont. Die Feuerflüsse brannten die Gebäude unaufhaltsam nieder. Giftige Wolken erstrecken sich über den Ebenen. Es gleicht einem Wunder, dass es meiner Familie und ihren Leuten gelang, rechtzeitig zu fliehen. Und ich danke dem Herrn jeden Tag für dieses Geschenk.

Wir haben ihnen auf unserem Hof Zuflucht gegeben. Mit größter Sorge blicken wir den Entwicklungen entgegen. Die reißenden Feuerströme, die giftigen Dämpfe und Aschewolken haben Großteile der Viehherden vernichtet, und noch immer reißen sie nicht ab. Die Menschen sind in Furcht, viele hungern. Was wird dieses Unglück noch über unser Land bringen?

Nun wage ich mit keiner Silbe mehr daran zu denken, nach Finnmark zu fliehen. Man braucht uns hier. Meine Familie benötigt die Sicherheit unseres Hofes und meinen Schutz.

Zu allem Grauen hegt Vater die schreckliche Vermutung, dass keines der Rentiere die unbarmherzige Katastrophe überleben wird. Wie so viele unschuldige Wesen müssen sie dem Feuer und dem Gift des Laki zum Opfer fallen. Es bricht mir das Herz, nur daran zu denken.

Welch grauenhafte Wendung hat das Schicksal doch für uns bereitgehalten.

Die Trauer und Ungewissheit dieser Tage ließen mich in der hiesigen Dämmerung hinausschleichen zu der kleinen Hütte, in der wir Holz lagern. Verborgen unter einer Bodendiele habe ich mein Büchlein dort vergraben, und ich musste es mit blanken Händen aus elf Jahren Schmutz und Erde bergen, um ihm mein letztes Geheimnis anzuvertrauen, jetzt, da es gewiss ist, dass ich Máhttu nie wiedersehen werde. Noch einmal, nur ein einziges Mal, musste ich seinen Namen schreiben, wo es mir im wahren Leben verboten ist, ihn nur zu denken. Doch weder die Jahre noch das Leben haben vermocht, die Erinnerungen verblassen zu lassen. Ich werde ihn auf ewig lieben.

Kapitel 36

Lia sah von der letzten Seite des Tagebuchs auf und starrte in den Nachthimmel. Wie furchtbar – warum hatte Eðna sie nicht wenigstens vorgewarnt? Alva hatte nicht nur die Liebe ihres Lebens verloren und in einer lieblosen Ehe ausharren müssen – sie hatte auch ihren Elternhof und all die Tiere dort verloren.

Der Ausbruch des Laki war bis dato die verheerendste Vulkan-Eruption, die Island je erlebt hatte. Per hatte ihr einmal davon berichtet. Mehr als ein Jahr dauerten die Lavaströme an, und die giftigen Aschewolken vernichteten einen Großteil der Viehbestände – denn sie legten sich über alles, was die Tiere fraßen, und führten zu tödlichen Vergiftungen. Die Wolken zogen bis nach Europa, auch dort berichtete man von plötzlichen Dürreperioden, harten Wintern und verheerenden Ernteeinbußen. Letztere sollten wiederum ein entscheidender Faktor sein, der die Französische Revolution hervorrief. Sie erinnerte sich, wie Per sie gefragt hatte, ob sie denn wisse, dass Island Ludwig den XVI. zu Fall gebracht habe.

Tatsächlich hatte sie es nicht gewusst. Aber sich das Ausmaß der Vulkankatastrophe auszumalen, ließ sie erschaudern. Sie kletterte vom Bett, lief zu ihrer Tasche hinüber und suchte nach dem Ausstellungsordner. Eðna hatte ihr darin einen geschichtlichen Überblick über den Verlauf der Rentieransiedlung zusammengestellt. Sie setzte sich wieder aufs Bett und blätterte durch die Dokumente. Da stand es schwarz auf weiß. Man ging davon aus, dass keines der Rentiere aus der ersten Herde, die man 1771 aus Finnmark auf die Vestmannaeyjar gebracht hatte, überlebte.

Es hatte noch weitere Transporte auf die Insel gegeben. Eine Herde wurde 1777, ebenfalls vor dem Ausbruch des Vulkans, auf der Reykjanes-Halbinsel freigelassen, eine weitere 1784 in den Nordfjorden nahe Eyjafjörður ausgesetzt. Doch man ging davon aus, dass alle Rentiere, die es heutzutage auf Island gab, von einer Herde abstammten, die 1787 in den Ostfjorden an Land gebracht wurde.

Lia blieb an der Beschreibung hängen. Diese letzte Herde war das Geschenk eines sámischen Rentierhirten aus Finnmark gewesen, der von dem verheerenden Vulkanausbruch des Laki und den tragischen Entbehrungen der Isländer gehört hatte. Er verweigerte die Bezahlung der dänischen Krone.

Könnte es etwa sein ...? Hatte Máhttu von dem Ausbruch und Alvas Schicksal erfahren?

So gern sie es sich vorstellen mochte, einen Beweis würde es dafür wohl nicht geben.

Sie klappte die Mappe zu und lehnte sich gegen die Kissen. Der Duft nach Kräutern erinnerte sie daran, dass sie über die Lektüre ihren Tee völlig vergessen hatte. Während sie die Hände um die lauwarme Tasse legte und kleine Schlucke trank, beobachtete sie, wie sich draußen die Wolken abwechselnd vor die Mondsichel schoben. Ob Per wohl dieses Wochenende in Seyðisfjörður auf der Farm sein würde?

Falsche Gedankengänge. Ganz falsch, schalt sie sich. Das ging sie ab jetzt nichts mehr an. Und es hatte auch keinerlei Bewandtnis mehr für ihr Leben. Vermutlich würde sie ihm sowieso früher oder später im Dorf über den Weg laufen – in einem so kleinen Ort ließ sich das schwer vermeiden. Selbst in Reykjavík wäre es wahrscheinlich, dass sich ihre Wege gelegentlich kreuzten. Und sie sollte bei der Vorstellung definitiv nicht dieses Kribbeln fühlen.

Frustriert zog sie ihr Handy vom Ladekabel auf dem Nachttisch. Längere Denkpausen führten aktuell nur ihre Gedanken auf Abwege. Da war es sicherer, sich abzulenken. Anna und Freyja hatten einige neue Fotos in ihrer Freundinnengruppe gepostet. Mit einem schlechten Gewissen blinzelte Lia auf den Chat. Sie hatte den beiden nichts von ihrer Trennung gesagt. Niemandem, außer Ásgeir und Laura. Sie konnte es einfach nicht. Und sie wollte lieber gar nicht so genau ergründen, weshalb es ihr derart schwerfiel, sich den Tatsachen zu stellen. Stattdessen mied sie lieber alle heiklen Fragen und beschränkte sich auf allgemeine, unverfängliche Nachrichten.

Gerade wollte sie zu YouTube wechseln, um sich von ein paar Katzenvideos berieseln zu lassen, als ein neuer Chat von Anna aufploppte.

Habt ihr heute schon in den Briefkasten gesehen??

Bin noch unterwegs, aber gerade auf dem Heimweg – die Spannung steigt?!, erschien sofort Freyjas Antwort.

Lia richtete sich in den Kissen auf. Als sie nach Hause kam, war sie so voller Neugier auf die letzten Seiten des Tagebuchs gewesen, dass sie ganz vergessen hatte, ihre Post zu holen – nicht, dass sie mit vielen Briefen gerechnet hätte.

Sie lief nach unten und sah in den Briefhalter, der im Flur befestigt war und in dem Ásgeir die Post aufbewahrte. Ein paar an ihn adressierte Rechnungen, eine verspätete Neujahrskarte … und ein hellblauer Umschlag aus Seidenpapier, der an sie gerichtet war. Auf der Rückseite stand Annas und Arons Adresse, und ein feiner Goldrand zierte das edle Papier. Neugierig riss sie den Umschlag auf – und zog eine Karte hervor.

Einladung
zur Trauung von
Anna Jacobs & Aron Larsson
Sumardagurinn fyrsti, 24. April 2025
11 Uhr in der
Ingjaldshólskirkja

Ihr Herz hüpfte vor Freude – ihre beste Freundin würde heiraten! Und romantisch, wie Anna war, hatte sie natürlich den ersten Tag des Sommers nach dem altisländischen Kalender für die Trauung ausgewählt. Es würde mit Sicherheit eine Traumhochzeit werden.

Aufgeregt klappte sie die Karte auf und schnappte nach Luft.

Liebe Lia, lieber Per,
wir freuen uns, mit euch unsere Hochzeit und die Liebe
zu feiern.

Richtig, da gab es ja noch die Sache, die sie bisher verschwiegen hatte.

Einen Moment lang starrte sie reglos auf seinen Namen. Vor zwei Wochen wäre sie voller Vorfreude gewesen, bei der

Vorstellung, an seiner Seite auf eine Hochzeit zu gehen. Jetzt tat es einfach nur weh.

Hastig klappte sie die Karte zu und strich sich die Träne von der Wange, die sich ärgerlicherweise ihren Anweisungen widersetzt und ihren Weg dorthin gefunden hatte.

Als sie wieder auf ihrem Bett saß und ihr Handy in den Händen hielt, schrieben Anna und Freyja schon eifrig hin und her. Anna hatte ein Foto ihres Verlobungsrings gepostet. Offenbar hatte Aron ihr den Antrag an Heiligabend gemacht. Sie strahlten so glücklich, dass es Lia gleich noch einmal ins Herz schnitt.

Ich freue mich so für euch!!, schrieb sie, dann tippte sie auf Senden. Ehe sie das Handy aus der Hand legen konnte, klingelte es.

Anna.

Kurz zögerte sie – doch dann riss sie sich zusammen. Was tat sie denn hier? Das war ihre beste Freundin! Und sie hatte sich gerade verlobt.

»Hey, was für fantastische Nachrichten«, meldete sie sich.

»Danke!«, erklang Annas euphorische Stimme. »Ich freue mich so – endlich durfte ich's dir sagen. Wir haben erst noch ein bisschen hin und her geplant, bis alles mit dem Termin geklappt hat. Wir wollen im selben Gottesdienst unsere Kleine taufen lassen. Dann wird sie gerade zwei Monate alt sein.«

»Was für eine schöne Idee.« Lia kämpfte schon wieder gegen die Tränen und verfluchte den Wikinger zum tausendsten Mal. Mit dieser neuen Sentimentalität kam sie einfach nicht klar. Sie räusperte sich. »Und ich bin mir sicher, das wird die wundervollste Traumhochzeit, die Island je gesehen hat.«

Anna lachte, dann senkte sie die Stimme zu einem Flüstern. »Ich glaube, Aron würde sich das mit dem Antrag gern noch mal überlegen – seit ich ihn mit der Hochzeitsplanung belästige, hat er schon mehrmals fluchtartig den Raum verlassen.«

Lia grinste. Das konnte sie sich nur allzu bildhaft vorstellen. »Solange Sherlock nicht die Hochzeitstorte frisst, kann es nur gut werden.«

»Das wiederum bringt mich zu der wesentlichen Frage ...«, fuhr Anna fort und machte eine dramatische Pause. »Sherlock benötigt nämlich noch jemanden, der ihn mit den Ringen zum Altar bringt ... und ich brauche meine beste Freundin. Also ... möchtest du meine Trauzeugin sein?«

»Natürlich möchte ich das! Und dann an Sherlocks Seite, es wäre mir eine Ehre.«

Anna jubelte. »Ich kann es kaum erwarten! Wir haben für Per und dich schon ein traumhaftes Zimmer in dem Hotel an der Küste reserviert – mit Aussicht aufs Meer!«

Lia schnappte nach Luft. Eine Weile blieb es still in der Leitung.

»Lia, ist alles in Ordnung?«

Sie atmete leise durch. Offenbar würde sie es nicht länger vor sich herschieben können. Also dann am besten kurz und schmerzlos. »Es gibt da etwas, das ich dir erzählen muss ...«, begann sie stockend.

»Okay.« Sie hörte die Besorgnis in Annas Stimme.

»Per und ich haben uns getrennt.«

»Was? Wieso – wann?«

»An Weihnachten«, murmelte Lia. Sie wollte überhaupt nicht länger daran denken. Außerdem wollte sie nicht Annas großen Moment trüben, indem sie von ihrem gebrochenen Herzen jammerte. »Ich ... sagen wir, es hatte bekannte

Gründe. Und unsere Zukunftsperspektive hat einfach nicht zusammengepasst ...« Sie brach ab. »Kann ich es dir ein anderes Mal erzählen? Ehrlich gesagt, möchte ich noch nicht so gern darüber sprechen.«

»Ja, ja, natürlich.« Anna zögerte. »Das tut mir so leid, Lia. Ich weiß doch, wie sehr du ihn liebst.«

»Hm.«

»Entschuldige, das hat dir jetzt auch nicht geholfen – du weißt, wie ich es meine«, erwiderte ihre Freundin sanft.

»Schon gut. Ich brauche nur gerade etwas Zeit, glaube ich. Wer hätte gedacht, dass ich das mal sagen würde?«, erwiderte sie gezwungen fröhlich und wackelte mit den Augenbrauen, auch wenn Anna es nicht sehen konnte. »Aber ich freue mich so sehr für Aron und dich. Und ich habe mit Sherlock den besten Begleiter der Welt – niemand kann mit einem flauschigen Golden Retriever mithalten.«

Sie hörte Anna glucksen. »Da hast du recht. Und Aron und ich freuen uns unheimlich, dass du unsere Trauzeugin wirst.«

»Oh, ihr habt die Spiele und Überraschungen noch nicht gesehen, die ich mir für euch ausdenken werde«, fügte Lia grinsend hinzu.

»Solange es nichts mit Wildwasser-Rafting zu tun hat, ist alles gut«, gab Anna zurück, und sie lachten beide. Anna erinnerte sich da an eine äußerst ereignisreiche Fahrt zurück, die sie vor anderthalb Jahren erlebt hatte, und Lia konnte es ihr nicht verdenken, dass sie seither eine gewisse Skepsis gegenüber wilden Gewässern hegte.

Als sie schließlich auflegte, hatten die Vorfreude und die gute Laune ihrer Freundin schon fast das dumpfe Stechen in ihrer Brust vertrieben.

***

Lia schlug die Augen auf. Ihr Zimmer lag im Dunkeln, der Mond stand ungefähr dort, wo er in letzter Zeit meistens stand, wenn sie aufwachte. Sie warf einen kurzen Blick auf ihr Handy, das sie noch umklammert hielt. Jap. 4:34 Uhr. Pünktlich zur Morgenfütterung.

Sie brummte ärgerlich und drehte sich auf die andere Seite. Das musste dringend aufhören. Dank dieser neuen Routine weckte ihr Körper sie jeden Morgen mit dem Gedanken an Per. Und das konnte ihr Herz langsam wirklich nicht mehr ertragen.

Gestern Nacht musste sie irgendwann mitten zwischen den Katzenvideos eingeschlafen sein. Theoretisch sollte sie müde sein. Aber sie bekam kein Auge mehr zu.

Seufzend gab sie auf und knipste das Nachtlicht an. Neuerdings hatte sie morgens so viel überflüssige Zeit, dass sie in der vergangenen Woche schon zwei Bücher durchgelesen hatte. Heute blätterte sie nur sporadisch in dem Roman, aber nach einer halben Stunde war das Maximum ihrer Konzentrationsfähigkeit erreicht. Leise zog sie ihren Kimono an und schlich in die Küche. Ásgeir und Laura waren noch nicht aufgestanden. Da Laura gerade Urlaub hatte, schlief sie sowieso gern länger aus.

Um mit der lauten Kaffeemaschine nicht das gesamte Haus zu wecken, goss sie sich einen Becher türkisch auf, holte die Zeitung von draußen herein und setzte sich damit an den Küchentisch. Es half ihr dabei, ihr Isländisch jeden Tag etwas mehr zu verbessern – denn aus den Zeitungsartikeln konnte sie sich viele Worte erschließen.

Gerade als sie sich ein Croissant aufbacken wollte, piepte ihr Handy. Wer schrieb ihr denn um diese Uhrzeit?

Verwundert schloss sie das Tiefkühlfach und drehte sich zum Küchentisch um. Eine neue Nachricht von einer unbekannten isländischen Nummer leuchtete auf dem Display auf.

Notfallhinweis

Der Bereich Seyðisfjörður, Zone A und B, wird aufgrund von drohenden Lawinen und Aschewolken evakuiert. Bitte begeben Sie sich innerhalb von 30 Minuten in die Sicherheitszonen.

Im selben Moment setzte draußen eine Sirene ein.

Lia zuckte vor Schreck zusammen.

»Ásgeir, Laura!«, rief sie und lief panisch die Treppe hoch. Ihr Puls hämmerte in ihren Schläfen – was, wenn sie keine dreißig Minuten mehr hätten? Wer wusste schon so genau, wann sich die Massen hinabsenkten?

Als sie auf der oberen Stufe ankam, trat Ásgeir gerade aus dem Schlafzimmer und fuhr sich durch die zerstrubbelten Haare. »Morgen, Lia.«

Atemlos kam sie vor ihm zum Stehen. »Der Vulkan! Die Lawinen! Wir werden evakuiert!«, brachte sie atemlos hervor.

»Nun mal ganz langsam, erst mal durchatmen«, erwiderte Ásgeir.

Wie konnte er nur so seelenruhig sein?

»Hast du deine Tasche?«, fragte er.

Sie nickte. »Ist gepackt im Auto.«

»Gut.« Er nickte. »Dann zieh dich jetzt an, sonst erfrierst du ja, ehe der Vulkan überhaupt eine Chance bekommt, dich zu vergiften.«

Hah, jetzt machte er auch noch Witze, während sie kurz vor dem Nervenzusammenbruch stand. »Ásgeir, wir müssen los«, drängelte sie.

»Immer mit der Ruhe, Panik bringt dich nicht weiter, Lia. Also, anziehen, und dann fahren wir, okay?«

Sie stürmte an ihm vorbei in ihr Zimmer. Hastig schlüpfte sie in ihre Thermosachen, die Jeans, warf sich ein Shirt und einen dicken Pullover über. Ehe sie hinauslief, hielt sie inne und sah noch einmal auf ihr Handy.

Sie hatte sich geschworen, ihm nicht mehr zu schreiben. Aber das hier war eine Notsituation. Sie musste es wissen.

Mit zitternden Fingern öffnete sie den Chat, den sie seit einer Woche gemieden hatte, um Pers Profilbild und seine letzten Nachrichten nicht ständig anzustarren.

Bist du in Sicherheit?

Die Nachricht ging raus. Nur ein Haken erschien.

Verdammt.

Das konnte so ziemlich alles bedeuten.

Im Flur hörte sie Ásgeir und Laura die Treppe hinuntergehen, und sie steckte das Handy schnell wieder ein. Dann schnappte sie sich das Rentier vom Nachttisch und schob es in ihre Handtasche.

Draußen vor dem Haus warf sie einen ängstlichen Blick hinauf zu der schneebedeckten Bergwand, die das Dorf umschloss. Um sie herum starteten überall Motoren, die Nachbarn schleppten ihre Taschen und Haustiere hinaus.

»Du fährst uns einfach hinterher, Lia, ja?«, rief Ásgeir ihr zu, ehe er in seinen Wagen stieg.

Sie nickte, dann öffnete sie die Fahrertür ihres Mietautos und setzte sich hinters Steuer.

Während sie sich in die Karawane Richtung Ortsausgang einreihte, wirbelten ihre Gedanken. Im Radio lief die Meldung des kurz bevorstehenden Ausbruchs des Bárðarbunga.

Erste Erdbeben hatten die Region erschüttert. Man müsse mit Lawinen und einer großflächigen Eruption rechnen.

Sorgenvoll schaute sie wieder auf ihr Handy. Immer noch stand da nur ein Haken.

Sie ließen das Ortsschild hinter sich, und ihre Gedanken wanderten zur Farm. Was, wenn seine Familie Hilfe bräuchte? Was war mit den Tieren? Würden sie sie dort zurücklassen müssen?

Das sollte nicht ihre Sorge sein. Sie durfte sich nicht dafür verantwortlich fühlen … dennoch ließen sie die Gedanken nicht los.

Ihr Handy piepte, und Lia hätte beinahe das Lenkrad verrissen. Eine neue Nachricht von Erla. Hastig tippte sie darauf.

> Weißt du, wo Per ist? Niemand hat eine Ahnung, wo er steckt. Wir machen uns langsam Sorgen.

Für einen Moment blieb ihr Herz stehen, und die Panik wurde zu einer lähmenden Fessel, die sich um sie legte. Doch dann reagierte sie ganz automatisch. Als die Abfahrt erschien, setzte sie den Blinker und trat aufs Gas. Sie hörte Ásgeir noch hupen. Doch sie hatte keine Zeit für Erklärungen.

Kapitel 37

Die Reifen des Volvos rutschten in den Kurven der langen Auffahrt, doch sie war geübt genug, um die Glätte des Eises auszugleichen. Die schneebedeckten Fichten flogen an ihr vorbei, die Abfahrt zu den Feriencabins. Als sie den Hof erreichte, rannte Erla gerade aus dem Schafstall.

Lia riss die Tür auf und lief auf sie zu. »Was heißt das, niemand weiß, wo er ist?«

»Er hat eine Woche Urlaub genommen und war hier auf der Farm. Gestern Abend ist er einfach rausgefahren und seitdem nicht wieder hier aufgetaucht – keine Nachricht, nichts.« Erla wischte sich mit dem Ärmel über die Stirn und zog sie mit sich, während sie Richtung Rentiergehege rannte. »Kannst du mir mit den Rentieren helfen?«

Lia nickte, und Erla erklärte im Laufen: »Die müssen rüber in den Schafstall, zur Sicherheit. Wir haben keine Zeit, alle Tiere aufzuladen. Deshalb haben wir drüben gerade noch mal gefüttert und sie mit zusätzlichen Wassereimern versorgt. Falls wir nicht so schnell zurückkehren können wie gehofft.«

»Was, wenn die Lawine kommt?« Lia sah sie mit großen Augen an.

Erla erwiderte nur kurz ihren Blick, dann öffnete sie das Gatter und drückte Lia den Eimer mit Futter in die Hand. »Los, wir müssen uns beeilen, bald kommen schon die Polizei und die Rettungsteams, die die Evakuierung kontrollieren, die werden uns einfach vom Hof scheuchen.«

Sólveig lief als Erste aus dem Gehege und schnupperte neugierig an Lia. »Na, komm, Kleine, auf in den Stall.« Sie ging mit dem Eimer voraus, und die Rentiere folgten ihr und dem Futter zum Glück brav, während Erla aufpasste, dass keiner auf Abwege geriet.

Sie brachten die sechs in den vorderen Bereich des Schafstalls, in dem Heu und Flechten aufgeschüttet waren. Hilda und Reynar schaufelten gerade weitere Heuladungen in die Gänge zwischen den Boxen, von denen sich die Schafe bedienen konnten.

»Okay«, rief Reynar mit einem Blick auf die Uhr. »Wir müssen los!«

Gemeinsam verriegelten sie die Stallungen, als Motorengeräusch erklang und ein weißer Pick-up auf den Hof preschte. Doch Lias kurze Hoffnung zerfiel, als Elín allein ausstieg.

»Noch immer nichts von Per?«, rief sie, strich sich die hellblonden Strähnen aus dem Gesicht und lief zu ihnen herüber.

Hilda schüttelte den Kopf. »Das hat es noch nie gegeben – bei einer Evakuierung würde er sich doch melden.«

»Habt ihr bei euch alles fertig?«, fragte Erla, und Elín nickte.

»Leif und unsere Eltern sind gerade losgefahren.«

»Dann müssen wir Per suchen«, sagte Lia bestimmt. »Vielleicht hatte er keinen Empfang und hat nichts von der Evakuierung mitbekommen. Wo könnte er hingefahren sein?«

»Ihr meint doch nicht, dass er zur Unfallstelle hinausgefahren ist?« Elín rieb sich die Schläfe und wechselte einen Blick mit den anderen Anwesenden, außer Lia.

»Moment, welche Unfallstelle?«, fragte sie und musterte die Runde.

Stille.

»Er war die ganze Woche ziemlich durch den Wind. Schon möglich«, erwiderte Erla, ohne auf Lias Frage einzugehen. Und zum ersten Mal sah sie einen ängstlichen Ausdruck in ihrem Gesicht.

»Himmel«, stieß Hilda aus, »was machen wir nur? Dort werden wir ihn niemals finden. Das ganze Gebiet ist abgesperrt.«

»Fahrt ihr das Gebiet von außen ab, so weit ihr kommt, ich frage Kíran, ob er mir ein Pferd geben kann«, sagte Elín.

»Ich komme mit«, erwiderte Lia bestimmt.

Elín sah sie abschätzig an. »Du kannst doch gar nicht richtig reiten, ich kann nicht zwei Leute retten.«

»Ich kann reiten«, entgegnete Lia zähneknirschend. »Aber wenn du noch mehr Zeit vergeuden willst, bitte.«

»Wir machen es wie besprochen«, mischte sich Reynar ein. »Ihr zwei nehmt eure Handys und die Funkgeräte mit. Und seid vorsichtig.«

»Gut«, erwiderte Elín, und alle brachen in Richtung ihrer Fahrzeuge auf.

»Halt.« Lia schnappte sich Elíns Ärmel. »Welche Unfallstelle, Elín? Worum geht es hier?«

Die schnaubte genervt. »Fahr mir einfach nach, das ist alles, was du wissen musst.«

»Falsch. Jetzt sag es mir endlich.«

Elín hielt inne, drehte sich zu ihr um und funkelte sie an. »Du gibst auch nie auf, was?«

»Es ist ja offenbar keine Kleinigkeit, die ihr hier verschweigt.«

»Dann steig in deinen Wagen. Ich erklär es dir am Telefon.« Sie schlug die Fahrertür zu.

Atemlos lief Lia zu ihrem Volvo und folgte dem weißen Jeep die Straße hinunter. Als sie die Hauptstraße erreichten, passierten sie bereits die Rettungsteams, die die Höfe kontrollierten und die Evakuierung absicherten.

Mit klopfendem Herzen folgte sie Elín, während sie immer wieder auf ihr Telefon starrte. Ásgeir hatte mehrmals angerufen, und sie tippte schnell ein Alles okay in den Chat.

Dann klingelte ihr Handy.

»Kíran stellt uns zwei Pferde raus. Wir hatten Glück. Er war selbst gerade dabei, den Hof zu verlassen. Fahr mir nach Richtung Hochland.« Elíns Stimme klang zum ersten Mal ernsthaft angespannt. »Das wird keine kurze Tour. Wir brauchen vier Stunden, bis wir Kírans Hof erreichen, wo die Pferde stehen. Aber es ist gut, dass die Sonne aufgegangen sein wird, wenn wir losreiten.«

»Wo genau fahren wir hin? Weshalb sollte Per so weit rausgefahren sein?« Vor Anspannung umklammerte Lia das Lenkrad so fest, dass ihre Finger schmerzten.

Elín schwieg einen Moment lang. »Es hat … vor zehn Jahren einen Unfall gegeben«, sagte sie dann stockend, und ihre Stimme klang rau durch den Lautsprecher. »Wir waren noch so jung und unbekümmert, gerade mal dreiundzwanzig, mitten im Studium.« Wieder schwieg sie. »Bis wir zu dieser Exkursion aufgebrochen sind.«

»Per und du?«, fragte Lia.

»Per, ich und Óskar. Wir waren im Gebiet des Bárðarbunga. Es war Ende August, doch das Gletschereis des Vatnajökull überspannte den Großteil der Fläche, so wie heute noch. Der Vulkan stand schon seit einiger Zeit unter verstärkter Beobachtung – es hatte kleinere Beben gegeben, und man vermutete, dass die seismische Aktivität weiter zunehmen könne. Genau die richtige Herausforderung für uns Vulkanologie-Studenten. Es war der erste möglicherweise aktive Vulkan, den wir begleiten konnten.«

Ein Rauschen durchschnitt die Verbindung kurz, dann sprach Elín weiter: »Unsere Exkursionsgruppe hatte sich am Fuß des Bárðarbunga verteilt, um Proben und Messungen zu nehmen. Aber wir haben entschieden, weiter Richtung Caldera zu wandern, um dort die Gegebenheiten zu untersuchen. Wir drei waren alle versierte Kletterer, kannten uns aus in der Natur, fanden uns schnell zurecht, und wir kannten die Gegend.

Nachdem wir die Proben gesammelt hatten, wollten Óskar und ich umkehren. Wir waren inzwischen eine halbe Stunde von den anderen entfernt, und wir wollten die Abfahrt nicht verpassen. Doch Per schlug vor, noch eine letzte Stelle zu untersuchen, nur ein Stück näher an der Caldera. Es war nicht weit, und Óskar und ich waren schnell einverstanden.« Sie brach ab.

Lia lauschte mit angehaltenem Atem.

Sie hörte, wie Elín sich räusperte. »Nun, wir installierten unsere Messgeräte. Per erzählte mir gerade von einer Studie, die er gelesen hatte.« Wieder Schweigen. »Und dann hörten wir … ein Krachen.«

Als Elín weitersprach, war ihre Stimme zu einem Flüstern geworden. »Óskar stand nur wenige Meter von uns entfernt. Nur ein paar Schritte. Als wir uns umdrehten, sahen wir, wie die Erde aufriss. Direkt vor ihm. Er schaffte es, zurückzuspringen, doch aus dem Spalt drang eine Gaswolke giftiger Dämpfe. Er hatte keine andere Chance, als sie einzuatmen. Er brach sofort zusammen. Wir haben es noch geschafft, unsere Masken aufzuziehen. Per hat Óskar auf seine Schultern gehoben, und wir sind gerannt, so gut es uns möglich war. Nach einigen Metern, nachdem wir etwas

Abstand zu dem Spalt gewonnen hatten, haben wir versucht, Óskar Sauerstoff einzuflößen. Er hatte aufgehört, zu atmen. Per hat versucht, ihn wiederzubeleben, aber ... es war zu spät. Wir konnten nichts mehr tun.«

Lia spürte, wie ihr Tränen die Wangen hinabbrannten. Sie hatte immer gewusst, dass da mehr war, dass Per einen tiefen Schmerz vor ihr verborgen hatte. Dass die Farm nicht das Einzige war, das ihn belastet hatte. Still wischte sie die Tränen fort. »Es tut mir so leid, Elín«, flüsterte sie. »Das muss schrecklich für euch gewesen sein.«

»Es war vernichtend. Der Tag, mit dem all unsere Unbekümmertheit verflogen ist. Und ... ich habe meinen Teil dazu beigetragen, dass es für Per noch schlimmer wurde.« Wieder hielt sie inne, ehe sie erstickt fortfuhr: »Ich habe ihn gezwungen, Óskar dort zu lassen. Wir mussten weg. Auch wenn wir Masken hatten, konnten die nicht gänzlich die giftigen Dämpfe abhalten, ich merkte, dass mir schwindelig wurde. Und um uns herum donnerte und grollte es. Wenn der Vulkan an einer Stelle aufgerissen war, könnte er jeden Moment an einer weiteren die Erde öffnen. Also habe ich Per gedrängt, mitzukommen und Óskar dort ruhen zu lassen. Ich wusste, dass wir es niemals schaffen würden, wenn wir Óskar getragen hätten – wir wären viel zu langsam gewesen, und unsere Kräfte schwanden mit jeder Minute, die wir in der Nähe der Dämpfe ausharrten.« Sie schluckte. »Ich musste ihn von Óskar wegzerren. Ich ... ich musste ihm ins Gesicht schlagen, bis er sich bewegt hat und zu Sinnen kam. Er war so ... gebrochen.«

Das zu hören, ließ Lias Herz ein zweites Mal brechen. Es war mehr, als ein Mensch ertragen konnte.

»Wir haben es irgendwie geschafft, zum Fuß des Vulkans zurückzufinden. Die anderen hatten bereits eine Rettungsmannschaft informiert, die uns entgegenkam. Dank der schnellen Versorgung haben wir es körperlich unbeschadet überstanden. Aber seelisch waren wir … nicht mehr dieselben. Per wirft sich seitdem vor, dass er schuld an Óskars Tod sei. Dass unser bester Freund tot ist, nur weil er darauf bestand, noch näher an die Caldera heranzugehen. Wegen dieser einen letzten Probe. Dabei haben Óskar und ich ihm sofort zugestimmt. Wir alle drei waren viel zu leichtsinnig. Wir haben uns maßlos überschätzt und die Unberechenbarkeit der Natur vergessen. Dabei hätten wir es besser wissen müssen. Doch Per sieht das nicht. Er sieht nur, dass Óskar ohne ihn noch am Leben wäre. Und dass er ihn zurückgelassen hat, wirft er sich ebenso bis heute vor. Meinetwegen«, fügte Elín flüsternd hinzu.

»Du hast ihm das Leben gerettet«, sagte Lia. »Wenn du nicht gewesen wärst, hättet ihr alle drei nicht überlebt.«

Elín schwieg. »Ich versuche, es so zu sehen. Es gelingt mir nicht immer.«

Wieder herrschte Stille. Nach einer Weile fragte Lia: »Und du meinst, Per ist ausgerechnet heute zu der Unfallstelle hinausgefahren?«

»Es wäre wahrscheinlich. Das Beben und der Erdriss im August 2014 waren die Vorhut einer der mächtigsten Eruptionen, die es seit 1784 auf Island gab, seit der Laki ausbrach. Der Ausbruch des Bárðarbunga dauerte bis Februar 2015 an. Und obwohl der Vulkan eine solche Kraft entwickelte, blieb die Stelle, an der wir Óskar zurückließen, beinahe unberührt. Als wir dorthin zurückkehrten, konnten wir sie wiederfinden. Nur Óskar war von einem Erdriss in der Tiefe des Vulkans beerdigt worden.«

Sie konnte hören, dass Elín sich hastig über die Augen wischte. »Wir haben ein kleines Kreuz an der Stelle aufgestellt. Und Kerzen. Per fährt oft dorthin. Und wenn nun ein neuer Ausbruch des Bárðarbunga droht, könnte er Abschied nehmen wollen, ehe der Ort für immer verschwunden ist ... oder Schlimmeres.«

»Oder Schlimmeres?« Lia riss die Augen auf. »Du meinst doch nicht, er könnte sich etwas antun?«

»Ich weiß es ehrlich gesagt nicht. Ich wünschte, ich wüsste es. Aber er ... war wirklich durcheinander in den vergangenen Tagen. Die ganzen Jahre quält er sich mit dieser Last herum – und anstatt, dass die Zeit es ihm erleichtert, scheint sie ihn immer tiefer in die Schuldgefühle zu treiben. Und ich habe ihm so oft gesagt, dass es nicht seine Schuld ist und dass er nach vorn sehen muss, dass Óskar es so gewollt hätte, aber er will es nicht hören. Er kapselt sich ab und läuft lieber davon. Eine Zeit lang schaffte er es erstaunlich gut, die Sache nach außen hin zu überspielen. Und zugegeben, seit er dich kennengelernt hat, war er phasenweise sehr viel ... euphorischer, als ich ihn in den letzten Jahren erlebt habe. Aber man darf sich vom Schein nicht trügen lassen. Diese Schuld schlummert in ihm. Er kann sie einfach nicht abschütteln – so viel man auch noch auf ihn einredet.«

Eine lähmende Kälte hatte sich über Lia gelegt. All die Szenen, all die unbekannten Veränderungen an ihm schienen nun einen Sinn zu ergeben. Ja, er hatte sich ihr gegenüber unfair verhalten. Er hatte sie mit seiner Verschwiegenheit und der Sache mit Elín und der Farm verletzt. Aber das hier war etwas anderes. Egal, was zwischen ihnen geschehen sein mochte, sie würde niemals zulassen, dass ihm etwas geschah. Allein die Vorstellung ließ sie vor Verzweiflung aufschluchzen. »Wir müssen ihn finden.«

Elín schluckte. »Ich hoffe, du glaubst nicht, dass du mir jetzt sympathischer bist, nachdem du mir die Sache abgepresst hast. Ich finde dich noch genauso unausstehlich wie vorher.«

Lia verdrehte die Augen. »Lass es gut sein. Verausgabe dich nicht schon, bevor wir zusammen durch die Gefahrenzone reiten.«

Elín schnaufte. »Bis dahin sind es noch drei Stunden Fahrt. Besser, du nutzt sie, um dir deine fünfzigtausend Wörter am Tag von der Seele zu reden – ich hab nämlich anderes zu tun, als mir die anzuhören. Ich brauche jetzt Ruhe.«

»Schön, dann sind wir ja schon zwei«, erwiderte Lia. Aber es gelang ihr nicht, es gemein zu sagen. Sie hätte es nie gedacht, aber sie empfand Mitleid für Elín. Die hatte genauso viel durchgemacht wie Per. Und ja, sie hatte ihm das Leben gerettet. Dafür würde sie ihr auf ewig dankbar sein.

»Danke, Elín«, sagte sie, ehe sie auflegte.

»Das war kein freiwilliges Geständnis.«

»Ich meine, danke, dass du Per das Leben gerettet hast.«

Kurz herrschte Schweigen am anderen Ende, und sie hörte nur das Rauschen des Lautsprechers. »Wie gesagt, er ist alles für mich«, erwiderte Elín dann und trennte die Verbindung.

Kapitel 38

Am Fuße des Bárðarbunga
03. Januar 2025

Sie erreichten Kírans Farm, als die ersten Strahlen der Morgensonne über den Horizont hereinbrachen. Es war inzwischen kurz vor elf, und mit jeder Minute, die verstrich, wurde Lia unruhiger. Was, wenn sie Per nicht finden würden? Ihnen blieb nur ein Zeitfenster von vier Stunden, ehe es wieder dunkel wurde. Was, wenn es vielleicht sogar schon zu spät war?

Sobald sie an den Rand der Schutzzone kamen, versperrten Polizisten ihnen den Weg. Es hatte sie alle Überzeugungskraft gekostet, dass man ihnen die Zufahrt in die Evakuierungszone gestattete. Die Beamten nahmen zudem die Meldung zu Pers Verschwinden auf – doch da ihnen stichhaltige Beweise fehlten, um zu belegen, dass er sich im Gebiet befand, konnte man nichts tun.

Als Lia den Wagen vor der Farm abstellte, raste ihr Herzschlag. Die vierstündige Fahrt merkte sie kaum. Ihr ganzer Körper stand unter Adrenalin. Sie könnte erst wieder beruhigt sein, wenn sie Per gefunden hatten. Hastig schnappte sie sich ihren Daunenparka und die Schaffellmütze, die sie in dem kleinen Laden in Seyðisfjörður entdeckt hatte – die einzige Waffe gegen die Polarkälte.

Draußen lief Elín bereits auf den Paddock zu, in dem

zwei Pferde standen. Ein Fuchs und ein Rappe. Der Fuchs lief angespannt am Zaun entlang, reckte die Nüstern in den Himmel und wieherte.

»Hier, du nimmst Eldur.« Elín drückte ihr eine Trense in die Hand, die neben den Sätteln am Gatter hing. »Eigenwillig, anstrengend und redselig, ihr werdet euch verstehen. Aber er und Ámur«, sie deutete auf den Rappen, der ruhig in der leichten Schneedecke scharrte, »sind Profis auf unwägbarem Terrain.«

Lia schnaubte empört, doch sie wollte keine Zeit verschwenden, also überhörte sie Elíns Sticheleien. »Hey, mein Kleiner«, sprach sie ruhig und trat auf Eldur zu. Er schnupperte kurz an ihren Fingern, dann riss er wieder den Kopf nach oben und schnaubte wie ein Drache. Das konnte ja was werden. »Okay«, murmelte sie. »Da müssen wir jetzt durch.« Mit zwei Anläufen schaffte sie es immerhin, das feuerspeiende Tier zu trensen und zu satteln.

Ehe sie aufsaßen, streckte Elín ihr ein Funkgerät und einen Peilsender entgegen. »Falls wir keinen Empfang haben, können wir uns über das Funkgerät verständigen. Und wenn irgendwas sein sollte und wir uns trennen, finden die anderen uns über die Sender. Ich habe noch einen Pager bei mir – wenn sich die Lage bezüglich des Ausbruchs zuspitzen sollte, erfahren wir es.«

»Okay, danke.« Zum ersten Mal war Lia froh über Lara Crofts Survival-Wissen. An so was hätte sie nicht gedacht – vermutlich hätte sie nur die Standortverfolgung per WhatsApp verschickt.

Neben ihr tänzelte Eldur ungeduldig, und sie musste aufpassen, dass er ihr dabei nicht auf die Füße trat.

»Keine Sorge, wenn du erst mal draufsitzt, ist er ein Lämmchen«, sagte Elín und deutete auf den Fuchs.

Doch Lia hegte die vage Vermutung, dass ihre Definitionen diesbezüglich weit auseinandergingen.

Nach zwei missglückten Versuchen musste Elín ihn für sie festhalten. Sie schwang sich zügig in den Sattel und sandte ein Stoßgebet gen Himmel. Es fühlte sich an, als säße sie auf einer tickenden Zeitbombe.

Sie zwang sich, auszuatmen, und strich behutsam durch Eldurs lange rote Mähne. »Ganz ruhig«, sagte sie, wusste aber nicht genau, ob sie damit den Hengst oder sich selbst meinte.

Gerade als sie Richtung Vulkansohle hinausritten, piepte Elíns Handy. Sie zog es hervor und las hastig, dann sah sie Lia an. »Sie haben Pers Wagen gefunden. Am Rand des Gletschers.«

Sie schnappte nach Luft. »Das heißt, er ist wirklich hier draußen.«

Elín nickte. »Reynar und Hilda haben eine Vermisstenanzeige aufgegeben, doch die Rettungsteams können keinen Heli schicken, wegen der Lawinengefahr. Aber sie versuchen, uns mit Drohnen zu unterstützen, sobald es geht. Ich schreibe ihnen, dass wir jetzt aufbrechen.«

»Wir müssen ihn so schnell wie möglich finden.« Lia wandte den Blick zu dem Gletschervulkan, der sich bedrohlich gen Himmel erhob. Der Wind hatte aufgefrischt, Böen fegten über die Lavaebenen hinweg und trieben den Schnee vor sich her, der sich an einigen Stellen gesammelt hatte, sodass die schwarzen Gesteinsflächen hervorragten. Den Gipfel des Vulkangebirges überzog die Eisschicht des Gletschers.

»Ich reite voran«, sagte Elín und steckte das Handy wieder in ihre Jackentasche. »Wir suchen zuerst an der Unfallstelle. Halte die Augen auf. Durch den Wind werden wir kaum mehr Spuren in den Schneebereichen erkennen können, aber vielleicht entdecken wir ja doch etwas.«

Dem feurigen Fuchs gefiel es nur mäßig, sich hinter Ámur zu halten, während sie über die Ebene ritten. Lia hatte alle Hände voll zu tun, Eldur zu zügeln, damit er nicht einfach davonpreschte, während sie nach Per Ausschau hielt und seinen Namen rief. Sie wusste, dass sich ihre eigene Anspannung auf den Hengst übertrug. Das aufgeregte Tänzeln seiner Hufe schlug im Takt ihres eigenen stolpernden Herzschlags.

Ihr Weg führte sie ein Stück am Hang des Vulkanfußes entlang, dann eine waghalsige Steigung hinauf in Richtung der Caldera. Elín hatte recht. Die tapferen Pferde tölteten trittsicher an dem steilen Gefälle entlang, und sie kamen gut voran.

Nach einer Dreiviertelstunde erreichten sie eine Senke am Rande der Caldera. Elín zügelte Ámur, und sie ritten im Schritt auf einen Felsen zu. Davor erkannte Lia ein kleines Holzkreuz, und die Flamme eines Windlichts flackerte hinter dem Kerzenglas. Doch die rauen schwarzen Felsen, die sie umgaben, lagen verlassen da.

»Er war hier«, flüsterte Lia.

Neben ihr stieg Elín vom Pferd und trat näher an die Stelle heran. Lia folgte ihr. Einen stillen Moment gedachte sie Óskar und der Tragödie, die sich hier vor zehn Jahren ereignet hatte. Ihre Trauer mischte sich mit der erdrückenden Sorge um Per.

»Komm, wir reiten ein Stück weiter Richtung Caldera. Aber wir sollten uns aufteilen, die Fläche ist einfach zu groß, wir würden ewig brauchen, alles abzusuchen.« Elín schwang sich wieder in Ámurs Sattel und deutete nach links. »Ich reite dort lang, du dort. Wenn etwas ist, denk an das Funkgerät. Orientiere dich am Kamm des Kraters. Dann kannst du dich nicht verirren.«

»Okay«, erwiderte sie, ehe ihr Gehirn vollends verarbeiten konnte, dass sie gerade zugestimmt hatte, allein einen Vulkan entlangzureiten, der möglicherweise kurz vor dem Ausbruch stand. Doch das machte keinen Unterschied. Ihr Herz ließ ihr keine Wahl. Sie hätte alles getan, um Per zu finden.

Eldur schnaubte und stupste sie an, als Elín davonritt. »Sh, wenn du nicht still stehst, kann ich nicht wieder aufsteigen«, raunte sie dem nervösen Fuchs zu, der daraufhin laut wieherte. »Eldur, bitte. Reiß dich zusammen.« Doch der Hengst trippelte so unruhig, dass er es ihr unmöglich machte, den Fuß in den Steigbügel zu stellen. Sie war kurz davor, das Funkgerät zu zücken und Elín zurückzurufen … da kam ihr eine verrückte Idee. Einen Versuch wäre es wert – und vielleicht sparte es ihnen Zeit und rettete sie davor, sich vor Lara Croft die Blöße geben zu müssen. Sie führte Eldur auf den freien Pfad, schnalzte und joggte los. Als der Hengst neben ihr trabte, legte sie den Arm über seinen Hals, nahm zwei große Schritte Anlauf, dann stützte sie sich auf ihn, sprang mit beiden Beinen ab und schwang das rechte über seinen Rücken.

Es hatte funktioniert, sie saß im Sattel. Jubelnd fasste sie die Zügel kürzer, als Eldur sofort losgaloppierte, während sie mit den Füßen nach den Steigbügeln angelte. Den Trick kannte sie noch aus ihrer Ponyzeit, in der sie oft ohne Sattel über die Wiesen der Elbdörfer galoppiert war. Und ein bisschen fühlte sie sich jetzt auch wie Lara Croft.

Mit pochendem Herzen ließ sie Eldur am Rand der Caldera entlangtölten. Immer wieder rief sie nach Per. Doch alles war verlassen. Keine Spur, keine Antwort. Nur das erstarkende Tosen der Böen pfiff um sie herum und ließ Schneewirbel über den erkalteten Lavakämmen tanzen.

Eine Stunde verstrich, und sie fühlte sich einsam und mutlos. Keine Nachricht von Elín, auch sie hatte Per nicht gefunden.

Nur noch eine weitere Stunde, ehe sich die Dunkelheit wieder über den Vulkan senken würde. Es wäre unmöglich, dann weiterzusuchen. Wo blieben die Drohnen? Wieso schickte man keine Unterstützung?

Eldur schritt eifrig voran, obwohl Lia reglos auf seinem Rücken saß und spürte, wie die ersten Tränen ihre Wangen benetzten. Sie hatte Per in ihrem Leben verloren. Das allein war schmerzhaft genug. Aber wenn ihm wirklich etwas zugestoßen war, würde sie nicht wissen, wie sie weiterexistieren könnte. Die Liebe für ihn erfüllte alles in ihr. Auch, wenn es für sie keine gemeinsame Zukunft als Paar gab, würde sie sich immer mit ihm verbunden fühlen. Er war ein Teil von ihr. Bevor sie ihn kennengelernt hatte, hatte sie geglaubt, der Satz sei eine übertriebene Erfindung der Liebesromanautoren. Sie hatte nie verstanden, was es bedeutete, den Menschen zu treffen, den man so sehr liebte, dass er etwas in einem vervollständigte. Doch nun wusste sie es.

Plötzlich hob Eldur den Kopf und spitzte die Ohren. Lia sah auf, doch um sie herum war nichts zu erkennen außer der einsamen Weite der Caldera und des Gletschers.

Dann hörte sie es. Ein leiser Pfiff. Der Rentierpfiff. Per rief so immer seine kleine Herde zu sich.

Ihr Herz setzte für einen Moment aus.

»Lia!«, hörte sie sein Rufen, erstickt zwischen den tosenden Böen.

»Per!« Er lebte! Sie hatte ihn gefunden! Alles in ihr vibrierte, als das Adrenalin zurück in ihre Adern rauschte. »Per! Ich bin hier!«

Sie folgte seinen Rufen, über den Kamm des Vulkans, um eine Felsformation herum. Und dann sah sie ihn. Der Wind hatte sein Haar zerzaust und Röte auf seine Wangen gezeichnet. Auf der schwarzen Outdoor-Jacke hatten sich Schneeflocken verfangen. Als er einen Schritt auf sie zukam, sah sie, dass er mit dem linken Fuß nicht auftreten konnte und bei jeder Bewegung schmerzverzerrt das Gesicht verzog.

Sie sprang aus dem Sattel und lief zu ihm. Ohne Worte zog er sie an sich und umschloss sie fest in seinem Arm. Ehe sie wusste, was geschah, küsste sie ihn. Und für einen Moment vergaß sie, dass sie inmitten eines unterirdisch brodelnden Vulkans standen, während um sie herum ein Schneesturm tobte. Und dass Per und sie kein Paar mehr waren.

Als sie sich von ihm löste, strich er zärtlich über ihre Wange. »Lia«, murmelte er. »Was machst du bloß hier draußen? Es ist viel zu gefährlich.«

Allmählich gewann sie ihre Sinne wieder und legte trotzig einen Finger auf seine Brust. »Hättest *du* dich nicht so verantwortungslos in Gefahr begeben, säße ich jetzt bei einer Tasse Tee in unserer Evakuierungsunterkunft.«

Kurz funkelten Pers Augen belustigt, ehe er wieder ernst wurde und sie sah, dass der Schatten in ihnen lauerte. »Ich meine es ernst, das war leichtsinnig von dir. Es ist lebensgefährlich. Wir müssen fort von hier.«

Innerlich verdrehte sie die Augen – das hatte ihn offenbar wenig interessiert, als er selbst zum Vulkan hinausmarschiert war und sie überhaupt in diese Lage gebracht hatte.

»Anstatt mir Vorträge zu halten, könntest du mir lieber sagen, was passiert ist.« Sie kniete sich vor ihn und schob vorsichtig seine Jeans ein Stück hoch. Sein Knöchel war angeschwollen, und getrocknete Blutspuren überzogen das Gelenk. Sie sog scharf die Luft ein.

»Ich bin auf dem Hang unglücklich umgeknickt und ein Stück hinabgerutscht. Könnte gebrochen sein.«

»Okay, wir müssen dich irgendwie auf Eldurs Rücken verfrachten.« Sie führte den Fuchs heran, und erstaunlicherweise wurde der in Pers Nähe ganz ruhig. Sie schickte ein kurzes Dankgebet zum Himmel – es wäre schier unmöglich gewesen, Per mit dem verletzten Fuß in den Sattel des feuerschnaubenden Drachens zu hieven. »Brav«, raunte sie und tätschelte Eldurs Hals. »So ist es gut. Schön stehen bleiben.«

Per gelang es, den gesunden Fuß in den Steigbügel zu stellen und sich mit ihrer Hilfe in den Sattel zu ziehen. Ihr Herz hüpfte erleichtert, als sie ihn auf Eldurs Rücken sitzen sah. Sie hatte ihn gefunden. Jetzt würde sie ihn in Sicherheit bringen.

Während sie losmarschierten, zog sie eilig das Funkgerät hervor und informierte Elín. Die klang genauso erleichtert, wie Lia sich fühlte. Sie gab ihr den Standort durch, und Elín versprach, den anderen Bescheid zu geben und ihnen entgegenzukommen.

Der Wind tanzte immer erbarmungsloser um sie, doch Lia fühlte die Kälte kaum noch. Sie hatte die Hand um Eldurs Zügel gelegt und unter seine lange Mähne geschoben, während sie neben ihm herlief und Pers Bein sacht an ihrer Seite spürte.

»Elín hat mir von dem Unfall erzählt«, sagte sie und schaute zu ihm hoch.

Seine Miene verschloss sich. »Das hätte sie nicht tun dürfen«, erwiderte er.

»Hätte sie es mir nicht gesagt, hätte ich es wohl nie erfahren. Und ich hätte nie gewusst, dass du hier hinausgefahren sein könntest.«

Sie sah, wie die Muskeln seines Kiefers sich anspannten. »Das solltest du auch nie erfahren.«

Überrascht blinzelte sie gegen den Schnee an. »Weshalb nicht? Jetzt geht es mich wohl nichts mehr an ... aber ... wir waren ein Paar, wir wollten eine gemeinsame Zukunft haben, dachte ich jedenfalls. Wieso konntest du es mir nicht sagen?«

Er atmete tief durch, doch er schwieg.

»Per ...«, flüsterte sie eindringlich.

Als sein Blick ihren traf, lagen Schmerz und Abweisung darin. »Lass uns nicht darüber reden, Lia.« Er schob seine Hand über ihre und umfasste ihre Finger.

Sie ließ es zu, doch innerlich brodelte es in ihr. Wieder einmal wollte er nicht mit ihr reden. Dass er ihr so wenig vertraute, verletzte sie.

Als sie aufsah, erkannte sie Ámurs nachtschwarze Silhouette im Schneewirbel. Im schnellen Galopp preschte Elín heran und zügelte den Wallach, kurz bevor sie Per und Lia erreichte. »Es geht dir gut!«, rief sie, und in dem Blick, mit dem sie Per bedachte, las Lia so viel Zuneigung, dass es ihr noch einmal ins Herz schnitt. Doch sie konnte Elín wohl kaum dafür verurteilen, dass sie diesen Mann ebenso liebte, wie sie es tat.

Per nickte ernst. »Alles okay.«

»Gut, wir müssen hier nämlich so schnell wie möglich weg.« Elín zog den Pager aus ihrer Brusttasche. »Die seismischen Bewegungen haben zugenommen, die Behörden haben einen möglichen Ausbruch in Kürze gemeldet.« Sie streckte Lia die Hand hinter ihrem Rücken entgegen. »Kannst du raufspringen?«

»Klar.« Glücklicherweise hatte sie das ja gerade noch mal geübt.

Sobald sie hinter Elín auf Ámurs Rücken saß, trieben sie die Pferde in einen gestreckten Galopp. Vor ihnen lagen die unteren Ebenen des Vulkans, und sie flogen über Lavasand und Schnee dahin.

In der Weite vor Kírans Farm kam ihnen das Rettungsteam entgegen.

Plötzlich waren sie umgeben von so vielen Menschen, die hektisch auf sie einredeten. Per wurde in einen Rettungswagen verfrachtet, und Elín und Lia luden die Pferde in Kírans Transporter, der noch einmal zurückgekehrt war, um sie nach dem Sucheinsatz aus dem Gefahrengebiet herauszubringen.

Als Lia hinter dem Steuer ihres Wagens saß und dem Tross aus dem Evakuierungsgebiet hinaus folgte, sah sie nervös in den Rückspiegel. So schnell es die Wetterverhältnisse erlaubten, schossen sie die Straße entlang. Und hinter ihnen ertönte ein erstes tiefes Grollen aus der Caldera des Bárðarbunga.

***

Es war Abend, fünf Stunden waren vergangen, seit Lia zusammen mit Per und Elín die Vulkanebene verlassen hatte. Nun sah sie, wie gleißende Lavaflüsse sich durch das Gebiet wanden, in dem sie gerade noch entlanggeritten war. Im Gemeinschaftsraum des Berghotels, das ihnen als Evakuierungsunterkunft diente, hatten sie sich alle versammelt, und es herrschte aufgeregtes Gemurmel, während sie die Nachrichten auf der Leinwand verfolgten. Ein Livestream zeigte die ersten Aufnahmen der Eruption, die vor drei Stunden eingesetzt hatte.

Sie hatten wahrhaftig einen Schutzengel gehabt.

Verstohlen warf sie einen Blick zu der anderen Seite der Loungeecke, auf der Per neben Elín saß. Den Knöchel lagerte er auf einem Hocker, und er hatte einen Arm auf die Lehne des Chesterfieldsofas gelegt. Im Krankenhaus hatte man seinen Fuß geröntgt und eine Sprunggelenksfraktur festgestellt. Hilda deutete auf seiner anderen Seite gerade zur Leinwand und sagte etwas zu ihm. Doch er wirkte abwesend. Sein Blick wanderte durch den Raum und traf ihren. Ertappt wollte sie schon wegsehen, doch das Lächeln, das sich auf seine Lippen legte, hielt sie gefangen.

»Einen Whisky für unsere Heldin.« Ásgeir schob ihr ein Glas unter die Nase und ließ sich neben ihr auf dem Sofa sinken.

Sie wandte sich von Per ab und lächelte Ásgeir an. »Danke.«

Laura lehnte sich auf ihrer anderen Seite zu ihr. »Jetzt bleibt nur zu hoffen, dass unser Dorf es unbeschadet übersteht.«

Das hoffte Lia auch. Und die *Hreindýr Lodge.* Sobald sie an die Tiere dachte, die sie dort zurücklassen mussten, zog sich ihr Magen zusammen. Sie fühlte sich schrecklich hilflos bei dem Gedanken, Sólveig und ihre Herde, all die Schafe, Ari und seine Hühnerschar dort eingesperrt zu wissen. Ganz zu schweigen von den Rentieren im Hochland.

Doch momentan schien sich keine direkte Bedrohung anzukündigen. Die Lavaströme würden Seyðisfjörður nicht erreichen, die befürchteten Lawinen, die durch die Beben ausgelöst werden könnten, hatten den Fjord bisher verschont.

Das halbe Dorf hatte das Berghotel außerhalb von Egilsstaðir als vorübergehende Evakuierungsunterkunft gewählt. Neben der Bar standen Sámur und Líus mit ihren Familien, und der restliche Strickclub samt Angehörigen hatte sich auf den Sofas und Sesseln neben ihnen ausgebreitet.

Und Lia fühlte sich mit ihnen allen verbunden, in ihrer Sorge um ihr Dorf.

Ihr Handy klingelte, und auf dem Display leuchtete Annas Nummer auf. Sie entschuldigte sich bei Ásgeir und Laura und lief hinaus in die Bibliothek, die sich an den Eingangsbereich des Holzhauses anschloss. Hier war sie allein und konnte ungestört telefonieren. Sie trat an das Panoramafenster, von dem aus sie über den mondbeschienenen See und das Tal blicken konnte, dann nahm sie den Anruf entgegen. Ihre Freundin erkundigte sich besorgt, wie es ihr gehe und wo sie sei.

Inzwischen war die Nachricht vom Ausbruch des Bárðarbunga offenbar auch in den internationalen Medien angekommen, denn kurz nachdem sie Anna beruhigt und über alles informiert hatte, meldeten sich ihre Eltern.

Als sie auflegte, drehte sie sich vom Fenster fort und wollte gerade hinausgehen, da erschien Per auf der Türschwelle. Er lehnte sich an das dunkle Holz des Rahmens und betrachtete sie still. Lia war an Ort und Stelle neben dem Kamin erstarrt. Das Licht der Flammen zeichnete weiche Schatten in sein Gesicht.

»Hey«, sagte er sanft, stieß sich vom Türrahmen ab und kam zu ihr hereingehumpelt. »Schon gut, ist nur ein gebrochener Knöchel. Du musst mich nicht so mitleidig ansehen.«

»Das ist gar kein Mitleid«, entgegnete Lia.

»Sondern?« Er blieb vor ihr stehen und lächelte sie an.

Doch Lia schwieg. Sie wusste, es war klüger, diese Frage nicht zu beantworten. Denn das hätte alles nur noch verkompliziert. Seine Nähe ließ sie so schnell vergessen, dass die Dinge zwischen ihnen jetzt anders waren.

Er nahm ihre Hand und umschloss ihre Finger mit seinen, ehe sie die Kraft aufbrachte, sie fortzuziehen. »Ich wollte mich bei dir bedanken. Dafür, dass du alles riskiert hast, um mich zu retten.«

Reglos sah sie ihn an. »Weshalb warst du heute dort draußen?«

Seine Miene verschloss sich augenblicklich. »Lia«, murmelte er, »wir … wollten darüber doch nicht sprechen.«

Sie riss ihre Hand zurück. »Falsch, du wolltest darüber nicht sprechen.«

»Ich … wollte Abschied nehmen«, brachte er nach einer Weile hervor. »Ich habe geahnt, dass der Ausbruch die Unfallstelle für immer unter sich begraben wird.«

»Aber du … wolltest dir nichts antun?«, fragte sie flüsternd.

»Nein, Lia … nein. So weit ist es nicht – dafür hat mir das Leben viel zu wertvolle Momente geschenkt … auch wenn ich sie gar nicht verdiene.« Er strich ihr zärtlich eine Strähne hinters Ohr.

»Wieso sagst du das?«, brachte sie erstickt hervor.

Doch er schwieg wieder und sah sie nur an. Die Schuld lag in seinem Blick, und sie wünschte, sie hätte sie einfach für immer vertreiben können.

Vorsichtig legte er den Arm um sie und lehnte die Stirn an ihre. »Ich vermisse dich so sehr.«

Sie vermisste ihn auch. Viel zu sehr. Und seinen Atem auf ihren Lippen zu spüren und die Wärme seiner Umarmung, brachte sie gefährlich nah daran, ihrem Herzen nachzugeben. Aber es wäre unvernünftig. Und Per gegenüber genauso wenig fair wie ihr selbst. Für sie beide gab es keine gemeinsame Zukunft. Ihre Vorstellungen waren unvereinbar. Und wie sollte sie mit einem Mann ihr Leben planen, der ihr so viel verschwieg? Der ihr offenbar nicht genug vertraute, um sich ihr wirklich zu öffnen?

Liebe war eben nicht immer genug.

Sie nahm all ihre Willensstärke zusammen und wich einen Schritt zurück. »Das mit uns ... geht einfach nicht, Per.« Sie musste den Blick abwenden, drehte sich um und lief an den Bücherregalen vorbei zur Tür.

Ehe sie hinausging, hielt sie inne und sah zurück. Per stand vor dem Kaminfeuer, hatte angespannt die Hände in die Hosentaschen geschoben.

Sie räusperte sich. »Anna und Aron heiraten im April.«

Er ließ die Schultern sinken und nickte langsam. »Hab ich gehört.«

»Gut, ich wollte es dir nur sagen, falls du es noch nicht wusstest.«

»Aron hat mich angerufen und mich um Rat gefragt, als er den Antrag geplant hat.«

»Schön.« Wieder setzte sie an, zu gehen. Doch sie hielt noch einmal inne. »Was wird aus den Tieren auf eurer Farm, wenn die Evakuierung andauert? Müssen wir sie von dort fortholen?«

»Ich versuche, morgen eine polizeiliche Erlaubnis zu bekommen, um mit Erla zu den Ställen zu fahren. Wir haben vor vier Jahren einen Lawinendamm errichtet. Der sollte im Fall des Falles die Ställe schützen. Und solange sie versorgt sind, sind die Tiere drinnen am sichersten, falls eine Aschewolke über den Fjord getrieben wird. Mach dir bitte keine Sorgen. Ich werde nicht zulassen, dass ihnen etwas passiert.«

Sie lächelte matt. »Das weiß ich.« Dann wandte sie sich hastig ab, um die Tränen zu verbergen, die sich in ihre Augen stahlen.

Kapitel 39

Drei Monate später
Seyðisfjörður
Ende März 2025

Die Sonne stand funkelnd über dem Fjord, verwandelte das Meer in einen glasklaren Spiegel, der Seyðisfjörðurs Silhouette auf seiner tiefblauen Oberfläche widerzeichnete. Es war ein ungewöhnlich milder Frühlingstag, und der nahende isländische Sommer hatte den Schnee des Winters kurzzeitig vertrieben. Die Berghänge erstreckten sich in einem noch matten Grün um das Dorf, nur auf den Gipfeln blitzte weiß der Schnee vor dem blauen Himmel. Über dem Tal krochen die letzten Nebelschwaden der frostigen Nacht aus dem Hochland hinab und tauchten die Ränder des Orts in ihren mystischen Schleier.

Der Anblick der Morgenidylle ihres Dorfes zauberte Lia ein Lächeln auf die Lippen. Doch sie erschien ihr trügerisch. Vier Tage hatte der Ausbruch des Bárðarbunga angedauert. Nachdem die Gefahr der Erdbeben und Lawinen gebannt war, hatten sie erleichtert wieder in ihre Häuser zurückkehren können. Sie alle waren unversehrt geblieben, keine Lawine hatte sich auf Seyðisfjörður oder die umliegenden Farmen hinabgesenkt, und sie hatten wieder in ihren Alltag finden können. Wenn sie nun daran zurückdachte, erschien es ihr, als wäre die Evakuierung nie geschehen. Dennoch hatte es ihr vor Augen geführt, wie schnell die Natur um sich greifen und aus der lieblichen Idylle eine zerstörerische Kraft werden konnte.

Als sie am Ortskern vorbeifuhr, traten Annó und Rúnar gerade aus dem Gullabúið, dem kleinen Geschäft, in dem Líus' Freundin Dafna lokale Waren und Kunstprodukte verkaufte. Sie winkten ihr zu, ehe sie weiter Richtung Hafen schlenderten. Vor dem Regnboga Vegur, der Regenbogenstraße, hinter der die hellblaue Kirche in den Himmel ragte, saßen Selma, Adrían und Tíbor bei einem Vormittagsplausch mit Kaffee beisammen. Sobald sie Lias Land Rover sahen, hoben sie grinsend die Tassen, und sie winkte zurück. Nach den langen kalten Wintermonaten erwachte ihr Dorf allmählich zum Leben – die ersten Geschäfte und Restaurants öffneten zumindest für ausgewählte Tage, und die Leute trafen sich draußen, um die ersten Sonnenstrahlen auszukosten, schließlich wusste man im isländischen Frühling nie, wann einen der Schnee doch wieder überraschte.

Normalerweise hätte sie sich jetzt gern auf einen kurzen Plausch und Kaffee dazugesellt, doch heute hatte sie anderes vor. An diesem Samstagnachmittag fand die große Ausstellungseröffnung des »Tagebuchs der Rentiere« statt. Und sie verspürte schon jetzt eine kribbelige Vorfreude, wenn sie daran dachte. Neben ihr auf dem Beifahrersitz lag ihr Laptop mit der Präsentation, die sie in wenigen Stunden vor den Besuchern und den Pressevertretern halten würde. Es hatten sich sogar einige Journalisten internationaler Medien angekündigt. Ein gewisser Sean Reed von der BBC und auch eine dänische und eine norwegische Nachrichtenagentur standen auf ihrer Liste.

Doch sie fühlte sich absolut in ihrem Element. Präsentationen waren einfach ihre Spezialität – und diese Ausstellung lag ihr besonders am Herzen. Eðna, Carlo und sie hatten in den letzten Wochen alles gegeben, um die Konzeption auf den Punkt zu bringen. Gemeinsam hatten sie die Ausstellungsräume hergerichtet und jedes Exponat sorgsam ausgewählt und museal eingebettet. Neben den einzelnen Ausstellungsstücken zur Geschichte der Rentiere gab es eine multimediale Führung durch die Stationen der Rentier-Entwicklung von 1771 bis heute. Und das große Highlight befand sich in den angrenzenden Räumlichkeiten: Dort, neben Rudolf, stand der Nachbau eines isländischen Torf-Farmhauses aus dem 18. Jahrhundert. Doch anders als zuvor hatten sie nun die Geschichte von Alva dort inszeniert. Nicht ihre verbotene Liebe zu Máhttu, selbstverständlich, aber ihre Lebensumstände und die Schwierigkeiten, mit denen junge Frauen zu den damaligen Zeiten zu kämpfen hatten.

Mithilfe von digitaler Bearbeitung hatten sie sogar eine alte Porträtzeichnung von Alva zu einer lebensechten 3-D-Fotografie gewandelt, und so führten nun mehrere Aufsteller der jungen Alva durch die verschiedenen Lebenssituationen und Räumlichkeiten der Torffarm. Es war eine perfekte Verbindung der beiden Museumsräume – und über allem schwebte die Besonderheit des »Tagebuchs der Rentiere«.

Der Land Rover protestierte ächzend, als sie in den nächsten Gang schaltete, doch Lia trat sanft die Kupplung weiter durch und ließ sich von den kleinen Widerständen des Ganghebels nicht beirren. Sie beschleunigte, sobald das Ortsschild von Seyðisfjörður hinter ihr lag, und lehnte sich in den abgewetzten Ledersitz zurück. Vor zwei Monaten hatte sie das Schätzchen bei einem Händler außerhalb von Egilsstaðir entdeckt. Und nach der Probefahrt stand fest, dass er ihr erster eigener Island-Truck werden würde. Zugegeben, der Innenraum und die Mechanik benötigten etwas Liebe, aber bisher brachte ihr Landy sie zuverlässig bei allen hiesigen Witterungsbedingungen ans Ziel.

Der Rentieranhänger klimperte leise gegen den Rückspiegel, an dem er befestigt war, und Lia blickte kurz darauf, nur um wie immer den unangenehmen Stich in ihrer Brust zu spüren. Fast drei Monate waren vergangen, seit sie Per zuletzt gesehen hatte, in dem Berghotel nahe Egilsstaðir. Man sollte meinen, dass die Zeit langsam ihre Wunder wirkte – doch stattdessen verfolgten sie die Erinnerungen an ihn jeden Tag. Jeder Moment, jedes Gefühl, die sie mit ihm geteilt hatte, waren glasklar in ihrem Herzen verankert. Und es schien nichts dagegen zu helfen. Nicht einmal die Vorstellung, dass er nun ja vielleicht mit Elín glücklich war. Dabei hätte doch spätestens dieser Gedanke sie vollständig von ihrem Liebeskummer heilen müssen.

Als die Abzweigung zur *Hreindýr Lodge* vor ihr erschien, wandte sie wie jedes Mal den Blick zu der langen Auffahrt, die einsam zwischen dem Fichtenwäldchen verschwand. Es war Samstag, vermutlich wäre er sogar auf dem Hof.

Selbst jetzt noch fühlte es sich unwirklich an, dass diese Lebenswelt, die Farm, die Schafe und Rentiere, er und seine Familie, so nah waren, während das Leben weiterging, als hätte es ihre Liebe und ihre gemeinsame Zeit nie gegeben.

Seit sie aus dem Berghotel in Ásgeirs Haus zurückgekehrt waren, mied sie die Gegend der Farm zum Wohl ihres eigenen Seelenfriedens.

Ihr Handy piepte in seiner Halterung am Armaturenbrett, und sie sah, dass Anna ihr ein Foto geschickt hatte. Sie warf einen kurzen Blick darauf und musste lächeln. Ihre beste Freundin hielt die schlafende Njóla im Arm und strahlte in die Kamera. Die Kleine war vor drei Wochen zur Welt gekommen, und Lia hatte sie schon im Krankenhaus in Reykjavík das erste Mal halten dürfen. Es war ein ganz unbeschreibliches Gefühl, die Tochter ihrer besten Freundin zu wiegen. Fast als wäre sie ein kleiner Teil von ihr selbst.

Sie tippte auf die Sprachnachricht, die Anna mitgeschickt hatte. »Hallo Tante Lia, wir wollten dir für deine Ausstellungseröffnung ganz viel Glück wünschen. Njóla liebt ihren Rentierstrampler, den du in eurem Kunsthandwerksladen gefunden hast, übrigens sehr. Sieht sie nicht unheimlich niedlich darin aus? Jedenfalls freuen wir uns schon darauf, dich bald wiederzusehen. Und wir drücken die Daumen für deinen großen Tag heute. *Bless!* Wir haben dich lieb!«

Lia schmunzelte. Njóla sah wirklich unglaublich süß in dem Rentiermotiv aus. Und Annas liebe Worte ließen ihr ganz warm ums Herz werden. Sie vertrieben kurz das permanente Gefühl der Unvollständigkeit, das sie seit ihrer Trennung von Per erfüllte.

Vor der Frontscheibe des Land Rovers erschienen die ersten Häuser von Egilsstaðir, und sie bemühte sich, in ihren professionellen PR-Lia-Modus zu schalten. Ehe sie zum Museum fuhr, hielt sie noch kurz bei Salt, dem modernen Café mitten im Ort, um sich mit einem Latte macchiato und Nervennahrung einzudecken. Bis zur Eröffnung waren es immerhin noch drei Stunden. Die würden Eðna, Carlo und sie für die letzten Vorbereitungen nutzen. Und dann wäre es endlich so weit – die Welt würde von der mutigen, starken Alva und dem Schicksal der ersten Rentiere Islands erfahren.

***

Die angeregten Stimmen, die durch das Minjasafn Austurlands, das Ostisländische Kulturerbemuseum, hallten, ließen Lias Puls auf das richtige Maß Adrenalin steigen. Sie war bereit. Der Präsentationsraum mit der großen Leinwand war bis auf den letzten Platz gefüllt, und die Leute drängten sich selbst hinter den aufgestellten Stühlen dicht an dicht. In der ersten Reihe hatten die Medienvertreter ihre Kameras positioniert. Und in den mittleren Reihen entdeckte sie Ásgeir, Laura und den Strickclub. Als sie immer mehr bekannte Gesichter sah, schlug ihr Herz gerührt schneller. Ihr halbes Dorf war gekommen, und alle richteten bereits gespannt den Blick nach vorn oder tauschten sich angeregt aus.

Ein warmes Gefühl legte sich um sie – eine Mischung aus Stolz und ... Zugehörigkeit. Noch vor einem halben Jahr hätte sie sich niemals träumen lassen, dass sie einmal so viele Freunde und liebe Bekannte in Seyðisfjörður finden würde – und das im Winter. Doch die vergangenen Monate hatten sie zusammengeschweißt. Und nun waren sie alle hier, um ihren Vortrag und die Ausstellung zu feiern.

»Hæ, Lia.«

Sie fuhr herum und sah in das strahlende Gesicht von Valeria. Neben ihr standen Miguel und Freyja. Sprachlos umarmte Lia die drei. »Was für eine Überraschung! Ihr seid extra aus Reykjavík hergekommen?«

Valeria lachte und schüttelte ihr glänzendes, perfekt geföhntes Haar. »Das konnten wir uns doch nicht entgehen lassen, außerdem ist es die Gelegenheit, ein bisschen durch die Ostfjorde zu reisen. Das wollten wir sowieso immer mal machen.«

»Ich freue mich so! Und ich hoffe, ihr findet noch einen Platz.« Lia lächelte ihnen zu, dann musste sie sich verabschieden. Es war Zeit, auf die Bühne zu gehen.

Routiniert startete sie die Präsentation, und es kehrte allmählich Ruhe ein, während ein Drohnenvideo die Besucher in die Weiten des Hochlands zu den frei lebenden Rentierherden Islands entführte.

Dann trat Lia vor das Mikro, tauschte ein letztes Lächeln mit Eðna und Carlo, ehe sie begann. »Ich begrüße Sie herzlich zur heutigen Eröffnung der multimedialen Ausstellung ›Tagebuch der Rentiere – Schicksalsjahre des 18. Jahrhunderts‹ hier im Ostisländischen Kulturerbemuseum von Egilsstaðir. Und es ist mir eine Ehre, Ihnen die Geschichte und den Nachlass einer besonderen Frau zu präsentieren. Der Fund ihres vollumfänglich erhaltenen Tagebuchs gewährt uns viele neue Erkenntnisse über das Leben im 18. Jahrhundert.« Während sie sprach, freute sie sich über die gespannten Mienen ihres Publikums.

Bis sie aus dem Augenwinkel einen großen blonden Mann sah und ihr Herz für einen Moment den Dienst quittierte. Per stand am äußeren Rand, verborgen im Halbschatten des Raums. Doch ihr kam es vor, als hätte man ein Spotlight nur auf ihn gerichtet. Er hielt die Arme ruhig vor der Brust verschränkt. Ein Lächeln umspielte seine Lippen, als er merkte, dass sie ihn entdeckt hatte. Er trug ein weißes Hemd, dessen Ärmel er locker über seinen muskulösen Unterarmen hochgekrempelt hatte. Und sein Anblick versetzte Lia in einen solchen Ausnahmezustand, dass sie ins Stocken geriet. »Die gesellschaftliche Entwicklung, die …« Sie räusperte sich hastig.

Verflixt, sie war ein Profi – sie würde sich ja wohl nicht von der bloßen Anwesenheit des Wikingers aus dem Konzept bringen lassen.

Sicherheitshalber fokussierte sie sich auf die erste Reihe, als sie fortfuhr: »… die sich in dem Schicksal dieser jungen

Frau und der Ansiedlung der Rentiere offenbart, steht für eine Epoche, in der progressive Ideen der Aufklärung ihren Weg nach Island fanden und die Politik und das Land nachhaltig prägten.«

Okay, sie hatte es geschafft, sie war wieder in ihrem Element. Nichtsdestotrotz mied sie jegliche Augenbewegung in Richtung der letzten Reihe links außen.

Erst als sie die Rede mit einem Dank an Eðna und Carlo beendete und ihr Glas hob, um die Ausstellung für eröffnet zu erklären, glitt ihr Blick flüchtig zum hinteren Ende des Raums. Per sah sie für einen Moment direkt an, dann beugte er sich zur Seite, und sie erkannte, dass Hilda neben ihm stand, die zuvor von der Menge gut verborgen worden war. Er sagte etwas zu seiner Mutter, dann drehte er sich um und ging.

Während der Applaus durch den Raum brandete, verfolgte Lia, wie Per zwischen den Leuten verschwand und schließlich das Gebäude verließ.

Was … was sollte das? Weshalb tauchte er einfach hier auf – an dem Tag, der so wichtig für sie war – und verließ dann wortlos die Veranstaltung, als würde er vor ihrer Rede flüchten?

»Ms. Bülow, vielen Dank für diesen großartigen Vortrag.« Die Stimme des BBC-Reporters holte sie aus ihren Gedanken, und Lia wandte sich ihm mit einem professionellen Lächeln zu. »Könnte ich Sie um ein kurzes Interview bitten?«, fuhr der rothaarige untersetzte Mann auf Englisch fort.

»Selbstverständlich, kommen Sie«, entgegnete Lia versiert, »dort drüben haben wir einen ruhigen Raum eingerichtet.«

Während sie den Reporter begleitete, verteilten sich die Besucher in den Ausstellungsräumen, und sie erhaschte noch einen Blick auf den Sektausschank, der sich bereits reger Beliebtheit erfreute.

Eine halbe Stunde später mischte sie sich wieder unter die Besucher. Die Leute schienen begeistert und fasziniert von den Exponaten, und die Pressevertreter fotografierten fleißig und sprachen Notizen in ihre Handys.

Zufrieden lehnte sie sich für einen Moment neben Rudolf an eine Säule und betrachtete die Szene. Es hätte nicht besser laufen können. Wenn Pers Anblick nicht sofort wieder ihr gebrochenes Herz zerrissen hätte. Sie nahm einen Schluck Sekt und schloss die Augen, um die Erinnerungen zu vertreiben, die sich quälend in ihr Bewusstsein schoben.

»Lia?«

Sie hätte sich fast verschluckt, als sie Hildas Stimme direkt neben sich hörte. Hastig öffnete sie die Lider. Pers Mutter maß sie mit einem freundlichen, aber ernsten Blick.

»Eine sehr schöne Ausstellung«, sagte sie und deutete auf die Vitrinen.

Lia nickte. »Danke. Wir haben uns viel Mühe damit gegeben. Alvas Geschichte ist wirklich etwas Besonderes.«

Hilda lächelte, schaute zu Boden und drehte das Sektglas in ihren Fingern. »Wie geht es dir?«, fragte sie dann und sah ihr direkt in die Augen.

Das war eine dieser Situationen, in denen sie wohl besser nicht absolut ehrlich sein sollte. »Gut, ja«, erwiderte sie und nickte hektisch. »Ganz wunderbar. Ich meine, offenbar hat sich all die Mühe gelohnt, den Leuten scheint die Ausstellung zu gefallen. Nächsten Monat ziehe ich wieder nach Reykjavík. Das … ja, könnte wohl gerade nicht besser laufen.«

Ihre Wangen glühten, und Hildas Miene nach zu urteilen, wussten sie beide, dass das nur zum Teil stimmte.

»Ich wollte dich bitten, am Montag zu mir auf die Farm zu kommen. Es gibt etwas, über das ich gern mit dir reden möchte.«

Lia sah sie mit einer Mischung aus Neugier und Skepsis an. Sie hatte die Farm schließlich aus gutem Grund gemieden. Womöglich würden im schlimmsten Fall noch Per und Elín Arm in Arm vor ihr über den Hof schlendern. »Ich ... ähm ...«

»Es wäre wirklich wichtig.«

Sie schluckte. »Okay ... ja, dann komme ich am Montag vorbei. Ich habe mir sowieso freigenommen, wann würde es passen?«

Hilda lächelte erleichtert. »Komm gern am Vormittag, gegen zehn.«

»In Ordnung.« Sie nickte.

»Danke.« Pers Mutter legte kurz ihre Hand auf Lias Unterarm. »Es war eine wirklich schöne Präsentation.« Dann lächelte sie ihr noch einmal zu und ging.

Unfähig, sich zu bewegen, verharrte Lia an der Säule. Selbst Rudolf starrte ungläubig. Zumindest kam es ihr so vor. Was hatte das zu bedeuten?

Doch ehe sie länger darüber nachgrübeln konnte, kamen Ásgeir und Laura auf sie zu und stießen strahlend mit ihr auf die gelungene Eröffnung an.

Kapitel 40

»Halt, nicht so schnell!«, rief Ásgeir, als Lia gerade ihre Tasche im Land Rover verstaute und hinters Steuer klettern wollte. Er kam zu ihr herübergeeilt, während Laura bereits im Wagen saß und auf ihn wartete.

Lia sah ihn verwundert an. »Was denn?«

Keuchend kam er vor ihr zum Stehen. »Wir haben da eine Kleinigkeit organisiert. Kommst du mit zum Kiosk?«

Verwundert hob sie die Augenbrauen. Der Kiosk 108 war ihre funkigste Bar in Seyðisfjörður – ein schräges Kunstprojekt, das aus einer alten Schiffsbrücke eine abgehobene Konzertlocation mitten am Fjord entstehen ließ. Doch bisher hatte Lia von dem guten Stück wenig gehabt – denn wie alles andere auch, war er den Winter über geschlossen gewesen. »Klar, klingt super. Endlich – ich wollte ihn ja schon immer mal austesten.«

Ásgeir grinste verschmitzt. »Wunderbar, wir sehen uns da.« Dann drehte er sich wenig dezent zu dem Auto um, in dem Freyja, Valeria und Miguel warteten, und reckte die Daumen in die Luft.

»Ásgeir, was heckst du aus?«, rief sie ihm hinterher.

Doch er hob nur die Arme und zwinkerte ihr frech zu. »Wir treffen uns am Kiosk.«

Als sie im Land Rover saß und den Wagen ihrer Freunde auf die Hauptstraße Richtung Seyðisfjörður folgte, wuchs ihre Aufregung, und sie drehte die Musik auf.

Die Leuchtschrift der Bar strahlte in bunten Lettern in der Dämmerung, die sich über den Fjord legte. Über den Holzdielen der Tanzfläche waren Lichterketten gespannt, und die Bänke und Tische, die vor dem Wasser standen, waren bevölkert von ihren Freunden und Bekannten.

Sprachlos parkte Lia den Land Rover an der Seite der kleinen Straße. Draußen schallten ihr experimentelle Indie-Klänge entgegen und das Lachen und die fröhlichen Unterhaltungen ihres Dorfes.

Bevor sie etwas über die Lippen brachte, kam Ásgeir zu ihr, drückte ihr ein Wikingerbier in die Hand und legte seine Bärenpranke fest um ihre Schulter. »Alle mal herhören!«, rief er über die Stimmen hinweg. »Wir haben allen Grund, zu feiern. Unsere Lia hat einen fantastischen Job gemacht und die Geschichte unserer Rentiere in die große Presse gebracht.« Dann wandte er sich mit einem herzerwärmenden Strahlen an sie: »Und hier aus Seyðisfjörður bist du auch nicht mehr wegzudenken. Auf dich, Lia! Wir sind stolz auf dich!«

Er hob sein Bier, und ein Jubeln ging durch die Reihen.

Gerührt stieß Lia mit ihm an, dann ließ sie sich von ihm zu einer der Bänke führen, wo Laura, Valeria, Miguel und Freyja schon auf sie warteten. Während die Musik wieder einsetzte, schlüpfte sie zu ihren Freunden an den Tisch. Neben den Getränken der Bar gab es saftige Burger des Fancy Sheep Truck, eines kleinen weiß-blauen Foodtrucks, der in den Touristenmonaten immer am Hafen stand. Und Lia kam es vor, als hätte sie schon seit Ewigkeiten kein Fast Food mehr genossen. Dicht an dicht saßen sie auf den Holzbänken, in ihren dicken Winterparkas, während die Kälte der Nacht sich über sie senkte. Aber sie meinte, sie kaum zu spüren. Alles um sie herum strahlte und wärmte sie von innen.

Schon bald feierten die Ersten auf der Tanzfläche. Die Barchefin des Kiosk drehte die Musik lauter, und der Bass schallte durch den Fjord zu den schneebedeckten Gipfeln hinauf. Als die ersten Takte eines Neunzigerdauerbrenners einsetzten, wandte sich Freyja breit grinsend zu Lia um. »Na los ... Das ist unser Stichwort.« Sie griff ihre Hand, und Lia folgte ihr lachend auf die Holzdielen.

Während sie sich ausgelassen um Freyja drehte, sah sie über den Fjord hinaus. Alles erschien ihr so unwirklich – wie sie hier vor einem alten Steuerhaus tanzten, direkt am Wasser, umgeben von den riesigen Bergen, die das Dorf umschlossen.

Im Laufe des Abends gesellten sich immer mehr Leute zu ihnen. Bekannte und Freunde, Nachbarn aus dem Dorf, auch viele, die Lia bisher nur vom Sehen kannte. Und obwohl sie meinte, in diesem Moment vollkommen glücklich zu sein, wanderte ihr Blick immer wieder suchend durch die Menge der Feiernden.

Doch er war nicht hier. Nur der Mond stand hell und klar über ihr.

Als sie kurz verschnaufen wollte, holte sie sich ein Bier an der Bar und lief an einer Gruppe vorbei in Richtung der Bänke am Ufer. Plötzlich hörte sie ein wohlbekanntes helles Lachen. Sie hob den Kopf und sah direkt in Elíns Gesicht. Sie stand neben Líam, dem großen dunkelhaarigen Apotheker aus dem Dorf. An ihrer anderen Seite nippte Erla gerade an einem Cocktail.

»Hey«, sagte sie, als sie Lia entdeckte, während Elíns Lachen gefror und sie verstummte.

»Hey«, erwiderte Lia steif.

»Wusste gar nicht, dass du auch hier bist«, meinte Erla. Offenbar waren die drei erst vor Kurzem dazugestoßen mit den anderen Neugierigen aus dem Ort, die sich ihrer Feier spontan angeschlossen hatten.

»Meine Freunde haben das für mich organisiert«, erwiderte Lia und lächelte matt.

»Oh, verstehe, cool. Echt, die erste Feier nach dem Winter. Wurde wirklich Zeit.« Erla grinste, aber Lia erkannte dennoch, dass auch sie angespannt wirkte.

Sie hob die Mundwinkel. »Na dann, habt noch einen schönen Abend.«

»Gleichfalls!«, hörte sie Erla noch rufen, doch sie machte sich bereits auf den Rückzug zu ihrer Freundesgruppe, die sich wieder auf der Bank am Wasser versammelt hatte.

Das gehörte wohl auch zum Dorfleben. Bei einer Feier traf man einfach alle – egal, ob man sie sehen wollte oder nicht.

»Wer war denn das?«, fragte Freyja neugierig und schob ihr die Snackschale zu, als sie sich zu ihr setzte.

»Pers Schwester«, sagte sie und verschwieg Elíns Anwesenheit lieber. Bisher hatte sie nur Anna in die Elín-Problematik eingeweiht. Und heute Abend war wirklich nicht der richtige Zeitpunkt, um diesbezüglich auszuholen. Außerdem hatte die ja eh keinen Ton rausgebracht. Da zählte sie quasi gar nicht.

»Oh.« Freyja fasste kurz ihre Hand.

»Schon gut.« Lia tätschelte ihre Finger. »Steh ich drüber, weißt du doch.«

Aber Freyjas Blick verriet, dass ihre Freundin da gewisse Zweifel hegte. Lia konnte es ihr nicht verdenken – sie konnte ja nicht mal sich selbst davon überzeugen.

Schnell nahm sie einen Schluck Wikingerbier und ließ sich von Freyja in ein Ablenkungsgespräch verwickeln, dem sich bald auch Valeria und Laura anschlossen.

Als sie etwas später ein paar Schritte am Wasser entlanglief, um kurz durchzuatmen und die Stimmung in sich aufzusaugen, während die anderen schon wieder die Tanzfläche stürmten, hörte sie ein Räuspern hinter sich.

»Lia, kann ich kurz mit dir sprechen?«

Überrascht wandte sie sich um. Elín wirkte ungewohnt betreten.

Nein zu sagen, war wohl keine Option.

»Ähm ... okay?«

Elín trat näher, dann sah sie zum Wasser hinaus. »Es tut mir leid.«

Die Worte überraschten sie so sehr, dass sie dachte, sie müsste sich verhört haben. »Äh, wie bitte?«

Nun wandte Elín den Kopf und sah sie an. »Ich muss mich bei dir entschuldigen. Ich war dir gegenüber nicht ganz fair.«

Tja, das konnte man wohl sagen, aber dass Elín selbst darauf kam, verwunderte sie doch sehr. »Hm.«

»Weißt du, Per bedeutet mir wirklich viel.«

Und schon wieder ging es los – Lia verdrehte innerlich die Augen. Wenn sie sich jetzt zum zehnten Mal anhören sollte, wie viel die beiden miteinander verband, bestand Gefahr, dass sie sich in den Fjord stürzen würde. Eiswasser hin oder her.

»Aber ... ich hätte es dir nicht anlasten dürfen, dass er ... sich von mir abgewandt hat, sobald er dich getroffen hat. Ich ... hatte gehofft, das ist nur eine Phase mit dir. Dass er schon irgendwann einsehen würde, dass ich viel besser in sein Leben passe. Nun ...« Elín machte eine Pause. »Ich denke, ich weiß jetzt, dass das nicht so ist. Und wenn ich ganz ehrlich zu mir sein soll, weiß ich, dass er mich nie so angesehen hat wie dich.« Die letzten Worte brachte sie als ein Flüstern heraus.

Und obwohl Lia sich zerrissen fühlte, empfand sie auch Mitleid mit Elín. Die Liebe war nie einfach. Und nie so geradlinig, wie man es sich vielleicht wünschte.

Sie schluckte. »Danke«, erwiderte sie leise. »Aber das ist nun wohl auch egal.«

Elín legte den Kopf schräg und sah sie einen Moment schweigend an. In dem Moment rief Líam sie und deutete Richtung Tanzfläche.

»Gut, ich geh dann mal.« Sie nickte ihr zu und wollte sich umdrehen.

»Wie geht es ihm?« Die Worte brachen aus ihr heraus, ehe Lia sie zurückhalten konnte.

Elín hielt inne und wandte sich ihr wieder zu. Sie zuckte mit den Schultern. »Schätze, es war schon mal besser. Aber er geht jetzt manchmal zu einem Therapeuten in Reykjavík. Ich hab ihm all die Jahre gesagt, dass ihm das helfen würde. Offenbar hat der Vulkanausbruch doch etwas in ihm wachgerüttelt. Und ich glaube, es tut ihm gut.«

Lia nickte. Auch wenn es sie wohl nichts mehr anging, beruhigte es sie, zu wissen, dass er endlich Hilfe bekam. Dass er endlich die Last der Schuld loslassen konnte. »Danke, Elín.«

Die zog kurz die Mundwinkel hoch. »Mach's gut, Lia.« Dann ging sie wieder zurück zu ihrer Freundesgruppe. Der Apotheker empfing sie grinsend, und Lia fragte sich, ob da wohl mehr war zwischen den beiden, auch wenn Elín noch ziemlich mitgenommen aussah, wenn sie von Per sprach.

Wer kann es ihr verdenken?, dachte sie seufzend. Und als sie sich wieder ihren Freunden zuwandte, musste sie das dumpfe Stechen in ihrem Herzen mit einem weiteren Schluck Bier betäuben.

»*Suavemente, bésame!*«, ertönte der karibische Hitsong aus den Boxen des Kiosk 108. Augenblicklich sah sie Valeria und Freyja auf die Tanzfläche stürmen – und Valeria zwinkerte dem DJ zu.

Lia musste grinsen. Ihre Freundinnen hatten es also geschafft, die Salsa nach Seyðisfjörður zu bringen, an den megahippen Kiosk am Fjord. Und nachdem die anderen Partygäste kurz irritiert dreinsahen, schienen sie mit den kubanischen Rhythmen warm zu werden. Annó und seine Frau legten sogar eine astreine *Exhibela* hin – wer hätte gedacht, dass hier im Dorf verborgene Salsa-Talente schlummerten?

Valeria winkte ihr nachdrücklich, und sie ergab sich ihrem Schicksal, stellte das Wikingerbier auf dem Tisch ab und verlor sich in der Musik und Fröhlichkeit.

»Hast du eigentlich schon eine Wohnung?« Freyja lächelte sie an, als sie von den Fotos aufsah, die sie Lia und Ásgeir gerade auf dem Handy gezeigt hatte. Ihre Pflanzenanzucht für das Hochbeet im Garten ihrer Reykjavíker Hausgemeinschaft war in vollem Gange.

Lia schüttelte den Kopf und versteckte sich hinter ihrem zweiten Burger, dem Mitternachtssnack, den sie nach der Aufregung des Abends dringend brauchte. »Wird eher eine spontane Sache«, murmelte sie. Als sie aufsah, blickte sie direkt in Ásgeirs warme braune Augen, die sie aufmerksam musterten. Und stumm fragten, was ihr manchmal selbst durch den Kopf schoss … *Willst du denn wirklich gehen?*

Valeria lehnte sich von ihrer anderen Seite herüber. »Spontan ist schwierig, *Cariña*. Miguel und ich haben ewig gebraucht, bis wir etwas zur dauerhaften Miete gefunden haben.«

»Hm, ich weiß … irgendwie wird sich schon was ergeben.« Wenn sie ehrlich war, hatte sie die Wohnungssuche
schon eine Weile vor sich hergeschoben. Jedes Mal, wenn
sie in ihrem Elfenzimmer in Ásgeirs Haus am Fjord saß und
die Immobilienseite aufrief, hatte sie sich wehmütig gefühlt.
Auch wenn sie es noch vor vier Monaten nie für möglich
gehalten hätte – Seyðisfjörður würde ihr fehlen.

Kapitel 41

Die Fahrt zur *Hreindýr Lodge* kam Lia an diesem Morgen endlos vor. Der Himmel zog sich in einem trüben Grau in die Weite, und ein starker Wind hatte eingesetzt, der erste Regentropfen gegen die Frontscheibe des Land Rovers peitschte.

Fröstelnd verkroch sie das Kinn in ihrem Parka und tippte nervös den Takt des Songs aus ihrer Playlist auf dem Lenkrad mit. Seit Samstagnachmittag hatte sie sich unablässig gefragt, weshalb Hilda sie sprechen wollte. Und ihr wollte einfach keine überzeugende Antwort darauf einfallen.

Immerhin wusste sie nun, dass sie weder Per noch Elín über den Weg laufen würde. Es war Montag, und er war mit Sicherheit nach Reykjavík zurückgekehrt.

Dennoch fühlte es sich an, als wäre sie ihm so viel näher als in den letzten Monaten, während sie nun in die Auffahrt zur Farm einbog und durch das lichte Fichtenwäldchen fuhr.

Automatisch hielt sie Ausschau, doch die Rentiere mussten sich zu ihrem Unterstand oder tiefer in den Hain verzogen haben. Sólveig war nicht zu entdecken.

Der Hof lag ungewohnt verlassen da. Weder Erlas noch Reynars Wagen standen vor dem Wohnhaus. Und zu Lias Erleichterung auch nicht der weiße Land Rover.

Nur aus den Schafställen drang das bekannte heimelige Blöken.

Sie parkte neben den Blumenkübeln, stellte den Motor ab und atmete tief durch. Dann schnappte sie sich ihre Tasche und stieg aus. Sobald sie klopfte, öffnete Hilda sofort die Tür.

»Lia, komm herein. Schön, dass du hier bist.« Sie trat zur Seite, und kaum hatte Lia einen Fuß in den Flur gesetzt, durchströmten sie all die Erinnerungen an ihre Zeit hier, als wären seitdem nicht bereits drei Monate verstrichen.

»Danke.« Sie hängte ihren Parka an die Garderobe und folgte Hilda in die Küche. Auch im Haus war es ungewohnt still. Der Duft nach Kräutern und Kuchen empfing sie, und Hilda bat sie, Platz zu nehmen, während sie wieder an den Herd trat.

»Möchtest du einen Tee? Der wärmt gut durch«, fragte sie, während Lia auf die Küchenbank zu ihrem gewohnten Platz rutschte.

»Ja, gern.«

Die Schirmlampe im Küchenfenster warf ein warmes Licht in die Dunkelheit des Regentages. Vor ihr auf dem Tisch standen zwei Teller, Tassen und eine köstlich duftende Vinarterta, eine geschichtete Torte mit Pflaumenmus. Ihr Blick blieb jedoch an dem Lederbuch hängen, das neben Hildas Platz lag. Der Einband war abgewetzt, und Lia konnte sich nicht erinnern, es einmal im Bücherregal des Wohnzimmers gesehen zu haben, in dem fast ausschließlich landwirtschaftliche Fachbücher standen.

»Bedien dich«, sagte Hilda, als sie mit einer Kanne an den Tisch kam, und nickte in Richtung des Kuchens.

Höflich füllte sie sich ein schmales Stück auf – so gut es duftete, ihr Hals war wie zugeschnürt, und sie wusste, dass sie unmöglich mehr als ein paar Bissen essen könnte.

»Habt ihr am Samstag noch schön gefeiert?«, fragte Hilda,

während sie ihnen Tee einschenkte. »Erla hat erzählt, dass sie dich beim Kiosk getroffen hat.«

Sie nickte. »Ja, danke. Es war ein schöner Abend. Und noch einmal eine ganz andere Seite an Seyðisfjörður – die langen Nächte mit Musik unter dem Himmel des Fjords.« Sie lächelte unsicher und zog die Tasse zu sich heran. Ein eindringlicher Duft nach Kiefernnadeln stieg ihr in die Nase und erinnerte sie an einen Saunaaufguss.

Hilda lächelte. »Ja, obwohl wir hier so abgelegen sind, war Seyðisfjörður schon immer ein Dorf der Künstler und der Musik. Es braucht nur manchmal etwas, bis es sich einem offenbart. Vor allem im Winter.«

Zögerlich probierte Lia einen Schluck Tee, und sofort durchdrang sie eine überwältigende Wärme.

Hilda deutete zu der Kanne. »Das ist Labrador-Tee. Er wärmt viel stärker als andere Kräuter. Dafür verwendet man die nadelähnlichen Blätter der Rhododendron groenlandicum. Eine wahre Rettung im Winter.«

»Ja, ich habe noch nie etwas Ähnliches getrunken«, sagte Lia und schnupperte noch einmal an dem Becher.

»Ein altes Familienrezept.« Hilda zwinkerte ihr zu und lehnte sich in ihrem Stuhl zurück. »Ich danke dir, dass du heute hergekommen bist. Ich weiß, dass das vielleicht nicht einfach war für dich.«

Sie zog kurz die Mundwinkel hoch, aber brachte keine Antwort über die Lippen.

Hilda legte die Hände um ihre Teetasse und ließ die Schultern sinken. »Ich möchte mich bei dir bedanken.«

Verwundert hob sie die Augenbrauen. Damit hatte sie nun wirklich nicht gerechnet.

»Du bist, ohne zu zögern, mit Elín in die Gefahrenzone des Vulkans geritten und hast Per gefunden. Und ich habe dir nie gesagt, wie unendlich dankbar ich dir dafür bin. Wir alle sind es.«

Sie nickte langsam. »Das war … ich hatte keine andere Wahl«, erwiderte sie beinahe flüsternd.

Hilda betrachtete sie freundlich. »Weißt du, ich verstehe sehr gut, wie schwierig es sein kann, wenn man auf einen Hof zieht. Zu seiner Schwiegerfamilie. Jeder hat unterschiedliche Vorstellungen von seinem Leben, und wenn man auf so engem Raum zusammenwohnt, müssen sich alle irgendwie miteinander arrangieren. Auf einer Farm bleibt nicht viel Platz oder Zeit für Freiraum. Die Tiere sind eine ständige Verpflichtung. Und das Wetter hier stellt uns jeden Tag vor neue Herausforderungen.«

Lia biss sich auf die Lippe. Woher kam denn dieses Thema nun? Sie wollte lieber nicht länger in der Vergangenheit wühlen, denn die hatte nun keine Relevanz mehr. All das brachte nur die schmerzvollen Erinnerungen zurück. An die Momente mit Per. Und daran, wie ausgeschlossen sie sich hier zuletzt gefühlt hatte.

»Jedenfalls«, fuhr Hilda fort, »möchte ich nicht, dass du den Eindruck hast, dass wir dich nicht hier haben wollen.« Sie hielt inne, streckte die Hand aus und legte sie auf Lias. »Und falls es so gewirkt haben mag, tut es mir leid.«

Lia lächelte matt. »Schon gut, ich denke, es war für uns alle nicht ganz leicht. Für euch war ich ja auch jemand Fremdes, der plötzlich mit auf dem Hof gelebt hat – und offensichtlich keine Ahnung von Farmarbeit hat.«

Hilda lehnte sich zurück und nahm einen Schluck Tee. »Du hast dich gar nicht so schlecht geschlagen. Wir vergessen manchmal, dass das Leben hier eine andere Welt ist.« Dann lehnte sie sich vor und zwinkerte ihr verschwörerisch zu. »Weißt du, als ich damals hier auf den Hof zu Reynars Familie gezogen bin, hätte ich meine Schwiegermutter gern des Öfteren mit dem Besen aus der Küche gejagt. Und sie mich vermutlich auch.« Sie lachte auf und grinste. »Aber letztlich haben wir uns doch ganz gut arrangiert, und wir hatten uns sehr gern, so oft wir auch anderer Meinung waren.«

»Danke«, erwiderte Lia, »es ist nett, dass du das sagst.« Sie spürte, wie sich das Bedauern auf ihre Brust senkte. Wenn sie noch länger mit Pers Mutter am Küchentisch saß und über das Hofleben und Schwiegerfamiliengeschichten plauderte, würde sie noch anfangen, zu weinen. Es brachte all die Erinnerungen wieder in ihr hoch. Schnell schaute sie zur Küchenuhr. »Ich denke aber, ich gehe jetzt besser.«

»Zwei letzte Dinge, Lia.« Hilda legte wieder die Hand auf ihren Arm und sah sie sanft an.

Also ließ sie sich zurück auf die Sitzbank sinken und umklammerte ihren Tee.

»Was zwischen Per und dir ist – das wisst nur ihr beide«, begann Hilda. »Und es läge mir fern, mich einzumischen. Aber ich möchte, dass du weißt, dass ich ihn noch nie so verliebt wie mit dir erlebt habe. Und dass er dich immer noch liebt. Das sehe ich ihm an … eine Mutter weiß das.« Sie lächelte mild und tätschelte Lias Pulloverärmel.

Lia war zu mitgenommen, um ein Wort über die Lippen zu bringen. Still saß sie da und erwiderte Hildas Blick.

»Und dann ist da noch etwas.« Pers Mutter hielt inne und wandte sich dem ledernen Buch zu, das neben ihr lag. Bedächtig fuhr sie über den abgegriffenen Einband, dann hob sie den Kopf und sah Lia eindringlich an. »Aber ich bitte dich, dass es unter uns bleibt.«

Mit großen Augen nickte Lia stumm.

Hilda räusperte sich. »Als Per mir damals erzählte, du würdest eine Ausstellung zu einem Tagebuch kuratieren, das die Geschichte der ersten Rentiere Islands dokumentiert, bin ich gleich hellhörig geworden.« Sie legte zwei Finger auf den Einband. »Vielleicht hast du dich gefragt, wie Alvas Geschichte weiterging ... ob sie Máhttu wirklich nie wiederbegegnet ist.« Hilda lächelte sie an und schob ihr das Buch entgegen.

»Was ... aber?«, war alles, was Lia hervorbrachte. Ungläubig nahm sie das Buch entgegen und schlug es auf. *Dagbók Ölvu. Seyðisfjörður, 1787*, stand auf der ersten Seite in einer feinen, geschwungenen Handschrift. Das konnte doch nicht möglich sein ... »Woher hast du das Tagebuch?«, fragte sie ungläubig.

Doch Hilda lächelte sie verschwiegen an. »Lies es, dann wirst du es wissen.«

Mit klopfendem Herzen fuhr Lia über die Seiten. Dann steckte sie das Buch behutsam in ihre Tasche. »Danke«, sagte sie und drückte Hildas Hand kurz, ehe sie sich erhob.

Gemeinsam gingen sie zur Tür, und Lia schlüpfte in ihren Parka. Zum Abschied schloss Hilda sie kurz in ihren Arm. »Aber vergiss bitte nicht, das bleibt unser kleines Familiengeheimnis, in Ordnung?«, fügte sie hinzu und nickte in Richtung Lias Tasche.

»Natürlich.« Sie war noch immer zu überrannt, als dass sie mehr über die Lippen gebracht hätte.

»Pass auf dich auf, Lia. Und bring mir das Buch einfach, wenn du es gelesen hast.«

»Danke. Das werde ich. Bis bald.«

Auf dem Weg zu ihrem Land Rover wandte sie sich noch einmal um und sah Hilda in der Tür stehen. Sie winkte kurz, dann setzte sie sich hinter das Steuer und lud ihre Tasche behutsam auf dem Beifahrersitz ab.

Wie in Trance fuhr sie vom Hof auf die Einfahrt, vorbei an dem Fichtenwäldchen, dem Rentiergehege, bis sie die Hauptstraße erreichte. Auf dem Weg ins Dorf schlug der Regen in schweren Tropfen gegen ihre Windschutzscheibe, und das Dröhnen vermischte sich mit dem Dröhnen ihrer herumwirbelnden Gedanken. Per. Hilda. Alva. Alles drehte sich, und sie musste sich zwingen, ihre Konzentration auf die Straße zu richten. Sobald sie das Ortsschild passierte, ließ der Schauer nach und wandelte sich in einen schwachen Nieselregen.

Sie fuhr an der Abzweigung zu Ásgeirs Haus vorbei, weiter am Fjord entlang, bis sie die kleine Ferienhütte erreichte, die sich an den Hang der Berge schmiegte. Laura malte dort oft, und sie hatten schon ein paarmal zu dritt in dem Garten vor der Veranda gesessen, an der Feuerstelle, die Ásgeir angelegt hatte, und den klaren Nachthimmel des Fjords bestaunt.

Als sie die Glastür aufschloss und die Vorhänge beiseiteschob, empfing sie der Duft nach Ölfarben, Tee und Dschungel – auch hier wanden sich einige exotische Schlingpflanzen an der Holzvertäfelung und der Gardinenstange entlang Richtung Sonnenlicht. Mit zitternden Fingern setzte sie den Wasserkessel auf und goss die Pflanzen, während sie auf das Blubbern des Kochers wartete.

Sie öffnete die Flügeltür weit zum Fjord hinaus, schob den Polstersessel an die Schwelle, dann wickelte sie sich in die Schafwolldecke ein, nahm ein paar Schlucke von dem Kräutertee und öffnete Alvas Tagebuch.

Kapitel 42

So beginne ich dieses Büchlein, mein zweites Tagebuch, in einem Zustand vollkommener Aufgelöstheit. Meine Finger zittern, mein Herz bebt so stark, als drohte es mir aus der Brust zu springen.

Ich habe ihn gesehen. Fünfzehn Jahre, nachdem ich ihm im Tal der Geysire für immer Lebwohl sagen musste – so fürchtete ich. Als uns das Unglück des Laki ereilte, gab ich auf, Máhttu jemals wieder zu begegnen. Doch nun kann ich dem Schicksal nicht genug danken.

Dabei sollte ich mich ruhig halten. Kaum fünf Monate sind vergangen, seit Ólafur aus dem Leben schied. Ein schweres Fieber ließ ihn grausam schnell dahinsiechen. Wir vermochten kaum, ihm Linderung zu verschaffen. Sein rasches Entschlafen muss ihm eine Erlösung gewesen sein, so schwer schienen ihn die Schmerzen zu plagen.

Nun stehe ich unter Beobachtung der Nachbarn und der Gemeinde. Jedes zu lang geführte Gespräch könnte Verdacht schöpfen und das Gerede unter den Leuten anfachen. Dabei bin ich mir meiner Pflicht bewusst, sein Andenken in Ehren zu halten.

Doch wie könnte ich die Liebe von mir weisen, die ich vor so vielen Jahren verlor? Das Schicksal hat mir Máhttu zurückgebracht. Und es ist alles, woran ich zu denken imstande bin.

Vor drei Monaten ereilte uns Kunde, dass man eine Herde Rentiere in die Ostfjorde schicken würde. Vaters Freude war unbändig. Noch immer schmerzt ihn der Verlust der Herde, die wir im Unglück des Laki verloren haben. So viel hatte er in das Anliegen gesetzt, um Hoffnung auf Wohlstand nach Island zu bringen. Den Hunger zu lindern, der seither nur anwuchs im Schatten des grauenvollen Unglücks, das so viele Leben nahm und unser Land vergiftete. Vor drei Jahren brachte man eine weitere Herde an die Nordküste unseres Landes, in den Fjord Eyjafjörður. Doch die Entfernung ermöglicht es Vater nicht, ihre Ansiedlung zu begleiten.

Welch Freude erfüllte uns also, als wir von dieser glücklichen Fügung erfuhren. Die Tiere sollten im Fjord von Vopnafjörður an Land gebracht werden, einem Hafen, Zweitagesritte entfernt von unserem Hof. Und so entschied ich, Vater zu begleiten.

Wir brachen am Morgen auf. Die Kinder ließ ich in Mutters und Íris' Obhut, die ihnen eine ebenso gute Magd ist, wie sie es mir einst war. Das Wetter war uns milde gestimmt, und so erreichten wir den Hafen früh am dritten Tag unserer Reise. Gleich eines mächtigen Seevogels erschien das Schiff aus dem Dunst am Horizont des Fjords, und es erinnerte mich augenblicklich an den Tag, an dem Máhttu vor sechzehn Jahren aus den Nebeln der Südküste mit seiner Herde erschien.

Voller Spannung erwarteten Vater und ich, dass man die Tiere an Land brächte. Es waren prächtige Bullen und Kühe, ihr glänzendes Fell und die wachen Augen verrieten, dass sie die Überfahrt in bester Gesundheit überstanden hatten. Doch als ich die Markierungen ihrer Ohren sah, blieb mir das Herz stehen. Ich fürchtete, meine Augen trögen mich. Doch fürwahr, die Markierungen waren jene, die auch Máhttus Herde getragen hatte. Einst hatte er mir bei einem unserer nächtlichen Ausflüge erklärt, dass jeder sámische Rentierhirte sein eigenes Schnittmuster besaß – so stellte man sicher, dass man die Tiere auseinanderhalten konnte, selbst wenn sie sich zu großen Herden zusammenschlossen und über die Ebenen zogen.

Mit pochendem Herzen wandte ich den Blick zum Schiff. Und dort stand er. Gefolgt von zwei Burschen verließ er das Deck und trat an Land, wo ihn der Gouverneur unseres Bezirks leutselig begrüßte.

Hektisch sah ich zu Vater. Auch er hatte ihn erkannt, und ich konnte in seiner Miene lesen, dass die Jahre ihn weder verzeihen noch vergessen lassen hatten.

In diesem Moment trat der Gouverneur zu uns, um Vater mit Máhttu bekannt zu machen. Was konnte der arme Mann auch ahnen, welche Geschichte uns bereits verband. Mir verblieb kaum mehr, als den Atem anzuhalten.

Doch ehe er sich an Vater richtete, fiel Máhttus Blick auf mich. Das Blau seiner Augen leuchtete ebenso strahlend wie in meinen Erinnerungen, und in dem Blick unseres Sohnes. Die Jahre hatten die feinen Linien in seinem Gesicht tiefer gezeichnet, und ein schwermütiger Zug lag um seine Augen. Doch er war mein *Máhttu*, unverkennbar der Mann, dem mein Herz seit sechzehn Jahren gehörte. Und die Zuneigung, die in seiner Miene aufleuchtete, als er mich erkannte, ließ mir das Herz beinahe aus der Brust springen.

Es kostete mich alle Kraft, ihm nicht vor den Augen aller stürmisch um den Hals zu fallen. Ebenso wie ich meine Emotionen verbarg, gab auch Vater sich Mühe, seinen Zorn zu kontrollieren. Doch sein Blick ruhte scharf und unnachgiebig auf *Máhttu*, wenn der Gouverneur sich abwandte.

»*Sigurður*, das ist *Máhttu Persen*, der großzügige Wohltäter, der uns diese Herde schenkt. Er besteht darauf, keine Bezahlung für die Tiere zu akzeptieren«, verkündete der Gouverneur freudestrahlend.

»Ich kenne ihn«, brachte Vater mit zusammengekniffenen Lippen hervor. »Er brachte auch die erste Herde, die man damals auf die *Vestmannaeyjar* verschiffte.«

»Welch schönes Schicksal, dass ihr einander im Angesicht dieses so hoffnungsvollen Unterfangens nun wiederbegegnet.« Der Gouverneur klatschte erfreut in die Hände. »Diesem Mann gebührt eine Ehrung für seine Großzügigkeit.«

Ich hörte, wie Vater leise schnaubte.

»Ist es nicht so, *Sigurður*?«, wandte sich der Gouverneur an ihn.

»Fürwahr«, brummte Vater zähneknirschend.

Als sich der Gouverneur verabschiedete, standen wir einen Augenblick schweigend voreinander. »*Sigurður*«, sprach *Máhttu* dann und nickte Vater zu, dann sah er mich an und streckte mir seine Hand entgegen. »*Alva*.«

Als meine Finger seine berührten, vergaß ich mich beinahe, und als ich seinen Namen sagte, muss mein Tonfall all meine Gefühle verraten haben.

»Alva, ich hätte nie zu hoffen gewagt, dich hier zu finden.« Máhttus Ton erfüllte die Luft mit der Wärme, die ich so lang schmerzlich vermisste. »Ich werde die Herde ins Hochland geleiten. Doch dann bitte ich, dir meine Aufwartung machen zu dürfen. Wo liegt euer Hof?«

»Untersteh dich«, raunte Vater erbittert, und ich fuhr erschrocken zusammen. Doch die Zeiten haben sich geändert. Längst bin ich nicht mehr das junge Mädchen, das Vaters Befehlen keinen Widerspruch entgegenzusetzen hatte.

»Ich würde es zu schätzen wissen, wenn du dich für meine Loyalität und die Zuflucht auf meinem Hof respektvoll erweisen würdest, Vater«, erwiderte ich flüsternd, aber bestimmt. Ehe ich das Wort wieder an Máhttu richtete: »Unser Gehöft liegt nahe Seyðisfjörður, einen Zweitagesritt südlich von hier. Man wird dir den Weg weisen, wenn du nach dem Hof von Alva Sigurðursdóttir fragst.«

Ein heimliches Lächeln erhellte seine Züge.

»Und ich erwarte deine Ankunft mit Freude«, fügte ich hinzu, während Vater neben mir verstimmt brummte, doch nun Stille bewahrte.

Noch einmal umfasste Máhttu sanft meine Finger, und sein Daumen strich kaum merklich über die zarte Haut an meinem Handgelenk, sodass es ein Außenstehender nie wahrgenommen hätte. Doch in mir erweckte es die Erinnerung an unsere erste Begegnung.

»Dann werde ich in fünf Tagen eintreffen. Auf Wiedersehen«, sagte er und hielt meinen Blick, ehe er

Vater höflich zunickte und sich anschickte, den Burschen und der Herde zu folgen.

»Wahrlich, Alva, du versündigst dich, wenn du diesen Mann auch nur über deine Türschwelle treten lässt. Kaum fünf Monate, nachdem dein Gatte dem Schöpfer entgegengetreten ist«, erboste sich Vater, sobald wir den Hafen hinter uns ließen.

Einen Moment schwieg ich. All die Jahre hatte ich mit meinem Gewissen und der Schuld der Sünde gekämpft, die ich auf mich geladen hatte. Doch Máhttu wiederzusehen, löste eine gewisse Überzeugung in mir aus, die alles andere verblassen ließ. Dass man ihn zu mir geführt hatte, nach all den Jahren, konnte nur eine selige Fügung sein.

»Die Liebe, Vater, so predigst du uns doch selbst in deinen Andachten, die Liebe ist das Band der Vollkommenheit. Und ich habe nie aufgehört, ihn zu lieben.« Diese Wahrheit auszusprechen, die seit sechzehn Jahren auf meiner Seele lastete, verschaffte mir eine ungekannte Erleichterung.

»Die Liebe, Alva, ist deine christliche Pflicht deinem Ehemann gegenüber«, erwiderte Vater streng.

Den Rest unserer Heimkehr verbrachten wir größtenteils in Schweigen.

Doch meine Seele ist in Aufruhr. Nur noch drei Tage, dann werde ich Máhttu wiedersehen.

30. Juli 1787

Er hielt sein Wort. An diesem Vormittag erreichte er unseren Hof. Ich stand gerade mit den Kindern bei den Pferden, als er heranritt.

»Mámma, wer ist das?«, fragte meine kleine Jóra sogleich, die gerade Fjellas Mähne bürstete.

Als ich seine Silhouette erkannte, stockte mir der Atem, und ich richtete hastig mein Kleid. »Das ist ein guter Freund«, erwiderte ich meiner Tochter und hob sie von Fjellas Rücken. Meine treue Stute ist nun schon dreiundzwanzig Jahre alt und meinen Kindern die bravste, verlässlichste Begleiterin.

Auch Margrét und Mikjáll sahen sich neugierig um, als Máhttu von seinem Rappen stieg und auf uns zutrat.

»Ich grüße euch«, sagte er, und seine warme Stimme umfing mich wie eine Umarmung.

»Máhttu, willkommen auf unserem Hof.«

Sein Blick ruhte liebevoll auf mir, dann lächelte er meinen Kindern zu, und ich merkte, wie er auf Mikjálls Antlitz verharrte. Unser Sohn ist zu einem stattlichen jungen Mann herangewachsen. Die Ähnlichkeit der beiden ist schwerlich zu leugnen.

Máhttu räusperte sich, dann wandte er sich mir zu. »Darf ich dich allein sprechen, Alva? Ich hatte an einen gemeinsamen Ausritt gedacht.«

Ich erwiderte sein Lächeln. »Das würde mich sehr freuen. Kinder, bittet Íris, euch eine Geschichte zu erzählen. Und du, Mikjáll, geh deinem Großonkel Jarle bei den Ställen zur Hand. Lauft schon.« Sanft schob ich sie Richtung Haus, denn alle drei sahen gebannt zu dem fremden Mann mit dem freundlichen Gesicht, der dort in unserem Hof stand.

Als Skjöldur mir mein Reitpferd brachte, öffnete sich die Tür unseres Wohnhauses, und Vater stürmte heraus. »Nein, unter keinen Umständen wirst du mit ihm hinausreiten.«

»Das hast du nicht mehr zu entscheiden«, erwiderte ich und schwang mich in den Sattel. »Vielleicht erinnerst du dich an meine Worte, die ich dir auf unserer Heimkehr sagte.«

Er maß mich mit einem strafenden Blick. Doch ich sah, dass etwas in ihm nachgab.

Ohne ein weiteres Wort trieb ich meine Stute Gæna an, und wir flogen neben Máhttu über die Ebene.

Er führte uns ein Stück ins Hochland hinaus. Dann zügelte er plötzlich sein Pferd und deutete auf ein Tal, das sich vor uns erstreckte. »Sieh nur.«

Dort, am anderen Ende des Tals, traten die Rentiere an den Fluss, der die Senke durchlief. Der Anblick rührte mich zutiefst. Endlich zogen sie wieder durch unser Land.

Wir stiegen von den Pferden und führten sie zu einer Erhebung, von der aus wir die Herde gut beobachten konnten. In stiller Eintracht ließen wir uns dort nieder. Doch mein Herz schlug so laut, dass ich meinte, es müsse weit hinaus durch das Lavatal schallen.

Eine Weile schwieg Máhttu, dann nahm er meine Hand und strich über das Armband, das ich in Erinnerung an Jóra noch immer trug. »Ich habe nicht zu hoffen gewagt, dich jemals wiederzusehen, Alva.«

»So geht es mir ebenfalls«, erwiderte ich. Das Rentieramulett, das er mir vor fünfzehn Jahren geschenkt hatte, blieb seinem Blick verborgen, doch ich hatte es all die Jahre nie abgelegt. Es ruhte unter den Stoffen meines Kleides, direkt über meinem Herzen.

»Als ich von dem Ausbruch des Laki erfuhr, hörte ich, welch verheerende Folgen und Leid er über euer Land brachte. Es war mir ein Anliegen, den Menschen hier

etwas Hoffnung zu schenken – und ich gab selbst nie ganz die Hoffnung auf, dass ich dir begegnen könnte, so unwahrscheinlich es auch erschien.«

»Das muss eine schicksalhafte Fügung sein«, flüsterte ich.

»Auf meinem Weg hierher nach Seyðisfjörður sagte man mir, dein Ehemann sei kürzlich verstorben.«

»Ja, so ist es.« Und es kostete mich all meine christliche Beherrschung, ihm nicht im selben Atemzug zu verkünden, dass Ólafur in meinem Herzen nie mein Mann gewesen war. »Und du?«, brachte ich stattdessen hervor. »Wartet in Finnmark eine Familie auf dich?«

Sein Daumen verharrte sanft an meinem Handgelenk. »Nein. Ich habe nie geheiratet – ich hatte die Wahl, doch es wäre mir unehrenhaft erschienen. Denn ich habe dich nie vergessen, Alva.« Er hob den Blick, und ich las all die Erinnerungen darin, die auch mich seit unserem schmerzlichen Abschied verfolgten.

Händeringend suchte ich nach Worten, um zu erklären, dass er dafür unwissentlich ein Kind hier zurückgelassen hatte. Doch ehe ich etwas sagen konnte, hob er die Hand an meine Wange und strich eine verirrte Strähne fort. »Ist er mein Sohn, Alva?«

Das Blau seiner Augen leuchtete so hoffnungsvoll, dass es mich mit Erleichterung erfüllte, die Wahrheit endlich aussprechen zu dürfen. »Ja, das ist er. Sein Name ist Mikjáll. Und er ist dir auf so viele Arten so ähnlich.«

Er blickte kurz hinaus auf das Tal. Als er sich mir wieder zuwandte, lagen Sehnsucht und Traurigkeit auf seinem Antlitz. »Ich hätte dich niemals zurücklassen dürfen.«

»Wir hatten keine Wahl«, erwiderte ich. »Doch ...
ich habe dich ebenfalls nie vergessen, Máhttu.«

Endlich schloss er mich in seinen Arm und küsste
mich, mit einer Sehnsucht gleich meiner eigenen. Ihn
nach all den Jahren des Vermissens wieder zu spüren,
erfüllte mich mit der Gewissheit, dass er alles war, was
ich mir je gewünscht hatte.

»Ich liebe dich, Alva. Und ich habe dich immer
geliebt«, flüsterte er.

Nie habe ich mich seliger gefühlt. Ich habe meine
Liebe wiedergefunden. Den Teil meines Selbst, der
mich vervollkommnet.

25. September 1787

Ein glücklicher Sommer liegt hinter uns. Und ich wage,
zu hoffen, dass uns viele weitere bevorstehen. Während
ich diese Zeilen schreibe, sehe ich durch das Fenster der
Stube, wie Máhttu die Mädchen und Mikjáll lehrt, im
Laufen auf ihre Pferde zu springen. Sie stellen sich sehr
geschickt an, und ich höre ihr Jubeln bis hinein ins
Haus. Unsere gute Íris hat sich längst haareraufend
abgewandt – doch ich möchte, dass meine Töchter frei
sind. Die Bürden des Lebens werden sie schnell genug
ereilen, und ich werde mein Möglichstes tun, sie vor der
Unfreiheit zu schützen, die mich als junges Mädchen
fesselte.

Es erfüllt mich mit Stolz, unseren Hof an Máhttus
Seite zu führen. Das Gehöft liegt im Schutz einer
Bergwand, mit dem schönsten Ausblick über die Ebene
des Fjords, umgeben von saftigen Wiesen und wenigen
jungen Fichten. Ein Ort des Glücks, und der Ort, an

dem wir endlich eine Familie sein können. Máhttu erwarb ihn nur kurz, nachdem wir entschieden, nie wieder ohneeinander zu sein. Ólafurs Anwesen habe ich meinen Eltern und Onkel Jarle überlassen, und der Gedanke, sie nur wenige Meilen entfernt und versorgt zu wissen, spendet mir Ruhe und Trost für die Jahre, die ich in meiner stillen Pflicht ausharrte.

So fern dieses Glück mir mein halbes Leben lang erschien – jetzt fühlt es sich vollkommen an.

In wenigen Wochen wird meine liebe Schwester Margrét uns einen Besuch abstatten. Sie weilt zurzeit in einer Anstellung als Lehrerin im Norden des Landes. Und ihren Briefen entnehme ich, dass Viggó nicht fern auf einem Hof in Heuer steht. Verschwiegen, wie es Margrét ähnlichsieht, gibt sie nichts Näheres preis, doch ich schätze, dass sie nie eine Ehe einging, verrät ein Übriges. Ich wünsche mir nur, dass sie ihr Glück gefunden hat. Unsere kleinen Schwestern Ingibjörg und Guðrún ehelichten zwei Brüder, die ein Gehöft nahe Reykjavík führen, und in ihren Briefen klingen sie zufrieden. Und unser Bruder Álfeiður trat in Vaters Fußstapfen und lebt derweil in Kopenhagen, wo die dänische Krone ihn zum Beamten ausbilden lässt. Ich hege die Hoffnung, dass er eines Tages Nachricht von Jóra schicken wird. Vielleicht begegnet sie ihm dort, und er kann ihr die Adresse unseres Hofes nennen.

Dass wir alle unseren Weg gefunden haben, erscheint mir ein würdiger Schluss für mein Büchlein zu sein. Nur eines bleibt mir noch zu berichten – eine wahrlich magische Begegnung.

Vor wenigen Tagen saßen Máhttu und ich im Hochland beieinander und beobachteten den Zug der

Rentiere. Sie gedeihen prächtig, so prächtig, dass die ersten Bauern bereits in Sorge um ihre Schafweiden sind. Es ist ein Glück, sie so kräftig und gesund mit ihren Kälbern in den grünen Hochebenen zu sehen. Und dann, in solch unerwarteter Fügung, entdeckten wir drei Rentiere, die sich der Herde von Fernem näherten. Zunächst dachten wir, ihre Wege hätten sie nur ein wenig weiter fort geführt. Doch schließlich erkannten wir sie. Der braune Fleck auf Mánis und Beaivváš' Wange schimmerte untrüglich. Sie haben überlebt! Was unmöglich erschien, ist eingetroffen. Sie haben es geschafft, der vernichtenden Kraft des Laki zu entgehen. Sie müssen sich rechtzeitig in die fernen Weiten des Hochlands geflüchtet haben. Nun haben sie zu Máhttus Herde gefunden. Und sie in der Nähe unseres Hofs zu wissen, erscheint mir wie ein letzter Wink des Schicksals.

Kapitel 43

Die weiße Fassade der Kirche strahlte vor dem blauen Himmel, und ihr rotes Dach leuchtete vor den schneebedeckten Bergen, die sich hinter ihr erhoben. Auf ihrer anderen Seite erstreckte sich das Panorama bis nach Hellissandur und zum Meer. Die Sonne erweckte den Eindruck, als hätte sich der isländische Sommer über das Land gelegt, doch es herrschten gerade einmal fünf Grad.

Lia knöpfte ihre weiße Stola aus Kunstfell zu und warf einen prüfenden Blick in den Außenspiegel des Land Rovers. Ihre langen braunen Locken lagen in ordentlichen Wellen über ihrer linken Schulter, eine Blüte Schleierkraut zierte die gewundenen Strähnen ihres halb hochgesteckten Zopfs. Das silberblaue Kleid fiel in Chiffon-Wellen bis auf den Boden hinab. Hastig strich sie noch einmal darüber – bei diesen Temperaturen war sie dankbar für jeden Zentimeter Stoff, der sie von der isländischen Kälte trennte.

Dann lief sie wieder zur Kirche hinüber, neben den weit geöffneten Eingangstüren blieb sie stehen. Die ersten Gäste begrüßten einander und schlenderten gemeinsam hinein. Auf der anderen Seite des Vorplatzes erkannte sie Annas Mutter und winkte ihr lächelnd zu. Hinter ihr folgten

Annas Großvater, ihr Großonkel Mágnus mit seiner neuen Lebensgefährtin Erika, Arons Großmutter Hekla und ein sympathisches Paar, das sich ihr als seine Eltern vorstellte. Alle unterhielten sich angeregt und umarmten Lia herzlich, ehe sie weiter in die Kirche zogen.

Lächelnd schaute sie in den Himmel. Es war ein wunderschöner Tag für die Hochzeit ihrer besten Freundin. Nervös drehte sie Annas Brautstrauß in ihren Händen und prüfte noch einmal, dass jede Blüte vorteilhaft ausgerichtet war. Zwischen Schleierkraut und grünen Erlenblüten strahlte pfirsichfarbener Hibiskus neben fliederfarbenen Freesien, zartgelben und fuchsiafarbenen Pfingstrosen. Ásgeir hatte sich selbst übertroffen. Der Strauß versprühte elegante Landromantik und brachte den Sommer in die isländische Kälte, passend zum Sumardagurinn fyrsti, der heute im ganzen Land gefeiert wurde.

»Es ist so weit!« Freyja kam ihr strahlend entgegen. Ihre hellblonden Locken trug sie offen zu ihrem apricotfarbenen Kleid. »Was für ein wundervoller Tag! Ich kann es noch gar nicht glauben, dass sie gleich heiraten.«

»Hast du ihr Kleid schon gesehen?«, fragte Lia und küsste sie zur Begrüßung auf die Wange.

»Das Foto, das sie uns von der Anprobe geschickt hat, war traumhaft – wie eine Elfe. Ich kann die Spannung kaum noch aushalten. Wir sehen uns dann drinnen.«

Lia nickte und sah ihrer Freundin hinterher, die beschwingt den Altargang entlangschritt.

Allmählich leerte sich der Vorplatz der Kirche. Die Ingjaldshólskirkja war auf einem Hügel errichtet, einer alten Thingstätte, und Lia konnte den Blick über die lange Auffahrt schweifen lassen, die zwischen den weiten Wiesen hinaufführte. In der Ferne erkannte sie einen weißen Land

Rover, und ihr Herz machte einen Satz. Okay, durchatmen. Sie hatte ja gewusst, dass das passieren würde.

Per war in den letzten zwei Jahren zu einem engen Freund von Aron geworden. Nur, weil sie sich getrennt hatten, konnte sie schließlich nicht erwarten, dass er ihn auslud. Also musste sie da jetzt durch. Was half es – das hier war Annas und Arons großer Tag. Da würde sie sich wohl ein Mal zusammenreißen können.

Der Land Rover wirbelte eine Staubwolke auf und hielt neben ihrem Wagen. Per stieg schwungvoll aus und warf die Fahrertür zu. Er trug einen sandfarbenen Leinenanzug, mit passender Weste, einem oxfordblauen Hemd mit weißem Kragen und einer dunkelblauen Krawatte. Sein Haar lag halb gezähmt, halb verwegen zu einer Seite gekämmt, ein Dreitagebart umspielte sein kantiges Kinn. Zu Lias Frustration sah er aus wie ein beneidenswert stilvoller Wikinger. Er fuhr sich durchs Haar, dann hob er den Blick und entdeckte sie. Für einen Moment hielt er inne. Dann straffte er die Schultern, was ihn noch größer machte, als er sowieso schon war, und er betrachtete sie mit dem verschmitzten Grinsen, das sie nun seit vier Monaten nicht mehr gesehen hatte.

Sie spürte, dass sie sich in den Blumenstrauß festgekrallt hatte, und lockerte aus Angst um Annas Hochzeitsbouquet schnell den Griff.

»Lia.« Er blieb vor ihr stehen, und das freche Grinsen wandelte sich in einen liebevollen Ausdruck. »Haben wir eine Verabredung?«, fragte er und zog einen Mundwinkel hoch, sodass das Grübchen auf seiner Wange erschien.

Sie schnaubte. »Sehr witzig.«

Per schmunzelte, dann lehnte er sich vor, legte eine Hand an ihren Rücken und küsste sie flüchtig auf die Wange. Für einen Moment spürte sie, wie seine Lippen ihr Ohr, ihr

Haar streiften, und ein Kribbeln stieg in ihrem Herzen auf. Sein Duft legte sich so vertraut um sie, dass sie sich beinahe ein wenig an ihn gelehnt hätte, und sie erstarrte erschrocken.

Jap, das eiserne Brett war die sicherste Form der Begrüßung. Eisern und standhaft.

Er betrachtete sie einen Moment still. »Du siehst wunderschön aus«, sagte er dann leise und trat wieder einen Schritt zurück.

Sie räusperte sich und sah über seine Schulter starr in den isländischen Himmel. Doch sie konnte nicht verhindern, dass sich ein kleines Lächeln auf ihre Lippen stahl. Es war eine Frechheit, dass ein Kompliment des Wikingers ausreichte und sie innerlich strahlte wie ein kleines Schulmädchen, dem sein Schwarm gerade zugezwinkert hatte.

Ein Motorengeräusch und das Knirschen der Kiesel ertönte, und der Wagen des Bräutigams bog auf den Vorplatz ein. Erleichtert amtete Lia aus, jetzt wäre sie dem Charme des Wikingers immerhin nicht länger schutzlos ausgeliefert.

Per trat zur Seite und drehte sich zu Aron, der mit nervösem Lächeln auf sie zueilte. Sein dunkelblauer Anzug saß perfekt, und auch er hatte sich offensichtlich Mühe gegeben, seine blonden Locken in Form zu zähmen. Neben ihm, an einer dunkelblauen Leine, lief Sherlock, an dessen Halsband ein Ringkästchen hing, das er mit erhobener Schnauze vor sich hertrug.

»Da sind ja schon meine liebsten Trauzeugen!« Aron umarmte sie zur Begrüßung, dann überreichte er Lia feierlich Sherlocks Leine. »Du trägst die zweitgrößte Verantwortung.« Er zwinkerte ihr zu. »Habe ihm heute Morgen noch einmal eindringlich erklärt, dass er sich wirklich benehmen muss.«

»Na, dann kann ja gar nichts schiefgehen«, erwiderte sie und tätschelte Sherlocks samtige Ohren.

Aron klopfte Per auf die Brust. »Und du trägst die größte. Das machst du schon.« Damit lief er Richtung Altar.

»Was genau trägst du für eine Verantwortung?«, fragte Lia und musterte Per überrascht. Anna war mit ihr den Ablaufplan mindestens fünfzehnmal durchgegangen. Und sie hätte sich mit Sicherheit erinnert, wenn er in irgendetwas involviert gewesen wäre.

Er zuckte unschuldig mit den Schultern. »Vielleicht bin ich ja das Blumenmädchen?«

Sie schnaubte und verdrehte die Augen.

»Was denn?«, fragte er schmunzelnd. »Hast du meinen Humor etwa nicht vermisst?«

Die Worte berührten den Teil in ihr, den sie gut verschlossen hatte. Den sie an diesem Tag ganz bestimmt nicht hervorholen sollte. Und ihm schon gar nicht offenbaren wollte. Sie sah ihn schweigend an. Eine plötzliche Ernsthaftigkeit hing zwischen ihnen, und ihr gelang es nicht, die Worte wegzulächeln wie zuvor.

In dem Moment rauschte der Brautwagen auf den Hof, und sie vertrieb hastig die verwirrenden Gefühle, die Pers Nähe in ihr auslöste. Sie raffte das Kleid und lief ihrer Freundin entgegen. Jetzt galt es, Anna den schönsten Tag ihres Lebens zu bereiten. Da wäre kein Platz für ihr gebrochenes Herz.

Die Seitentür des Oldtimer-Vans schwang auf, und Annas Elfenschleppe kam zum Vorschein. Während Lia ihr beim Aussteigen half und gleichzeitig versuchte, Sherlock in Zaum zu halten, begrüßte Annas Vater, der den Wagen gefahren war, Per, dann zog er auch Lia in eine kurze Umarmung.

Anna hob Njóla aus dem Kindersitz in ihre Arme, und Lia betrachtete verzückt ihr süßes Patenkind. Njólas Tauf-kleid war aus demselben Seidenstoff gefertigt wie Annas Brautkleid und mit feiner Spitze verziert. »Wie eine Prin-zessin«, sagte sie und strich der Kleinen über die Finger, die sie mit lachenden Augen ansah.

Gemeinsam gingen sie zum Eingang der Kirche, Lia rich-tete eilig ein letztes Mal Annas Schleppe. Dann wollte sie ihr den Blumenstrauß überreichen, doch ihre Freundin zögerte. »Warte. Ich muss doch noch das Wichtigste übergeben. Per?«

Er trat zu ihr heran, und sie reichte ihm Njóla. Behutsam hob er die Kleine in seinen Arm und richtete ihr schmuck-volles Stirnband aus Spitze. »Na, dann wollen wir mal, was?«

Njóla gluckste freudig.

Kein Wunder, dass Anna ihr das verschwiegen hatte. Der Anblick hatte Potenzial, jeden im Kirchsaal vor Rührung aufseufzen zu lassen.

Anna und ihr Vater bezogen Aufstellung, und Lia reihte sich mit Sherlock neben Per ein.

»Das ist noch besser als das Blumenmädchen, oder?«, raunte er ihr zu und zwinkerte.

Und diesmal konnte sie ihm nicht widersprechen.

Die sanften Klänge der Violine setzten ein, und sie folg-ten der Braut in die Kirche.

Während sie an Pers Seite den Altargang entlangschritt, konnte sie sich nicht davon abhalten, verstohlen zu ihm zu schauen. Njóla saß wie eine Porzellanpuppe auf seinem Arm, und er hielt sie mit stolzem Lächeln.

Das Bild sandte ein leises Ziehen in ihr Herz.

Die Trauung lief wie ein anrührender Film an Lia vorbei. Mehrmals wünschte sie, sie könnte auf die Pausetaste drücken, um jeden besonderen Moment in Ruhe aufzunehmen. Anna strahlte sternenhell in ihrem Elfenkleid, und Aron war zu Tränen gerührt, als sie ihm das Jawort gab. Wider Erwarten benahm sich selbst Sherlock wie ein Musterschüler und trug brav die Ringe nach vorn. Und als das Brautpaar sich endlich küsste, brach der ganze Saal in stürmischen Jubel aus.

Dann trat Per mit Njóla zu ihnen, und sie versammelten sich am Taufbecken. Die Kleine quietschte vergnügt, als der Pfarrer das Weihwasser über den weichen Flaum an ihrem Köpfchen laufen ließ. Und Lia musste schmunzeln. Offenbar hatte ihr Patenkind nicht Annas Abneigung gegen unfreiwillige Tauchgänge geerbt.

Als sie zu den Violinenklängen von »You Raise Me Up« hinter dem frischgetrauten Paar aus der Kirche traten, empfing sie der blaue isländische Himmel wie ein Versprechen auf eine glückliche Zukunft.

Ihre Gesellschaft teilte sich auf die Wagen auf, mit denen sie gekommen waren, und sie fuhren zu Annas und Arons Farm, wo die Feierlichkeiten stattfinden sollten.

Inmitten der Wiese, die sich hinter dem Farmhaus erstreckte, hatte Aron mit einigen Bekannten aus dem Ort ein großes Glaszelt errichtet, dessen Wände den Blick auf die atemberaubende Küstenlandschaft freigaben. Massive Holztische mit Medaillon-Stühlen waren mit den gleichen Sommerblumen geschmückt, die sich in Annas Brautstrauß wiederfanden. Und im hinteren Bereich des Zelts lag eine Tanzfläche unter einem Himmel aus Lichterketten und Blumengirlanden.

Anna und Aron hatten sich wirklich selbst übertroffen.

Arm in Arm mit Freyja schlenderte Lia nach dem Sektempfang zu ihren Plätzen.

Während der Abend voranschritt, schaute sie immer wieder unauffällig zu Per. Er saß am Nachbartisch, doch nah genug, dass sie seine warme Stimme hören konnte und einen guten Blick auf ihn hatte. Er wirkte so selbstbewusst und entspannt, während er sich charmant mit seinen Tischnachbarn unterhielt.

Freyja erzählte ihr gerade etwas, doch ihre Gedanken drifteten hinaus in die Nacht, die sich um das Zelt gelegt hatte und sie an ihren Platz am Leuchtturm in Reykjavík erinnerte. An die Mondnächte in ihrer Wohnung. Auf der Farm. Sie würde sich damit abfinden müssen, dass sie ihn für immer vermissen würde. Die vier Monate ohne ihn hatten rein gar nichts daran geändert.

»Lia?«

Sie hob den Blick und bemerkte, dass Freyja sie fragend ansah. »Äh, sorry, wie bitte?«

»Ich hole mir noch eine Crème brulée. Soll ich dir eine mitbringen?«

»Nein, danke, lieb, dass du fragst.«

Während Freyja zum Buffet schlenderte, ließ Lia den Blick über die Tanzfläche wandern. Aron drehte Anna gerade zu einem Whitney-Houston-Song, und die beiden grinsten einander an, als würden sie eine besondere Erinnerung mit dem Lied verbinden. Und auch die anderen Gäste wirbelten ausgelassen unter dem warmen Schein der Lichterketten dahin, ihre Kleider und Anzüge lauter verschwimmende Farbpunkte, die sie an Annas Hochzeitsbouquet erinnerten.

Plötzlich spürte sie eine Bewegung neben sich. Als sie den Kopf drehte, sah sie genau in Pers blaue Augen.

Ein lateinamerikanischer Song setzte ein, und er streckte ihr seine Hand entgegen. »Einen Tanz?«

Kurz betrachtete sie seine Finger, die wohlbekannten Formen und Linien seiner Handfläche. »Per ... ich denke nicht, dass das eine gute Idee ist.«

Doch er rührte sich nicht. »Warum nicht? Es ist nur ein Tanz, Lia.«

»Das ist Salsa.«

Ein leises Grinsen legte sich auf seine Lippen. »Ich hab geübt.«

»Ist das dein Ernst?« Sie musste ebenfalls grinsen. »Mit einem YouTube-Video?«

»Vielleicht. Das Ergebnis zählt.« Er zwinkerte verschmitzt.

Und sie merkte, wie ihr Widerstand mit jeder Sekunde schmolz. Es war nur ein Tanz.

Als er ihre Hand umfasste und sie an den Tischen vorbei zur Tanzfläche führte, schlug ihr Herz bis zum Himmel. Es fühlte sich so neu und vertraut zugleich an.

Er drehte sie zu sich, dann legte er seine Hand um ihre Taille, und die andere, mit der er ihre Finger umfasste, legte er auf seine Brust, wo er sie sanft festhielt.

»Ich bin mir ziemlich sicher, dass das nicht die korrekte Tanzhaltung ist«, flüsterte sie.

»Ich bin schon fortgeschritten«, raunte er an ihrem Ohr und zog sie noch etwas dichter an sich. »Auf Kuba tanzt man so.«

Sie gluckste. Dieses unerschütterliche Selbstbewusstsein. Es tat gut, ihn so befreit zu erleben. Als hätte es den Schatten nie gegeben. Es ließ sie hoffen, dass es stimmte, was Elín gesagt hatte. Dass es ihm besser ging und er einen Teil der Schuld, die ihn belastete, loslassen konnte.

Sein Körper ruhte sanft an ihrem, während er sie zum Takt des Songs führte. Und kurz ließ sie sich fallen, gab ihren Widerstand auf und verlor sich in dem kubanischen Liebeslied und Pers Nähe.

Als der nächste Song begann, öffnete sie die Augen. Doch Per ließ sie nicht los. Er hielt sie sicher in seinen Armen, als die Country-Ballade einsetzte.

Die langsame Melodie, der Sänger, der seine verlorene große Liebe besang, Pers Nähe ...

»Ich ... ich brauche kurz frische Luft.« Sie löste sich von ihm, sah noch, wie er sie ernst betrachtete. Dann drehte sie sich um, bahnte sich zügig einen Weg zwischen den umstehenden Gästen hindurch, zum Zeltausgang. Erst als sie die eisklare Nachtluft einatmete, entspannte sie sich ein wenig. Sie lief bis zum Rand der Wiese, an der sich die Lavaklippen schwarz in das Meer ergossen. Der Mond stand voll und hell über der Küste, und sein Schein legte sich über die Wellen und das Gras, das im schwachen Nachtwind wogte. Fröstelnd schlang Lia die Arme um ihren Oberkörper und rieb sich über die nackte Haut. Der Tanz, all die Gefühle und die überhitzte Luft im Zelt hatten sie vergessen lassen, dass die erste Sommernacht in Island den Hamburger Winterfrösten glich.

Sie atmete durch, nur kurz noch wollte sie die eisige Luft ihre Gedanken fluten lassen.

Da hörte sie Schritte, die sich über die Wiese näherten. Sie wusste, dass er es war. Ohne sich umzudrehen, blieb sie reglos stehen.

»Es ist ein bisschen kalt, meinst du nicht?« Pers Stimme umschloss sie warm, und sie spürte, wie er die Stola um ihre Schultern legte.

»Danke«, sagte sie, ohne ihn anzusehen, und hielt den Blick auf das Meer gerichtet.

»Ich frage mich manchmal, was wohl geschehen wäre, wenn Alva und Máhttu wirklich gemeinsam geflohen wären.«

Sie hob den Kopf. Er stand neben ihr und sah ebenfalls zum Meer hinaus. »Du meinst, wenn sie nicht getrennt worden wären?«

Er nickte, wandte sich zu ihr. »Sie hätten nicht ihr halbes Leben vergeudet, bis sie endlich wieder Glück empfunden haben.«

Lia schwieg. Als sie Hilda das zweite geheime Tagebuch zurückgebracht hatte, hatte sie ihr erzählt, dass die Farm in Familienbesitz weilte, seit Máhttu und Alva sie 1787 erworben hatten. Seitdem sie von dieser besonderen Verbindung wusste, fühlte sie sich Alva und ihrer Geschichte noch einmal näher. Und wenn sie Per betrachtete, fiel es ihr nicht schwer, sich vorzustellen, was Alva damals für Máhttu empfunden haben musste. Warum sie bereit gewesen war, alles für ihre Liebe zu riskieren.

Doch das war eine andere Situation gewesen. Nicht jede Liebe konnte ein Happy End haben.

»Sie hatten aber keine andere Wahl«, flüsterte sie und schaute wieder zum Meer.

»Aber wir haben eine.« Er drehte sie sanft zu sich, fuhr mit dem Daumen über ihre Wange. »Ich möchte nicht mein halbes Leben ohne dich verbringen. Ich möchte keinen Tag ohne dich verbringen, Lia. Es tut mir so leid, dass ich dir nicht von Anfang an alles erzählt habe. Von … dem Unfall. Der Sache mit Elín. Der Farm. Ich wollte, dass all das uns nicht berührt, verstehst du? Ich habe mich bemüht, es von unserer gemeinsamen kleinen Welt fernzuhalten.« Er hielt inne. »Aber das war natürlich ein unmögliches Unterfangen … Und jetzt habe ich dich dadurch verloren.«

Der Schmerz in seinem Blick brannte sich in ihr Herz, genau dort, wo ihr eigener Schmerz saß, und sie musste gegen die Tränen ankämpfen, die sich ihren Weg bahnen wollten.

»Wenn du zurück nach Reykjavik kommst, werde ich da sein. Und unsere Wohnung. Ich warte auf dich. Egal, wie viel Zeit du brauchst. Ich werde eine Lösung für die Farm finden.«

Ihr Herz schlug so laut. Seine Worte berührten sie so sehr. Sie hatte versucht, vier Monate ohne ihn zu leben. Sie hatte sich wirklich bemüht, nach vorn zu schauen. Doch alles in ihr schien sich strikt dagegen zu wehren.

Als er seine Stirn an ihre legte, schloss sie die Augen und ließ es zu. »Ehrlich gesagt«, begann sie leise, »ziehe ich gar nicht nach Reykjavík.«

Er löste sich ein Stück von ihr und musterte sie überrascht.

»Ich hätte nie gedacht, dass ich das mal sage, aber Seyðisfjörður und das Leben in unserer kleinen Dorfgemeinschaft sind mir so ans Herz gewachsen, dass ich darum gebeten habe, noch etwas länger in Egilsstaðir zu arbeiten.«

Ein vages Lächeln legte sich auf seine Lippen. »Tatsächlich?« Er umfasste ihre Finger und verschränkte sie mit seinen. »Hättest du denn nächste Woche Zeit für eine Unternehmung? Es gibt da einen beeindruckenden Wasserfall, den man als Ortsansässiger kennen muss. Wir haben eine Tradition, die besagt, dass jeder Neuankömmling im Dorf dort einen Lavastein hineinwirft und sich dabei etwas wünschen muss …«

Sie lächelte. »Ein Wunschwasserfall?«

Er nickte.

»Wenn es Tradition ist, schätze ich, sollte ich ihn unbedingt sehen.«

Per schloss sie fest in seinen Arm, und als er sie küsste, erfüllte sie all die Sehnsucht, die sie versucht hatte, in den letzten Monaten in sich zu verschließen.

Wieder lehnte er seine Stirn an ihre. Doch ehe sich ihre Lippen ein zweites Mal berühren konnten, hielt er inne.

»Hörst du das?«

Gerade hatte das Rauschen in ihrem Herzen alles andere übertönt, und sie lauschte angestrengt in die Nacht.

Als sie es vernahm, lächelten sie einander still an.

Über der Küste erklang der Ruf der Schnee-Eule.

Epilog

Die Glut der Lavaflüsse kam unerträglich nah, ihr Herz schlug panisch. Sie musste ihn finden. Hektisch wandte sie sich um, suchte den Horizont ab, doch es schien vergebens. Nur Eldurs Wiehern vermischte sich mit dem Grollen des Vulkans.

»Lia?«

Sie schreckte auf. Die Morgendämmerung kroch in graublauem Schimmer durch die Fenster ihres Schlafzimmers.

»Du hast geträumt«, flüsterte Per und küsste ihren Hals. Das Morgenlicht umspielte seine große, muskulöse Statur, und sein liebevoller Blick vertrieb die Schatten des Albtraums, der Lia in manchen Nächten noch verfolgte.

»Hm.« Sie lächelte ihn an, sank zurück in die Kissen und ließ sich von ihm in den Arm ziehen. Sein Atem strich gleichmäßig über ihren Nacken, und sie spürte, dass er wieder eingeschlafen war.

Ihr Wecker verriet, dass es sechs Uhr war. In einer Stunde müssten sie aufbrechen. Doch bis dahin würde sie ihn noch etwas schlafen lassen. Sacht küsste sie die Narbe an seiner Schulter, dann schlüpfte sie aus seinem Arm.

Die Kühle der späten Septembernächte hatte den Dielenboden ausgekühlt, und sie huschte auf nackten Füßen ins Bad. Auf dem Weg die Treppe hinunter balancierte sie geschickt über Farbrollen und Tapetenkleister hinweg, wich zwei Leitern aus und schaffte es, die Küche zu erreichen, ohne etwas umzureißen. Das Licht fiel weich durch die Terrassentür, die von ihrer Küche direkt in den Garten führte, und der Fjord glitzerte in den ersten Strahlen der Sonne.

Leise summend setzte sie Kaffee auf der behelfsmäßigen Kochplatte auf und suchte dann Eier, Skyr und die frischen Beeren zusammen, die sie gestern von der *Hreindýr Lodge* mitgenommen hatten.

Während der Duft des Frühstücks durch die Räume zog, ließ sie den Blick von der offenen Küche bis zum alten Kaminofen im Wohnzimmer wandern. Die halb verputzten Wände und der noch ungeschliffene Dielenboden verliehen ihrem Häuschen eine rohe Atmosphäre. Aber sie sah alles schon klar vor Augen – die zartgemusterte Tapete, die sie ausgesucht hatten, das alte Fischgrätenparkett in neuem Glanz, und vor dem großen Fenster die Schönheit des Fjords mit seinem tiefblauen Meer und den schneebetupften Berghängen.

Das Häuschen war ein Traum – ein ungeschliffener Diamant, aber Per und sie hatten sein Potenzial sofort erkannt und sich Hals über Kopf darin verliebt, als sie es das erste Mal besichtigt hatten. Es hatte dem Onkel von Rúnar gehört, der vor einem Jahr ausgewandert war und lange Zeit keine notwendigen Arbeiten daran verrichtet hatte. Doch das hatte sie nicht abschrecken können. Es war nicht nur eines der hübschen Siedlungshäuser aus dem frühen 20. Jahrhundert – es lag dazu noch auf einem der schönsten Grundstücke direkt am Meer. Von ihrer Terrasse konnte sie sogar bis zu Ásgeir hinüberschauen.

Seit einem Monat renovierten sie nun schon, und inzwischen sah es so aus, als würden sie dieses Weihnachten in einem fertigen Wohnzimmer feiern können.

Es fühlte sich an, als hätte es immer so sein sollen. Mit Per an ihrer Seite ihr gemeinsames Leben zu gestalten – es war das, was sie sich immer gewünscht hatte. Seit sie zusammen hier in Seyðisfjörður wohnten, hatten sie viel mehr Zeit füreinander. Gelegentlich half er zwar noch auf der Farm aus, doch Erla und er hatten sich darauf geeinigt, Lehraufenthalte für Landwirtschaftsstudenten ihrer ehemaligen Universität anzubieten. So packten in den meisten Monaten genug helfende Hände auf dem Hof mit an. Und Per und ihr blieben endlich freie Wochenenden.

Über den Sommer hatten sie in ihrem Urlaub die Tour zu den Galerien und Kunstzentren unternommen, die Per ihr zu Weihnachten geschenkt hatte. Heute wollten sie zu ihrem letzten Aufenthalt aufbrechen, einem Wochenende am Laugarvatn, dem See im Südwesten der Insel, an dessen Ufer sich heiße Quellen und Geysire erstreckten. Per hatte ein romantisches Hotel direkt am See für sie gebucht, und sie würden das LÁ Art Museum in Hveragerði besuchen, das in der Nähe lag.

Während sie den ersten Schluck Kaffee genoss und über den Fjord Richtung Meer schaute, erinnerte sie sich wieder an den Elbausblick vom Blankeneser Süllberg, an den Moment, in dem sie sich gefragt hatte, ob sie mutig sein und alles aufgeben sollte, um ihrem Herzen nach Island zu folgen. Niemals hätte sie sich träumen lassen, dass das Leben hier all das für sie bereithalten würde.

Mit strahlendem Herzen belud sie das Frühstückstablett und balancierte nach oben, um Per zu wecken.

***

»Darf ich bitten, Mylady?«

Lia grinste. Dafür, dass es noch mitten in der Nacht war, gab sich der Wikinger verdächtig höflich. Sie reichte ihm die Hand, um in das schaukelnde Boot zu klettern, doch er umfasste schnell ihre Hüfte und Beine und hob sie auf seine Arme.

»Hey«, quiekte sie.

»Was denn?«, raunte er dicht an ihrem Ohr. »Stand das nicht in deinem Buch so?«

Sie seufzte. Das würde er ihr vermutlich noch in zehn Jahren vorhalten. Sie wurde lieber ganz still und dankte dem schummerigen Licht des anbrechenden Morgens, dass ihre Wangen nicht in vollumfänglichem Rot zu sehen sein würden. »Wie viel hast du genau von dem Buch gelesen?«

Er lachte leise. »Genug.«

Oh Himmel.

Behutsam stellte er sie in dem wankenden Boot auf die Füße und hielt sie, bis sie es geschafft hatte, im Bug Platz zu nehmen. Dann legte er ihr die Decke um die Schultern und setzte sich an die Ruder.

Der Laugarvatn lag spiegelglatt und ruhig da. An seinen Ufern erhoben sich schwarze Felsen, deren Hänge und Gipfel eine Schneeschicht überzog. Und davor stiegen die dampfenden Wolken der heißen Quellen auf, die das lavaschwarze Ufer des Sees überzogen.

Die Ruder des Holzboots tauchten gleichmäßig in die samtige Oberfläche des Laugarvatn, und Lia beobachtete mit einem Lächeln, wie Per sie mit kraftvollen Bewegungen immer weiter hinaus auf den See steuerte. Sein rotblondes

Haar schimmerte im fahlen Dämmerlicht. Und er maß sie mit einem verschmitzten Lächeln, als er ihren Blick bemerkte.

»Beeindruckt?«

»Jeden Tag«, erwiderte sie lachend. »Vor allem, als du gestern Brot im Strandsand gebacken hast.«

Er zwinkerte ihr zu und zuckte mit den Schultern. »Dann ist mein Plan ja aufgegangen.«

Das war er in der Tat. Die geothermalen Zonen erstreckten sich hier entlang des Ufers, und es war ein unvergessliches Erlebnis gewesen, als sie gestern einen Brotteig in einem Topf im Lavasand vergraben hatten, nur um später ein warm duftendes fertig gebackenes Brot auszubuddeln. Island überraschte sie immer wieder.

Als sie die Mitte des Sees erreichten, drehte Per das Boot. Dann streckte er ihr seine Hand entgegen.

»Komm her.« Er umfasste sie, während sie die Decke enger um ihre Schultern zog und vorsichtig zu ihm balancierte. Dann legte er den Arm um sie und küsste ihre Schläfe. Vor ihnen lag der Laugarvatn in seiner ganzen morgendlichen Schönheit. Die ersten Strahlen der Sonne blitzten hinter den Felsen hervor und beleuchteten den Nebel der heißen Quellen. Am Himmel stand die schwache Silhouette des Mondes im Dunkelblau der Nacht, das immer weiter vom hellen Licht des Morgens verdrängt wurde.

»Wunderschön«, murmelte sie und lehnte sich an Pers Brust.

Sie spürte, dass er etwas angespannt war, sein Atem ging viel schneller und abgehackter als sonst. Gerade wollte sie fragen, ob alles in Ordnung sei, da griff er in seine Jackentasche und zog umständlich etwas hervor, das er sofort in seiner Hand versteckte.

Er räusperte sich und umfasste ihre Finger, die sie auf seinen Oberschenkel gelegt hatte. »Lia ... vor zwei Jahren hätte ich niemals geglaubt, dass ich einmal jemandem begegnen würde, mit dem ich ... diese unheimliche Verbundenheit fühle. Aber dann standest du vor mir, in deinem Glitzerkleid«, er lächelte, »und ich habe gleich gewusst, dass ich dich nicht mehr gehen lassen möchte. Ich liebe dich, Lia, und jeder Moment mit dir berührt mich so tief, so etwas habe ich noch nie für jemanden empfunden. Ich möchte mein Leben mit dir verbringen.«

Ein leises Klacken ertönte, und sie sah, wie er die Schatulle in seiner Handfläche öffnete. Zwischen elfenbeinfarbener Seide erschien ein funkelnder Ring. Ein Rosenschliff-Diamant saß in der Mitte der filigranen Einfassung und neben ihm jeweils ein weiterer kleinerer Stein. Im Licht der aufgehenden Sonne leuchteten sie in der Farbe des Mondes.

»Das«, fuhr Per fort, »ist der Ring meiner Urgroßmutter, doch er befindet sich schon seit über zwei Jahrhunderten in Familienbesitz.«

Lia stockte der Atem, und sie sah ihn gebannt an.

»Mit der Zeit musste er neu eingefasst werden, doch an seiner Gestalt und den Steinen wurde nie etwas verändert.« Er nahm den Ring aus dem Kästchen und ergriff dann wieder sanft ihre Hand. »Es ist der Ring gewesen, den Máhttu einst Alva zur Geburt ihres zweiten Kindes geschenkt hat.«

Sie sah ihn ungläubig an. Mehr als ein Hauchen brachte sie nicht über die Lippen. »Wirklich?«

Er lächelte verschwörerisch und nickte. »Aus dem Stammbaum unserer Familie geht hervor, dass die beiden, kurz nachdem Máhttu nach Island zurückkehrte, ein zweites gemeinsames Kind erwarteten. Ein Mädchen, dem sie den Namen Marí gaben.«

»Was für ein wunderschönes Ende ihrer großen Liebe.«
Sie betrachtete gerührt den Ring.

Per räusperte sich. »Und jetzt soll er für den Anfang unserer Liebe stehen. Für die Momente, die wir gemeinsam in der Hochebene die Rentiere beobachtet haben, auf der Bank unter unserem Leuchtturm am Ozean saßen, für jeden einzelnen Tag, ob wir ihn zwischen den Farbtöpfen und Tapetenrollen in unserem Haus verbringen oder draußen in der Natur. Für alle Momente, die noch auf uns warten. Lia, möchtest du meine Frau werden?«

Sie zögerte keinen Augenblick. »Ja!«, rief sie, dann küsste sie ihn stürmisch. Er schob die Hand in ihren Nacken und zog sie so nah an sich, dass sie meinte, ihr Herzschlag würde sich mit seinem verbinden. Per hatte ihr Leben für immer verändert. Er war der Mann, neben dem sie jeden Tag aufwachen wollte. Und sie bezweifelte nicht, dass Alva für Máhttu einst genauso empfunden hatte.

»Ich liebe dich«, sagte er, als er den Ring auf ihren Finger schob.

»Und ich liebe dich«, erwiderte sie glücklich. »Für immer.«

Das tiefe Blau seiner Augen hielt ihren Blick gefangen. »Für immer.«

Literatur und Recherche

Besonderen Dank möchte ich Unnur Birna Karlsdóttir, der Direktorin des Research Centre East Iceland der University of Iceland, und Jónas Þór Guðmundsson von der University of Iceland aussprechen, die meine letzten Recherche-Fragen zu den Rentieren Islands und der Lebenswelt des späten 18. Jahrhunderts beantwortet haben, sowie Elsa Guðný Björgvinsdóttir, der Direktorin des Ostisländischen Kulturerbemuseums, Minjasafn Austurlands, in Egilsstaðir, in dem man tatsächlich eine Ausstellung zu den Rentieren Islands und den früheren Lebensumständen bewundern kann.

Agnarsdóttir, Anna: »Iceland in the Eighteenth Century: An Island Outpost of Europe?«, in: 1700-tal Nordic Journal for Eighteenth-Century Studies, Vol. 10 (2013), 11–38.

Aldred, Oscar: »Réttir in the landscape. A study on the context of focal points«, in: Arneborg, J., Gronnow, B. (Hg.): Dynamics of Northern Societies: Proceedings of the SILA/NABO Conference on Arctic and North Atlantic Archaeology, Copenhagen, 10th-14th May 2004, Vol. 10 (2006), 353–363.

Guðmundsdóttir, Aðalheiður: »How Icelandic Legends Reflect the Prohibition on Dancing«, in: Arv. Nordic Yearbook of Folklore, Vol. 61 (2005), 25–52.

Hallgrímsdóttir, Guðný: A Tale of a Fool?: A Microhistory of an 18th-Century Peasant Woman. Abingdon, Oxon 2019.

Hauksdóttir, Auður: »The Role of the Danish Language in Iceland«, in: Hallsteinsdóttir, E., Kilian, J. (Hg.) / Hentschel, E. (Hg.): Linguistik Online, Bd. 79/5 (2016), 77–91.

Heide, Eldar: »Old Icelandic and Sami Ancestor Mountains: A Comparison«, in: Rydving, H., Kaikkonen, K. (Hg.): Religions around the Arctic: Source Criticism and Comparisons, Stockholm 2022, 31–76.

Henderson, Ebenezer: Island, oder Tagebuch seines Aufenthalts daselbst in den Jahren 1814 und 1815. Berlin 1820.

Ingólfsdóttir, Guðrún: »›I am the rightful owner of this book‹: books owned by Icelandic women in the middle ages to the 18th century«, in: Women's Literary Culture and the Medieval Canon. An International Network Funded by the Leverhulme Trust. University of Surrey, 2016. https://blogs.surrey.ac.uk/medievalwomen/2016/12/05/i-am-the-rightful-owner-of-this-book-books-owned-by-icelandic-women-in-the-middle-ages-to-the-18th-century (18.06.2024)

Karlsdóttir, Unnur Birna: »Progress or Mistake? The Introduction of Reindeer to Iceland«, in: 1700-tal Nordic Journal for Eighteenth-Century Studies, Vol. 18 (2021), 104–126.

Kent, Neil: The Sámi People of the North. A Social and Cultural History. London 2018.

Oslund, Karen: »›Nature in League with Man‹: Conceptualising and Transforming the Natural World in Eighteenth-Century Scandinavia«, in: Environment and History, Vol. 10/3 (2023), 305–325.

Pétursson, Pétur: »Religion and Politics – The Icelandic Experiment«, in: Temenos – Nordic Journal for the Study of Religion, Vol. 50/1 (2014), 115–35.

Rasmussen, Siv: »The Protracted Sámi Reformation – Or the Protracted Christianizing Process«, in: Hansen L., Bergesen, R. und Hage, I. (Hg.): The Protracted Reformation in Northern Norway, Introductory Studies Vol. 1, Stamsund 2014, 165–183.

Sigmundsdóttir, Alda: The Little Book of the Icelanders in the Old Days. Reykjavík 2014.

Willumsen, Liv Helene: »The Witchcraft Trial against Anders Poulsen, Vadsø 1692: Critical Perspectives«, in: Rydving, H., Kaikkonen, K. (Hg.): Religions around the Arctic: Source Criticism and Comparisons, Stockholm 2022, 139–160.